MICAELA JARY (Hamburgo, 1956) trabajó durante muchos años como editora y directora adjunta de un periódico alemán antes de dedicarse a la escritura a tiempo completo. A partir de 1993 empezó a publicar novelas históricas con el seudónimo Gabriela Galvani, antes de volcar su fascinación por África en *El ensueño de Zanzíbar*, su primera novela publicada en castellano, convertida en un rotundo éxito de ventas en Alemania, donde alcanzó los primeros puestos de la lista de best sellers de *Der Spiegel*. Tras una larga estancia en París, hoy vive entre Múnich y Berlín.

Papel certificado por el Forest Stewardship Council®

MIXTO
Papel | Apoyando la
silvicultura responsable
FSC® C117695

Penguin
Random House
Grupo Editorial

Título original: *Sehnsucht nach Sansibar*

Primera edición en este formato: abril de 2025

© 2012, Wilhelm Goldmann Verlag
Una división de Verlagsgruppe Random House GmbH, Múnich, Alemania
www.randomhouse.de
Derechos de traducción cedidos por Ute Körner Literary Agency, S.L.U., Barcelona
www.uklitag.com
© 2016, 2025, Penguin Random House Grupo Editorial, S. A. U.
Travessera de Gràcia, 47-49. 08021 Barcelona
© María José Díez, por la traducción
Diseño de la cubierta: Estudio Ediciones B
Imagen de la cubierta: © Charles O. Cecil / Alamy (barco y palmeras);
FinePic®, Múnich (cielo y balcón)

Printed in Spain – Impreso en España

ISBN: 979-13-87652-53-1
Depósito legal: B-6.492-2025

Impreso en Liber Digital, S. L.
Casarrubuelos (Madrid)

BB 5 2 5 3 1

El ensueño de Zanzíbar

MICAELA JARY

Traducción de María José Díez

Lo que París es a Francia, Zanzíbar es a África Oriental.

PAUL REICHARD (1854-1938),
El África Oriental alemana. El territorio y sus moradores,
escrito en 1891 en Berlín

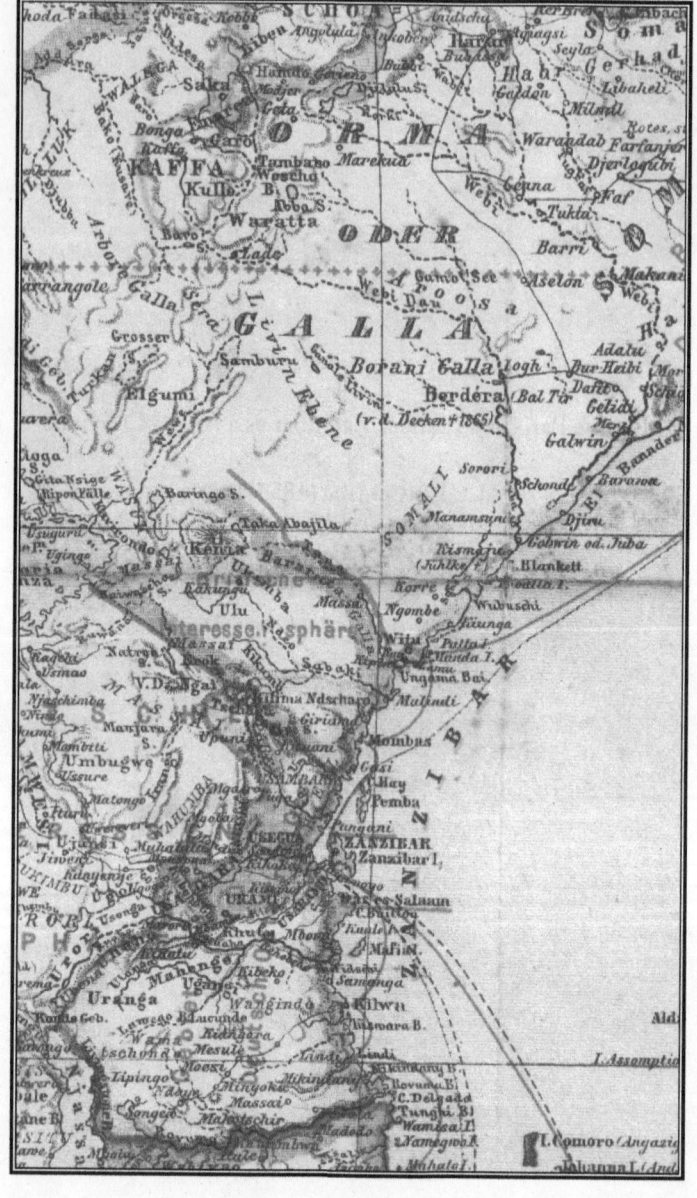

Prólogo

A lo hecho, pecho.

Refrán

1

Viktoria tenía el corazón desbocado. Le latía tan deprisa y con tal furia que temía quedarse sin aire. Pero ello probablemente se debiese menos al nerviosismo que al corsé, que le cortaba la respiración. Las ballenas le rozaban, ya estuviese la prenda confeccionada en suave raso o en áspero hilo.

Al menos la esbeltez de su talle era casi ideal, y los cordones no suponían una tortura excesiva. Aun así, deseó con todas sus fuerzas no tener que llevar el corsé. Sus pulmones necesitaban urgentemente más oxígeno, de lo contrario corría el peligro de desmayarse. En el teatro o en un espectáculo de danza quizá no supusiera ningún problema, y de vez en cuando incluso fuese de buen tono para una joven, pero en la botadura de un barco, que la madrina perdiese el conocimiento solo podía traer mala suerte.

Un toque de clarines. Había llegado el momento más importante del día. Sonaron las últimas notas del himno y los músicos dejaron a un lado los instrumentos de viento y la miraron expectantes. Muchos pares de ojos estaban clavados en Viktoria, los asistentes la miraban en el estrado, veían a una veinteañera espigada de tez blanca y rostro expresivo, con una boca grande de labios prometedoramente carnosos y dientes rectos, de un blanco deslumbrante. Viktoria sabía que la suya no era una belleza al uso, pero también intuía que de algún modo resultaba espectacular debido a sus ojos, de un azul oscuro, y a su cabello, abundante y de color castaño. Por no mencionar su personalidad, si se podía considerar un rasgo positivo en la hija soltera de un armador de Hamburgo.

Entre todas aquellas miradas ajenas, Viktoria sintió que la de su padre se clavaba en ella de un modo particularmente intenso. «Tengo grandes planes para ti», le había susurrado antes, cuando le tendió la mano para ayudarla a subir al estrado.

¿A qué se refería? ¿A la botadura de aquel barco? ¿Al futuro del buque de vapor al que Viktoria bautizaría con su nombre, no con el de la nueva emperatriz, que se escribía con ce? No creía que ni una cosa ni la otra fuesen tan importantes para que su padre lo anunciara con tanto bombo y se manifestara tanta satisfacción.

El silencio que siguió a la música de marcha duró lo que pareció una eternidad. Viktoria no podía seguir abismándose en sus reflexiones. Ojalá le llegara un poco más de aire a los pulmones. Y eso que el tiempo era fresco, agradable: una leve brisa primaveral recorría el puerto, rizando las olas del Elba, haciendo ondear la bandera del mástil, hinchando las velas de los escasos barcos no propulsados por vapor que pasaban por el astillero y moviendo las descaradas plumas que adornaban el pequeño tocado de Viktoria. Debía proceder, antes de que el nutrido público —obreros del astillero, miembros de la factoría, invitados, curiosos— se impacientara.

—Viktoria, por favor —murmuró su padre, a su lado.

Si no lanzaba la botella de champán contra el casco del barco con la fuerza suficiente para que se rompiera, se consideraría un mal augurio, y ella, una madrina indispuesta. En último instancia, era indiferente cómo discurriese el bautizo, pues de todas formas existía el peligro de no traerle buena suerte a la embarcación. En rigor, daba exactamente igual lo que ella hiciera o dejase de hacer: desde hacía algún tiempo sus padres nunca estaban satisfechos con ella. Otra cosa mal no haría que se desbordara el vaso. Por otra parte, se consideraba un mal presagio llevar a cabo la botadura con poco entusiasmo. Y sin duda Viktoria no quería ser la culpable de que el vapor que llevaría su nombre se fuera a pique.

Echó mano con decisión de la botella de Kupferberg Gold que estaba atada con un nudo corredizo a un cabo unido a una especie de horca situada en el estrado, donde se encontraban los invitados de honor.

Y si se me rompen las cintas de seda en la espalda... también me da lo mismo, se dijo Viktoria mientras llenaba los pulmones de aire y el pecho se le ensanchaba, con lo que el refuerzo del corsé se le clavaba aún más en los costados.

«Yo te bautizo con el nombre de *Viktoria*, te deseo una vida repleta de buenas travesías y un palmo de agua bajo la quilla en todo momento», declaró con un vozarrón que sin duda habría hecho que a otras damas se les subieran los colores.

Cogió impulso y estrelló la botella con brío contra el casco del barco. El vidrio se rompió y el espumeante champán salpicó la madera. Los presentes prorrumpieron en aplausos.

Todo había salido bien.

Aliviada, Viktoria expulsó el aire. No se había dado cuenta de que lo estaba reteniendo. A decir verdad, ¿por qué se sentía tan nerviosa? La botadura de un barco ni siquiera se podía comparar con el reparto de octavillas de la Asociación General de Mujeres.

Cuando el día anterior puso en circulación en el paseo Jungfernstieg un montón de impresos del denominado Folleto Amarillo, no estaba ni la mitad de intranquila. Naturalmente, sabía que con ese gesto disgustaría a sus padres, pero encontrarse por casualidad con una amiga de su madre que había salido de compras supondría, a lo sumo, que se armara un pequeño escándalo; sin embargo, no cabía la menor duda de que decepcionar a su padre en una ocasión tan importante como una botadura la cubriría de oprobio.

Ansiando recibir un elogio o al menos una señal de aprobación se volvió hacia Albert Wesermann. Su padre, que se hallaba a dos pasos de ella, la pose afectada, también aplaudía y la miraba con benevolencia.

Fue como si se le quitara un gran peso de encima; de pronto ni siquiera el corsé parecía ya tan asfixiante. Por fin había hecho algo bien. Le dedicó una sonrisa de agradecimiento.

Una figura se destacó del grupo que se encontraba tras el padre de Viktoria, formado al completo por caballeros con levita oscura y chistera, a la mayoría de los cuales conocía por lo menos de vista: empleados de la factoría de su padre, clientes importantes, conocidos relacionados de una forma u otra con la navegación. El hombre que se adelantó era más joven que el resto y de menor estatura, a lo sumo de talla mediana, rubio y desvaído. Iba vestido igual que los de mayor edad, si bien sus ademanes parecían afectados, menos naturales y, por tanto, poco elegantes, como si todavía tuviese que trabajar un tanto sus modales de caballero. Sin embargo, Viktoria intuía que Hartwig Stahnke daba por concluido su proceso de aprendizaje para convertirse en un caballero distinguido. Una actitud arrogante, sin duda favorecida por la ingente herencia con la que se había hecho no hacía mucho, al cumplir la mayoría de edad.

—Lo ha hecho usted extraordinariamente bien —la elogió, al tiempo que hacía una reverencia ante Viktoria—. Estoy muy orgulloso de usted.

—Ah, ¿sí?

—Que una mujer pueda hacer uso de tanta fuerza —prosiguió él— es más que impresionante. Un esfuerzo tan inusitado como ímprobo para una criatura tan delicada.

—Siempre son mujeres las que bautizan los barcos. Dicen que un hombre de padrino traería mala suerte.

Hartwig Stahnke soltó una risita tonta.

—Eso se lo acaba de inventar usted, ¿no es así? Ya ha llegado a mis oídos que muestra interés por el movimiento feminista. Pero ya me encargaré yo de que destierre usted tan exquisita ocupación —añadió, y movió el dedo índice con fingido aire amenazador ante su cara.

Viktoria se quedó atónita ante tamaña impertinencia. ¿Qué se había creído ese hombrecillo? Se comportaba como si tuviese algún derecho sobre ella.

Buscó a su padre para que la ayudara a salir del atolladero, pero en ese preciso instante discutía con algunos de sus empleados. Viktoria vio con el rabillo del ojo que se estaba preparando la botadura: hombres vigorosos manejaban los cabos que retenían la embarcación en una suerte de tobogán por el que se deslizaría hasta el agua. La madrina sabía que el destino del *Viktoria* era el tráfico de ultramar. Se trataba de un imponente vapor blanco que en un futuro próximo establecería un servicio regular entre el Viejo y el Nuevo Mundo y llevaría y traería pasajeros de Hamburgo a Nueva York en tres clases distintas. Sería increíble efectuar ese viaje. Huir de las obligaciones de Hamburgo, coger aliento. Pero probablemente solo pudiera realizar ese primer viaje hasta Cuxhaven; ultramar seguía siendo un destino desconocido, aunque extremadamente tentador.

¿Podría librarse en los confines del mundo del odiado corsé? No volver a ponerse uno para practicar deporte debajo del traje de baño, quemar en la chimenea el corsé matutino y el estival, así como el que utilizaba con los trajes de noche, ¡eso debía de ser la libertad!

Como si adivinase parte de sus deseos, Hartwig Stahnke observó:

—Iremos de viaje, se lo prometo. Reservaré cuanto antes dos pasajes.

Viktoria lo miró fijamente.

—No vamos a ir de viaje a ninguna parte —repuso con aspereza.

—Pero, señorita Viktoria, no sea tan melindrosa —musitó, y le cogió la mano con dedos húmedos.

¡Se atrevía a cogerle la mano en público! Era un gesto de familiaridad, que a lo sumo estaba permitido a los novios.

Viktoria respiró hondo. Por un instante se quedó pasmada, pero después sintió en lo más profundo de su ser una intensa aversión hacia ese hombre. Con lo que le quedaba de paciencia y buena educación creyó poder salvar la embarazosa situación retirando la mano. Pero él no aflojó la presión en su mano izquierda, que sostenía como un trofeo a la altura del pecho.

Nuevamente buscó con la mirada a su padre.

Albert Wesermann, que había puesto fin a la conversación, los observaba, apartado, a ella y al joven Stahnke. En sus ojos se leía aprobación, su padre parecía pagado de sí mismo y satisfecho, sin duda no furioso como un hombre a cuya hija estuviesen importunando.

Lo quiere así, pensó Viktoria de súbito. Me quiere emparejar con esta sabandija.

Sin pararse a pensar mucho lo que hacía, cogió impulso con la mano libre. Fue un movimiento maquinal, una reacción a la ira provocada por la desfachatez de Stahnke, pero también la única respuesta posible que se le ocurrió al ver el comportamiento de su padre. Su mano derecha se estrelló contra la mejilla del joven con un ímpetu similar a la botella de champán contra el casco del barco.

Sin embargo, esta vez no hubo aplausos.

Entre el gentío se hizo el silencio. Las voces se convirtieron en un murmullo horrorizado, en un leve susurro molesto. Todo el mundo vio la escena, no hubo necesidad de estirar el cuello, ya que para su tentativa de acercamiento Hartwig Stahnke había escogido precisamente la tarima elevada en la que Viktoria ejerció de madrina. Difícilmente podría haber elegido un momento más concurrido... ni podría haber sido más embarazosa la respuesta de Viktoria.

—¡Viktoria! —Su padre fue el primero en recuperar la voz.

Ella, asombrada de que hubiese tenido valor para defenderse, se frotó la mano. Stahnke la había soltado del susto. En su mejilla se dibujaban las marcas rojas de los dedos de Viktoria, que ahora le dolían tremendamente.

Albert Wesermann se volvió con suma dignidad hacia los allí reunidos, que aguardaban impacientes por presenciar la siguiente escena del escándalo.

—Calma, damas y caballeros, no es más que una pelea sin importancia entre enamorados. Quien bien te quiere te hará llorar. —Le hizo una señal al director de la orquesta—. Música, por favor, música. Toquen algo de una vez.

¿Se tambaleó la tarima cuando los vientos acometieron con furia atronadora una marcha de la Marina de guerra? ¿O estaba a punto de darle un vahído a Viktoria? Las rodillas le temblaban, era como si sus pies dejaran de tocar el suelo. ¡No te desplomes!, advirtió una voz interior. No podía perder el conocimiento y dar a esa alimaña la oportunidad de ejercer de buen samaritano. Trató de respirar hondo, cosa que no logró debido, nuevamente, al corsé. Sin tener en cuenta el daño que se hacía, se dio un puñetazo en el pecho. El aturdimiento se desvaneció.

Mientras tanto, Hartwig Stahnke se frotaba la mejilla y miraba a Viktoria con cara de pocos amigos.

—Confío en que esto no se vuelva a repetir —espetó en un tono glacial.

—Naturalmente que no —se apresuró a prometer Wesermann—. Mi hija solo está un poco acalorada. La botadura la ha puesto nerviosa y...

—¡No estoy nerviosa! —objetó ella.

—Una novia que pega a su futuro esposo no me conviene —continuó lloriqueando el joven, desoyendo la objeción de Viktoria—. Le pido, señor Wesermann, que se ocupe de que en el futuro su hija sea un poco más afectuosa.

—Ni por pienso —respondió la aludida.

—Como le acabo de decir, esta escena no volverá a repetirse —porfió con amabilidad su padre—. Ahora, vamos. Nos sentaremos a comer y anunciaremos oficialmente el compromiso. Eso calmará los ánimos.

Dado que evidentemente no se había hecho escuchar, Viktoria empezó a hablar subiendo la voz de tal modo que casi superó el volumen que empleara en las palabras pronunciadas en el bautizo:

—No pienso casarme con él. ¿Qué te he hecho, papá, para que me presentes un hecho consumado? ¡No quiero tener nada que ver con este hombre! Prefiero ir al infierno a compartir la cama con Hartwig Stahnke.

Hablaba enfurecida, dijo palabras hirientes, que en otras circunstancias jamás habrían salido de su boca. Su comportamiento no era menos lamentable que el de los dos hombres a los que reprochaba precisamente eso. El pánico y la ira fueron los culpables de que soltara tamañas ofensas.

Quizá solo se hubiesen enterado de su desahogo los que se encontraban en la tarima, pero justo cuando más altos eran sus gritos la marcha cesó y los músicos bajaron los instrumentos. La enérgica voz de Viktoria resonó en el puerto como la sirena de niebla de la lancha de un práctico.

Su negativa a casarse con Hartwig Stahnke se oyó hasta en el desembarcadero.

2

—Tu conducta es imperdonable —aseveró con voz atronadora Albert Wesermann. Las lágrimas de su esposa acompañaban la tormenta como lo haría un chaparrón. Se paseaba arriba y abajo por la alfombra en la biblioteca de su impresionante casa del barrio de Rothenbaum; la cara le pasaba constantemente de un rosa claro a un rojo azulado oscuro—. Como es natural, el señor Stahnke ha retirado su oferta matrimonial. —Tras esas palabras los sollozos en el sillón de cuero se tornaron un poco más dramáticos si cabe.

Viktoria estaba sentada inmóvil en una butaca junto al mirador, al otro lado del cual caía la noche. Había intentado hacerlo todo bien, pero las cosas habían salido de manera muy distinta y había deshonrado a su familia. Su padre tenía razón, no cabía la menor duda.

Claro que habría podido contestar que en realidad la culpa de todo la tenía Hartwig Stahnke. Tendría que haberse mostrado un poco más comedido, tanto si Albert Wesermann le había prometido la mano de su hija como si no. Y su padre debería haberla puesto al corriente de su intención de enlazar la botadura del barco con el anuncio de su compromiso. Podría haberles echado todo eso en cara a sus padres, pero no dijo nada. Ya había hablado bastante ese día, y nada había valido la pena.

Al menos te has librado de Stahnke, ese ser repugnante, se le pasó por la cabeza. Pero aunque eso era toda una suerte, no estaba nada contenta con la forma en que lo había hecho.

—Es el mejor partido de Hamburgo —se lamentó la madre de Viktoria, al tiempo que se secaba el torrente de lágrimas de los ojos con su pañuelo de encaje—. Que se declarara dispuesto a casarse contigo fue como un milagro, porque, por desgracia, no se puede decir que seas bella de verdad. Y a tu padre esa unión le habría resultado ventajosa para sus negocios. Pero has desbaratado todos los planes.

—Lo cierto es que tu futuro no pinta lo que se dice bien, jovencita —coincidió Albert Wesermann, con una voz como el gruñido de un perro grande, enfadado.

«Y, según tú, ¿cuál es el futuro que me espera?», le habría gustado preguntar a Viktoria, pero una vez más prefirió guardar silencio, pues ya conocía la respuesta y sabía que la opinión de sus padres no tenía nada que ver con sus pretensiones.

Pese a la aversión que le causaba el corsé, su rebeldía no iba tan lejos como para decidirse por las ropas que propugnaba el denominado movimiento de reforma de la vestimenta o cortarse el pelo. Sin embargo, sí pasó por alto la prohibición de su madre de leer literatura moderna, que incidía en la moral de la sociedad, y devoraba novelas como *Madame Bovary*, *Anna Karenina* o *Bel Ami*. Se había afiliado en secreto al movimiento feminista, porque por más que lo intentaba no entendía por qué las chicas no podían estudiar como los muchachos.

En realidad, Viktoria quería formarse para ser maestra en lugar de casarse. Deseaba impartir clases a muchachas en una institución de enseñanza superior. Por eso no hacía mucho que había repartido el Folleto Amarillo por la gran avenida hamburguesa, una petición que una valerosa mujer llamada Helene Lange, junto con otras defensoras de los derechos de la mujer, había hecho llegar a la Dieta prusiana a principios de año. Aunque el escrito no fue tomado en serio por los diputados berlineses, un amplio sector de la sociedad empezó a discutir si hacían falta más maestras en las escuelas estatales y si las chicas debían disfrutar de una educación adicional e incluso permitírseles el acceso al examen de bachillerato. Para Viktoria ese debate era la clave de sus sueños de futuro, de los cuales estaba excluido un compromiso matrimonial, ya que al seminario de maestras solo podían asistir mujeres solteras. Quien quería dedicarse a la enseñanza se sometía al celibato.

—¡Estás en boca de todos, Viktoria! —bramó su padre con la cara como un tomate. Tenía en la sien una vena azul abultada que palpitaba con desenfreno.

—Amelie von Bols te vio repartiendo octavillas delante de la galería comercial de Sillem's Bazar —se quejó Gustava Frahnert, señora de Wesermann—. Me lo contó confidencialmente, pero, claro, ese comportamiento rebelde tuyo dará pábulo a toda clase de rumores en las reuniones de damas. ¿No tenías otro sitio adonde ir con panfletos que al paseo Jungfernstieg?

Viktoria tragó saliva. Quizá fuese el momento de alegar algo en su defensa.

—No he hecho nada malo —afirmó con calma y la voz tan clara como el cristal—. El Folleto Amarillo es una petición, y aunque no ha despertado ningún interés entre los disputados en Berlín, tampoco ha sido prohibida. Solicitar que las mujeres reciban una educación superior no es nada malo.

—Te equivocas, Viktoria —repuso su padre con brusquedad—. Cada pfennig que me ha costado iniciarte en las lenguas extranjeras, la geografía y las obras de Goethe ha sido una inversión fallida. Eres el vivo ejemplo de lo que una educación superior puede hacer en una joven: deshonrar a sus padres. ¡Eso y nada más!

—Hay que zanjar esto lo antes posible, antes de que afecte a nuestra buena reputación. Tu hermano vendrá en verano de la academia militar. ¿Qué pensará cuando se encuentre con que su hermana es una muchacha caída?

—Vamos, vamos —terció, apaciguador, Albert Wesermann; se acercó a su esposa y le puso la mano en el tembloroso hombro—, las cosas no han llegado a ese extremo con Viktoria. Se ha negado a compartir la cama con Hartwig Stahnke, no ha sugerido que se fuera a entregar a él sin partida de matrimonio.

—Albert, te lo ruego, no seas tan vulgar —espetó la madre de Viktoria, si bien se abandonó rápidamente al cariño de su esposo. Un nuevo torrente de lágrimas fue a parar al para entonces ya empapado pañuelito de encaje.

El naviero carraspeó, y su tono se suavizó un tanto cuando comunicó su decisión a Viktoria, que trasladó generosamente a su esposa:

—Hemos decidido que lo mejor para todos será que nos dejes hasta que este asunto se haya olvidado. Calculo que las aguas volverán a su cauce dentro de alrededor un año.

Viktoria se apresuró a repasar mentalmente a todos los parientes con los que podía pasar una estancia prolongada. La mayoría de los miembros de la familia Wesermann vivía en Hamburgo, si bien había un tío al que se consideraba un excéntrico que se ganaba la vida como artista, al parecer sin mucho éxito, en una granja cerca de Bremen. Sin duda aceptaría un huésped y le iría bien el dinero. Si mal no recordaba Viktoria, la región donde se hallaba la propiedad se llamaba Teufelsmoor, la Ciénaga del diablo, un nombre que parecía adecuado para una hija díscola. Esbozó sin querer una sonrisa de satisfacción. No estaba nada mal...

—Irás a Zanzíbar —anunció Albert Wesermann, interrumpiendo sus esperanzas.

La sonrisa se apagó.

—¿Adónde?

—A África Oriental —repitió a regañadientes su padre, y se separó de su mujer y volvió a pasearse por la estancia—. Un comerciante al que conozco bien tiene una oficina en Zanzíbar. Le pediré que te acoja. No pondrá objeciones. Zanzíbar está bastante lejos para que aquí se apacigüen los ánimos.

—Pero allí hay hotentotes y negreros, y los hombres tienen a las mujeres en harenes —se quejó la madre de Viktoria.

—Zanzíbar está a miles de kilómetros de distancia —añadió su padre—, pero si te comportas debidamente no te pasará nada y todo se habrá olvidado cuando vuelvas a casa el año que viene.

—Zanzíbar —repitió Viktoria, pensativa, dejando que las sílabas se derritieran en sus labios como dulce helado. Había oído hablar de ese sitio no hacía mucho, pero no acababa de relacionarlo con nada. No obstante, el nombre sonaba fascinante y misterioso, como una promesa.

Así que África. Al menos sí sabía de los esfuerzos de Bismarck por establecer en ese continente colonias para el Imperio alemán siguiendo el modelo británico. Desde hacía algún tiempo en el salón de su padre las conversaciones de sus amigos siempre giraban en torno al establecimiento de factorías fuera de Europa y América. Si daba crédito a esas conversaciones que escuchaba por casualidad, en África se hallaba el paraíso. Solo había que descubrirlo y colonizarlo.

En su cabeza cobraron vida las imágenes que había visto poco después de una de esas reuniones. Por suerte, su padre se dejó un ejemplar del diario *Deutsche Kolonialzeitung* junto al desayuno, y ella se lo guardó deprisa para después informarse de los contenidos en su habitación. Principalmente los artículos se centraban en exploradores que se hallaban de expedición en el interior de África Oriental, pero también había un reportaje ilustrado con vistosas fotografías sobre un pequeño tramo de costa que un gobernante del lugar reclamaba con obstinación, aunque se trataba del necesario acceso al mar para los colonizadores alemanes.

Vio un agua de un azul turquesa que resplandecía con el sol, peces de colores que jugaban con las olas, palmeras en una playa de arena blanca, fina. ¿Sería ese el lugar de la ansiada libertad? ¿Podría hacer, por fin, allí lo que le pluguiera? ¿Despojarse del odiado corsé y, apoyada en el alto y ligeramente inclinado tronco de una palmera, leer los libros que su despierta inteligencia le pedía? ¿Serían los trópicos el clima ideal para apaciguar su espíritu? ¿Encontraría en Zanzíbar la tranquilidad necesaria para realizar en el futuro su deseo de ser maestra? En el plazo de un año...

—Se podría decir que Zanzíbar es una metrópoli comercial —explicaba Albert Wesermann—. Aunque al parecer el tráfico de esclavos ya no existe, la isla es la puerta a África y, por ello, reviste importancia para el comercio con marfil, piedras preciosas y especias. En la propia Zanzíbar se cultivan, en particular, clavo, canela y vainilla.

—Dicen que allí siempre huele como aquí en Navidad —observó la madre de Viktoria—. ¿No es estupendo, hija?

—Claro, mamá, claro.

Los planes de sus padres parecían atractivos, pero Viktoria aún no era capaz de avenirse a ellos con mucho entusiasmo. Naturalmente, deseaba poder emprender un gran viaje, pero ya solo el hecho de que su padre hubiese elegido el destino la hacía dudar de que fuese el indicado para ella. ¿De qué le servían preciosas playas y noches estrelladas si no podía disfrutar ni de las unas ni de las otras? ¿Cuánto pagaría su padre a ese comerciante conocido suyo para que alojara un año a Viktoria? Sin duda, ello llevaba implícita alguna relación mercantil. Pero ¿añadiría Albert Wesermann algo extra para saber a Viktoria encerrada como en una jaula de oro?

—No es que sea relevante que quieras ir a Zanzíbar o no, pero me satisfaría mucho saber que vas de buen grado. ¿Y bien, Viktoria?

Su padre se había plantado delante de su butaca. A ella le habría gustado poder leerle el rostro, pero la oscuridad era tal que la biblioteca se hallaba casi por completo en penumbra. Y como nadie había encendido ninguna lámpara, Viktoria solo distinguía la silueta de su padre. Su pregunta era lo más amable que cabía esperar dadas las circunstancias. Quizás incluso estuviese teñida de amor paterno, o de preocupación. No lo sabía a ciencia cierta, pero, en suma, sus palabras le hicieron bien.

Pensó de pasada en las amigas que dejaría atrás, en su vida en la casa de sus padres, en las trivialidades a las que habría de renunciar los meses venideros. Sin embargo, la aventura que prometía el viaje pesaba más, restaba importancia a los inconvenientes. Un año se aguanta bien, pensó. Y asintió con aire circunspecto.

PRIMERA PARTE

La vida consta de dos partes:
el pasado, un sueño;
el futuro, un deseo.

Proverbio árabe

1

En el mar,
martes, 12 de junio

El temporal provocaba grandes olas y hacía que a Viktoria le salpicara espuma a la cara. Las gotas de agua se le clavaban en la frente y las mejillas como si fuesen agujas minúsculas, se le quedaban pegadas en las pestañas y le humedecían los labios. Se pasó la lengua por ellos para lamer la sal. Sin embargo, el Mediterráneo no tenía tanta fuerza como el mar del Norte, que conocía de numerosas excursiones, más bien era bastante soso.

Una nueva pieza de mosaico en la imagen de un viaje que hasta la fecha era de lo más monótono, constató entre suspiros.

Desde que había embarcado en Génova, la lluvia y el viento no habían cesado, y las pintorescas visiones que Viktoria tenía del litoral y las islas de Italia se fundían en tristes colores: el encapotado cielo era de un color plata sucia, las nubes salpicaban el cielo de cuando en cuando de un gris azulado claro o pasaban volando como oscuro humo que en el horizonte se unía al gris pizarra de las insondables aguas, en cuyas olas bailoteaban coronas de espuma. Con tanta monotonía, hasta las primigenias fuerzas de la naturaleza perdían fascinación.

Los compañeros de viaje de Viktoria sufrían más con el mal tiempo que la joven hamburguesa. El *Sachsen*, un vapor impulsado por motor, se balanceaba y cabeceaba por la mar gruesa, obligando a la mayoría de los pasajeros a no salir del camarote, tanto si viajaban en primera como en segunda o tercera clase. Sin embargo, Viktoria no se mareaba, y pasaba mucho tiempo en cubierta. Con todo, la travesía no era precisamente grata.

Al menos podía hablarle al viento de sus anhelos y de ese modo hacer llegar antes sus deseos a Zanzíbar. Aunque la lluvia y el temporal no contribuían precisamente a que aumentaran sus expectativas, no se arrepentía de haberse sometido a la voluntad de sus padres y haber dejado Hamburgo. El tiempo acabaría mejorando, de eso estaba completamente segura, el cielo se abriría, y esas aguas azul turquesa con las que soñaba desde que su padre le comunicó la decisión que había tomado resplandecerían bajo el sol.

¿Cómo olería el océano Índico? ¿Sería su sabor más parecido aún al de la lluvia que el mar Mediterráneo? ¿Estaría tibio como un caldo asentado? ¿O sería refrescante como la brisa que correría entre las hojas de palmeras? Viktoria cogía aire... y solo percibía la humedad pesada que arrastraba la tormenta por las islas de Córcega y Cerdeña.

Un ruido la arrancó de sus pensamientos. Pese al rugido de la tormenta, el silbido de los cabos y los crujidos de la madera, el leve resollar, que quizá desembocase en arcadas pero acabó en un ataque de tos, se oía perfectamente.

Mientras sopesaba si no sería más educado no prestar atención a la persona en lugar de ofrecerle su ayuda, algo hizo a un lado a Viktoria. Una figura delicada pasó por delante precipitadamente y sacó medio cuerpo por la borda, ya fuera para vomitar en el mar o para lanzarse a él.

Envalentonada, Viktoria agarró del brazo a la desconocida. No sería la primera vez que un pasajero cayera por la borda durante una tempestad, y además había oído historias espeluznantes en las que, debido a las náuseas y el mareo, alguien pensaba en el suicidio.

—Deje... suélteme... suélteme...

Viktoria la agarró con más fuerza y repartió el peso entre ambas piernas para resistir los movimientos del barco.

—Respire hondo —ordenó—. Coja aire por la nariz y échelo por la boca. Y mientras tanto fije la vista en el horizonte.

—Nunca, nunca, nunca... debí emprender este viaje... —balbució la desconocida—. Me mareo solo de dar un paseo en barca por el Néckar... ¡ay! —Al parecer hablar le alteró el rebelde estómago. Se inclinó más aún por la borda...

Viktoria gritó, asustada:

—¡Alto, alto! No se mueva.

En ese preciso instante una ola levantó la proa como si el vapor correo del imperio, construido según los últimos avances náuticos, no fuese más que un cascarón. Viktoria dio un traspié. De no haberse ocupado de la desesperada desconocida, sino de sí misma, no habría ido a parar al suelo, arrastrando a la joven consigo.

—Cielo santo —se quejó la desconocida mientras trataba de despegarse de Viktoria, sobre la que había caído—. Cielo santo, cielo santo... Discúlpeme, se lo ruego... qué enojoso... yo no quería... —Su voz se perdió, pues le faltaba la respiración.

Al caer, a la pobre se le había resbalado la capucha de la cabeza, dejando a la vista un rostro blanco, enmarcado por rubios rizos que se le pegaban a las sienes. La desconocida tendría más o menos la misma edad que Viktoria y, de ser otras las circunstancias, sin duda sería muy bella, una muñequita con un semblante como de mazapán. En agradecimiento por una hija así, tan acorde con los gustos de la época, probablemente Gustava Wesermann hubiese renunciado a sus partidas de *whist*.

—Soy... soy Juliane von Braun —se presentó la educada joven rubia, gesto este no muy afortunado ya que se distrajo un instante y con el siguiente embate de las olas perdió nuevamente el equilibrio y fue a parar otra vez sobre Viktoria, que todavía no se había puesto en pie.

Viktoria apartó con suavidad a su nueva conocida y se levantó. A continuación le tendió la mano a Juliane von Braun para ayudarla a que también se levantara.

—Procúrese una raíz de jengibre pelada —aconsejó—. El personal de a bordo es muy capaz, sin duda podrá serle de ayuda. El jengibre le sentará bien si lo mastica un buen rato.

—¿Lo ha probado usted? ¿Por eso no se marea?

—Mi padre es armador, me figuro que eso curte.

—El mío es viticultor y entiende de caballos árabes —contó Juliane. Aunque volvía a estar en pie, vacilante, seguía cogida de la mano de Viktoria—. Ojalá, debí... Ay, si me hubiera podido quedar en casa. No sobreviviré hasta Zanzíbar.

—¡Ah! —exclamó Viktoria, sorprendida.

La mayoría del pasaje del *Sachsen* se dirigía a Asia Oriental. Los que no utilizaban ese servicio regular para llegar hasta Singapur o Shanghái y querían ir a África Oriental debían conformarse con la incomodidad de pasarse a un barco inglés en Adén. Viktoria jamás habría creído que la aparentemente frágil Juliane formaba parte de ese grupito de aventureros. Se preguntó sin querer si la joven resultaría ser una compañera interesante en cuanto la tormenta y el mareo cediesen; a primera vista daba la impresión de que no casaba con el carácter rebelde de Viktoria. Así y todo, despertaba simpatía en su desesperación y desvalimiento.

Obedeciendo a un impulso, Viktoria la abrazó.

—El capitán dice que se trata de una tormenta primaveral, típica de la zona —la consoló—. No durará siempre.

Con los descoloridos labios apretados, Juliane miró con resignación a Viktoria, pero antes de que pudiera decir nada, tragó saliva con fuerza y se llevó la mano a la boca.

—Mire al horizonte y respire hondo —gritó Viktoria. Subir la voz fue una especie de acto reflejo, como si de esa forma pudiese evitar que la otra vomitara. Además, tenía que hacerse oír con los rugidos de un viento que arreciaba—. Observe las olas y fíjese en cómo se estrellan contra la proa. Si lo hace durante un rato, le dejarán de sorprender los movimientos del barco...

En un monólogo a voz en grito que pareció durar una eternidad, Viktoria compartió todo cuanto sabía sobre el mareo en el mar. Se trataba de cosas cogidas al vuelo aquí y allá, cuya verdad bien podía quedar en entredicho, pues quizá fuesen cuentos de marineros. Para su sorpresa, no obstante, al cabo de un rato la joven se relajó entre sus brazos, por fin respiró hondo y pareció librarse de los peores accesos.

2

Nápoles,
miércoles, 13 de junio

Las primeras gotas pesadas dieron contra el tragaluz, su repiqueteo metálico sacó a Antonia Geisenfelder de un sueño que olvidó nada más despertar. Apenas fue consciente de que a la tormenta de los días previos, ahora le seguía la lluvia; la preocupación se apoderó de ella, despertándola por completo.

Se le pasaron por la cabeza las viviendas con humedad de las zonas bajas, donde vivían los pobres, y la canalización desbordada, mezclándose con el agua del mar que el siroco había empujado hasta el muelle. La lluvia arrastraría la fina capa de arena que recubría los altos muros de Santa Lucía, pero también haría que subiera el nivel del agua. Se formarían sucios regueros en las estrechas callejas, llenas de desperdicios, que dependiendo del tiempo que hiciera podrían convertirse en rápidos torrentes. El agua se utilizaría para lavar y para beber. Nadie se molestaba en hervirla primero, aunque era una advertencia que se hacía desde varios años atrás. Sin embargo, a ninguno de los vecinos del sórdido barrio portuario le importaba lo más mínimo que el agua contuviese minúsculas bacterias con forma de coma que casi siempre causaban la muerte. En ninguna otra parte de Europa el cólera suponía un peligro tan incesante y amenazador como allí, en Nápoles.

¿Le daría a conocer su última noche en la ciudad el brutal rostro de la enfermedad que, al lado del doctor Max Seiboldt, había confiado en poder aplacar durante los últimos tres meses? Con la sobria reflexión de una científica, Antonia se dijo que por el momento no podía cambiar las condiciones de vida de las personas, y tampoco estaba allí por eso. Por lo menos el Ayuntamiento había prometido tomar medidas, y no solo tenía previsto levantar nuevas construcciones, sino que además estaba llevando a cabo lo que se proponía. Pero hasta que esos proyectos se generalizaran, aún habría que lamentar muchas muertes.

A la joven se le encogió el corazón al pensar en los niños andrajosos que vivían en la inmundicia y pasaban hambre y, a falta de otra fuente de calor, en invierno se calentaban las manos en el empedrado de una *piazza* soleada, pero que tal vez fuesen más queridos por sus padres que más de un segundón de un terrateniente prusiano. Niños de ojos oscuros, suplicantes propensos a contraer la infección y que se retorcían de dolor cuando se veían afectados sus intestinos. A Antonia no le preocupaba el cólera en sí; las enfermedades no le eran ajenas, ya que había trabajado de enfermera, puesto que se habían negado a aceptarla en la Facultad de Medicina de Múnich. Era la amarga pobreza que presenciaba en Nápoles y que ponía de manifiesto un grado de sufrimiento hasta entonces inimaginable. Allí difícilmente tenían futuro incluso los niños sanos, de manera que ¿cómo iba a ser posible ocuparse debidamente de los que estaban enfermos?

Sin embargo, ¿no iría todo forzosamente a mejor cuando el doctor Seiboldt publicara los resultados de sus investigaciones en Alemania y se enfriase la latente disputa que mantenían los profesores Robert Koch, en Berlín, y Max Pettenkofer, en Múnich, sobre las vías de transmisión del cólera? ¿No se podría entonces erradicar de una vez para siempre esa peste?

Impulsada por sus preguntas, Antonia apartó el cobertor. Ya no podría seguir durmiendo, estaba claro. Si los preparativos del subsiguiente viaje a África ya la habían mantenido en vela bastante tiempo, ahora era la lluvia y sus consecuencias las que le impedían descansar.

Desde que trabajaba de secretaria para el doctor Seiboldt no necesitaba dormir mucho, razón por la cual el médico la llamaba «sonámbula», no con malicia, pues al igual que ella padecía de insomnio. Más de una noche la habían pasado juntos delante del microscopio y hablando de los conocimientos que obtenía de ese modo el médico. A Antonia la llenaba de orgullo que la aceptara de interlocutora, y eso que solo había podido asistir de oyente a algunas clases de la universidad y no había estudiado como el que en realidad era su asistente, Hans Wegener. Pero a este no había nada que le hiciera perder su estoica calma, y cada noche caía imperturbable en la cama, de la que salía a duras penas por la mañana.

A Antonia no le costó manejarse en la oscuridad de la habitación. Cogió el gran pañolón de lana que había dejado por la noche en la única silla que tenía, se puso las pantuflas y abrió la puerta. Como si de una mano invisible se tratase, la corriente le apartó un rizo de cabello rubio ceniza de la nuca. En alguna parte tableteaban los postigos de una ventana. Se oían, amortiguados, los ladridos de un perro. Una voz de mujer vociferó una orden en medio de la crepitante lluvia y el perro enmudeció.

Una sonrisa asomó sin querer al fatigado rostro de Antonia. Cuando no llevaba mucho tiempo en Nápoles la desconcertaban sobremanera esos ruidos de fondo que se oían prácticamente en igual medida de día y de noche. La gente armaba jaleo hasta bien entrada la noche en las callejuelas, las calles y las plazas. Cuando los conocidos conversaban en tono amistoso, hablaban más alto que cuando se peleaban los vecinos de los padres de Antonia en Múnich. Y durante esas conversaciones se gesticulaba frenéticamente, a veces incluso se chillaba y se vociferaba. Hasta los mejores barrios de la ciudad los recorrían hasta tarde músicos, tocando una tarantela o cantando a pleno pulmón una canción popular. Los carros traqueteaban y no era infrecuente que los cocheros hiciesen apuestas con voz atronadora sobre su destreza y sobre el tiempo u otras cuestiones sin importancia, si bien la mayoría de las veces se abrían paso con un torrente ensordecedor de improperios en italiano o un reiterado «¡Apartaos!» entre acarreadores de leña y poceros, personas y carros con adrales cargados de fardos, transeúntes, marisqueros y vendedores de agua sulfúrea, perros sin amo y gatos.

La vida de la mayoría de los napolitanos parecía desarrollarse en la calle, la gente se pasaba horas sentada ante su casa, algo que no sorprendía mucho a Antonia ya que tampoco ella querría volver a los oscuros cuchitriles del casco antiguo si no era necesario. A pesar de la cercanía del mar, sobre esa cacofonía de ruidos siempre se cernía un olor ligeramente rancio a pescado, que por lo visto se freía en aceite y se vendía a transeúntes hambrientos en cualquier esquina, y a ello había que añadir la peste a putrefacción, pez y algas típica de una ciudad portuaria.

Pero Antonia también había conocido otra estampa de Nápoles: calles amplias, empedradas, que los nobles utilizaban los domingos y festivos para dejarse ver en elegantes cabriolés o caros landós y presumir de los caballos de raza de su propia cuadra. La riqueza de la ciudad iba unida en gran medida al sinfín de suntuosas iglesias con profusión de mármol, alabastro e importantes obras de arte, pero también a los palacios, a una impresionante ópera anexa al que fuera el poderoso palacio real y al distinguido Caffè Gambrinus, situado enfrente. Allí se servían deliciosos pastelitos, que Antonia comía a menudo y que para entonces habían conseguido redondear un tanto su esbelta figura. Sin embargo, cuando tenía tiempo libre lo que más le gustaba a Antonia era montarse en el funicular que subía hasta una de las numerosas colinas que rodeaban la dársena.

A la luz de un sol primaveral aún débil contemplaba desde un punto elevado de la ciudad el mar de casas con la multitud de tejados grises planos. Desde allí arriba ni siquiera el casco antiguo parecía tan angosto y oscuro y opresivo. El Vesubio solía hurtarse a menudo a su vista mediante un velo de niebla, pero de todos modos casi siempre se quedaba embelesada con el malecón, que como un dedo largo y estrecho se adentraba en el mar azul oscuro, que relucía como una enorme seda. Allí atracaban juntos veleros, vapores y pequeños pesqueros, meciéndose al suave ritmo de las olas.

En los cuidados jardines de alrededor, en la fértil tierra volcánica, daba la impresión de que todo se daba y florecía con abundante exuberancia; por esa época del año melocotones y albaricoques maduraban bajo el resplandeciente techo de hojas de los árboles, desprendiendo su dulce aroma. Esa era la cara de Nápoles que quizá no impresionase tanto a Antonia como los niños enfermos, pero que sí la conmovía por su belleza. Arriba, en Vomero, entendía por qué a Goethe le había cautivado esa ciudad.

Celebraba en secreto la precaución que había tenido el doctor Seiboldt de arrendar una pequeña villa en uno de los mejores barrios situados a media altura para el tiempo que durara su estancia allí. Aunque la zona no era tan distinguida como los barrios de la ciudad caracterizados por viviendas suntuosas, elegantes hoteles nuevos y jardines, el jardincito se hallaba a la sombra de pinos piñoneros, cipreses y plátanos, y al menos permitía concebir una ilusión de tranquilidad. Por desgracia, las ventanas de la casa, en estado un tanto ruinoso, no habían sido reparadas con cuidado y siempre hacía corriente por todas partes, tanta que sobre todo en los días pasados, cuando la tormenta azotaba los muros y sacudía los postigos, había hecho bastante frío. La chimenea del despacho bastaba a duras penas para caldear esa estancia; en las demás no había ninguna fuente de calor, y el aire y el mal tiempo favorecían la humedad. La cocina podría haber resultado acogedora si la cocinera no hiciese tanto ruido con cacerolas y sartenes y, por añadidura, acometiese a voz en cuello un aria tras otra.

Antonia se arrebujó más en el pañolón al bajar por la bonita y sinuosa escalera de mármol gris. En la entrada ardía una lámpara de aceite que le señaló el camino. La luz hacía que el friso de la pared, que en algunos lugares presentaba puntitos oscuros como el ámbar, pareciese de turmalina rosa. Se distinguían manchas de moho que acabarían invadiendo el lienzo de los cuadros pequeños, oscurecidos por el tiempo que representaban al sinfín de antepasados del propietario de la casa y poblaban la estancia de techos altos igual que los parientes una fiesta familiar napolitana.

El hombre del marco de oro que se hallaba junto a la puerta de dos hojas del despacho respondía exactamente a la idea que Antonia tenía de un pirata: ojos negros bajo unas cejas pobladas, rasgos exóticos en una tez cetrina, un fez de un rojo vivo sobre el oscuro cabello. ¿El arrojado hijo de un oriental que tras raptar a una patricia napolitana la había llevado a su harén y posiblemente se había casado con ella?

En días pasados, Antonia se había detenido a menudo delante de ese retrato y se había preguntado si ese sería el prototipo de gobernante de Zanzíbar. Al fin y al cabo sabía que la isla estaba regida por árabes; la población local era negra como el ébano, y su suerte no menos negra: se decía que en Zanzíbar aún florecía el comercio de esclavos, aunque en realidad estaba prohibido. Sea como fuere, entre esas pobres gentes hacían estragos las enfermedades infecciosas —incluido el cólera— en tal medida que Antonia, pese a su interés científico, se estremecía.

Saludó con la cabeza al bigotudo rostro bajo el calado fieltro como si se tratara de un viejo amigo que le fuese a devolver el saludo y acto seguido se adelantó y levantó la mano para llamar.

En ese preciso instante la puerta se abrió por dentro, Antonia perdió el equilibrio, dio un traspié y chocó contra el hombre que estaba saliendo del despacho.

Sus manos la asieron con tal fuerza por los brazos que casi le hizo daño. Sin embargo, no la mantuvo a distancia, sino que fue como si la abrazara cuando se dio contra él. A través del algodón de su camisa notó el calor de su cuerpo, llevaba el cuello subido, los botones desabrochados. Sus senos presionaban a través de la ropa interior de hilo y se pegaban al pecho de él. Notó un aroma a tabaco y otro apenas perceptible a limón. Nunca había tenido físicamente tan cerca a Max Seiboldt.

—¿Se encuentra bien? —le preguntó.

Antonia sentía un mareo de lo más agradable, emocionante. Era como si estuviese subida a un tiovivo en la Oktoberfest, la fiesta de octubre de Múnich. Y, al mismo tiempo, como si por sus venas corriese un agua helada que se convertía en un manantial de aguas termales. Notaba el corazón en la garganta.

—No se encuentra bien —constató el doctor Max Seiboldt.

Aún atónita, sorprendida por la intensidad de sus confusos sentimientos, Antonia alzó la cabeza y lo miró.

Comprobó perpleja lo atractivo que era ese hombre alto, fuerte, de rostro anguloso, cuyo labio superior, mentón y mejillas cubría una barba levemente encanecida. Qué verdes eran sus ojos y qué espesas sus pestañas. En el pelo color caoba, en las sienes, asomaban cabellos plateados. Y en el pecho tenía un vello rojizo rizado. El suyo era un atractivo recio, masculino.

Cuando recordó que solo llevaba una camisa de noche y un pañolón de lana, se ruborizó y retrocedió asustada, como si las manos de él la abrasaran, y cruzó los brazos ante el tembloroso cuerpo.

—Sí, sí —se apresuró a responder—, me encuentro bien. Me desperté y pensé que... por qué no... que quizás estuviese usted despierto... y... —No terminó la frase, azorada.

—Al parecer, mi capaz, sensata señorita Geisenfelder, no solo es sonámbula, sino que además ha tenido una pesadilla —diagnosticó el médico—. Tiembla usted como una hoja. Le prescribiré un vasito de aguardiente.

Haciendo caso omiso de su repentina timidez, él la cogió de la mano y la hizo entrar enérgicamente en el despacho. Ella lo siguió con paso vacilante.

En la chimenea el fuego acababa de extinguirse, el rescoldo dejaba ver puntos resplandecientes en la ceniza y aún daba algo de calor. La frente de Antonia se perló de sudor, tenía las mejillas al rojo, pero ¿se debía únicamente a la chimenea? Aunque intuía que lo mejor sería que corriera inmediatamente de vuelta a su habitación, se quedó allí como petrificada cuando él la dejó para ir a encender la luz eléctrica.

Una mirada al escritorio le dijo que el médico había estado trabajando hasta ese mismo instante: allí estaban, perfectamente ordenadas y apiladas, sus cartas; al lado, sobres que, sin duda, había que enviar antes de su partida. Era evidente que había releído la correspondencia y redactado los últimos escritos, que documentaban los resultados de las investigaciones realizadas en Nápoles. Por regla general, ese cometido era de Antonia, pero como se había ido a dormir, y el microscopio, los tubos de ensayo y otros aparatos, como la cara máquina de escribir americana, ya estaban embalados, listos para emprender el viaje, el doctor se habría dado a la pluma y el tintero por su cuenta.

Junto a la lámpara había una licorera de cristal donde relucía un dedo de un líquido dorado. Seiboldt llenó hasta el borde una de las copitas que descansaban en la bonita bandeja de madera pintada y dorada y se la ofreció a Antonia. Cuando, al hacerlo, sus manos se rozaron por casualidad, reculó y apenas notó que derramaba algo de líquido.

—Espero que no padezca usted una psicopatía —comentó en el acto—. Que es a lo que puede llevar el sonambulismo, tal y como se describe, de manera sumamente expresiva para el gran público, en la historia del doctor Jekyll y el señor Hyde. ¿Conoce usted la novela?

Ella negó con la cabeza y miró la copa, que por suerte no había dejado caer, sino que asía férreamente con los dedos helados.

—Ciertamente entendería su insomnio si hubiese leído el libro: es terror en estado puro —continuó en tono campechano para después añadir, más en serio—: sin embargo, dadas las circunstancias, considero que su dolencia es un tanto exagerada. Ni siquiera hay luna llena. ¿No serán los nervios ante la inminente partida lo que la aflige?

—La lluvia me despertó.

—¿La lluvia? —repitió él, como si se tratase de un suceso de lo más absurdo. De pronto se pasó la mano por el cabello y aguzó el oído. Para entonces el agua caía a torrentes del cielo y tamborileaba con bastante furia contra las ventanas—. Casi tiene la intensidad de un chaparrón tropical —constató al cabo de un rato con el asombro de un hombre que por regla general no prestaba atención a semejantes nimiedades.

—¿Quiere decir que en Zanzíbar hará este tiempo? —inquirió ella después de beber un sorbo del contundente, estimulante aguardiente.

Agradecía que se le hubiese ocurrido esa pregunta medio razonable; aún notaba en el cuerpo un revoltijo de las más inusitadas sensaciones. El alcohol, que le abrasaba la garganta, no contribuyó a aclararle las ideas.

—Tomé parte en una expedición a la India, pero África me es tan desconocida como a usted. ¿Cómo voy a saber yo cómo llueve en Zanzíbar?

Antonia se llevó el vasito de nuevo a los labios y esta vez bebió más. ¿De qué podía conversar con Seiboldt, al que tenía plantado delante, mirándola con atención? ¿Qué esperaba? Si no podía hablar del tiempo, ¿quizá de los resultados de las últimas investigaciones? ¿Se suponía que una mujer de veinticuatro años que a decir verdad parecía estar en una recepción, con una copa en la mano y una camisa de noche en lugar de con un vestido de noche, debía entablar una conversación con ese hombre extremadamente atractivo sobre el contenido del intestino de un paciente de cólera muerto, diseccionado? Es demencial, pensó Antonia con rabia, una situación de lo más demencial e impropia.

Lo miró con cara de interrogación, pero sus brillantes ojos no le dieron respuesta alguna, sino que la sumieron en una confusión mayor aún. Tras dar otro trago largo, el contenido disminuyó de manera considerable.

—Es muy amable al compartir conmigo su coñac —afirmó, y le extrañó notar la lengua de trapo al hablar.

—Esto no es compartir —replicó, con una sonrisa satisfecha—. Y no es coñac francés, sino un destilado italiano. Aquí lo llaman *aqua vitae*, lo cual encuentro muy apropiado, porque esta agua con alcohol ciertamente contiene el espíritu de la vida.

—Mmm —dijo ella, y apuró el vaso.

—Pensaba meter una botella de Vecchia Romagna en el equipaje, pero, según he oído, quienes han viajado a África desaconsejan el aguardiente. Nuestros amigos de Inglaterra, que, como es sabido, poseen gran experiencia en los trópicos, aseguran que ese clima solo se aguanta con ginebra, que es un aguardiente de enebro.

—¿Ha comprado una botella de esa ginebra por si acaso? Porque me gustaría probar un vasito. Por lo general nunca bebo alcohol, ¿sabe usted?, pero ahora mismo me está sabiendo de maravilla. —Como para reforzar sus palabras, jugueteaba con la copita de cristal en la mano. En efecto, de pronto se sentía más serena en presencia de Max Seiboldt que escasos minutos antes.

—No me parece buena idea —objetó el médico—. Creo que ya ha bebido bastante para conciliar un poco el sueño. Los beneficios medicinales disminuyen cuanto mayor es el consumo. Después de una borrachera difícilmente podría descansar.

Antonia no sabía muy bien a qué se refería, pues ya se sentía bastante embriagada. Parpadeó, ya que en su cabeza, un tanto ofuscada, aparecieron imágenes que se mezclaban curiosamente con la realidad. En su fantasía, la pechera abierta del doctor pasó a ser el torso completamente desnudo de un amante fogoso que se abalanzaba sobre ella, la tendía en el suelo apasionadamente y liberaba sus pechos de la estrechez de la camisa de hilo. ¿Qué hacía una mujer que deseaba a un hombre con repentina, casi sobrehumana intensidad? ¿Arrancarle la ropa del cuerpo? El vaso se le cayó de la mano.

—¡Santo Dios! —exclamó Seiboldt—. Señorita Geisenfelder, ¿se puede saber qué le pasa?

Estoy beoda, pensó Antonia. Debo de estarlo. No hay otra forma de explicar lo que siento. Me has emborrachado para que me entregue a ti, Max Seiboldt.

Tras llegar a esa conclusión, que no se le antojó tan desagradable como debería, una sensación de calor inundó su cuerpo. Vio que él se agachaba a coger la copa, que gracias a la alfombra no se había roto. ¿Y si se dejaba caer al suelo? ¿Se inclinaría así sobre ella?

Al erguirse, sus miradas coincidieron. Parecía preocupado, como un padre, pero ¿no había también aversión en sus ojos? El deseo se esfumó y dio paso a un desagradable mareo. Estoy borracha, pensó Antonia de nuevo y con manifiesto espanto.

—Está usted blanca como la pared —observó él—. No tenía idea de que una única copita pudiese ejercer ese efecto en usted. Vamos. —Trató de cogerla del brazo, pero ella se lo impidió.

—No me toque. Por favor, no me toque.

El médico exhaló un hondo suspiro.

—Vamos —repitió, absteniéndose de agarrarla—, la llevaré a su habitación. Me da en la nariz que acaba de perder el juicio.

—Quién sabe.

—Señorita Geisenfelder, soy médico, la puedo ayudar. Nadie pierde la razón después de beber un vaso de aguardiente. Es el insomnio. Confiemos en que no se trate de una enfermedad de la mente...

Más bien de la carne, pensó Antonia. Y se volvió para marcharse, torpe como el niño que da sus primeros pasos.

—Cielo santo —suspiró, enervado, Seiboldt—. Mire por dónde pisa, no vaya a ocurrir una desgracia. Sería desastroso que me viese obligado a dejarla en Nápoles y viajar a Zanzíbar sin mi capaz secretaria.

3

Nápoles,
jueves, 14 de junio

Viktoria se llevó una gran decepción con Nápoles. Haciendo caso omiso de la torrencial lluvia, se dirigió a la cubierta inferior para disfrutar un poco de la sensación que al parecer se apoderaba de los viajeros en esa ciudad desde tiempos inmemoriales. Había leído en alguna parte que Nápoles era un pedacito de cielo que cayó a la tierra. Sin embargo, la ciudad, envuelta en niebla y velada por la lluvia, no ofrecía de ningún modo unas vistas por las que valiera la pena morir. A Viktoria el lugar le pareció sombrío y sucio, abarrotado, desabrido, maloliente y ruidoso.

El *Sachsen* atracó cuando la mayoría de los pasajeros estaba desayunando. Pero en lugar de instalarse en el comedor, después de asearse, Viktoria bajó una cubierta más y salió afuera. Entonces cayó en la cuenta de que no había sido buena idea, pues era evidente que no había nada que ver que justificara un resfriado. Al cabo de escasos minutos, y a pesar del techo, tenía el paletó completamente empapado, y probablemente su precioso sombrerito se habría echado a perder. Con todo, permaneció allí más de lo que tenía pensado, en la borda, contemplando embelesada los innumerables circulitos que las pesadas gotas dibujaban en la calmada y gris superficie del agua.

Miró a babor, a los ceñudos muros del Castel dell'Ovo. Erigido en un islote en el mar, el castillo, un poderoso puesto avanzado y una imponente entrada a la dársena, resultaba un poco inquietante. La lluvia golpeaba contra la toba volcánica y dejaba grandes manchas oscuras, arremetía contra las enormes torres defensivas y cubría las aspilleras como si de una cortina se tratase.

Quizá la fortaleza sea romántica cuando brilla el sol, sopesó Viktoria. No obstante, con el tiempo que hacía tenía algo extrañamente místico, como si se hallase bajo el influjo de un mal sortilegio. ¿Habrían mantenido encerradas allí a princesas? ¿Habrían dado tormento brujos a heroicos príncipes?

Sonrió sin querer. Los cuentos nunca habían sido precisamente la lectura favorita de Viktoria. Aunque de pequeña soñaba con que era una bella hada, después pasaron a primer plano otros modelos de mujer. Cuando sus amigas seguían hablando de princesas de cuento vestidas de blanco y caballeros de áurea armadura, ella descubrió en clase de francés a la escritora George Sand. Su verdadero nombre era Amandine-Aurore-Lucile Dupin de Francueil, solía vestir ropa masculina, abogaba por los derechos de la mujer y, pese a todo, consiguió que un erudito como Frédéric Chopin se enamorara perdidamente de ella. Eso sería lo ideal, pensó Viktoria al ver el místico castillo: una vestimenta más libre, un puesto de maestra en una escuela de niñas y un artista de amante; naturalmente, no un comerciante que solo tuviera balances en la cabeza, ni tampoco un heredero bobo que ni siquiera tuviese modales. A decir verdad, ¿por qué hablaba mal su madre de los bohemios pero ponía por las nubes a un necio como Hartwig Stahnke?

Ese pensamiento le recordó a sus padres, que sin duda esperarían recibir noticias suyas. Además, Nápoles era el último puerto europeo de su viaje, de modo que no estaría de más enviar al menos una tarjeta postal desde ese sitio. Para ello ni siquiera tenía que desembarcar, sino tan solo ir a la estafeta, en la bodega del barco, ya que al fin y al cabo se hallaba en un vapor correo. Sin embargo, no le apetecía lo más mínimo. Poco a poco la humedad se iba tornando desagradable, y le sonaban las tripas. Le apetecía beber algo caliente y tomar un desayuno copioso para calentarse el cuerpo por dentro. Una ventaja de viajar sola era, sin lugar a dudas, poder comer tanto como quisiera y no granjearse el enojo de su madre con cada cosa que se llevara a la boca: «No es de buen tono servirse como si uno fuese un golfillo, Viktoria. Una dama come como un pajarito, no como un elefante.»

Para los pasajeros de primera clase el desayuno —como todas las demás comidas a bordo del *Sachsen*— se servía en el comedor alargado que ocupaba todo el ancho de la cubierta superior. La lluvia causaba tal estrépito al golpear la vidriera emplomada de la gran claraboya que casi acallaba las conversaciones matutinas. En la estancia de techos altos, donde no faltaban los frescos, los angelotes y los dorados, ni tampoco los revestimientos de madera, las largas mesas estaban engalanadas con manteles de hilo blanco y cubiertos de plata.

La estancia, absolutamente magnífica no solo para una embarcación, se encontraba relativamente desierta, tan solo había un puñado de pasajeros. A todas luces la mayor parte del pasaje de clase alta prefería reponerse del proceloso mar en los camarotes. Junto a las ventanas, un caballero de mediana edad sentado con una joven llamó su atención de inmediato. Los platos de la desigual pareja estaban llenos a rebosar de huevos, embutidos y pan con mantequilla. A Gustava Wesermann le habría parecido completamente inaceptable el apetito de la joven rubia, pero Viktoria pensó con regocijo que sin duda era consecuencia del mal de mar, y despertó en el acto su simpatía.

Cuando Juliane von Braun levantó por casualidad la cabeza, Viktoria se sintió a disgusto un instante, como si la hubiesen sorprendido haciendo algo prohibido. En efecto, se había quedado en la puerta observando abiertamente a la desconocida, lo cual, según el código de conducta de su madre, probablemente también fuese inadmisible. No obstante, quizá Gustava Wesermann tuviera razón, pues sin duda la mirada de Viktoria había sido un tanto descarada. Por ello su saludo fue más formal y su inclinación de cabeza más humilde de lo que habría concedido a alguien de su misma edad de haber sido otras las circunstancias.

—Buenos días —saludó Juliane von Braun con una despreocupación que contrastaba sobremanera con la persona a la que Viktoria había creído capaz de saltar por la borda—. ¿Quiere sentarse con nosotros? Hay sitio de sobra.

Un camarero con un uniforme blanco recién planchado corrió hacia Viktoria para cogerle el abrigo. El paletó y el bajo de la falda le goteaban, el agua era absorbida a sus pies por la alfombra oriental de pelo largo.

Viktoria notó que un hilillo de agua le resbalaba del sombrero y le caía por la sien y la mejilla. Cuando le llegó al mentón, levantó la mano y se la pasó por la cara. Acto seguido sacó el alfiler del tocado, que llevaba sobre un sencillo recogido y lucía con osadía sobre la frente. Naturalmente, no resultaba decoroso quitarse el sombrero en sociedad, pero no lo tuvo en cuenta, aunque a su madre también le hubiese enojado ese gesto. De manera que le entregó al camarero el sombrero y fue hacia su nueva conocida con paso firme.

—Buenos días, señorita Von Braun, me alegro mucho de ver que ya se encuentra bien.

Juliane estaba radiante.

—La raíz de jengibre es prodigiosa. Sus consejos me han sido de gran ayuda. ¿Me permite que le presente a mi padre? Papá, esta es la señorita doña Viktoria Wesermann. Nos conocimos en cubierta, cuando yo estaba indispuesta.

Mientras Juliane hablaba, el caballero se había puesto en pie. Tenía un rostro tan exquisito como el de su hija, la delicadeza únicamente atenuada por la barba y las arrugas de la boca. El cabello, sin embargo, carecía de su luminoso tono trigueño, y, veteado de canas, más bien parecía arena sucia. Mientras que Juliane llevaba un vestido de viaje a la última, de cuadros escoceses con cuello de paloma, el talle ajustado, sobrefalda y las mangas abullonadas, su padre iba ataviado con un sobrio traje oscuro, como si fuese de camino a una recepción real. Sin embargo, no daba la impresión de ser tan envarado como su ropa permitía suponer, pues sus ojos de color violeta como los de Juliane, reflejaban alegría y humor.

Le tendió la mano a Viktoria.

—Heinrich von Braun. Me alegro mucho de conocerla, señorita Wesermann. Mi hija me ha hablado maravillas de usted. ¿Querría tomarse una taza de café con nosotros?

—Es muy amable por su parte, gracias —repuso Viktoria, al tiempo que se sentaba en la silla libre que había junto a Juliane—. Todavía no he desayunado, primero quería ver Nápoles. Pero por desgracia todo está mojado y gris, no han sido unas vistas especialmente atractivas.

—Ciertamente el tiempo no acompaña para bajar a tierra. Además he oído de un nuevo brote de cólera en el barrio del puerto, de manera que, a ser posible, habría que evitar entrar en contacto con la población local.

—Pero quizá más tarde podamos al menos ir a cubierta y, de ese modo, hacernos una impresión de...

Von Braun le acarició la mano a Juliane.

—Tendrás que ir tú sola, tesoro...

El afectuoso trato que se dispensaban padre e hija hizo que Viktoria experimentase una punzada de dolor.

—Un cliente me ha anunciado su visita por telegrama. No puedo rehusar verlo.

—Queríamos pasar más tiempo juntos —adujo Juliane con un mohín—. A fin de cuentas esa era la razón de que te acompañara, pero ello no implicaba que tú solo trabajes, papá, y yo tenga que ver los monumentos sola.

—Se trata del director del Grand Hotel —aclaró pacientemente Von Braun, aunque Viktoria tenía la sensación de que ese diálogo no era sino la repetición de conversaciones similares—. Para un viticultor alemán es un gran honor que su vino sea degustado en un país tan rico en tradiciones como Italia.

Juliane torció el gesto.

—¿A quién le interesa el director del Grand Hotel? El sultán de Zanzíbar es tu cliente, y es un hombre mucho más importante.

—Si se contenta usted conmigo —se apresuró a terciar Viktoria, pues le daba pena Heinrich von Braun. La idea de que su propio padre tuviera que justificarse ante ella por un compromiso laboral se le antojó conmovedora—. Ya he estado en cubierta, pero mi correspondencia puede esperar, y posiblemente Nápoles resulte más agradable en compañía.

—¡Una idea excelente! —convino, encantada, Juliane—. Y qué amable que postergue su correo por mí. Confiemos en que la lluvia afloje. Seguro que hay muchas cosas que ver. ¿Acaso no suben nuevos pasajeros a bordo por la mañana? Conozcamos, pues, a nuestros compañeros de viaje. ¿No cree usted que podría ser interesante, señorita Wesermann?

El brillo burlón en los ojos de la joven despertó en Viktoria la sospecha de que su nueva amiga pensaba unir su curiosidad a algún que otro comentario malicioso. Una observación aguda sobre lo mal que le sentaba el polisón a una dama, sobre el atractivo de un joven que rondara por allí, posiblemente una nota a socapa sobre los impresionantes músculos de un estibador. La típica charla, que por regla general agotaba a Viktoria, de hijas de buenas familias que se aburrían. Pero decidió que definitivamente la inofensiva simpleza era mejor que escribir a su madre y recordar sus reproches.

Por ese motivo asintió risueña y se metió en la boca un panecillo untado con una generosa capa de mantequilla y mermelada de fresa. Así, al hacer esperar a sus padres, acababa de hacerse acreedora de una nueva falta. El siguiente puerto en el que haría escala el *Sachsen* sería Puerto Saíd, desde el cual también salía correo a Alemania. Solo tardaría un poco más.

En el transcurso de la mañana la lluvia remitió. Tras la bruma asomó un cielo azul claro, pero los débiles rayos de sol no bastaron para secar los charcos que se habían formado en el atracadero. Cuando las ruedas de los carruajes pasaban por ellos, salían despedidos surtidores de agua. Los cargadores y estibadores se hacían a un lado de un salto, bultos y baúles tambaleándose peligrosamente en sus manos, la ropa salpicada de manchas, humedad. El viento, que arreciaba, arrastraba por la dársena una mezcla de las lenguas más diversas, pero imprecaciones y amenazas poco serias se entendían como si las palabras no importaran.

Las dos jóvenes se hallaban en la cubierta de paseo del *Sachsen*, que entre los pesqueros, las lanchas de los prácticos y los barcos de recreo parecía un bello gigante blanco rodeado de embarcaciones de juguete. Desde allí arriba disfrutaban de una vista insuperable del colorido ajetreo, pero Juliane pronto dio la impresión de que se aburría. Tras observar un momento en silencio, se volvió, se apoyó de espaldas a la borda y miró a Viktoria con abierta curiosidad.

—¿Por qué viaja sola a Zanzíbar?

Que fuese tan directa a Viktoria le pareció un poco descortés, pero también de una franqueza refrescante. Quizá Juliane von Braun no fuera tan superficial como se temía.

—Soy la oveja negra de la familia, y me enviaron a hacer una visita lo más lejos posible —repuso sin pensárselo mucho. Tras meditarlo un instante, constató que no sentía el menor resentimiento. Encogiéndose de hombros, añadió—: Con las prisas no pudimos encontrar ningún acompañante, tan solo una doncella que se ocupa de mi guardarropa.

—Pues va a tener bastante que hacer —observó con una sonrisa Juliane mientras señalaba el sombrerito que había arruinado la lluvia, con el que jugueteaba Viktoria.

Esta sonrió a su vez sin querer.

—Sin duda, porque puedo ser bastante desordenada. Supongo que agradecerá poder coger en Adén el primer barco que zarpe de vuelta a Hamburgo.

—Ah. Y entonces ¿quién hará las maletas?

—Probablemente yo misma. Y me he propuesto ser tan cuidadosa en el futuro con mis vestidos como con mis libros. Así todo irá de perlas.

—¿Lee usted? —preguntó asombrada Juliane, si bien no esperó a obtener respuesta, sino que continuó entre dientes—: siempre creí que las mujeres que leían comían pavo, pero usted es completamente distinta... Mi madre también era distinta. Le interesaba la música, ¿sabe?, y le habría gustado ser una famosa concertista de piano.

—¿Por qué no hizo realidad su sueño?

—¿En nuestro entorno? —Juliane se llevó la mano a la garganta, horrorizada, y cogió la cadena de oro que asomaba bajo el cuello del vestido—. Impensable. ¿Qué habrían dicho al respecto las otras damas en la corte?

Ahora era Viktoria la sorprendida.

—¿Reciben a su madre en la corte?

Ya le había llamado la atención que un tratante en vinos se pudiera permitir sendos pasajes en primera clase, pero los círculos en los que se movía el señor Von Braun eran de lo más inusitados.

—No en la de Berlín, si se refiere a esa. El káiser no forma parte de la clientela de mi padre. Mi padre es proveedor de vino del palacio de Stuttgart. Antes de subir a bordo en Génova, incluso fuimos huéspedes en la residencia de verano del emperador Carlos en Niza. Fue absolutamente increíble: nunca había visto juntos a tantos jóvenes apuestos.

—Sin duda es una lástima que su madre no los pueda acompañar a usted y a su pa...

—Murió —la interrumpió bruscamente Juliane—. Hace un año. Según el médico tenía el corazón delicado, pero yo no opino lo mismo. Creo que mi madre murió porque se le partió el corazón al no poder satisfacer su mayor deseo. El piano lo era todo para ella. Significaba más incluso que mi padre o que yo.

¡Qué historia tan triste! Como no encontró las palabras adecuadas para expresar más que de manera superficial lo mucho que lo sentía, Viktoria le puso la mano en el antebrazo a su nueva amiga.

Pero esta se zafó, se sacó la cadena y abrió el pequeño medallón guarnecido de perlas que llevaba oculto en el corsé.

—Esta es una fotografía de mi madre —dijo, de pronto apocada—. ¿Quiere verla?

El amuleto era demasiado pequeño para transmitir una impresión fidedigna de la dama, que miraba con gravedad al objetivo. Con todo, la semejanza con el bellísimo rostro de muñeca de Juliane saltaba a la vista. Sin duda se trataba de una mujer que sería querida por su aspecto, no por sus dotes musicales. Viktoria tragó saliva, consternada. De pronto la teoría de Juliane de que su madre había muerto porque se le había roto el corazón no se quedaba en meras palabras.

—Se parece usted mucho a ella —afirmó, vacilante, Viktoria, pues se esperaba un comentario amable por su parte. Y eso que por la cabeza se le estaban pasando cosas muy distintas: vidas insatisfechas, sueños incumplidos...

—Sí, eso dice todo el mundo —musitó Juliane.

La joven parecía ensimismada en sus recuerdos, y Viktoria no la importunó, prefirió contemplar el atracadero en señal de muda complicidad.

Hombres uniformados bajaban por la pasarela, posiblemente autoridades portuarias que se habían cerciorado del cargamento y de la formalidad de la lista de pasajeros. En ese preciso instante eran refrenados ante la pasarela los caballos de un coche de punto cargado con una cantidad ingente de equipaje; el cochero dejó el pescante y bajó el estribo.

Viktoria observó con curiosidad al joven que bajó: era alto y delgado, y ocultaba el cabello y el rostro bajo un sombrero de paja de ala ancha que contrastaba sobremanera con una levita de corte impecable. Lo siguieron un caballero elegante de mediana edad y una mujer joven de la que apenas parecían preocuparse ambos hombres. Sin dignarse mirarla, fueron directos a la escalera, a cuyos pies el mayor se detuvo y se volvió hacia su acompañante.

—Señorita Geisenfelder, ocúpese del equipaje, se lo ruego.

—Naturalmente, doctor —respondió la joven, diligente.

—¿Está segura de que ha entregado el correo al mensajero adecuado?

—Sí, doctor, estoy segura.

—¿Y mi sombrero?

—Aquí, doctor. —Su mano se adelantó con el canotier en cuestión.

Lo que se estaba desarrollando ante los ojos de Viktoria parecía ser un ritual, y bastante cómico, a decir verdad. Le dio un empujoncito a Juliane.

—Mire eso. —E interrumpió así la apesadumbrada ensoñación de la joven—. Va a subir a bordo un grupito de cómicos.

Juliane se volvió y miró hacia la pasarela, donde un oficial del barco cotejaba el nombre de los nuevos pasajeros con un listado que sostenía en las manos.

—Sin embargo, parecen muy formales —observó—. ¿Por qué piensa que podrían ser actores?

—No cómicos de verdad, más bien arlequines de la vida...

—¡Cuidado! —gritó en el atracadero la joven a la que antes llamaran señorita Geisenfelder. Se dirigía al cochero, que con ayuda de un estibador cogía de la baca una caja cuyo peso al parecer había subestimado y que se ladeó peligrosamente—. El microscopio. Tenga mucho cuidado.

—Ajá —resumió Viktoria—: científicos.

—Esos son el doctor Max Seiboldt y sus acompañantes —desveló Juliane—. Mi padre me dijo que un profesor del Instituto de Higiene de la Universidad de Múnich viajaría con nosotros. Su expedición a Zanzíbar está financiada por el gran duque de Sajonia-Weimar-Eisenach y la Compañía Alemana del África Oriental.

—Interesante —musitó Viktoria mientras seguía observando a la señorita Geisenfelder, que, chapurreando una mezcla incomprensible de palabras alemanas y sílabas italianas, trataba de luchar contra el trato que daban a su equipaje los portadores, que difícilmente podía calificarse de cuidadoso. La mujer, sin duda no mucho mayor que Juliane von Braun y ella, era de estatura media y muy bella, con un rostro delicado, amable y un abundante cabello rubio ceniza sobre el que el sombrerito que llevaba se movía a un lado y a otro con cada uno de sus gestos, como si no lo hubiese sujetado debidamente. La señorita Geisenfelder parecía un tanto torpe, pero lo que más impresionó a Viktoria fue que se hubiese unido a un científico al parecer conocido y viajara con él a África.

¿Será su amante?, se preguntó Viktoria. No, pensó, el trato que se dispensaban ambos no daba esa impresión. ¿Su colaboradora? Desde luego eso sería fascinante. De ser así, la señorita Geisenfelder iba claramente un paso por delante en la vida que Viktoria, con su solitario sueño de ser maestra. Y ese hecho bien valía que trabara su amistad. Por ello incluso iría de visita a segunda clase.

4

En el mar,
martes, 19 de junio

Nada más encontrarse a bordo del *Sachsen*, Antonia tuvo claro que habría sido mejor volver a Múnich en el primer tren.

El doctor Seiboldt había reservado para él y sus acompañantes pasajes en primera clase. Antonia, que a lo sumo contaba con un camarote en segunda e incluso se habría dado por satisfecha con una litera en la cubierta inferior, se vio nuevamente en un ambiente de lujo que no correspondía a su posición, y menos aún al guardarropa que llevaba. Dado que la reserva había sido realizada sin tomar en consideración las necesidades de una mujer joven, no tenía un solo vestido que tan siquiera se aproximara a la elegancia de la cubierta superior. Ya solo eso la intimidaba, y las demás damas eran más cultas y bellas que ella. Su autoestima se vio mermada de tal forma que, de haber sido realista, la habría asustado. Pero Antonia ya no parecía estar en condiciones de pensar juiciosamente. Los sentimientos que había descubierto eran demasiado desconcertantes.

Pasaba mucho tiempo en su camarote, leyendo en el salón reservado a las damas o en cubierta. Evitaba relacionarse. Y se mantenía apartada de sus acompañantes. Sobre todo intentaba no coincidir con Seiboldt. Cada hora que pasaba cerca de él se convertía en un tormento, pues cada día que pasaba en el mar le dejaba más claro que lo deseaba. Peor aún: su profunda admiración se tornó amor. O al menos pensaba que eso era lo que debía de ser estar enamorado.

Y es que las mariposas que revoloteaban en su estómago no tenían nada que ver con el oleaje. El mar Mediterráneo, de un azul verdoso subido, más allá de Italia casi era tan manso como el lago Kleinhesseloher, del Jardín Inglés de Múnich. El sol brillaba en un cielo de un luminoso azul cobalto en el que solo de cuando en cuando se veía una nubecilla blanca, como un algodón, que se desplazaba por el aire y rozaba el firmamento en su viaje. El clima era de lo más agradable: todavía no hacía demasiado calor, y el viento que soplaba era tibio. Las demás damas sacaban los parasoles cuando paseaban por cubierta, pero Antonia no era melindrosa, y temía mucho menos al sol que a la visión del vello rojizo en el dorso de las manos de Seiboldt, que con la trémula clara luz se transformaban en hilos cobrizos. En esos momentos deseaba poder tocarlo con una intensidad rayana en la desesperación.

—¿No se encuentra bien? —preguntó el médico cuando estaban sentados juntos en el salón de fumadores mientras la mayoría de los caballeros que solían frecuentar dicha estancia jugaba en cubierta al tejo—. ¿Es que no le está sentando bien el viaje? Está usted pálida.

—Me encuentro bien —se apresuró a responder Antonia.

Se obligó a levantar la mirada de las manos del médico y posarla en las imágenes del friso de la pared. Sus ojos se toparon con una belleza exótica cuya cabellera cubría un velo. ¿Sería esa la imagen de una mujer que hacía que un hombre lo olvidara todo? ¿Era así la pasión que hacía enloquecer incluso a hombres impasibles? Antonia no lo sabía por propia experiencia, aunque movida por la curiosidad científica se había informado un poco sobre el erotismo. A fin de cuentas había enfermedades infecciosas que transmitía el amor. Dos cuerpos fusionados en un gozo compartido...

—No quiero ni pensar en lo que pasará si llegamos a atravesar un temporal. ¿Por qué no me dijo que era propensa al mareo?

Las mejillas de Antonia se tiñeron de un rojo subido. Lo notó porque el calor le llegó hasta las orejas. Y eso que, sin duda, el doctor no tenía la menor idea de qué estaba pensando. Le había parecido menos solícito que malhumorado. Lo importuno, pensó Antonia. Aunque se avergonzaba profundamente de la situación, solo pudo reprimir a duras penas el escalofrío que le recorrió el cuerpo cuando lo miró a los ojos.

—¡Exagera usted! Estoy perfectamente. ¿Por qué iba a ser de otro modo? La vida a bordo es tan... tan distinguida.

Seiboldt ladeó la cabeza un instante para no echarle el humo del cigarrillo en la cara.

—Veo lo que veo, señorita Geisenfelder. Y es una joven que está ensimismada a menudo y cavila. Parece infeliz a más no poder. Si no es mal de mar, solo puede tratarse de un arrebato de melancolía. Y a ese respecto ya hablamos en Nápoles. No me gusta.

—No es nada, doctor. Como ya le he dicho, me encuentro bien, y estoy disfrutando mucho del viaje. —Sus palabras sonaron como si se las hubiera aprendido de memoria, lo cual les restó toda credibilidad.

—Mmm. Probablemente se aburra usted —diagnosticó el médico tras una última mirada atenta a su rostro, antes de volver a centrarse en sus anotaciones, que había extendido en una mesa vestida de lino blanco. Como cuando trabajaba rara vez prestaba atención al entorno, a esas alturas la tela estaba llena de ceniza—. Lo puedo entender —continuó mientras organizaba las hojas sueltas—, esta ociosidad me afecta incluso a mí. Jugar al billar no es precisamente mi pasión, y al parecer la suya tampoco. No tengo ni la más remota idea de qué le encuentra Wegener.

Antonia calló que a ella le sucedía lo mismo.

—Quizá debiera empezar a dictarle mis memorias para matar el tiempo. Aunque espero que lo mejor esté por venir. Claro que probablemente nunca esté uno satisfecho con lo que tiene.

—Eso se llama empuje, doctor Seiboldt.

Él enarcó las cejas.

—Esa frase jamás se le habría ocurrido a Wegener. —La miró nuevamente con una leve sonrisa en los labios—. ¿Sabe usted, señorita Geisenfelder?, eso es lo que me gusta tanto de usted: es serena y precisa, siempre da en el clavo. Esas son unas características de un valor inestimable para un buen investigador.

El corazón le dio un vuelco. «¡Un buen investigador!» No la veía como mujer, algo que, objetivamente, era una consecuencia lógica de su colaboración.

Además, ¿por qué iba a estar interesado en ella como mujer el doctor Seiboldt? Como dama tenía mucho menos que ofrecer que como secretaria. Cada noche tenía ocasión de observar a la competencia en el comedor: ella no era tan bella como la señorita Von Braun, con la que compartían mesa, ni desde luego vestía tan a la moda como la enérgica hija del armador, que asimismo se unía a ellos. Aunque Viktoria Wesermann se mostraba extremadamente amable y educada, la cara fachada resultaba engañosa. Cuando el señor Von Braun y el doctor Seiboldt hablaban, por ejemplo, de política, ella aguzaba el oído y parecía desentenderse de cualquier otra conversación.

El día anterior, Hans Wegener se había quedado con dos palmos de narices cuando intentó impresionar a la señorita Wesermann con una obra de teatro a la que había acudido no hacía mucho en Viena. Había visto *El murciélago*, y se extendió sobre si el papel del príncipe Orlofsky, que encarnaba una mujer, era adecuado para ella y no se trataba de un desatino moderno.

—No comparto en modo alguno su opinión —objetó la joven hamburguesa mientras sus ojos iban de Wegener a los otros dos caballeros, que estaban absortos en su conversación—. En París la famosa actriz Sarah Bernhardt aparece desde hace años en escena vestida de varón. Y eso a pesar de que en Francia está prohibido que las mujeres lleven pantalones. De manera que difícilmente se puede hablar de desatino moderno en referencia a este papel. —Acto seguido inclinó de tal modo la parte superior del cuerpo que dejó bien claro que la conversación había concluido.

El día anterior Antonia se había quedado impresionada. Pero cuando ahora, en el salón de fumadores, turbada por la compañía de Seiboldt y los sentimientos que albergaba hacia él, pensaba en ello, la brusca objeción se le antojaba un tanto excesiva. La posición social de Viktoria Wesermann, su apariencia y sus modales, por lo general exquisitos, alimentaban la sospecha de Antonia de que la joven no tenía en mente otra cosa que buscar un esposo adecuado.

Viajará a Zanzíbar para pescar marido allí, pensó Antonia. Dios sabe por qué no lo habrá conseguido en Hamburgo.

Y mientras contemplaba al doctor Max Seiboldt, que sostenía la colilla del cigarro entre los dedos índice y corazón, la asaltó una idea inquietante: Dios quisiera que la joven no hubiese puesto la mira en él; los laureles científicos favorecerían incluso a un hombre menos atractivo. A juicio de Antonia, que fuese demasiado mayor para Viktoria Wesermann no revestía ninguna importancia; a fin de cuentas, ella misma había olvidado hacía tiempo que él casi tenía cuarenta años.

El cigarrillo parecía una minúscula bola de fuego en la oscuridad, pero incluso sin él Antonia lo habría reconocido: su familiar silueta se recortaba negra contra el telón azul noche del cielo y el mar. La oscuridad no era absoluta, en el agua bailoteaban coronas de espuma clara, la bóveda de estrellas brillaba como una piedra preciosa cuyo polvo parecía hundirse tras las montañas en el horizonte. De cuando en cuando puntos de luz salpicaban el exiguo y oscuro litoral. El murmullo del mar se fundía con el sonido del vapor que expulsaba la chimenea y el suave tableteo de las jarcias con el viento.

Max Seiboldt, de espaldas a la superestructura, miraba a lo

lejos, inmóvil, solo de vez en cuando levantaba el brazo a un ritmo casi invariable para fumar; a continuación, nubecillas gris ceniza se elevaban ante su rostro, se enroscaban y desaparecían rápidamente en la oscuridad.

La iluminación de a bordo había sido apagada hacía tiempo, la mayor parte del pasaje se había ido a la cama, y los miembros de la tripulación que no debían prestar ningún servicio probablemente también se hallaran sumidos en un sueño profundo en sus literas. Atormentada por sus anhelos y por una temperatura que iba en aumento cada día, Antonia salió del camarote decidida a refrescarse con la nocturna brisa. Apenas puso un pie en la cubierta de paseo reparó en el solitario fumador que se hallaba junto a la borda y se detuvo en seco.

Y ahora ¿qué hacía? ¿Se marchaba y seguía soñando con él? ¿O hacía acopio de valor y salía como tenía previsto? Tal vez debiera entablar una conversación inofensiva con él, como las que solían mantener las personas cuando se encontraban por casualidad.

Mientras se devanaba los sesos buscando un tema adecuado, oyó pasos. Alguien daba un paseo nocturno, con una resolución con la que Antonia habría estado muy lejos de manifestar.

Seiboldt también se percató de los ruidos y se volvió.

—¡Ah! —exclamó, y, educadamente, añadió—: Buenas noches.

Antonia estiró el cuello para ver quién era el entrometido, y poco después Viktoria Wesermann entró en su campo visual. La reconoció por el recogido desgreñado, ese cabello indómito cuyos mechones ondeaban al viento, y por el vestido claro, adornado con volantes, que se levantó como la niebla en el oscuro telón de fondo. Era evidente que no se había retirado aún, pues ese era el vestido que llevaba en la cena. Antonia, con su sencilla camisa de noche, envuelta sin gracia en el habitual pañolón, de pronto se sintió insignificante y tosca.

—Buenas noches, doctor Seiboldt —contestó en voz baja Viktoria, y se situó a su lado sin que nadie se lo pidiera. Guardó silencio un instante, pero cuando él hizo ademán de lanzar el cigarrillo al mar, ella se apresuró a ponerle la mano en el brazo—. No es preciso que renuncie a ese placer por mi causa. No me importa que fume. Además, soy yo la que lo ha molestado.

—De ninguna manera —aseguró él, galante—. Una conversación con usted siempre es bienvenida.

—Lo cierto es que no tengo sueño. Es curioso, porque casi nunca me ocurre en casa, pero ahora mismo tengo la sensación de que no podría pegar ojo.

—Es el tiempo —aclaró Seiboldt—. La temperatura sube, la humedad es mayor. Estos cambios afectan a las personas.

—Suena a que no podré dormir nunca más cuando lleguemos a Zanzíbar —resumió ella, y rio con suavidad, como si hubiera dicho algo gracioso.

El cigarrillo volvió a encenderse, y él repuso:

—No lo creo. Como muy tarde, en el canal de Suez empezará a acostumbrarse a los cambios. Y entonces le sucederá justo lo contrario: el calor la agotará de tal forma que solo querrá dormir.

—Me temo que eso tampoco suena lo que se dice tentador.

—Eso depende de cuáles sean sus planes, ¿no es así?

Antonia cogió aire en su escondrijo. ¿Acaso Seiboldt no le estaba haciendo la corte a la señorita Wesermann? ¿O solo era una pregunta cortés, nacida de la espontánea conversación? Contuvo la respiración para no perderse una sola sílaba de la respuesta. Sin plantearse volver a su camarote de inmediato, se quedó allí plantada, como embobada por la escena que se desarrollaba en la borda.

—Sí, probablemente —musitó Viktoria. Y tras un momento de silencio inquirió—: ¿Y usted? ¿También sufre de insomnio?

—No siempre. Sobre todo cuando estoy absorto en alguna labor. Esta noche me han retenido aquí fuera las estrellas. Se trata de una constelación poco común para nosotros, los centroeuropeos, que por esta época del año solo resulta visible al sur del Peloponeso. Que es precisamente donde nos encontramos nosotros.

Viktoria se inclinó sobre la borda para poder ver debidamente el cielo, que el techo no le permitía.

—La astronomía no es lo que se dice mi fuerte —admitió, apocada—. Me encanta el resplandor de las estrellas, pero no conozco las constelaciones. Probablemente mis mayores, navegantes, olvidaran facilitarme la mirada necesaria para hacerlo.

—Eso se puede remediar. —Señaló el firmamento gesticulando como un loco—. Entre las estrellas cuyo brillo es más intenso existen líneas invisibles que son como un mapa. Si mira al oeste y al sur verá una suerte de quilla en el cielo. Esa constelación recibe el nombre de Carina...

—Se lo acaba de inventar porque nos encontramos en un barco...

—De ninguna manera —la interrumpió él—. Esa constelación ya era conocida en la Antigüedad, y los antiguos griegos la denominaron *Argo Navis*. A finales del siglo XVIII el mapa se dividió a su vez en quilla y vela.

—Sí, sí —se entusiasmó Viktoria—. Lo veo. Tal y como me lo acaba de explicar, veo la constelación.

A Antonia se le encogió el corazón. Sentía un tormento físico, le dolían el pecho, el hombro y el brazo izquierdos. Es injusto, resonaba en su cabeza. Si se hubiera unido a Seiboldt un minuto antes, ahora estaría contemplando el cielo a su lado y ese hombre maravilloso, inteligente, le estaría hablando de astronomía en el mar Mediterráneo oriental. Sin embargo, ¿se mostraría igual de paciente con ella?

—Me alegro de poder serle de ayuda —afirmó. Sin necesidad de verlo, por el sonido de su voz, Antonia supo que sonreía satisfecho—. Puede acudir a mí siempre que necesite alguna explicación.

—¿En serio? —preguntó Viktoria en un tono sorprendentemente serio. Y tras una extraña pausa inquirió—: ¿Podría pedirle que me iniciase no solo en la astronomía, sino también en las ciencias naturales? ¿Sería posible? Le pido disculpas si mi petición es insolente, pero la ocasión me hace ser descarada.

En la frente de Antonia se dibujó una arruga profunda, y estaba bastante segura de que otro tanto le sucedía a Seiboldt. ¿Qué quería Viktoria Wesermann de él? Su petición difícilmente era el intento de acercamiento más adecuado de una joven que quería pescar a un hombre atractivo.

—¿Cómo dice? No comprendo... —replicó el médico, de pronto desvalido.

—Es posible que mis propósitos le escandalicen, doctor, pero en modo alguno tengo intención de cejar en mi empeño... —El leve titubeo desapareció de la voz de Viktoria, que añadió casi sin aliento—: Usted es científico, un investigador que podría salvar vidas. Por ello me atrevo a confiarme a usted. Verá, también yo querría lograr algo que sea provechoso para otras personas, mujeres, en concreto. Me propongo estudiar. Cuando regrese a Hamburgo el año que viene, desearía estar preparada para aprobar el examen de ingreso del seminario de maestras para escuelas de segunda enseñanza... —De repente dejó de hablar. Parecía como agotada tras el apasionado discurso—. Nunca se lo había dicho así a nadie.

El silencio se instaló sobre ambos, cada cual entregado a sus pensamientos. Viktoria posiblemente se preguntara si era demasiado irreflexiva e importuna, y lo más probable era que Seiboldt tuviese que digerir primero unos planes de futuro poco comunes para una hija de posición elevada. Por su parte, Antonia, desde su puesto de escucha, lidiaba con eso mismo. Las ideas de la joven también la cogieron por sorpresa a ella.

De manera que a Viktoria Wesermann no le esperaba un compromiso matrimonial en África Oriental. Y a todas luces tampoco lo deseaba. Con todo, Antonia no experimentó alivio alguno. Su preocupación de que la relación con el doctor Seiboldt pudiese acabar en matrimonio se tornó miedo de que la maestra en ciernes no tuviese inconveniente en iniciar un amorío. La seguridad con que Viktoria perseguía sus objetivos era cautivadora. Tenía una ingenuidad que Antonia se había dejado en el pedregoso camino.

En efecto, Seiboldt pareció mostrarse receptivo a la arrebatadora vivacidad de la señorita Wesermann. Al cabo de un rato dijo:

—Bien. La ayudaré. Puede que sea poco normal, pero al menos es un pasatiempo juicioso en una travesía por lo demás tediosa.

—Recibí clases de lenguas extranjeras, historia, literatura y arte —se apresuró a enumerar Viktoria—, pero no tengo conocimientos de ciencias naturales. Ni siquiera sé cómo funciona la luz eléctrica en la casa de mis padres ni cómo en este barco parece de día algunas noches.

—Aunque esa no es precisamente mi especialidad, podremos transmitirle algunas nociones básicas de cómo se genera la corriente continua.

—¿Podremos?

El médico rio con suavidad.

—Por mi cuenta no me veo capaz de enseñarle una disciplina científica tan vasta como las ciencias naturales. Lo suyo sería que incluyera en la clase a mi asistente, pero es un cabeza hueca que prefiere dedicarse a jugar al billar. No obstante, mi secretaria sería la elección adecuada, seguro que la señorita Geisenfelder estará encantada de ayudarla. No conozco a ninguna mujer más inteligente; sin duda le gustarán mucho sus planes.

El corazón de Antonia se aceleró de manera alarmante. Quería coger aire, pero prefirió no respirar hondo para que no la descubrieran. Max Seiboldt nunca le había hecho un cumplido comparable. Era tan estupendo que le temblaban las piernas.

La agradable sensación se desvaneció al ver que la joven le tendía la mano. Antonia se temió, horrorizada, que Seiboldt se llevara la mano derecha de Viktoria a los labios.

Pero era científico, y nada más lejos de su intención que hacerle la corte a su futura pupila. Estrechó y sacudió la delicada mano desde una distancia que hizo que Antonia soltase un suspiro de alivio. Con todo, siguió de cerca la estampa de una pareja unida por la pasión.

5

Domingo, 24 de junio

El enorme pájaro levantó el vuelo de la roja pared rocosa hacia un cielo que ya por la mañana era de un azul tan oscuro que, sin duda, podía rivalizar con el color del motivo de la cebolla de la porcelana de Meissen que adornaba la mesa de la familia Von Braun los domingos.

Ese recuerdo hizo que Juliane se preguntase si volvería a ver la vajilla del ajuar de su madre. O si no tardaría en sucumbir a los dolores de cabeza que padecía desde que el *Sachsen* atravesara el canal de Suez. La clara, límpida luz de Arabia resultaba demasiado deslumbrante y le hacía daño a los ojos incluso en la sombra de la cubierta de paseo. Pese a todo, no habría querido cambiar el liso tapiz del mar Rojo, que con la luz matutina relumbraba con todas las tonalidades posibles doradas y anaranjadas, por las olas gris pizarra que la importunaran en la costa occidental italiana. La idea de que cada vez se hallaban más cerca de su destino incluso contribuía a que soportase un poco mejor las migrañas que semanas antes el temible mareo. Así y todo se sentía terriblemente mal.

Y para colmo ese calor inhumano. Incluso a esa hora tan temprana ya notaba el sudor en la nuca, en las axilas y entre los pechos. Sudar era insoportable, embarazoso y vulgar. Juliane se preguntaba seriamente cómo iba a aguantar el clima en Zanzíbar, donde al parecer era más sofocante y no hacía menos calor. ¿Quién demonios le mandaría emprender ese viaje?

Miró rápidamente a un lado: ¿se sentían así sus nuevas conocidas? ¿Se encontraban tan mal como ella las dos jóvenes damas? En modo alguno, constató con cierto enojo Juliane.

La señorita Geisenfelder parecía inmune al tiempo. Su sencilla blusa blanca parecía tan limpia como si la acabara de lavar, poner en lejía y planchar. Y eso que sin duda la llevaba desde hacía unas cuantas horas. Le había contado a Juliane que dormía mal y solía contemplar la salida del sol en cubierta. Por su parte Viktoria Wesermann, siempre vestida a la perfección, a la moda, quizá pareciese algo más embotada, si bien ello probablemente no se debiera al tiempo. Miraba al cielo tensa de la emoción y el asombro.

—¡Miren, ahí! —exclamó—. Un águila pescadora. Qué hermosa...

El ave, de plumaje marrón oscuro y blanco, planeaba sobre el mar con las alas completamente extendidas, como un símbolo de libertad. Viktoria tenía razón: era bellísima. Pero ¿cómo sabía la hija del armador que se trataba de un águila pescadora? Juliane no habría identificado al ave aunque la hubiese tenido bastante más cerca. En rigor nunca había visto a un águila pescadora, y lo cierto era que tampoco le interesaban especialmente la flora y la fauna.

Para entonces, detrás de Juliane, Viktoria y Antonia Geisenfelder, que paseaban por la borda y se habían detenido tras la exclamación de Viktoria, se había formado un grupito de curiosos. Pasajeros de primera clase que se levantaban de sus respectivas tumbonas y miraban indolentes el espectáculo que los distraía de la cotidianidad a bordo.

De pronto, la rapaz se quedó suspendida en un punto. Daba la impresión de estar inmóvil en el aire, como si quisiera presentarse tranquilamente a sus admiradores. Acto seguido se lanzó en picado, prácticamente en vertical, con las patas extendidas, sobre el arrecife. Juliane no comprendía por qué se posaba un instante en la superficie del agua. Solo después de que el águila batiera las alas de nuevo y ascendiera a su elemento distinguió un pez plateado, sorprendentemente grande, que se agitaba entre las garras del ave.

Los demás viajeros miraban el espectáculo embelesados, pasmados, quizá también maravillados con la brutal fuerza de la naturaleza. Habitantes de la gran ciudad con una visión romántica de la agricultura, pensó con desdén Juliane. Así era como gustaba denominar a su padre a quienes se adherían al nuevo movimiento de defensa de la naturaleza.

Aunque le repugnaba ver cómo la presa luchaba tan desesperada como inútilmente por su vida, no podía apartar la vista. Entrecerró los ojos y creyó ver un hilo de sangre que corría por las escamas. No supo si se trataba de un producto de su desbordante fantasía o de la atroz realidad. Mientras seguía cavilando, el ave se alejó en dirección a las rocas.

El tenso silencio de los demás pasajeros se tornó un murmullo que fue en aumento hasta convertirse en conversaciones aisladas. Las damas y los caballeros se dirigieron nuevamente a sus tumbonas comentando la inesperada demostración de comer y ser comido.

—Pobre pez —observó Viktoria—. Confiemos en que a todos los polluelos del águila les toque algo.

—Que yo sepa al ave rapaz solo le interesa el lomo de su presa. La cabeza la separa y la deja caer para que otros animales se abalancen sobre ella —instruyó Antonia—. De modo que el rey de las aves se alimenta y alimenta a su familia como corresponde a su rango. Es curioso que también existan esas reglas en el reino animal, ¿no es cierto?

—Nunca había visto algo así —admitió Juliane, pasándose la lengua por los labios; notó un sabor a sal y humedad. ¿Acaso le sudaba ya el rostro? Eso solo les pasaba a mujeres viejas y gordas, y era repulsivo. El dolor de cabeza, que disipó momentáneamente la avidez de sensaciones, volvió con un redoble de tambor a sus sienes.

Viktoria no prestó atención a Juliane: miraba maravillada a Antonia.

—¿Es usted socialista?

La aludida se encogió de hombros con indiferencia.

—Rezo para que todos los niños puedan crecer alimentados, limpios y sanos. Se trata de un objetivo tan científico como político, ya que la higiene ayuda a frenar las enfermedades infecciosas.

—Y yo rezo para que las niñas entre esos niños puedan estudiar igual que los varones —repuso Viktoria. Aunque llevaba un sombrero de paja de ala ancha que ocultaba sus ojos, Juliane vio en ellos una chispa de picardía—. ¿Qué conocimientos tendrán las hembras de las águilas pescadoras jóvenes? ¿Por casualidad lo sabe usted?

Antonia prorrumpió en una risa sonora, y Juliane se preguntó qué tenía de graciosa la observación de Viktoria. Ambas solían intercambiar comentarios ingeniosos que Juliane no entendía. Lo cierto era que la secretaria del doctor Seiboldt y la hija del armador pasaban mucho tiempo juntas. Juliane se sentía excluida, ya que la mayor parte de sus temas de conversación no le interesaban, y menos aún habría podido efectuar alguna aportación. Era una lástima.

Desde que se conocieran, Viktoria Wesermann le había parecido un manantial borboteante en el desierto. Cuando efectuaba los preparativos del viaje jamás habría contado con coincidir con alguien casi de su misma edad con quien poder pasar el tiempo cuando su padre estuviese ocupado. Pero ahora Viktoria y la señorita Geisenfelder eran inseparables.

¿Serían los celos los que provocaban semejantes dolores de cabeza a Juliane? No era que la culta Viktoria le hubiese dado de lado; la distinguida hamburguesa seguía repartiendo sus simpatías entre ambas compañeras de viaje, pero pasaba mucho más tiempo con Antonia desde que esta le daba clases. Y eso que Viktoria era sumamente inteligente. ¿Qué le podía enseñar alguien que comía pavo como Antonia Geisenfelder? ¿Que las águilas pescadoras ofrecían los lomos del pescado a sus polluelos? Ridículo.

—No entiendo que a alguien le pueda gustar este espectáculo —espetó con brusquedad Juliane—. La caza entre animales es chocante y primitiva.

—Las correrías son necesarias —replicó pacientemente Antonia—. Forman parte del ciclo de la vida.

Juliane arrugó la nariz.

—Quizá lo entiendan los hombres. Por mi parte prefiero no ver estampas brutales. Nunca he visto cómo destripa una liebre o despluma un ganso nuestra cocinera. Me da lo mismo de dónde sale la carne que aparece en mi plato. No lo quiero saber. Y me da dolor de cabeza pensar en ello. —Para subrayar sus palabras se llevó las manos a la frente.

—¿Sufre de migrañas? —preguntó Viktoria con voz compasiva, y ello hizo mucho bien a Juliane—. Es una lástima. Debería disfrutar de la travesía en lugar de sufrir.

—Lo cierto es que solo me siento bien en los puertos.

—En ese caso sin duda se restablecerá usted en los próximos días —aseguró Viktoria—. Mañana arribaremos a Adén, y hasta que zarpe nuestro barco a Zanzíbar podrá descansar unos días en tierra. Le sentará bien.

Antonia apoyó las manos en los hombros de Juliane y la apartó de la borda para llevarla a las sillas plegables.

—Póngase a la sombra. Da la impresión de que le arde el rostro.

Parezco una vieja, pensó Juliane, malhumorada. Sin querer sus manos asieron la bolsita de seda donde guardaba un pañuelito de encaje y algunos utensilios cosméticos que casi siempre llevaba consigo.

Sin embargo, cuando sus dedos tocaron el pie del espejito de bolsillo de plata se detuvo: mejor no ver sus mejillas, posiblemente enrojecidas; en el peor de los casos, quemadas. Siempre había cuidado mucho la blancura de su piel, y estaba muy orgullosa de su delicada tez. Si ahora veía alguna merma en su belleza, probablemente rompiera a llorar. Y prefería desmayarse a mostrar esa flaqueza ante los otros pasajeros. Juliane dejó caer los brazos.

Saludó educadamente con la cabeza al caballero desconocido que ocupaba la tumbona que había junto a la silla libre a la que Antonia la empujó con suave vehemencia. El pasajero no reaccionó, estaría medio dormido en lugar de leer el diario *Vossische Zeitung*, que mantenía ante la cara. Suspirando, Juliane se dejó caer a su lado y alzó la cabeza, tan perpleja como desdichada, a sus compañeras de viaje: Antonia y Viktoria se habían apostado delante de ella como si fuesen dos centinelas.

—¿Tiene algún remedio contra el dolor de cabeza? —quiso saber Antonia.

—Tengo un frasquito de perfume en mi camarote, pero lo cierto es que me marea, por eso no lo uso mucho y...

—A mí me ocurre lo mismo. Ese olor soso de la sal de cuerno de ciervo sin perfumar me resulta de lo más atroz —la cortó Antonia—. Pero si se mezcla con eucalipto y se aspira rápida y profundamente una vez, el alivio es completo. Por desgracia no llevo ningún pomo conmigo, de lo contrario se lo ofrecería.

—Yo me dejé esos afeites de mujeres en casa. —Viktoria se volvió, y al hacerlo pareció extremadamente enérgica. A Juliane volvió a impresionarle sobremanera la viveza y salud de la joven—. Seguro que habrá alguna dama que pueda ayudarnos... —se interrumpió mientras a todas luces sopesaba a cuál de ellas abordar.

Juliane se apresuró a cogerle la mano a Viktoria.

—No, por favor, nada de sal. No la soporto.

—El ácido salicílico sería un buen remedio contra el dolor de cabeza —prosiguió Antonia como si estuviese dando una conferencia de medicina—. El doctor Seiboldt guarda una pequeña reserva en su maletín. O se lo pediré al médico de a bordo. ¿Sabe lo que es? —Como la pregunta era puramente retórica, continuó sin más—: Por desgracia la salicina a veces ocasiona dolor de estómago, de manera que dadas las circunstancias quizá no sea lo mejor para usted.

Un paño húmedo con el que refrescarse la frente, las sienes y los ojos sin duda serviría, pensó Juliane. Pero no lo pidió. Hablar empezaba a cansarla. Además, con la temperatura que hacía, la tela se calentaría y se secaría demasiado deprisa. Y, claro, no podía recurrir a eso en público, pero tampoco quería ir al camarote. Estar sola era lo último que deseaba.

Entonces se le pasó por la cabeza algo que a su juicio era importante.

—Estoy tomando quinina.

—La tomamos todos —aseveró Viktoria, y apretó la mano de Juliane, en señal de comprensión— para no enfermar de malaria. ¿Acaso no es de ayuda la quinina contra el dolor de cabeza? —le preguntó a Antonia, soltando la mano de Juliane.

—Que yo sepa sí. Pero el doctor Seiboldt mencionó recientemente que las reacciones alérgicas son diversas. Quizá en el caso de la señorita Von Braun el remedio le cause esa dolencia en lugar de aliviarla. Cosas así pasan.

—No hace mucho oí decir a un caballero que una botella de ginebra era tan buena contra la malaria como la quinina —dijo Viktoria, risueña—. Pero me temo que no es una buena recomendación para nuestra pobre enferma.

A Juliane le enojó que sus compañeras volvieran a ocuparse más de sí mismas que de su persona, y para colmo hablasen de ella como si no se encontrara presente. Cerró los ojos, ofendida, porque no recibía suficiente atención, pero también porque estaba fatigada. El sol había seguido su avance, y para entonces la cubierta de paseo se hallaba enteramente a la sombra. Resultaba agradable no tener que sufrir esa claridad cegadora.

Los sonidos de fondo arrullaban a Juliane. Los demás pasajeros conversaban en voz queda. En alguna parte unos niños empezaron a jugar ruidosamente; los pasos resonaban con fuerza en la madera. Pero, acto seguido, Juliane escuchó que un adulto los amonestaba y llamaba a la institutriz para que se llevara a los pequeños al cuarto de los niños. Después, durante un rato, lo único que se escuchó fue el vapor que expulsaba la chimenea, que se entremezclaba con el murmullo de las olas. Incluso las compañeras de Juliane callaron. Las dos jóvenes no se habían movido de su lado; Juliane notaba con claridad su cercanía.

Mientras daba cabezadas, se le ocurrió que Antonia Geisenfelder quizá tuviese razón. La secretaria del doctor Seiboldt era sumamente culta y ciertamente sabía de lo que hablaba. Si tomar quinina producía dolor de cabeza, tal vez fuese mejor que Juliane renunciara a ella. Por otro lado, en África había enfermedades infecciosas que se podían combatir con ese remedio. Entonces ¿qué hacía?

Dándole vueltas a esa pregunta se sumió en un grato sopor.

6

Adén,
martes, 26 de junio

Max Seiboldt paseaba por las callejuelas sofocantes del bazar de Bohra cuando la llamada del muecín resonó sobre los tejados de Adén y trajo consigo el breve crepúsculo típico de la península arábiga. Sin pararse a pensar mucho en ello, apretó el paso: temía pasar por alto su destino en el intrincado barrio en cuanto cayera la noche. En las manos sostenía un dibujo del camino, y dudaba de que con la mortecina luz de las lámparas de aceite fuera a encontrar el salón de té que le había recomendado el médico del *Sachsen*. Con tan mala iluminación probablemente ni siquiera lograra ya descifrar el croquis. No le gustaba admitirlo, pero con cada año que dedicaba a la investigación y con cada día que trabajaba con un microscopio su vista empeoraba.

Aunque se estaba esforzando, no avanzaba más deprisa. El mercado bullía de gente: hombres barbados de todas las edades, la mayoría con el cabello largo y la tez aceitunada conversaban, discutían, regateaban con los comerciantes, cuya apariencia y vestimenta eran como las de la mayoría de sus clientes. Los nativos llevaban una camisa blanca sobre una falda cruzada que llamaban *futah* y que sujetaban con anchos cintos de cuero de los que asomaban dagas curvas tan impresionantes como inquietantes.

Las mujeres del lugar, que pasaban por delante de cuando en cuando en compañía de otras mujeres, iban envueltas de la cabeza a los pies en *sitaras* de algodón con vistosos estampados; el rostro oculto tras velos negros. Cuando hacían sus compras se apiñaban en los rincones más oscuros del zoco, probablemente con la esperanza de ser completamente invisibles. Por ese motivo, Max intentaba esquivar a las ciudadanas de Adén en la medida de lo posible, lo cual consiguió a costa de un joven imberbe con uniforme de marinero...

«*Beg your pardon*», musitó, valiéndose de la lengua de los colonizadores británicos. Tras el estudio intensivo del manual de conversación del viajero de Baedecker, dominaba el inglés a la perfección.

El joven no pareció notar el golpe. Miraba con los ojos como platos a una europea de mediana edad que se probaba cadenas de plata primorosamente labradas en un puesto mientras soportaba la enfática verborrea del comerciante. La mujer se hallaba tan absorta observando y tocando las joyas que ni siquiera reparó en su admirador. Y eso que sin duda era consciente de la impresión que causaba en el otro sexo. Tenía el cabello como las llamas rojas anaranjadas con las que el sol poniente teñía el cielo color amatista. Su escote era casto, pero los senos, que amenazaban con reventar el corpiño de tafetán rosa claro, indecorosos.

Sin duda, la mujer formaba parte de ese gremio que al parecer ya conocía la reina de Saba, pensó Max, risueño. Las rameras eran arrastradas con los despojos del mar hasta la orilla de las grandes ciudades portuarias, y decían que, después de los atracaderos de Nueva York y Liverpool, ese era el tercer puerto más grande del mundo. Sin embargo, la mayoría de los turistas y emigrantes que se encontraban de paso no se dirigía al barrio de Crater, el más antiguo de Adén, que estaba reservado casi exclusivamente a los naturales del país. La excepción la constituían los comerciantes indios, que de vez en cuando se mezclaban con el gentío en nutridos grupos: hombres afeitados con *dhotis*, su vestimenta tradicional, esa pieza que se anudaba en la cintura y se pasaba entre las piernas, formando una suerte de pantalones, y a su lado damas muy elegantes con caros saris de seda.

El bazar de Bohra era una sinfonía con varias frases, pensó Max. Sonidos de otras lenguas conformaban el primer movimiento, el adagio eran los ruidos apenas perceptibles de los alfombreros. Del *scherzo* se ocupaba el herrero, que con un martillo daba los últimos toques a la vaina de una daga. El responsable del rondó era el joven vendedor que ofrecía sus cebollas, cabezas de ajo y zanahorias en una rauda sucesión de sonidos árabes que habrían hecho enmudecer de envidia a los tenderos del mercado central de Múnich, el Schrannenhalle.

A pesar de la cantidad de gente que había y del estival calor, los olores eran embriagadores. Todo Adén olía a café recién tostado. En el zoco ese aroma se mezclaba con el perfume del incienso y las especias que se vendían. Al pasar, Max vio una selección que, en cestas o recipientes de barro, alegraban no solo el olfato, sino también la vista: hebras de azafrán rojo punzó, cúrcuma amarilla, canela en rama marrón oscuro, galanga blanquecina. Al parecer, también saquitos de pimienta cambiaban de manos, o cajitas con semillas de amapola de un gris azulado y nuez moscada color ocre.

Distraído con el género, en su avance el médico estuvo a punto de tropezar con un burro que, ajeno a los transeúntes, estaba atado delante de una tienda. Un hombre de barba blanca y cabello largo también blanco le retiraba las alforjas del lomo al animal de carga. El anciano respondía a la imagen que Max tenía de san Pedro; lo único que distorsionaba la estampa era la tela que llevaba primorosamente enrollada en la cabeza. Aunque el hombre parecía frágil como una rama moribunda, daba la impresión de tener una fuerza insospechada. Realizaba su cometido con parsimonia, y ni la llamada del muecín ni el gentío hicieron que variara sus tranquilos movimientos. Extrañamente impresionado por el desconocido, Max se detuvo y se apoyó en la empuñadura del bastón.

A primera vista lo que el hombre metía en la tiendecita eran hojas, pero al observar con más atención Max intuyó que se trataba de remedios medicinales y estimulantes. Se preguntó si no sería mejor que cambiase de opinión y consultara la farmacopea oriental en lugar de someterse al experimento que tenía previsto. Sin embargo, el anciano se dedicaba a su labor con una seguridad de sonámbulo, hacía caso omiso de todo cuanto sucedía a su alrededor y daba la impresión de que ni siquiera había reparado en el europeo, como si su cuerpo y su espíritu se hallasen bajo los efectos de alguna hierba.

Max titubeó, no se decidía a abordar al comerciante y sacarlo de su trance. Aunque se sentía impulsado a averiguar más del género que ofrecía, al final siguió abriéndose paso entre la multitud sin lograr su propósito.

Su destino era una pequeña tetería que ahora, con la seguridad de un sonámbulo, encontró sorprendentemente deprisa. Por fuera el sitio parecía minúsculo, embutido entre dos establecimientos de mayor tamaño: un almacén de alfarería y una pañería. Al pasar por delante de las telas, dispuestas en apretados rollos y colgadas a la entrada, un fino algodón color índigo le rozó la mejilla.

El roce, fortuito, apenas perceptible, lo confundió de tal modo que levantó una mano y se tapó un instante los ojos. De esa manera confiaba en ahuyentar la asociación con unos delicados dedos que le acariciaban la piel por encima de la barba. Con todo, en la fugaz oscuridad el recuerdo cobró aún más intensidad que en la vistosa, ruidosa locura del mercado.

Incapaz de moverse o de volver a abrir los ojos, Max se quedó plantado delante de la tienda y dejó que sus pensamientos cayeran en un agujero negro. Ya no era consciente del gentío que tenía alrededor, no notó el ligero empujón que le propinó un desconocido desconsiderado; no estaba solo ciego, sino también sordo. Quizá sus sentidos estuviesen paralizados, pero las sensaciones amenazaban con subyugarlo.

Hacía mucho que no recordaba a su esposa con tanta intensidad. El fino tejido había hecho que sus caricias volvieran a la vida como si las hubiese sentido el día anterior.

Sin embargo, el recuerdo en realidad era una ilusión, pues en el curso de los últimos años de su matrimonio apenas le dispensaba ternezas. Por aquel entonces su espíritu de compañerismo estaba tan lejos como la luna, la ruptura era un hecho. Una mujer como ella, cuya dulce apariencia ocultaba su fuerza interior, no pudo aguantar a largo plazo tener que rivalizar con su profesión. Se estuvo engañando a sí mismo mucho tiempo, y nunca dejó de amar a Anna.

Sin embargo, tanto antes como ahora el puño frío, férreo, que controlaba su corazón seguía gobernando sus actos. Pensar en el trabajo hizo que Max volviese al presente. Dejó caer la mano y abrió los ojos.

Ante él tenía la tetería, ubicada en un espacio alargado, estrecho. A esa hora del día el establecimiento estaba bañado en una penumbra dispersa, los distintos montones de alfombras y cojines del suelo se fundían en un todo. Costaba distinguir si las mesitas bajas, esparcidas por el suelo como monedas, eran de plata, latón o cobre, pues el color del metal variaba con la luz de las lámparas de aceite que estaba encendiendo en ese preciso instante un adolescente que lucía la vestimenta típica del lugar. Había un fuerte olor a incienso y a otro aroma dulzón, posiblemente alguna hierba embriagadora.

Un grupo de hombres de distintas edades estaba sentado en semicírculo en torno a una vasija panzuda, de alrededor de un metro de alta, que se sustentaba en un soporte de plata. Del canuto de madera torneada, ricamente ornada, salía un tubo largo de cuero. Aunque así era exactamente como Max se imaginaba la lámpara maravillosa de Aladino del cuento de las mil y una noches, sabía que se trataba de una pipa de agua. Los fumadores le habían quitado la boquilla al narguile y habían apurado los coloristas vasitos que tenían al alcance de la mano. Se disponían a rezar la Magrib, y Max decidió esperar pacientemente a la entrada, hasta que finalizara la tradicional oración. No quería molestar a los hombres en el cumplimiento de sus obligaciones religiosas.

Max supo que se encontraba en el sitio adecuado al ver los paquetes que tenían al lado los parroquianos de la tetería. Con mudo regocijo pensó que la mayoría de los hombres de su país llevaba el tabaco en bolsitas de cuero, en cajas más o menos bonitas y valiosas o envuelto en papel barato; los hombres de Adén, en cambio, envolvían su estimulante preferido en hojas de plátano. Esa planta verde, que con la tenue luz a Max le recordaba al laurel, no era para fumar, tal y como le había explicado el médico del barco, sino que estaba presente en todas las reuniones de los yemeníes como el rapé en una tertulia bávara.

Max quería probar esa misteriosa droga llamada *qat* para conocer los efectos en su propio cuerpo.

7

«Aquí se ve lo que se perdieron los pasajeros del *Preussen*», comentó Hans Wegener mientras hacía girar en el vaso el dedo de líquido transparente que le quedaba tras dar un trago largo. No dijo si se refería a las bebidas que se consumían en el bar del hotel o a la orquesta, de la que se decía que se la habían ganado por la mano a los londinenses jardines de Vauxhall. Esto último parecía arrebatarlo más que la joven dama que lo acompañaba, pues su atención se dirigía a los miembros de la orquesta y no a Antonia, que se hallaba a su lado.

Cinco músicos tocaban una excelente música de baile, una pieza tras otra, y algunas parejas giraban al son de valses vieneses e ingleses o daban vueltas con el galop y la polca por el parqué. Los que no bailaban se hallaban en el bar, sentados a alguna de las escasas mesas o paseando ante el frente de ventanas, donde puertas abiertas de par en par daban a la terraza. Las risas interrumpían las melodías, y de vez en cuando se oía un debate acalorado, un babel de lenguas y sonidos. La mayoría de los invitados eran oriundos de las islas británicas o de la India; había algunos funcionarios franceses ataviados con trajes de corte impecable y, como es natural, los pasajeros del vapor correo, que pasaban allí el tiempo hasta que pudieran seguir viaje a África.

A nadie parecía molestar la avanzada hora ni la temperatura. Una leve brisa permitía que se hicieran la ilusión de que refrescaba algo. O al menos de que corría un poco de aire. Con todo, a las damas los polvos cosméticos se les apelmazaban en las arrugas del rostro, y los caballeros sudaban la gota gorda con los cerrados cuellos de las camisas. Pese a todo, bajo palmeras altas como un hombre plantadas en toscas macetas de piedra que parecían arrancadas directamente de las peñas, la celebración se desarrollaba animadamente. Juliane en particular parecía hallarse en su elemento: la señorita Von Braun, a bordo siempre rezongona y enfermiza, se había transformado en la reina del baile.

Antonia observaba pasmada el derroche de alegría de vivir en estado puro que se ocultaba tras una fachada que hasta entonces parecía tan frágil. Daba la impresión de que Juliane no se cansaba, pasaba de un caballero al siguiente. Tenía los ojos brillantes, y su risa sonora resonaba sobre la cabeza de las demás parejas. Llevaba un fabuloso vestido de noche de seda blanca con bordados sobrepuestos negros y una osada y moderna cola negra. En el cabello, que lucía un artístico recogido, unas plumas a tono se movían al ritmo de la música.

Antonia nunca había visto de cerca tanta etiqueta. En realidad ni siquiera se habría atrevido a soñar con que llevaría un vestido como el que lucía esa noche. Viktoria la había ayudado. Y a decir verdad también había sido idea de su nueva amiga cambiar la sencilla ropa de Antonia por un exclusivo modelo del guardarropa de Viktoria para esa velada.

Tenía mucho miedo de romper las ballenas de las enaguas de Viktoria o de estropear el relleno de crin de su nuevo polisón, que venía como anillo al dedo, razón por la cual no se sentó. Otro tanto le sucedía con los guantes largos abotonados: no se atrevía a coger un refresco. Y no es que se lo hubiese prohibido Viktoria, no, pero Antonia no quería dañar algo que no era suyo, en particular ese vestido de noche azul marino. Por desgracia, se sentía todo menos cómoda debido al profundo escote redondo; nunca había enseñado tanta piel en público.

Se situó a la sombra de una palmera, debatiéndose entre el

deseo de unirse al resto de jóvenes y el temor de que alguien la sacara a bailar. Hasta el momento había logrado rehusar todas las ofertas y había salido tan airosa que para entonces los posibles compañeros de baile la dejaban en paz. Pero ahora se había unido a ella Hans Wegener, y Antonia se preguntaba desesperada cómo podía rechazar a su colega sin ser descortés. No estaba dispuesta a revelarle la verdad: que no había tomado nunca lecciones de baile.

Sin embargo, al parecer el joven bacteriólogo no buscaba pareja de baile, sino a alguien que lo escuchase.

—El *Preussen* es el buque gemelo del *Sachsen*, ¿lo sabía usted? —se lamentó, y sin darle tiempo a que respondiera continuó, balbuciendo un tanto—: Pero bueno, qué más da. Lo importante es que a los pasajeros del *Preussen* los retuvieron a bordo durante semanas y no pudieron bajar a tierra. Pobres diablos. Tuvieron que renunciar a esta exquisita ginebra... —Levantó una vez más el vaso, brindó a su salud y bebió con afectación.

—Y eso ¿por qué? —preguntó Antonia sin mucho interés.

Le interesaba mucho más la cuestión de dónde estaba el doctor Seiboldt. Había desaparecido hacía horas y no tenía ni la más remota idea de dónde se encontraba ni de cuándo volvería al hotel. A Wegener no parecía causarle extrañeza; en cualquier caso, no se lo veía preocupado.

El joven investigador la miró con cara de asombro.

—Por qué ¿qué? Ah, sí. Se refiere usted al *Preussen*. Ya. Pusieron a todos los pasajeros en cuarentena, dos meses. Algún cabeza de chorlito se contagió de viruela.

—¿De veras? —Antonia buscaba entre los demás invitados: en esos escasos segundos el doctor Seiboldt tampoco había llegado.

—Habría que confiar en que hubiese bastante ginebra a bordo. —Por lo visto Wegener no reparaba en el desinterés de Antonia. A todas luces le inquietaba su vaso, para entonces vacío—. Sin ginebra no se puede sobrevivir en los trópicos. Antigua perla de sabiduría británica. Discúlpeme, se lo ruego, iré a aprovisionarme antes de que se terminen las botellas. —Soltó una risita y fue directo al bar por el camino más corto, torpemente.

Agradeciendo profundamente que se ausentara, Antonia respiró hondo, cosa que, sin embargo, le impidió hacer el corsé. Santo cielo, los tormentos que debían de padecer las mujeres que iban a la moda. Los médicos no paraban de advertir de que el corsé infligía daños en los órganos y provocaba deformaciones en los huesos, pero estaba claro que nadie quería interceder seriamente por la salud de quienes lo llevaban.

Antonia cogió aire de nuevo. Ya era hora de que se retirara a su habitación. ¿Para qué esperar al doctor Seiboldt? Por lo visto prefería pasar esa noche en otra parte. Y ¿quién era ella para ejercer de institutriz suya?

Por otro lado, ¡podían pasar tantas cosas! ¿Quién le garantizaba que no se había enzarzado en una pelea en la ciudad y estaba tendido en un callejón debatiéndose con la muerte, herido por una de esas pavorosas dagas curvas que llevaban todos los hombres al cinto? Quizá necesitase ahora, más que nunca, su ayuda...

El director de la orquesta acometió una canción del famoso cantante de cabaret francés Aristide Bruant. Las palabras, que se impusieron al murmullo y las risas generalizados, interrumpieron los sombríos pensamientos de Antonia. Cuando sonó la melancólica música y las parejas empezaron a mecerse con lentos pasos de vals, Antonia tuvo una nueva visión.

Vio a Max Seiboldt en un burdel. No es que tuviera la menor idea de lo que pasaba en una casa de trato, pero su imaginación era lo bastante poderosa para ver al médico en brazos de una mujer voluptuosa, escasamente vestida. Fue como si un rayo le diera en la cabeza: el cuerpo le empezó a temblar de manera descontrolada.

De nuevo sus ojos recorrieron la multitud: vio a Juliane, que bailaba con su padre, y también Viktoria había atendido los ruegos de un admirador y se había entregado al parqué. Entretanto, estaba claro que a Wegener lo habían retenido en el bar, donde hablaba con un caballero de cierta edad vestido de frac. Probablemente conversara sobre la bebida adecuada en los trópicos. Y el doctor Seiboldt seguía sin aparecer.

Lógico, pensó amargamente Antonia. Si anda fornicando por ahí, no estará en el hotel.

Horrorizada con las indecentes ideas y las palabras obscenas que se le ocurrían, los temblores se agudizaron. Las rodillas amenazaban con cederle. Aunque su cuerpo parecía hablar su propio idioma, la razón le aconsejaba encarecidamente que se fuera a la cama.

Quizá lo que la intranquilizaba no fuese más que el propio cansancio y no la preocupación por su jefe. A fin de cuentas ya era tarde.

Echó una última ojeada a la estancia. ¿Les daba las buenas noches a Viktoria y a Juliane o se escabullía sin más? Sus dos compañeras parecían ocupadas en la pista de baile. Resultaría imperdonable molestarlas solo para despedirse. Sin necesidad...

Antonia se sacudió, como si de esa forma pudiese librarse de la carga que llevaba en los hombros. Se irguió valientemente, se agarró la falda y se dirigió hacia la entrada. A medio camino se detuvo.

Se había apostado tontamente junto a la palmera que se encontraba más cerca de la puerta de la terraza. Para ir directa al vestíbulo del hotel tendría que abrirse paso entre las parejas del parqué; tendría que esperar a que acabara la canción si quería pasar inadvertida. Sin embargo, también podía llegar al vestíbulo por la terraza; de ese modo no llamaría la atención y al mismo tiempo respiraría aire fresco.

Unos pasos después se hallaba en mitad de la bochornosa noche. En realidad, la terraza era un pórtico que tenía por techo una artística bóveda de piedras de colores. Antonia había visto el mosaico de día y lo había comparado con imágenes similares que había visto en Italia. Ahora apenas podía distinguirlo.

A primera hora de la tarde había estado paseando delante del hotel y admirado, sobre todo, la fachada, que parecía obra de encajeras. Las ornadas cenefas, el reborde encalado en blanco de las ventanas, los artísticos miradores y las columnas de madera, ricamente decorados, así como los almenados tejados, parecían de encaje. Era una casa como otras muchas de Adén, de varias plantas y construida con la mezcla de arena, ceniza y paja que caracterizaba la arquitectura de la Arabia del sur desde hacía más de dos mil años. Sin embargo, la mayoría de las construcciones de la ciudad difería en un aspecto esencial del hotel de la compañía británica Peninsular and Oriental Steam Navigation Company: mientras que casi todas las ventanas solían permanecer cerradas de día y la vida de la población local se desarrollaba en el interior de sus viviendas, los huéspedes europeos preferían pasar el tiempo en la galería.

Ya en el primer paseo que dio, Antonia se percató de que la forma en que estaba construido el pórtico permitía que corriera el aire, creaba corriente. Incluso a esas horas el leve viento que soplaba del mar hacía tabletear las hojas de las ornamentales palmeras de tamaño mediano. El soportal estaba tan oscuro que probablemente Antonia se hubiese chocado contra una de las macetas de piedra de no haber recordado que se hallaban al lado de las columnas. No obstante, no pudo esquivar el puntiagudo filo de las hojas. Las fibrosas palmas le rozaron el cuello, y dio un paso a un lado sin querer.

Sus pies se toparon con un obstáculo inesperado. Tropezó...

—¡Ay!

Antonia estaba demasiado ocupada intentando no perder el equilibrio para reaccionar a la enojada exclamación de dolor.

En el breve silencio que siguió a la protesta, Antonia oyó un desgarrar de seda. El tacón del zapato se le enredó en el bajo, echando a perder el bonito vestido de Viktoria. Por lo menos no se había caído, causando así un daño aún mayor...

—¿No podría tener más cuidado? —espetó una voz de hombre.

Como en la pantalla de una linterna mágica manejada con prisas, Antonia vio diversas imágenes cambiantes: un doctor Seiboldt al microscopio, juicioso, obsesionado con la investigación. Max Seiboldt ofreciéndole un vaso de aguardiente en Nápoles. Un europeo ensangrentado muriendo en un callejón con una daga clavada en la espalda. Su jefe, que cada vez que salía de viaje llevaba a cabo un ritual y buscaba el sombrero. Y, como si un viento huracanado de las montañas de su tierra natal despejara el panorama, en la oscuridad reconoció su familiar silueta.

Seiboldt se había tumbado más que sentado en uno de los sillones de mimbre y había estirado las piernas. Tal vez se hubiese quedado dormido y por eso no encogiera las piernas, aunque tendría que haber oído el taconeo en el embaldosado.

Antonia sintió un alivio inmenso: seguía con vida. Se encontraba bien. Al mismo tiempo se enfadó: ¿por qué no se había ido a dormir a su habitación? ¿Por qué estaba sentado solo, a oscuras, en la terraza, en lugar de unirse a sus colaboradores y compañeros de viaje en el bar?

Como si hubiese pronunciado la palabra clave, por la ventana del salón salió una carcajada. En el embarcadero alguien silbaba una canción, el sonido del motor de un barco resonó en la noche, en alguna parte rebuznaba un burro. Acto seguido la orquesta del hotel entonó un cancán, el más obsceno de todos los bailes, que en Europa no arrastraría al parqué a ninguna mujer decente. Sin embargo, en Arabia del sur probablemente rigieran otras leyes. En los trópicos todo era distinto. Antonia pensó en los fétidos olores que subían de la dársena en Nápoles. En Adén, en cambio, el calor postrero era dulce y pesado, y estaba preñado del aroma de los granos de café, del perfume de las rosas de Damasco, de incienso y mirra.

Sí, al otro lado del canal de Suez todo era diferente.

En lugar de obedecer a su impulso y seguir adelante sin hacer comentario alguno, Antonia se quedó parada en silencio junto a Seiboldt, mirándolo sin verlo en realidad.

—¿Se puede saber qué hace rondando por aquí, en la oscuridad? —refunfuñó el médico.

Sorprendentemente lo dijo en alemán, aunque casi todos los

demás huéspedes del hotel eran de otros países, no del suyo. ¿Sabía a quién tenía delante?

Antonia dudaba de que la reconociese, dada la escasa luz. Las lámparas de aceite del bar solo dibujaban haces claros en el suelo de piedra junto a las puertas de la terraza; el grupo de asientos que Seiboldt había escogido para dar una cabezadita se hallaba sumido en la oscuridad. El alero impedía que se viera la luna, solo los barcos europeos, iluminados gracias a los avances de la electricidad, al otro lado del paseo, aclaraban un tanto la negrura. Tal y como iba vestida, sin duda su silueta no resultaba reconocible. ¿O acaso sí? ¿La habría observado el médico tan atentamente en el pasado como para reconocerla siempre y en cualquier lugar?

El corazón empezó a latirle más deprisa.

—¡Hola! Le hablo a usted. ¿Por qué se queda ahí pasmada como una estatua de sal? ¿Es usted la esposa de Lot? Largo. Lárguese y déjeme en paz.

El grito de antes le había impedido darse cuenta de que su voz sonaba distinta. Pero ahora que hablaba más calmado, Antonia percibió el tono ligeramente empañado. Extraño. Así sonaban las personas que sufrían de una infección de muelas.

Al igual que la luz de la linterna mágica, los sentimientos encontrados de Antonia se concentraron sin pérdida de tiempo en un punto concreto: la preocupación por su salud. Se arrodilló ante él, y una vez a su altura le salió el torrente de preguntas:

—¿Necesita ayuda? ¿Se encuentra mal? ¿Le duele algo?

—Conque no es la esposa de Lot —constató con sequedad—. ¿Qué está haciendo aquí, señorita Geisenfelder?

—Pasaba por casualidad...

—Me ha pisado como si fuese un gusano. No, no, usted no. No es una buena imagen. Estoy seguro de que usted jamás pisaría una lombriz o algo por el estilo. Probablemente recogiera de la calle cada ejemplar de Lumbricidae para ponerlo a salvo e impedir que alguien pudiera mutilarlo. Seguro que solo pisa hombres. Sí, sí, eso.

¿De qué hablaba? El enojo se mezcló con la preocupación. Recurrió a la única posibilidad que se le ocurrió para explicar su peculiar comportamiento:

—¿Está usted borracho?

Para su gran sorpresa, el médico prorrumpió en carcajadas.

—La tengo a usted en gran estima, señorita Geisenfelder —observó—, pero debemos trabajar un poco en sus diagnósticos. Se equivoca, se equivoca usted por completo. No he bebido nada.

Cuando se hubo tranquilizado un tanto, se dispuso a dar una cumplida explicación, cuyas palabras ella entendió, no así su contenido:

—En cualquier caso, no he probado el alcohol. Solo he tomado un té con leche muy dulce y algo que se prepara cociendo los granos del café secos y especiándolos con jengibre y canela. No sabe mal, pero me gustó más el té, aunque tampoco sea lo mío. Debía adaptarme a las costumbres. Nada de *qat* sin beber, ¿entiende?

—No...

Él pasó por alto su respuesta.

—Los hombres bebían sorbos constantemente de los vasitos, fumaban y mascaban —continuó desvariando Seiboldt—. El borboteo de la pipa de agua tenía algo tranquilizador, sin duda, y eso que esas hojas lo estimulan a uno bastante. Es importante que sean frescas. Pese a todo tengo dolor de barriga, porque, como todos los novatos, me he tragado partes de la planta, en lugar de solo el jugo. ¿Entiende? —repitió, buscando aplauso o al menos aprobación.

—Lo que dice me resulta un enigma. No sé a qué se refiere, pero estoy convencida de que debería irse a dormir. Ha sido un día largo y...

—Había bastante *qat* —la cortó, y soltó una risita tonta, se atragantó con algo que a todas luces tenía en la boca, chascó la lengua, tosió. Se sacó un pañuelo de la americana y escupió en él—. Me traje unas hojas para el camino, aunque la reunión ya había terminado. No sé cómo he llegado hasta aquí... Ah, sí, sí, ya me acuerdo: me trajo uno de mis nuevos amigos. ¿Jussuf? ¿Yazid? Se me ha olvidado. Qué lástima que no recuerde su nombre. Era simpático. Daba un poco de miedo, pero era simpático. Naturalmente, a usted no le habría gustado... eh... discúlpeme... ¿le gusta alguna persona del sexo masculino?

Antonia cogió aire, pero antes de que pudiera decir algo, él hizo un movimiento desdeñoso con la mano.

—No, claro que no, de lo contrario no querría estudiar medicina. Como escribió el profesor Theodor Bischoff, mi profesor de anatomía, hace años: «Es de todo punto imposible que muchachas y muchachos en sus años más vigorosos y voraces vivan día tras día, hora tras hora en una comunión como la que entraña la asistencia a las clases de medicina, pues por fuerza esta dará lugar a relaciones sexuales continuadas...» —Durante el monólogo la voz de Seiboldt se fue apagando, y Antonia confió en que por fin se callara. Sin embargo, despertó de pronto de su soliloquio y añadió con suma claridad—: Este temor a usted le será indiferente, ¿no es cierto? Por eso trabajamos tan bien juntos. A usted no le interesan los hombres...

—¡Doctor Seiboldt! —objetó Antonia débilmente. Estaba demasiado ocupada conteniendo las lágrimas.

—... ni a mí las mujeres. En todo caso no las mujeres que por edad entrarían en consideración. Claro que esto no es aplicable a usted. Usted es demasiado joven. Pero capaz. Eso hay que reconocerlo. Es usted una mujer de primera, aunque con la ropa que viste no responde a la clase de mujer que un hombre imagina en secreto. Y está muy bien, pues ello facilita nuestra colaboración. ¿Sabe?, jamás habría creído posible que acabaría dando la razón a mi viejo profesor de anatomía. Si uno se distrae constantemente, no puede investigar. Así son las cosas.

Fue como si le asestara un golpe. Naturalmente, decía cuanto era razonablemente necesario para manifestar el respeto que le profesaban sus ambiciones, pero ella no quería oírlo, pues resultaba de lo más hiriente. Aunque tenía miedo de que las temblorosas piernas no la sostuvieran y de que cayera al suelo al dar el primer paso, se levantó.

—¿Ya se va? —inquirió de inmediato Seiboldt—. No se vaya. Estamos conversando tan a gusto... —Sus palabras se perdieron en los ritmos que salían del bar.

El ambiente parecía ir directo a su apogeo. Al cancán había seguido un galop, y en ese momento la orquesta tocaba una polca. Se oían voces alegres, estridentes de mujer, los tacones de los bailarines sonaban de tal modo en el parqué que se escuchaban hasta en la terraza.

—De tan a gusto nada —objetó Antonia atropelladamente—. Me ofende usted, y no tengo ni la más remota idea de por qué me habla así. No quiero oír nada más. Quiero... —Se detuvo, tan espantada como perpleja.

Seiboldt le había cogido la mano. Sus dedos calientes, fuertes, la rodearon, lanzando descargas eléctricas por todo su cuerpo.

—Quédese, por favor —pidió con suavidad.

—Pero, pero...

Se levantó al instante. De pronto estaba tan cerca de ella como aquella última noche en Nápoles. Y Antonia no podía apartarse de él, aunque era lo que deseaba hacer de todo corazón. Se enfadó consigo misma por no reunir la fortaleza necesaria para soltarse e ir a su habitación. Sin duda, ese no era un hombre que mereciera ser amado. Sus poco lisonjeras palabras tenían por objeto que ella se centrara en lo esencial, en la expedición en la que se habían embarcado juntos. Pero su proximidad la aturdía igual que los aromas que inundaban el aire de Adén. En algún lugar de su cerebro se oyó una advertencia. Con un último atisbo de lucidez, Antonia intentó zafarse de él. La vehemencia del movimiento hizo crujir la seda de la falda.

De pronto, la mano del médico de la que creía haberse liberado descansó en su hombro. Sus dedos palparon el noble tejido, repararon en los bordados, los botones y las costuras.

—Santo cielo, ¿qué lleva usted puesto? —inquirió, desconcertado—. Parece el vestido de una dama. ¡Menuda sorpresa! ¿Está usted segura de que es usted, señorita Geisenfelder?

Estaba tan cerca de ella que el cálido aliento le rozaba la piel. El médico bajó la cabeza sin querer y hundió el rostro en su cuello.

—Huele usted de maravilla. Como una mujer de verdad. Dios santo, ¿qué le ha pasado? ¿Qué está haciendo conmigo? La encuentro extremadamente deseable. —Y como para respaldar sus palabras, la atrajo hacia él.

Antonia se quedó como si se hubiese tragado un palo. Sentía los músculos tensos, como si se fuesen a desgarrar. Al igual que las cuerdas de un instrumento, esperaban a ser tocados. Si no se iba en el acto, dejaría que Seiboldt la tocara como si fuese un violín que no tuviera más remedio que abandonarse al arco del virtuoso. No tenía idea de si el resultado sería malsonante o cautivador.

Sin embargo, no se movió. Era demasiado tarde para salir corriendo.

—Hace tanto tiempo... —musitó él mientras le mordisqueaba el lóbulo de la oreja.

Sus labios le fueron recorriendo el mentón, y Antonia oyó un leve gemido de mujer; con cierto retraso cayó en la cuenta de que había sido ella. Abrió la boca, quizá para poner una última objeción, probablemente para coger aire, ya que las caricias la dejaban sin aliento. Pero no tenía elección. Él levantó la cabeza un instante, se inclinó sobre ella, y su apasionado beso le arrebató toda capacidad de resistencia. Ya no había prudencia que valiera, ninguna consideración al recato de una joven. La besó con avidez, con voracidad, con lujuria; tomó posesión sin tardanza, con desenfreno, de lo que codiciaba. Y ella se dejó hacer, se abandonó a su fogosidad con regocijo.

—Una mujer —musitó en su boca—. Una mujer de verdad... por fin.

Ella no estaba en condiciones de analizar sus palabras. Tenía la razón completamente obnubilada. Solo sentía, percibía puntos de su cuerpo de cuya existencia no había tenido noticia hasta ese momento. Su reserva cedió a la satisfacción de su deseo. Ni siquiera lo apartó cuando sus manos —casi rudas a causa del deseo— le acariciaron los senos, aprisionados bajo el corsé. La seda intensificó la presión que ejercían sus dedos, desencadenando una oleada que la hizo estremecer y se concentró en un lago en ebullición entre sus piernas.

—Anna —farfulló. Antonia estaba segura de que su voz sonaba desdibujada y había pronunciado su nombre.

En el bar la música iba *in crescendo*.

8

Miércoles, 27 de junio

—No tiene usted muy buen aspecto —observó Viktoria.

—Lo sé —repuso débilmente Antonia. Tenía los ojos rojos a causa de las lágrimas que había derramado. Estaba pálida y tenía los labios apretados; le dolían de los fogosos besos que había intercambiado con absoluto desenfreno. Por suerte el cuello de la blusa blanca era tan subido que no se veían los moratones infligidos por la pasión de Max Seiboldt. Sin embargo, su corazón roto no resultaba visible ni siquiera en el espejo del armario de su habitación.

—¿Permite que me siente? —Viktoria no esperó a recibir respuesta, sino que se acomodó ante la mesita de té de la terraza del hotel sin que Antonia la invitara.

—Desde luego —replicó Antonia con cierta demora.

Con eso parecía todo dicho, y ambas jóvenes se sumieron en el silencio: Antonia, abatida; Viktoria, a todas luces, desconcertada. Sus ojos se fijaron con abierta curiosidad en la maleta que, junto a la silla de Antonia, a todas luces estaba lista para que alguien se la llevara. Pero aunque, sin duda, eran muchas las preguntas que deseaba hacer, no dijo nada: Viktoria estaba demasiado bien educada para mostrar impaciencia. Y eso que en ese instante posiblemente solo buscase una explicación al hecho de que Antonia, vestida para salir, daba la impresión de que su partida era inminente. Y el barco en el que querían ir a Zanzíbar no zarparía de Adén hasta el día siguiente.

Antonia pensaba que no podía confiar la verdad a Viktoria. En lugar de sincerarse con la única persona a quien la unía una amistad en ese extremo del mundo, de la que cabría esperar que la comprendiese, dijo sin que viniera a cuento:

—He dado su vestido a limpiar. Se lo devolverán a lo largo del día de hoy.

—Bueno, eso no tiene mucha importancia —contestó Viktoria, y dirigió una sonrisa tranquilizadora a Antonia—. Si lo desea, se lo puede quedar.

A Antonia se le saltaron las lágrimas, y se preguntó cuánto tiempo podría llevar esa conversación sin que hundiera la cabeza en el pecho de Viktoria y rompiera a llorar. Se refugió en un brusco sarcasmo.

—Es muy amable por su parte, pero por desgracia el vestido no me cabe en la maleta, y sería una lástima que tuviese que aplastar un tejido tan bueno.

—Mmm —se limitó a decir Viktoria. Delicadamente, decidió no insistir y fingió disfrutar de la vista. Hizo visera con la mano y observó el ajetreo del puerto.

Antonia siguió su mirada sin percatarse realmente de lo que pasaba. Aún era demasiado temprano para que llegase el torrente de emigrantes y viajeros europeos que en el curso del día arrojaban los vapores que atracaban como el hollín de las humeantes chimeneas. En lugar de familias vestidas con ropa de domingo desgastada que habían comprado el pasaje con sus escasos ahorros y confiaban en empezar una nueva vida en el otro extremo del mundo, damas y caballeros vestidos de blanco, oficiales y comerciantes, el muelle estaba tomado por trabajadores de tez oscura.

Era la hora de recibir importantes bienes del mar. Ataviados únicamente con un taparrabos, los esmirriados cuerpos relucían sudorosos con el sol; los acerados músculos marcándose en la oscura piel. Entre los africanos deambulaban nativos con sus faldas cruzadas. Uno de los árabes manejaba una excavadora de rueda de cangilones bastante moderna que descargaba un buque de carga británico. La máquina de vapor que impulsaba la excavadora traqueteaba y resoplaba. Un aduanero inglés y un apuntador supervisaban la recepción de la mercancía, a todas luces hulla, que formaba valiosas montañas en miniatura color antracita en los carros que aguardaban en el atracadero.

Antonia desvió la mirada y carraspeó.

—Debo confesarle una cosa, y me resulta sumamente desagradable: su vestido ha sufrido un percance...

Viktoria volvió la cabeza y miró a Antonia con cara de sorpresa. Esta no vio reproche alguno en ella.

—Se me enganchó el tacón del zapato en el bajo —continuó Antonia, rehuyendo la mirada de su amiga—. Por suerte no es más que un pequeño desgarro. Confío en que se pueda arreglar.

—Seguro. No se preocupe. De todas formas sigo opinando que debería quedárselo. Le queda mucho mejor que a mí.

—¡No! —exclamó Antonia de súbito—. Jamás.

Viktoria enarcó las cejas.

—Como guste... y —señaló la maleta, a los pies de Antonia—, no, probablemente no quepa en su maleta.

Empezó a mordisquearse el labio inferior con aire pensativo. Volvía a pesar sobre ellas un silencio incómodo, al que Viktoria puso fin con una pregunta directa:

—¿No quiere decirme por qué tiene intención de marcharse tan de repente?

No, se le pasó por la cabeza a Antonia. No, no se lo quiero decir. Y en voz alta:

—He cambiado de planes. —Y le sorprendió la firmeza de su voz.

—¿Sí? ¿Adiós a la expedición a Zanzíbar para investigar el cólera? Estoy segura de que al doctor Seiboldt le afligirá sobremanera perder a su colaboradora. Me ha dicho una y otra vez lo mucho que la estima... ¿O es que también él tiene otros planes?

—No. Creo que no.

—¿Se va usted sola? —Viktoria sacudió la cabeza en señal de disconformidad con su decisión—. Y ¿adónde?

—A casa. Quiero volver a Múnich.

Para gran sorpresa de Antonia, Viktoria no preguntó por el motivo. Sin embargo, en un gesto de inesperada familiaridad se echó hacia delante de pronto y le puso la mano en el brazo.

—La echaré de menos —afirmó—. Nuestras conversaciones eran como... como un regalo para mí. Es usted la primera mujer a la que he podido conocer más de cerca que ha conseguido vivir sus sueños. Es usted todo un ejemplo para mí.

—Confío en que no sea así —musitó Antonia, y se zafó de la mano.

—La admiro mucho —añadió Viktoria afectuosamente.

Antonia cada vez estaba más al borde de las lágrimas. Sí, habría podido ser perfecto... y lo había echado a perder todo. Había encontrado un empleo que respondía a su vocación, se había embarcado en una expedición inolvidable, había encontrado compañeras encantadoras... y ella misma había dado al traste con lo que tan prometedoramente empezara. En el fondo había servido de testimonio de todos los prejuicios a cuya merced se hallaban las personas de su sexo: las mujeres no eran capaces de trabajar codo con codo con un hombre sin que antes o después a los dos implicados los acabase distrayendo el hecho de que, en efecto, eran un hombre y una mujer.

Se tragó valientemente el nudo que tenía en la garganta.

—No la merezco —aseveró Antonia en voz baja—. No merezco su admiración. Mis sueños han cambiado, y ya no sé si lo que espero de la vida es lo correcto...

—Pero...

—Viktoria —continuó Antonia con vehemencia, desoyendo la objeción—, si me permite un consejo: deles a sus padres la alegría de casarse con un buen muchacho. Olvídese del seminario y del celibato.

—¿Cómo? —La exclamación de Viktoria expresaba la profunda conmoción que le habían causado las palabras de su amiga. Aunque Antonia no estaba en condiciones de darse mucha cuenta, creyó que la otra palidecía.

—Sí, verá, es que... he... estoy... —Antonia balbuceaba, porque las verdades a medias que tenía en la punta de la lengua de repente se le antojaban desacertadas. Ojalá no tuviera que mentir a Viktoria, pero no quería contarle a su amiga lo que había sucedido la bochornosa noche...

Puesto que era evidente que Viktoria esperaba una respuesta, un silencio incómodo volvió a instalarse entre ellas. Ambas parecían absortas en sus pensamientos; Antonia se esforzaba en borrar el recuerdo de Max Seiboldt.

Su mirada revoloteaba como si buscase un punto de apoyo. Finalmente se detuvo en los estibadores, que seguían descargando carbón británico. ¿Serían esclavos?

Cuando, antes de emprender el viaje, se informó un tanto sobre su destino, le llamó la atención en un periódico el dato de que el comercio de los árabes con africanos ya había sido prohibido con anterioridad a la Conferencia de Berlín, celebrada hacía tres años. Sin embargo, el autor del artículo denunciaba que casi nadie se atenía al interdicto y que en el océano Índico el transporte secreto de esclavos estaba tan a la orden del día como los ataques de piratas.

Ojalá me hubiese ocupado exclusivamente del sufrimiento de los pobres y los enfermos, pensó entristecida Antonia.

Debió de decirlo en alto, ya que Viktoria inquirió:

—¿Qué le impide hacerlo?

—¡Conque está aquí!

A Antonia no la habría asustado más un corsario que la repentina aparición de Max Seiboldt. Empezó a temblar súbitamente, era como si tuviese escalofríos, y al mismo tiempo se acaloró de tal modo que tenía las orejas y las mejillas al rojo. El sudor le salía por todos los poros del cuerpo. Se levantó de un salto, aunque en realidad prefería seguir sentada, no sabía qué hacer con las manos. Era incapaz de mirarlo, razón por la cual sus ojos vagaban más erráticos aún que antes. Y de pronto sintió un terrible dolor de cabeza.

—Buenos días, doctor Seiboldt —saludó Viktoria.

Antonia observó que no parecía ser tan candorosa como su tono permitía suponer. Su amiga miraba con gran interés, a decir verdad con abierta curiosidad, ya a ella, ya a su jefe. ¿Sospecharía algo? ¿Se habría delatado Antonia? ¿Debería haberle confiado la verdad? ¿Al menos la parte que puso fin al apasionado arrebato y la devolvió en cierto modo al valle del decoro? Ahora era demasiado tarde. Siempre era demasiado tarde para todo.

—Oh, disculpe usted, señorita Wesermann. —Seiboldt parecía disperso cuando se dirigió a ella; a todas luces no había reparado en su persona al llegar. Se quitó el sombrero y lo dejó en la mesita—. Buenos días tenga usted también. ¿Cómo se encuentra?

—Estupendamente —aseguró Viktoria, dedicándole una sonrisa radiante—. ¿Pasó usted una buena noche? El señor Wegener me dijo que había salido.

—Sí... en efecto... sí... —Seiboldt se aclaró la garganta—. Las impresiones que he recibido aquí, en Adén, son inolvidables...

Antonia se mareó. Las piedras que tenía bajo sus pies amenazaban con reventar; la tierra, con abrirse y engullirla. No se atrevía a levantar la vista, sino que se miraba fijamente la punta de los prácticos zapatos.

—Ahondar en las peculiaridades culturales de un país desconocido vale la pena —continuó el médico; su tono cobraba firmeza y distancia a un tiempo—. Mi excursión al mercado local me hizo vivir algunas experiencias interesantes, aun cuando no le pueda aconsejar que siga mi ejemplo. La visita al zoco no resulta recomendable para una dama europea.

—En ese caso, permita que al menos participemos de ella a través de sus recuerdos —lo instó deprisa Viktoria—. Se lo ruego, siéntese y háblenos del bazar.

Antonia deseó que su amiga no tuviese tanta sed de conocimientos ni fuese tan inoportuna. La educación la obligaba a permanecer en compañía de su compañera y su jefe, aunque habría preferido salir corriendo. Apenas soportaba la presencia de Sei- boldt. Ya solo su respiración, inusitadamente pesada, le traía a la memoria la noche anterior. El sonido de su voz revolvía sus sentimientos como el viento Föhn las hojas de los muniqueses jardines Hofgarten. Y eso que en Adén ya desde por la mañana el aire era denso como las gachas con las que se alimentaban muchos niños en su país.

Sus pensamientos eran melancólicos. Quería volver a casa, lamerse las heridas y empezar de nuevo. En ese momento nada ejercía más atractivo en ella que el recuerdo de su modesto cuar- to. Ni siquiera Max Seiboldt, que había accedido solo en parte a la petición de Viktoria y en ese instante hablaba de la belleza de las joyas de plata yemeníes.

—El noble metal llega hasta aquí principalmente en forma de táleros de María Teresa en circulación, aunque en Europa hace tiempo que esa moneda no constituye un medio de pago oficial. Sigue siendo una moneda apreciada para comerciar con los ára- bes, que funden los lingotes y, gracias a la elevada proporción de plata, los transforman en cadenas, brazaletes y anillos. Al pare- cer, aquí las mujeres poseen varios kilos, y llevan las joyas inclu- so cuando realizan faenas en el campo.

—Qué extraordinario —apuntó Viktoria mientras Antonia escuchaba la exposición de pie y en silencio, angustiada y con los ojos bajos.

—Sí, probablemente lo sea para nosotros. Uno se imagina a una campesina en un sembrado alemán luciendo la dote. Por otra parte, se trata de las únicas posesiones de las árabes, de ahí que resulte comprensible que las quieran llevar encima. Pero, la- mentablemente, ello no está expuesto a nuestras miradas. —Hizo una pequeña pausa con la que probablemente quisiera dar a en- tender a sus interlocutoras lo que pensaba de la cultura del velo.

—Quizá la libertad de las mujeres resida en ser invisibles —se le escapó a Antonia.

Notó que dos pares de ojos se fijaban en ella. A todas luces

Viktoria y Seiboldt se habían olvidado de su presencia con la conversación. Y eso que, probablemente por deferencia a Antonia, él no se había sentado en la tercera silla que había junto a la mesa. De manera que ¿cómo podía haberse olvidado de ella? Quizá también le gustara enseñar de pie. A Antonia se le pasó por la cabeza que sus mejores conferencias no las había impartido nunca sentado, ni siquiera en el laboratorio, y desde luego no en la universidad. Entonces ella lo escuchaba con gran interés... Borró el recuerdo con tanta energía como la capa de polvo en un microscopio poco utilizado, y acto seguido alzó la mirada.

Por primera vez esa mañana miró abiertamente a Max Seiboldt... y lo que vio la asustó: estaba claro que la noche anterior había sido todo menos buena para su salud. Tenía la tez cenicienta, los ojos rojos e inyectados de sangre, las pupilas demasiado dilatadas, los párpados temblorosos. Perlas de sudor caían de su cabello, peinado con descuido, al cuello de la camisa. Si su ropa en sí era impecable, los extremos de la corbata, que colgaban sueltos, lo hacían parecer un tanto desaliñado o un bohemio del muniqués barrio de Schwabing. Sin la camisa limpia y la americana cepillada, incluso podría habérsele tomado por un pobre diablo que vivía bajo alguno de los puentes del Ísar. Su aspecto no era el del elegante científico que ocupaba una habitación de hotel con todas las comodidades.

Antonia se preguntó sin querer si la culpa de tan alarmante cambio no la tendría su entrega. Su experiencia con los hombres era escasa, nula si se trataba de caballeros que ya no eran unos pipiolos. ¿Acaso esa generación no aguantaba la pasión? ¿Hacía enfermar el deseo a las personas? Antonia tenía constancia de que existían estudios científicos de especialistas en histeria en París y en Viena sobre ese tema, si bien no sabía nada con exactitud.

¡Ay, ojalá no se hubiese interesado exclusivamente en las clases de higiene y enfermedades infecciosas!

¿O sencillamente a Max Seiboldt le resultaba el encuentro con ella a la luz del día tan embarazoso que reaccionaba como alguien que hubiese consumido demasiada morfina?

Por su parte, la miró con aire pensativo.

—Interesante —constató, y no se supo si se refería a su opinión o a su vestimenta. Finalmente señaló la maleta con un gesto ampuloso—: ¿No ha hecho la maleta un poco pronto para partir a Zanzíbar?

Antonia se mordió el labio inferior. Se había puesto en marcha temprano para evitar precisamente esa confrontación.

Mientras buscaba una explicación que además pudiese dar en público, Viktoria se le adelantó:

—Por lo visto la señorita Geisenfelder ha cambiado de planes...

En el aire quedó flotando un: ¿acaso no lo sabía usted, doctor Seiboldt?, pero por suerte Viktoria no formuló esa pregunta, que llevaba implícito cierto reproche.

—Ah, ¿sí? —fue el único comentario que hizo el médico.

Como Antonia seguía titubeando, fue Viktoria la que rompió nuevamente el silencio:

—Bueno... esto... —Soltó una risita tonta y a continuación se levantó con repentina prisa—. Había olvidado que tengo una cita. ¿Cómo me ha podido suceder? Les ruego que me disculpen. Es urgente, me esperan.

Pese a su siempre ejemplar comportamiento, Viktoria dejó traslucir que se sentía profundamente aliviada de poder dejar a solas a Antonia y Seiboldt. Esbozó una leve sonrisa de despedida y se alejó a buen paso hacia el vestíbulo.

El taconeo resonó en el embaldosado hasta que finalmente se perdió y lo único que se oyó fue el traqueteo y el resoplar, el sordo cencerreo y las voces de los trabajadores en el embarcadero. En alguna parte rebuznó un burro, y les llegó el matraqueo de las ruedas de un carro con adrales del que tiraba un anciano que pasó por delante de la terraza del hotel.

—Siento... —empezó Antonia.

—Me gustaría... —dijo Seiboldt en ese mismo instante.

Por primera vez esa mañana sus miradas coincidieron. Y una vez más a Antonia le impresionaron sus ojos cansados, enfermos.

Sorprendentemente la compasión se impuso. Le habría gustado preguntarle cómo se encontraba, quizá consolarlo, intentar aliviar posibles dolores. Pero cualquier forma de cercanía, incluida la de una enfermera, de pronto se le antojó demasiado. Cohibida, se limpió las húmedas manos en la falda.

—Quería decir algo —le recordó él.

—No, no. —Antonia sacudió la cabeza, y con el rápido movimiento volvió el dolor. Mientras levantaba una mano y empezaba a masajearse el entrecejo con los dedos, añadió—: Por favor, usted primero, doctor.

—¿No se encuentra bien? —Parecía preocupado, y Antonia se preguntó sin querer cuál de ellos dos quería cuidar más del otro en realidad y, sin embargo... no podía. No esperó a oír la respuesta de Antonia, sino que prosiguió con tono apremiante—: Hágame el favor de sentarse de una vez, señorita Geisenfelder. Preferiría no tener que seguir de pie, y así podrá explicarme tranquilamente por qué (y sobre todo) adónde tiene pensado salir de viaje hoy.

Hizo lo que le pedía, y también él tomó asiento sin tardanza. Como antes Viktoria, dejó vagar la mirada por el puerto. Antonia se alegró de que no la mirase. Tenía las mejillas encendidas, y posiblemente los colores cambiasen constantemente. No estoy muy atractiva, pensó furiosa. Con la tenue iluminación nocturna, el vestido de Viktoria y un peinado bonito que no tenía nada que ver con el recogido de esa mañana, como de costumbre descuidado, como es natural le había resultado fascinante. Seguro que lamentaba profundamente lo que había hecho. Había sido un error, posiblemente la hubiese confundido con otra mujer... La idea le rompió el herido corazón.

—Siento lo sucedido —musitó, le costó pronunciar cada palabra. Aunque sabía que no sería capaz de repetirlo, habló en voz tan baja que probablemente él apenas la entendiera—: Yo soy la única culpable, y me gustaría deshacer lo...

—¡No diga disparates! —la cortó el médico con aspereza—. Créame, a pesar del estado en que me hallaba, era lo bastante dueño de mis sentidos para haberme resistido a una mujer si así lo hubiera deseado.

Ella levantó la vista, perpleja.

—No comprendo...

—¿Acaso no notó nada? —inquirió él, a todas luces profundamente sorprendido—. Estaba intoxicado. Y no debido a usted, como por desgracia he de admitir, sino a la hierba que probé imprudentemente en gran cantidad. —Le dirigió una mirada penetrante y repitió—: ¿De verdad no notó usted nada?

Desconcertada, ella se encogió de hombros.

—Santo cielo, quiere ser médica, ¡tendría que haber observado un cambio! —exclamó, casi desesperado—. No creería en serio que la abordaría a usted de esa manera estando sobrio.

Antonia cogió aire. La explicitud con que exponía su situación la dejó sin aliento. Rompió a sudar. Las estampas de laboriosidad del atracadero se desdibujaron ante sus ojos. ¿Eran lágrimas o gotas de sudor lo que notaba entre los párpados? Con labios trémulos logró musitar:

—Lo siento.

—No se disculpe —replicó el médico con impaciencia—. Su único delito fue estar cautivadora, pero eso difícilmente se le puede reprochar, ¿no es cierto?

Le habría gustado repetir un lo siento, pero se mordió la lengua y no dijo nada. El dolor de cabeza y el desconcierto que sentía comenzaron a envolver su cerebro en una desagradable niebla.

—Fue por el *qat* —informó él como si de un triunfo se tratase—, el vicio de los yemeníes. Ya había oído hablar de esa hierba antes de salir de Alemania y me había propuesto probarla, comprobar cuáles eran sus efectos si se me presentaba la ocasión... ¿Ha oído usted hablar de los estudios del profesor Freud?

—Lo... no.

—Probablemente la anatomía patológica no sea lo suyo. Una materia importante, muy recomendable... Pues bien, Sigmund Freud regenta una cátedra de Neuropatología en la Universidad de Viena. Durante unos años se dedicó en cuerpo y alma al estudio de los efectos de la cocaína más allá de su uso puramente como anestésico local, y sometió su persona a varios experimentos a ese respecto. Hace un año se publicó su estudio sobre la coca, que levantó más de una ampolla. Naturalmente, no es que sea mi especialidad, pero no puedo negar cierto interés en semejantes estudios...

Su voz volvía a tener el tono que hacía que sus conferencias sosegadas, precisas, fuesen tan expresivas e inimitables. Ahora pisaban un terreno en el que de pronto Antonia se sentía más segura. La profunda admiración que le inspiraba el científico Seiboldt había conformado la base de su relación con él. La noche anterior la pasión había puesto fin a su trabajo conjunto, pero ahora resurgía en ella la estudiante curiosa. Con su exposición, Seiboldt consiguió sin esfuerzo que durante unos minutos se olvidara de lo sucedido.

—Tenía y tengo la intención de llevar a cabo con éxito la expedición a Zanzíbar no solo para dar con el agente causal del cólera, sino también para adquirir experiencias. De manera que, con el fin de realizar un experimento, ayer por la tarde me dirigí al mercado. En una tetería que me había recomendado el médico de a bordo se me dispensó una extraordinaria acogida. Los hombres me vendieron *qat* y compartieron conmigo una pipa de agua. No tengo ni la más remota idea de lo que fumé en ella. Quizás incrementase los efectos de la planta; o quizá no. Lo cierto es que ingerí demasiado *qat*. ¿No se ha fijado en que los nativos siempre tienen una mejilla abultada?

—Supuse que los hombres padecían de fuertes dolores de muelas —reconoció vacilante, pues intuía que su respuesta no le resultaría satisfactoria al médico.

La airada reacción de este fue inmediata:

—¿Se puede saber dónde se ha dejado su por lo general aguda inteligencia, señorita Geisenfelder? ¿De veras cree que gran parte de la población de Yemen tiene inflamada la mandíbula?

Apocada, ella se miró las manos, que descansaban en el regazo, y se puso a estrujarse los húmedos dedos con nerviosismo.

—En fin. —Un hondo suspiro puso fin a la evidente desesperación que le inspiraba el candor de su secretaria—. Comparto la exposición del profesor Freud en más de un sentido. Según él, los efectos del consumo de cocaína eran «exaltación, euforia persistente y vitalidad», y los agentes activos del *qat* producen algo similar. Sin embargo, no contaba con una manifestación que... mmm... —Carraspeó, de pronto contenido en sus explicaciones, y después prosiguió—: Con la intoxicación el deseo aumenta podero...

Se oyó un ruido. En alguna parte cayó porcelana al suelo, un plato tal vez, que se rompió en el embaldosado. Acto seguido, de boca de un nativo salió un torrente de palabras árabes seguido de las advertencias quedas en inglés de otro hombre.

Visiblemente irritado, Seiboldt se volvió. Estaba claro que no contaba con que alguien pudiese escuchar una exposición que iba dirigida únicamente a Antonia. Esta hizo otro tanto, y solo entonces reparó en los dos camareros que, en el otro extremo de la terraza, más o menos a voces, discutían por lo sucedido. Probablemente hubiesen empezado a vestir las mesas, pues en algunas ya se veía la vajilla con el distintivo de la compañía británica P&O.

Seiboldt se aclaró la garganta de nuevo y volvió con su tema y a su interlocutora, si bien ante la posibilidad de que pudiera escucharlo alguien que supiera alemán bajó considerablemente la voz:

—Bajo la influencia del *qat* perdí todo el decoro. Pero no vaya a pensar que me habría sido indiferente una mujer u otra, pues no fue así. Usted estaba allí, como le dije absolutamente cautivadora, y la conozco. Sin embargo, le puedo asegurar que el incidente no volverá a repetirse.

—Ah —se limitó a decir Antonia.

Intentaba poner en orden y entender lo que había oído, pero la razón y el amor seguían pugnando por la supremacía en su cerebro. Seiboldt había dicho cosas amables, pero iban acompañadas de observaciones que tenían que ver nada o muy poco con lo que sentía por ella.

Poco a poco fue cayendo en la cuenta de que con su explicación le ofrecía la posibilidad de olvidar y continuar trabajando juntos. Ofensa, orgullo, amor y agradecimiento rivalizaban amargamente.

—Y dígame, ¿por qué está aquí su maleta? —inquirió el médico de pronto—. ¿Ha confundido el día de nuestra partida? ¡Válgame!, señorita Geisenfelder, la he contratado a usted para que yo no cometa un error así, no para que tenga que señalarle la equivocación.

Dios mío, ¿qué hago? Alzó la mirada, pero en el azul cada vez más intenso del cielo que cubría el puerto no había ni una mísera nube. Esperó un poco, pero Dios no la escuchó o no estaba dispuesto a enviarle una señal.

Entretanto, con cierto retraso, Seiboldt comprendió la situación.

—¡Pretende abandonarme! —constató con voz bronca—. Pone en juego mi expedición, los fondos que me han sido concedidos para la investigación, la esperanza que alimentamos, las posibilidades que tenemos... está poniendo en juego todo eso —añadió rebosante de amargura— porque me descomedí. —Se levantó pesadamente del sillón de mimbre, demasiado delicado para su estatura—. Siempre la he considerado una mujer excepcional. ¿Es una señal de su capacidad que reaccione con melindres a una situación que jamás se repetirá?

Ella negó con la cabeza en silencio.

—¿De verdad cree que me bastaría con la ayuda de Wegener? Ridículo. Si se va, señorita Geisenfelder, más vale que también yo haga la maleta y me olvide de Zanzíbar. Claro que en ese caso mi reputación se vería arruinada... Dicho sea de paso, ¿adónde pretende ir?

—A casa...

—¿Adónde? —repitió el médico, como si no la hubiese oído.

—A casa —dijo ella, un poco más alto.

Seiboldt desechó la respuesta con un gesto airado.

—Si con eso se refiere a su lugar de residencia, olvídelo. Su hogar no está en Múnich, sino en el laboratorio donde ambos trabajamos, con independencia de dónde se encuentre. De manera que ¿adónde quiere ir?

—¿A Zanzíbar? —propuso despacio, de ningún modo convencida de la respuesta. Y desde luego nada segura de si sería capaz de reunir la valentía necesaria para seguir trabajando codo con codo con él en el futuro. Pues de repente comprendió algo: hacía falta valor para desoír la sed de amor y de pasión cuando el hombre al que iban dirigidos dichos sentimientos ocupaba gran parte de su día a día. Sin embargo, ¿cuándo había sido cobarde Antonia Geisenfelder?

Seiboldt respiró hondo.

—Bien —suspiró aliviado—, así está mejor... Ahora debería estirar un poco las piernas, seguro que resultará reparador. Como si no tuviera ya bastantes problemas de salud con las consecuencias del experimento... —sacudiendo la cabeza y probablemente también un poco enojado con la falta de consideración de Antonia, echó a andar en dirección al paseo. Pero antes de que hubiera salido de la techumbre se volvió hacia Antonia—. Señorita Geisenfelder, quite de ahí esa maleta. Estorba.

—Desde luego, doctor —replicó.

—¿Y mi sombrero?

—Aquí, doctor. —Antonia cogió el canotier, que el médico había dejado en la mesa al llegar, y se levantó para dárselo.

Sus manos se tocaron.

—Gracias —farfulló él.

Y cogió el sombrero, se lo puso de cualquier manera en la cabeza y se alejó con paso firme.

SEGUNDA PARTE

Lo importante no es dónde estás,
sino lo que haces allí donde estás.

Proverbio swahili

1

Zanzíbar,
jueves, 12 de julio

Al despertar, Roger Lessing notó el olor a almizcle en las sábanas y el perfume de jazmín que parecía envolver siempre a Zouzan. Aunque percibió su aroma, supo que lo había dejado hacía horas.

Ella nunca dormía en su cama. Incluso aunque él se lo pidiera expresamente, Zouzan se escabullía cuando, satisfecho, Roger se quedaba dormido. Él lo sabía, y, sin embargo, en pleno éxtasis, le suplicaba que no se fuera cuando jugaba con él hasta que llegaba al vertiginoso, arrollador punto culminante. Siempre era él el único que llegaba al nirvana del éxtasis; a ella no la podía contentar. Al igual que todas las mujeres masáis, Zouzan estaba circuncidada, y él rehusaba penetrar la destrozada vulva por miedo a hacerle daño. La mayoría de los hombres blancos eran menos considerados que él, pero ellos rara vez se enamoraban de las mujeres que descubrían en mercados de esclavos secretos y se llevaban consigo en calidad de bienhechores.

Cuando llegó a Zanzíbar, cinco años atrás, para hacerse cargo de la factoría de su padre, Roger Lessing no contaba con que acabaría quedando a merced de una mujer cuya aterciopelada piel era del color del ébano. Naturalmente, de su bagaje personal formaba parte cierta curiosidad por las africanas, por lo diferente, pero más bien calculaba que, más tarde o más temprano, se casaría con la hija de otro europeo o de un yanqui. En vez de eso, en un viaje a Tanganica le compró a un árabe a Zouzan, la bella masái de ojos castaños oscuros. Quizá lo sedujera su porte erguido, pese a lo degradante del mercado de esclavos; nunca había conocido a nadie que irradiase tanta fuerza y orgullo.

A Zouzan la raptaron de su aldea cuando un hombre violó las leyes de hospitalidad de los masáis. El hombre en cuestión obligó a la menor de las esposas de su anfitrión a que se marchara en secreto con él después de pasar la noche con ella. Después, el hombre la vendió como si fuese un *souvenir* que ya no le interesara, pero no así carente de valor. El comerciante de esclavos, oriundo de la isla de Madagascar, le puso el nombre árabe de Zouzan, que a Roger le gustaba, como casi todo en ella; a Roger no le habría importado lograr quitarle la costumbre de que se rasurara la cabeza, como era habitual en su tribu.

Una ráfaga de viento agitó la mosquitera y le acarició los hombros. Dormía desnudo. En casa, en Hamburgo, eso sería algo escandaloso y que jamás podría explicarle a un mayordomo. Allí, en Zanzíbar, esa libertad formaba parte de una serie de placeres que se podía permitir el hombre blanco al hallarse lejos de su país natal. Al menos a ningún criado negro incomodaba que su *bwana* no llevara camisa de dormir. Y a sus amantes tampoco, ya que la mayoría de los extranjeros se divertía de una manera o de otra con una o varias nativas. Sin embargo, la esposa de más de uno de sus amigos insistía en que Roger se buscara de una vez una esposa conforme a su posición social e intentaba emparejarlo con alguna hija de su círculo. En África Oriental, no obstante, las candidatas a este respecto no eran muchas, de forma que, hasta el momento, Roger había salido airoso sin tener que rechazar groseramente avances demasiado manifiestos.

Pensar en los demás alemanes e ingleses con los que se relacionaba sobre todo en el ámbito social le recordó que debía levantarse para no perder el barco que iba al continente. Quería ir a Pangani con su amigo y socio, Friedrich van Horn, para recibir una partida de café. La calidad no suponía ningún problema; a decir verdad, no era de esperar que los engañaran, dado que se trataba de un agricultor que trabajaba por encargo de la compañía Deutsch-Ostafrikanische Plantagengesellschaft. Sin embargo, desde que los alemanes insistían en apoderarse no solo del interior, sino también de la región costera con sus importantes puertos, cada vez eran más habituales los ataques de bandas armadas. Árabes y tribus negras que con la creciente influencia de los europeos veían amenazado su poder económico se confabulaban.

Roger apartó el cobertor y, a continuación, la mosquitera. Por las grietas de los postigos echados se colaba un airecillo tibio que entraba por la ventana abierta. El sol dibujaba franjas de luz en el piso de mármol gris del dormitorio, equipado con mobiliario europeo de madera de cerezo. Se había quedado con los muebles de sus anteriores propietarios: una familia de Inglaterra; sin embargo, la decoración, toda una serie de cojines, cobertores, telas y cortinas que no podía ser más vistosa, era cosa de Zouzan, que la había adquirido en el bazar.

Su siguiente movimiento consistió en coger el gastado batín de terciopelo azul, que estaba en un escabel junto a la cama, y ponérselo en el atlético cuerpo. Justo cuando iba a abrir los postigos, la puerta se abrió.

—*Jambo, bwana* —saludó Ali, su sirviente, que le recordaba vagamente a los dibujos de negros de antiguos libros de historia.

En siglos pasados era habitual que los comerciantes ricos se llevaran criados de tez oscura de África y los exhibieran en sus hogares de Alemania o de otras partes de Europa como si fuesen trofeos, vestidos de manera pomposa con pantalones bombachos y tocados orientales. Sin embargo, Ali no recordaba a estas caricaturas. Siempre llevaba dignamente una camisa larga blanca como la leche, denominada *kanzu*, y en los rizos, una *kofia* —el tradicional sombrero sin ala y bastante plano— demasiado bordada para su posición.

—*Habari* —replicó Roger, siguiendo las costumbres del lugar.

—*Mzuri sana* —repuso Ali, y concluyó el ritual del saludo con una profunda reverencia.

Aunque chapurreaba el swahili, Roger agradecía que Ali hubiese aprendido muchas más palabras en alemán.

—Prepárame el baño y tráeme una taza de café —pidió el señor de la casa, y añadió—: Debo ir ahora mismo a la ciudad. Que Nadar enganche el tiro, tengo prisa.

A su mayordomo de Hamburgo le habría preguntado la hora exacta a la que estaría listo, pero en Zanzíbar omitió esta pregunta. En África Oriental el tiempo se calculaba de manera distinta, algo que en un principio le resultaba extremadamente confuso, pues las doce del mediodía, por ejemplo, eran «las seis» para un swahili. De manera que al final acabó renunciando a guiarse por relojes ajenos, y confiaba solo en su cronómetro, una pieza heredada de su abuelo que se hallaba en el bolsillo del batín.

Al cabo, Roger abrió los postigos, y con la clara luz de la mañana le llegaron los embriagadores colores de buganvillas, adelfas e hibiscos en flor, hasta el samán de su jardín estaba realzado en esa época del año por preciosas flores de color rosa. Percibió el intenso perfume de naranjas, jazmín, clavos y tierra caliente, húmeda. Quizás hubiese llovido por la noche, pero hacía una mañana clara y soleada. El murmullo de una fuente se entremezclaba con el leve cascabeleo de las palmas, que el viento acariciaba, y el rumor de las olas, que se estrellaban contra el arrecife donde finalizaba el jardín. Había elegido el dormitorio intencionadamente para que la vista fuese mágica: ahí exuberantes flores y follaje; más allá el mar, de un azul profundo.

El baile de los elementos al otro lado de la ventana de su habitación había sido uno de los motivos por los que había adquirido esa *shamba* y no otra al norte de la ciudad. Todavía no podía permitirse una villa en la playa de la capital isleña, esas viviendas correspondían, por ejemplo, al enviado del káiser, y en el estrecho laberinto de callejuelas no quería vivir. Naturalmente, ir y venir a diario no resultaba muy práctico, pero siempre le había gustado la vastedad de las llanuras del norte de Alemania y del mar. Los dédalos de casas le resultaban oprimentes. Su oficina se encontraba, oportunamente, en el puerto, y cuando se le hacía tarde se quedaba a dormir en casa de sus amigos, el matrimonio Van Horn, en el cuarto de invitados, que tenía acceso a la azotea, desde la que podía disfrutar de unas vistas fantásticas. Con todo, no habría cambiado su casa por ninguna otra, y aceptaba de buen grado los inconvenientes... incluso hallarse a cierta distancia de sus conocidos, que se reunían constantemente para jugar al tenis y a las cartas, cultivar la música o cenar.

Un leve tintineo a su espalda hizo que se volviera. Zouzan cruzaba la habitación con los pies descalzos, casi sin hacer ruido, solo se oía la taza de porcelana en el platillo. Aspiró el perfume del café recién hecho y el dulce aroma de su amante.

¡Qué bella era! Alta, delgada, elegante. Llevaba una *kanga*, la vestimenta tradicional de las africanas orientales, en tonos azules en honor a él, pues era su color preferido. Al moverse, en sus orejas se mecían los grandes aros adornados con perlas de las mujeres masáis casadas, los únicos recuerdos de su lejano hogar.

—*Jambo, bwana* —saludó, y sus ojos brillaron al ver la sonrisa de felicidad de él.

—*Habari* —le contestó, aunque con un tono distinto del que empleara antes en el ritual del saludo con su sirviente Ali. Esta vez no esperó a oír el resto de la fórmula, sino que se apresuró a añadir—: Zouzan, se me olvidó decirte que tengo que ir al continente por asuntos de negocios.

Como siempre que iba a Pangani, la mirada de Zouzan se empañó: la bonita ciudad a orillas del delta del mismo nombre era la puerta al interior del país... y la llave de su hogar, al noroeste. Aunque ella no lo decía nunca, Roger intuía que daría cualquier cosa por acompañarlo. Llegado el momento, se lo había propuesto desde que se conocieron, quería ayudarla a volver con su tribu. La dejaría marchar, desde luego, pero de momento, por suerte, no era posible. Y, además, los masáis eran nómadas, se decía, no sería nada sencillo encontrar a los suyos en la infinidad de la sabana.

Al coger la taza, sus dedos rodearon un instante la mano de ella.

—Me gustaría que pudieras viajar conmigo —afirmó, en honor a la verdad. Habría disfrutado de su compañía, pero no del temor de que después se escabullese—. Te lo prometí hace tiempo, lo sé. A decir verdad, hoy no tomaré el barco de cabotaje, sino el vapor británico que viene de Adén y navega a tres nudos. Para mí es muy cómodo, pero a ti no te gustaría, y no me agradaría saberte en tercera clase.

La muchacha no entendió ni palabra de lo que intentaba explicarle, pero el brillo había vuelto a sus ojos, y a él le bastó como respuesta.

Se le pasó por la cabeza que le habría gustado casarse con Zouzan. De un tiempo a esa parte solía abandonarse a semejantes planes de futuro. Pero aunque contraer matrimonio con una africana no estaba prohibido en el Imperio alemán, socialmente no estaba bien visto. Además, aún no tenía claro si Zouzan lo amaba igual que él a ella. ¿Eran sus sentimientos idénticos? ¿Acaso no eran sus respectivas culturas demasiado distintas para compartir las mismas emociones? De lo único de lo que sí estaba seguro era de que se mostraría muy celosa si otra mujer ocupase su lugar. Pero él no quería a otra.

2

En el horizonte apareció una franja de playa blanca bajo una cadena de colinas de color verde grisáceo de suave pendiente. En realidad era más bien un punto, la visión de un paisaje irreal, casi yermo, que parecía flotar sobre el mar y espejeaba con la luz matutina. El océano presentaba las tonalidades más variadas, y Viktoria nunca habría creído posible ver unas aguas de color amatista y después esmeralda o zafiro y aguamarina, como un tapiz infinito de piedras preciosas. Esta maravilla estaba surcada de bancos de arena y arrecifes de coral, líneas claras sobre un colorido fondo.

Se encontraba por última vez con sus compañeras en la cubierta de paseo, esperando impaciente la llegada al nuevo puerto, el último de su viaje. Durante un breve discurso pronunciado la noche anterior antes de la cena, el capitán había explicado a los pasajeros de primera clase que Zanzíbar no tenía desembarcadero. Un viento que siempre soplaba con fuerza y la infinidad de bajíos y arrecifes que había ante la costa dificultaban el abordaje a la capital del sultanato. Por ese motivo era recomendable echar el ancla por la noche y aproximarse a la isla después de que saliera el sol. Además, en tierra se había desencadenado una tormenta.

Acompañado por el parloteo de centenares de delfines, el barco por fin avanzaba hacia su destino bajo el límpido sol de la mañana. La lluvia tropical nocturna había limpiado el paisaje como si de una rodilla se tratase. A Viktoria no solo el mar, con sus distintos tonos de azul, se le antojaba más luminoso que en el resto del viaje; cuanto más se acercaba el *Britannia* a la parte habitada de la isla, más pintoresca era la vista.

El punto flotante se transformó en playas largas, llanas, festoneadas de palmeras e interrumpidas por pequeñas calas; los manglares se alternaban con pantanos, cuidadas extensiones de césped bajaban hasta el mar delante de villas blancas o se convertían en plantaciones. Cuanto más variada se tornaba la línea costera, mayor era el trajín en el agua. Había un sinfín de barcos de vela: estables dhows atravesaban la estela que dejaba el vapor; barcas destartaladas, que más parecían cascarones, eran arrastradas al mar por hombres cuyo musculoso cuerpo brillaba como la pez con la clara luz del sol; sencillos barcos de pescadores regresaban de la salida matutina.

Aunque debería alegrarse de llegar, Viktoria se sentía extrañamente abatida. Le gustaba la vida relativamente libre, independiente de que disfrutaba a bordo. Durante semanas había vivido en una especie de capullo, y ahora le esperaba el desafío de integrarse en una vida completamente nueva y bajo la tutela de unos perfectos desconocidos. Hasta ese momento había conseguido no pensar en las presiones de las que había huido, pero de pronto empezaba a asaltarla el temor de lo desconocido y el miedo de llevarse una decepción.

Por su parte, Juliane se alegraba de llegar a Zanzíbar. Estaba llena de vida.

—Dicen que la hospitalidad árabe es indescriptible —observó—. Mi padre dice que no se puede comparar ni con nuestra mayor cordialidad. Por eso estoy segura de que nadie se opondrá a que vengan a visitarme. Sin duda el palacio del sultán será impresionante.

—Es muy amable por su parte —replicó Antonia, subiendo la voz para hacerse oír con la sirena del *Britannia*—, pero me temo que me faltará tiempo para ir a ver monumentos. Aunque dicen que la rica Ciudad de piedra de Zanzíbar es muy pintoresca, el objetivo de nuestra expedición se sitúa en el otro lado de la península, en el arrabal de Madagaskar, donde viven los pobres.

Juliane se tapó la boca con la mano, horrorizada.

—No irá a alojarse allí, ¿no?

—Supongo que el doctor Seiboldt habrá alquilado una vivienda conveniente —replicó Antonia, y Viktoria creyó percibir un leve titubeo—. Al menos ese fue el caso en Nápoles, donde vivíamos en las colinas y no en el barrio portuario.

—Sea como fuere —Juliane insistió en su invitación—, si no puede más con las duras condiciones de vida de los nativos, el cólera y lo demás que quiera que haya, venga a visitarme.

Viktoria había hecho visera con la mano para protegerse los ojos y contemplaba las esbeltas golondrinas de mar con el bonito copete negro, que volaban alrededor de mástiles y chimeneas. Se había visto obligada a prescindir del parasol, que con esa luz habría necesitado encarecidamente: se le había metido bajo la cama antes y no lo había recuperado, ya que quería subir a toda prisa a cubierta para despedirse de sus amigas. La afligía la idea de que quizá esa fuese la última vez que las veía.

—¿Por qué no fijamos un día para vernos? —se oyó preguntar de súbito, antes de que el plan tomara plena forma o pudiera ser desechado. Apartó la vista de las aves y miró a las dos con atención. Cuando vio que Antonia enarcaba las cejas, añadió—: Nos reuniremos con regularidad a una hora determinada en un lugar determinado. Es un arreglo en firme, y no será preciso señalarlo cada vez. Esto tiene la ventaja de que tal vez no acudamos en alguna ocasión, pero estaremos seguras de coincidir la siguiente. De este modo nos veremos siempre y podremos contarnos lo que nos ha sucedido entretanto.

El ala de la pamela de Juliane se movió cuando su portadora asintió con vehemencia.

—Oh, sí, es estupendo. No quiero bajo ningún concepto que nos perdamos de vista.

—En fin, no sé... —Antonia se encogió de hombros con aire

vacilante—. No puedo disponer libremente de mi tiempo, ya lo saben. ¿Cómo voy a comprometerme para un encuentro en firme cuando no sé si podré hacer mi voluntad?

—Seguro que tendrá alguna tarde libre —aseguró Viktoria—. El doctor Seiboldt no es ningún monstruo. No la atará a la máquina de escribir.

—No, claro que no —convino Antonia deprisa, y bajó los ojos. Un leve rubor cubrió sus mejillas.

Si desde un principio Viktoria tuvo claro lo mucho que Antonia admiraba al científico, tampoco se le pasó por alto que entre ambos había sucedido algo, una pelea, quizá. No solo se dio cuenta aquella mañana en la terraza del hotel de Adén, sino sobre todo después, a bordo del *Britannia*. Desde entonces, Antonia y Seiboldt se dispensaban un trato distinto que antes, en el *Sachsen*. Ahora el tono entre el investigador y la secretaria era frío y distante. Cuando Viktoria se sentaba con su amiga y su maestro a aprender fórmulas, reparaba de cuando en cuando en que Antonia miraba a Seiboldt con aire ensimismado. Pero en cuanto esta se daba cuenta de que la observaban, miraba deprisa a un lado, como si sintiera que la hubiesen sorprendido haciendo algo prohibido. En ocasiones, Seiboldt se comportaba igual, y en tales casos sus ojos en modo alguno eran fríos.

Viktoria habló como si tal cosa conscientemente para no turbar más aún a Antonia.

—Si no pudiera asistir a una cita, acudiría a la siguiente. Esto es válido para todas: ninguna sabe lo que le espera.

—Lo más probable es que me aburra terriblemente —vaticinó Juliane—. Mi padre se pasará el día entero atendiendo a sus negocios: con el sultán, con el enviado alemán, el cónsul de la reina inglesa o el representante de Estados Unidos de América. Dice que estos caballeros son las personas más importantes de Zanzíbar y están muy interesados en abastecerse de vinos alemanes. Y ¿qué haré yo todo ese tiempo? Nada. Se lo puedo asegurar, queridas mías. Nada.

Viktoria extendió la mano con la palma hacia abajo:

—Hoy es jueves. ¿Qué les parece si nos reunimos dentro de dos semanas entre las cuatro y las cinco para tomar el té? Bah... por qué no... ¿en casa de mi anfitrión? Y quince días después haremos lo mismo. No creo que vaya a poner ningún reparo. ¿Qué hay más decoroso que pasar una hora con las amigas? ¿Qué opinan?

—Por mí, conforme —repuso Juliane, y puso la mano derecha sobre la de Viktoria.

Antonia puso la suya, acostumbrada al trabajo, sobre los delicados dedos infantiles de Juliane.

—Confiemos en que mis jefes no se opongan... Haré cuanto pueda para no faltar a nuestra cita.

—En ese caso estamos de acuerdo —corroboró Viktoria, sellando la promesa con la mano izquierda—. Francamente, para mí no es solo un placer, sino también un alivio. No hay nada mejor que ver un rostro familiar en el extranjero.

Juliane aguantó las otras manos con una fuerza sorprendente.

—Ya puestos, ¿no sería mejor tratarnos al menos de tú? A decir verdad tenía pensado pedírselo hace tiempo, pero no se dio la oportunidad, y estuve indispuesta tan a menudo... —Su voz, firme en un principio, sonó insegura.

—¡Buena idea! —exclamó Antonia, interrumpiendo el breve silencio para evitar cualquier incomodidad—. Me llamo Antonia.

—Y yo Viktoria —dijo entre risas—, pero eso ya lo saben.

Antes de que Juliane pudiera decir cómo se llamaba, como era habitual en tales ocasiones, en el agua se escuchó un griterío tal que se impuso a las señales del barco y a la cháchara de los delfines, que empezaban a retirarse a mar abierto cuanto más se acercaba el *Britannia* al puerto y cuanto mayor era la densidad de embarcaciones. En tácito acuerdo las amigas se inclinaron con curiosidad sobre la borda.

Además del vapor británico, que parecía gigantesco en ese escenario, había cinco o seis dhows. Dos canoas parecían celebrar una regata en toda regla para acercarse lo máximo posible. Pequeños barcos con velas blancas excesivamente grandes, manejados por hombres negros, se hundían peligrosamente en el agua bajo el peso de su cargamento. En una de las canoas había una cantidad inconcebible de bananos; en la otra, una montaña impresionante de henchidos mangos, cuya piel de color bermellón y verde relucía con el sol.

Los distintos vendedores ensalzaban su mercancía en lenguas que probablemente resultaran incomprensibles a la mayoría de los viajeros, pero se entendía a la perfección que, por ejemplo, la bebida que un árabe de piel bastante oscura obtenía de los hebrosos cocos de color canela en su barca era la mejor agua de coco de ese lado del Ecuador. Mientras tanto, otro hombre ofrecía a voz en grito su zumo de naranja como bebida de bienvenida. Exprimía la fruta ante los ojos de los posibles clientes en bolsitas, pero de cuando en cuando se permitía beber un sorbo, acción que acompañaba de divertidos gestos.

En cubierta se reunían los pasajeros, para los que el trajín constituía un grato cambio o un respiro antes del perturbador desembarco. En cuestión de minutos el caos de lenguas se tornó una algarabía que apenas era inferior a los gritos de los vendedores.

—¡Mirad! —exclamó Juliane.

Su atención iba dirigida a una barca donde no se acumulaban frutas u otros alimentos, sino jaulas con animales. Un mono de tamaño mediano con la cabeza peluda negra, el cuerpo blanco y negro y la cara negra y arrugada mordisqueaba malhumorado unas hojas. La cola, más larga que el cuerpo, colgaba tristemente entre los barrotes. En la jaula contigua su compañero hacía gestos amenazadores y daba un concierto de aullidos. En otra jaula dos macacos de menor tamaño se espulgaban mutuamente.

—Esos son colobos —aclaró Viktoria—. Dicen que se han extendido por Zanzíbar. Los vi en un zoo humano.

Su visita al parque zoológico de Hagenbeck formó parte de los preparativos del viaje. A decir verdad, el recuerdo no era grato, pues la curiosidad y la avidez de sensaciones se tornaron horror y turbación al ver a los guerreros africanos —masáis del África Oriental, según le dijeron— y a los esquimales del Polo Norte, que asimismo se exhibían allí. Su madre insistió en acudir para que a Viktoria no le sorprendiera demasiado lo que la esperaba en Zanzíbar. Gustava Wesermann no aclaró si se refería a las personas o a los animales.

—¡Eso es un papagayo! —Juliane estaba entusiasmada con tanto exotismo.

En el palo de la barca de los monos reinaba, en efecto, un colorido pájaro que daba la impresión de observar con la mayor dignidad y serenidad todo el revuelo del agua, aunque era de suponer que le habían recortado las alas, y además estaba encadenado a la verga.

—Si no nos topamos con animales más salvajes, mejor que mejor —comentó Antonia, risueña—. El doctor Seiboldt dice que en Zanzíbar la gente tiene monitos como animales domésticos. Es evidente que aquí, en el puerto, hay un comercio próspero con ellos.

—En casa yo ni siquiera tengo un perro —repuso Juliane—. Por el amor de Dios, ¿qué se hace con un macaco? Supongo que no lo pasearán, ¿no? —Se rio y señaló alegremente el dhow que ofrecía mercancía viva—. En cierto modo son graciosos...

Viktoria le cogió la mano.

—¡Cuidado! Estás llamando la atención del vendedor. Supondrá que quieres comprar un mono. Para regalárselo a tus anfitriones, quizá. ¿Qué diría tu padre al respecto?

—Ni idea, pero tampoco lo quiero averiguar. Gracias por la advertencia. Prometo ser más prudente en el futuro. ¿Habrá animales domésticos en el palacio del sultán?

—¿Por qué no? —contestó la pragmática Antonia, y a renglón seguido añadió—: Pero ten cuidado de que no te muerdan, Juliane. A fin de cuentas no estamos acostumbradas a tratar con monos. A saber las enfermedades que podrían transmitir.

Con ah y oh de asombro los pasajeros disfrutaron de las primeras vistas de la ciudad, que —como en su día Afrodita de la concha— parecía surgir del mar. Si hasta el momento las numerosas barcas, los buques mercantes fondeados en la rada, procedentes de todas las partes del mundo, y la escuadra de la Armada imperial, del Imperio británico y de Francia obstruían en gran medida la vista de la playa y las construcciones altas de detrás, ahora el observador veía casas blancas como la nieve, cegadoras con la luz del sol. Tras los muelles, entre los planos tejados árabes, un sinfín de minaretes se alzaba en un cielo con apenas nubes, ante el firmamento incluso se dibujaban algunos campanarios puntiagudos. Porfiados símbolos de una cultura que también estaba determinada por los escasos saledizos de ladrillo de algunas villas a orillas del mar. En los tejados de alguna que otra casa europea ondeaban banderas conocidas con la brisa. Los colores del Imperio alemán resultaban reconocibles de inmediato, al igual que la tricolor, la bandera de Gran Bretaña estaba enrollada en el asta.

A Viktoria se le aceleró el corazón. De manera que ese sería su hogar durante un año. Un lugar que a primera vista irradiaba magia, vigilado por un faro sorprendentemente modesto. Stone Town era una bella Ciudad de piedra coralina que invitaba al forastero a explorar su encanto. A Viktoria se le antojó imposible que tras esos muros de un blanco radiante se hallara un mundo al parecer marcado por el cólera y otras enfermedades, por el comercio de esclavos y la pobreza. Miró deprisa, de reojo, a Antonia, que a todas luces pensaba algo parecido, pues tenía el rostro apesadumbrado, el ceño fruncido.

Antonia sostuvo con firmeza la mirada de Viktoria.

—Ha llegado la hora de la despedida —dijo en voz baja, pesarosa. A continuación se volvió hacia Juliane y añadió con inusitado sentimentalismo—: Os echaré de menos.

Con su característico entusiasmo, Juliane abrazó a la mayor.

—Y yo a ti. —Y tras echarse al cuello de Viktoria—: Y a ti también.

—Nos volveremos a ver —prometió Viktoria.

3

Y de pronto estaba sola. Las amigas se habían separado: Juliane había vuelto con su padre, y Antonia comprobaba de nuevo el equipaje de los exploradores con el doctor Seiboldt y Hans Wegener. Y por primera vez desde hacía semanas, Viktoria se sintió muy sola.

No era solo que se viera privada de su compañía: no tenía nada más que hacer. Sus maletas esperaban en el camarote, hechas, y de su transporte a tierra se ocuparía un camarero del buque. Nadie la necesitaba, ni siquiera ella misma. Se hallaba en el bonito mirador de la cubierta de paseo como si la hubiesen abandonado, y de pronto ya no le apetecía mirar el panorama, sino tan solo su corazón. Casi asustada, observaba el dolor que se extendía en él. El entusiasmo había terminado, al igual que las ganas de llegar. Si al principio de su viaje estar sola era como una suerte de libertad, ahora se había tornado una especie de exclusión.

Notó que la invadía un pánico que superaba incluso su temor inicial de lo nuevo. Oscuros pensamientos se apoderaron de ella. ¿Cómo había podido suponer ni por un segundo que en África las cosas serían distintas que en Hamburgo? Era una extranjera. Alguien que apelaba sin quererlo a la hospitalidad de una familia a la que el padre de Viktoria quizás hubiese obligado a acogerla en su casa. No era muy buen punto de partida para una convivencia tolerable.

El aire pesado, húmedo que pendía sobre el océano Índico como si fuese un paño impenetrable, y al que en realidad Viktoria se había acostumbrado hacía tiempo, le oprimía los pulmones. Le costaba respirar, pero, una vez más, ello no se debía solamente al clima, sino al corsé, aunque al vestirse se había decidido por el de verano, más ligero.

Se avergonzaba un poco de su cobardía. Ni que decir tiene que podría haber sido tan valiente como Antonia y renunciar de una vez por todas al constrictivo accesorio. Sin embargo, era de temer que su anfitriona se escandalizara ante esa suerte de libertad, y Viktoria no quería levantar revuelo nada más llegar y acabar con el quizá tierno retoño de simpatía que esperaba granjearse encarecidamente. Cuando llegase el momento, se lo había propuesto con firmeza, arrojaría al mar la odiada prenda.

Respondiendo a un deseo de protesta había metido debajo de la cama el más recio de sus corsés y lo había empujado contra la pared de un puntapié. Por supuesto, le resultaba imposible recuperar la prenda de tal sitio, y era absurdo y ridículo, pero después Viktoria se sintió mejor.

El recuerdo incluso hizo que se animara. Nada podía ser peor que contraer matrimonio con Hartwig Stahnke. La estancia con los Van Horn no cambiaría eso, ni siquiera aunque el conocido de Albert Wesermann resultara ser el más santurrón de los anfitriones a ese lado del Ecuador. ¡Debía mirar hacia delante!

La idea le dio más optimismo. Volvió a contemplar el lugar como si se hubiese quitado una venda negra de los ojos. Su mirada recorrió el puerto, con el almacén alargado de la aduana en primer término, mientras el cencerreo de la cadena del ancla indicaba que el *Britannia* había encontrado su sitio entre el hervidero de grandes barcos y pequeñas canoas.

En el paseo reinaba un colorido trajín de personas de distinto color, las más diversas ropas y uniformes, lenguas y probablemente también olores. Sin embargo, desde donde se encontraba en la borda, a Viktoria le llegaba sobre todo un olor a pescado y a algas putrefactas, pero también el agradable aroma del mar. Los cargamentos de los dhows y las distintas cosas que se ofrecían en la playa alimentaron en ella la suposición de que los aromas de Zanzíbar serían similares a los de Adén. Pero no fue la perspectiva de disfrutar de exquisiteces tropicales lo que llamó la atención de Viktoria, sino el edificio que ocupaba casi toda la anchura del muelle. Entre las ruinas de un antiguo fuerte y una hilera de bonitas casas de comerciantes con los postigos de las ventanas pintados de color verde, amarillo y luminoso azul se extendía el impresionante palacio.

Vetustos mangles de gruesos troncos y follaje denso, achaparrado daban sombra al camino que discurría por delante de las construcciones de blanca piedra coralina. Una galería recorría la planta baja tras muros a media altura y sobre ella, por un lado, se erigían balcones y una logia bajo un tejado de tejas rojas, sobre la que a su vez se alzaban las dos plantas superiores. Coronaba el conjunto una azotea con pináculos y torrecitas cuya mampostería estaba guarnecida de ornamentos y tallas. En el otro lado de la construcción, en la cara que daba al mar, todas las plantas eran una sucesión de verandas, interrumpidas en el centro por una torre con un reloj. Daba la impresión de ser el edificio más alto de la ciudad, aunque al parecer el tiempo se había detenido, pues Viktoria sabía que, sin duda, no eran las cuatro. Ante el cielo azul cobalto el complejo del palacio era como un castillo encantado sacado de un viejo cuento, sensación que se veía reforzada por la paz que, visto desde lejos, lo convertía en una isla en medio de la caótica actividad del puerto. Era como las imágenes que había visto Viktoria, solo que aún más fantástico.

No sabía cuánto llevaba en la borda, contemplando muda de asombro el esplendor oriental, que superaba incluso las construcciones yemeníes como de encaje. Para Viktoria, que había nacido y crecido en una ciudad cuya belleza venía determinada de manera decisiva por su cercanía al agua, ver por primera vez la Ciudad de piedra de Zanzíbar tuvo un efecto increíblemente mágico. Esa fascinación poco a poco dio paso a un sentimiento de envidia hacia Juliane, que viviría en ese palacio. ¿De verdad sería el sultán de Omán tan generoso para permitir que Juliane recibiera visitas? Viktoria no sabía absolutamente nada de la hospitalidad árabe, pero la curiosidad que le inspiraba el interior de la suntuosa construcción aumentaba con cada minuto que la contemplaba.

De pronto constató sorprendida que los grupos de curiosos que se habían reunido en la cubierta de paseo se habían esfumado. Estaba prácticamente sola allí. A todas luces, quienes debían bajar a tierra habían abandonado el barco, y también los viajeros que seguían viaje hasta el continente y después hacia el sur, hasta Ciudad del Cabo, se habían dispersado.

¿Se había quedado sin desembarcar por soñar despierta? Viktoria echó un vistazo a su alrededor, desconcertada. Confiaba en que no fuera demasiado tarde, de lo contrario se vería obligada a continuar hasta Tanganica y allí coger un barco de vuelta. Sopesó esa posibilidad un instante: sería una aventura, y además postergaría el momento de conocer a sus anfitriones. Por otra parte, su conducta sería motivo de desasosiego y probablemente sembraría discordia.

Exhalando un suspiro, decidió que era hora de abandonar el barco y conquistar su nuevo hogar. Se volvió con resolución, irguió la espalda y echó a andar hacia donde suponía que se hallaba la escalera del barco. Caminaba como si quisiera desprender incluso a bordo esa energía con la que pensaba armarse contra futuras contrariedades...

—¡Ojo! ¡A ver si pone más cuidado! —La voz de hombre era grave, sonora, y hablaba alemán.

Viktoria miró perpleja a un caballero que al parecer se había cruzado en su camino sin darse cuenta. Le sacaba casi una cabeza, era de constitución delgada y llevaba una levita de color claro y un corbatín oscuro, el lazo perfecto.

Con gesto hosco se frotaba un brazo, probablemente Viktoria le había dado con el codo al chocar.

Lo cierto es que era sumamente atractivo; los enérgicos rasgos ligeramente bronceados, de un dorado que no desdecía de su posición social. En la delicada boca lucía un bigote castaño, tenía las cejas pobladas, y los ojos marrones oscuros con un brillo inusitado. Bajo el sombrero de panamá vio un cabello castaño, que con el sol brillaba como madera de color caoba pulida, pero pese a estar en presencia de una dama, no se quitó el panamá.

Grosero, pensó Viktoria.

—No lo he visto —fue su fría respuesta.

—Ya me he dado cuenta —espetó él con sequedad.

Estaban frente a frente, como dos boxeadores preparados para el combate. Ninguno se movía. Se miraban en silencio, con ojos furibundos, y ni Viktoria ni el desconocido daban un paso atrás para dejar pasar al otro.

Viktoria tardó un tanto en darse cuenta de lo ridículo de la situación. ¿Cómo podía pelearse con un extraño? Era evidente que quería hacerle una escena, pero ¿por qué se dejaba arrastrar? Mejor sería que se preocupara de que no se perdiera su equipaje y de buscar a sus anfitriones entre las personas que esperaban en el muelle antes de que pensaran que llegaría a Zanzíbar más tarde, en otro barco.

Pese al arrebato de sentido común, se quedó allí plantada como por arte de magia, permitiendo que el hombre, que sin duda no era un caballero, aunque lo pareciese, la mirara a los ojos... y devolviéndole la mirada impertérrita.

Después de un rato Viktoria se hizo a un lado sin decir nada.

—Gracias. —Por fin parecía acordarse él de sus modales, pues la mano con la que hacía un instante se frotaba el hombro subió y levantó brevemente el sombrero.

Viktoria no consiguió permanecer con el rostro impasible: a sus labios asomó una sonrisilla de satisfacción. ¡Cuán ridículo era su comportamiento! ¡Cuán bochornoso! Y a pesar de todo ¡qué bien parecido era!

Sacudió la cabeza, quizá por sus desconcertantes pensamientos, pero quizá también por la certeza de que, siendo mujer, no era nada difícil alzarse al menos con una pequeña victoria sobre un hombre. Acto seguido se alejó sin decir más, con la cabeza alta.

Su mirada recorrió una vez más el muelle, más por casualidad que intencionadamente. No se podía explicar por qué miró un mangle concreto. Y no comprendería jamás por qué entre la multitud de personas que aguardaba en la orilla reparó precisamente en una de ellas, como si se tratase de un recortable separado del papel.

Allí había una mujer, alta, delgada, de porte orgulloso, erguido. Viktoria no había visto nunca una mujer más bella que esa figura como tallada en madera de ébano, envuelta primorosamente en una tela con distintos tonos de azul. Sorprendentemente no resultaba turbador que tuviese la cabeza afeitada, pues la forma del cráneo y sobre todo su rostro tenían tal fuerza que no se echaba en falta el cabello.

Daba la impresión de que la desconocida miraba directamente a Viktoria. Levantó la mano; la palma era de un blanco reluciente.

Perpleja, Viktoria clavó la vista en la bella mujer negra, desconcertada por su deseo de devolverle el saludo. Tardó un poco en caer en la cuenta. Volvió la cabeza sin querer.

Con el rabillo del ojo vio al hombre de hacía un instante, que se hallaba tras ella, en diagonal, y gesticulaba hacia el muelle. Y no cabía la menor duda de a quién iba dirigido ese saludo de despedida.

4

—¡Yo ahí no entro! —anunció Juliane, y consiguió a duras penas no unir a su protesta un pataleo. Pero sí se puso en jarras para al menos conferir fuerza a sus palabras con su postura.

—¡Juliane! —suspiró Heinrich von Braun, que hacía un esfuerzo visible por no manifestar con demasiada claridad su desaprobación. Con la desesperación de un padre que se viera obligado a echar el mismo sermón una y otra vez a su niño mimado, añadió enervado—: No se puede hacer nada. En los hogares árabes no es costumbre que hombres y mujeres vivan en las mismas alas.

—En ese caso nos iremos a un hotel —decidió Juliane. Al ver la expresión de desagrado en los ojos de su padre, dejó caer los brazos y preguntó vacilante—: ¿Acaso no hay alojamientos en Zanzíbar?

—Somos invitados del sultán Jalifa. Y, como tales, respetaremos las costumbres que rigen en su palacio. Estoy seguro de que te agradará estar en compañía de sus esposas e hijas.

Ella quería estar con su padre y no pasar el tiempo con desconocidos. ¿Por qué no mantenía su palabra? Claro que esperaba estar a menudo sola, cuando su padre atendiese a sus negocios, pero que ni siquiera pudiese alojarse en la misma ala que él, algo habitual para los adultos de la misma familia en un hogar europeo, no era en modo alguno lo que había imaginado.

El entusiasmo que la invadió al llegar y la sumió en un estado de auténtica alegría había desaparecido.

—¿Por qué no me dijiste que viviríamos en partes distintas del palacio...? —La voz le falló, y se esforzó valientemente por reprimir las lágrimas.

¿Qué le esperaba en el harén del sultán? El miedo hizo que se le formara un nudo en la garganta. Ya solo la monumental puerta de los aposentos de las mujeres tenía un aspecto amenazador, ¿qué habría al otro lado? Se trataba de un portalón de dos hojas que, sin duda, medía más de tres metros de alto. La parte superior estaba rematada en punta, con forma de cebolla. Una increíble profusión de casetones y tallas ornaba la madera, pero ella no sentía ningún interés por el arte.

Una mirada al manojo de llaves del cancerbero bastó para alimentar sus sospechas de que se pasaría encerrada toda su estancia en el palacio Beit al-Sahel, igual que en su día las pobres monjas dominicas en el convento de Weil. Por decreto imperial el convento debía «morir» en el siglo XVI, lo que significó que las religiosas se vieron obligadas a vivir aisladas por completo y les fue negada toda clase de ayuda, incluida la médica. Fue una de las espeluznantes historias de su infancia, que ahora recordaba con tristeza.

El castellano no le inspiraba menos temor que la puerta de cuyas llaves era dueño y señor: se trataba de un hombre gigantesco con la piel de color café con leche, que se mantenía erguido como el tronco de un árbol, aunque su blanca barba permitía deducir una edad provecta. Tenía la cabeza rasurada, lo cual no hacía que inspirara mucha confianza. Juliane intentó asomarse a la fachada de impasibilidad y dignidad, pero los claros ojos del anciano no reflejaron ni desagrado ni comprensión hacia la joven blanca.

—...Y desde luego con ese de ahí menos —aclaró, resoplando.

—Juliane, te lo ruego. ¿Qué forma de hablar es esa? Te podrían entender...

—Esa es otra —lo interrumpió deprisa—. ¿Cómo me haré

entender? ¿Quién me escuchará cuando desee verte? Aquí nadie habla alemán.

Heinrich von Braun pasó por alto sus preguntas y continuó con sentido práctico:

—Said era el esclavo personal del anterior sultán, y ahora es un hombre de confianza al servicio de su hermano, el nuevo gobernante. Lleva el nombre del padre de Su Majestad, lo que constituye una distinción especial.

—No me puedes dejar sola, papá. —La voz de Juliane se volvió estridente—. No te volveré a ver nunca en este... en este caos.

Y esa fue la palabra más amable que se le ocurrió para describir el ajetreo que había en el patio del palacio del sultán. Lo que por fuera parecía tranquilo y apacible resultó ser un maremágnum en extremo ruidoso, bullicioso de personas de distinto color y animales, más el alboroto de un mercado que la casa de un gobernante.

Aguadores y porteadores de otras mercancías que no llevaban más que un taparrabos en las oscuras caderas iban y venían formando una cola que parecía no tener fin ni orden. Una vez entregada su carga, se acomodaban con el objeto de echarse una siestecita al pie de una de las columnas para, acto seguido, ser expulsados por un sirviente de rango superior. Las cabras eran arrastradas hasta un rincón oscuro, y Juliane no se quiso imaginar que allí se hallara la carnicería. Sin embargo, en vista de que la parrilla no se encontraba muy lejos, el humo elevándose hacia el cielo en finas volutas de color gris ceniza, la sospecha no era muy descabellada. Del rincón de la cocina salía un aroma a especias exóticas que inundaba el patio, quedaba atrapado en las galerías y se desvanecía despacio. El pesado olor a incienso, que ya en Adén le causara dolor de cabeza, y el perfume dulzón que se prefería en Oriente enmascaraban cualquier mal olor.

Niños pequeños de ambos sexos daban traspiés entre la gente, chillando de alegría; en ocasiones, cuando amenazaban con perder el equilibrio, se agarraban a las piernas de un sirviente. A sus madres no se las veía, a todas luces se ocultaban tras la puerta del harén. A la entrada principal acudían quienes solicitaban que el sultán los recibiera en audiencia. Ya no podían entrar en Beit al-Ajaib, la llamada Casa de las maravillas, el palacio vecino, más moderno, destinado a las recepciones: hombres de todas las edades y colores de piel, con barba o sin ella. Una mezcla de razas que al parecer en Zanzíbar era algo cotidiano. Las gentes lucían ropas dispares y en la cabeza unas veces llevaban el casquete plano, ricamente bordado que Juliane ya había visto en el puerto; otras, un fez rojo; en ocasiones, una especie de pañuelo enrollado o un turbante. Todo el mundo parecía querer decir algo a la vez, todos hablaban al mismo tiempo y con todos. Juliane percibía los sonidos más desconcertantes, pero en esa Babilonia no había manera de distinguir algo que se acercase a su lengua materna.

—*Bebe bwana...* —La voz del guardián de la puerta era queda, en ella se advertía un dejo de apremio.

—Juliane, por favor. —Su padre amenazaba con perder la paciencia con ella—. Ten la bondad de no ponerme en ridículo a las primeras de cambio. Te prometo que preguntaré con regularidad por ti. Y además haremos excursiones juntos, iremos a visitar la ciudad o a una playa bonita...

Se le pasó por la cabeza una idea a la que se aferró como a un salvavidas:

—¿No podría intentar buscar alojamiento en otra parte? Me es indiferente dónde duerma, puesto que de todas formas no vamos a estar en el mismo edificio. La familia con la que vive Viktoria Wesermann sin duda podrá acoger a otro huésped. ¿No podríamos preguntar primero...?

—Como es natural, te quedarás bajo el mismo techo que yo. ¿En serio crees que dejaría sola a mi hijita? —añadió un tanto en broma.

Ella no tenía ni la más remota idea de lo que podía creer y de lo que no. Su padre la había decepcionado profundamente, y la traición se vio reforzada cuando el castellano abrió un tanto la puerta de los aposentos de las mujeres.

Juliane se llevó la mano al cuello. El medallón que encerraba la fotografía de su madre parecía ser el único asidero que le quedaba. Símbolo de consuelo, confianza y seguridad.

Sus ojos se anegaron nuevamente en lágrimas, pero apretó los dientes para no abandonarse al llanto.

Cuando su padre se inclinó hacia ella para darle un beso en la mejilla, ella se apartó.

¡Ojalá tuviera cerca a una de sus amigas! Quería enviar lo antes posible un grito de socorro a Viktoria y a Antonia. Jamás habría considerado posible que un día tuviera que guardarse de su padre y refugiarse en unas personas que en realidad eran desconocidas. Que le impusiera una suerte de prisión era lo último. Solo se sometía porque por el momento no tenía otra elección, pero no se quedaría mucho en los aposentos de las mujeres, ¡eso seguro!

Ante Juliane no se abrió únicamente la imponente puerta, sino otro mundo.

También las habitaciones de las mujeres salían de galerías que comunicaban con el patio. Entre las columnas los criados habían dispuesto asientos, que ocupaban las damas más ancianas del lugar. Estas charlaban, gesticulaban o cuidaban de los niños, que corrían tras los pavos reales que se paseaban por el lugar, jugaban con aros y bolitas de madera o estaban acurrucados al sol con sus amas de cría negras, probablemente escuchando algún cuento del interior de África.

Al igual que a la entrada del edificio principal, entre las presentes estaban representadas casi todos los colores de piel, y por primera vez Juliane se vio frente a árabes sin velo. La mayoría eran mujeres sumamente atractivas, con independencia de la edad, de que fuesen gruesas o más delgadas, viejas o jóvenes, de color café con leche, aceitunado o más claro, con la cabeza rapada o cabello brillante. La característica común era, sobre todo, los preciosos y expresivos ojos. Y las joyas. Juliane nunca había visto tanto derroche de alhajas de plata, cadenas de oro y piedras preciosas en el cuerpo de una persona —en el cuello, las orejas, los brazos, los dedos y los tobillos— como en las moradoras de ese harén.

Se miró sin querer: llevaba su moderno vestido de viaje, que de repente ya no surtía tan buen efecto como a bordo, entre sus semejantes. Las mujeres y parientes femeninas del sultán se vestían con las telas estampadas de luminosos tonos azules que ya llamaran su atención en las nativas que había visto en el puerto. Muchas lucían vistosas camisolas de manga larga con pronunciadas aberturas laterales sobre pantalones bombachos tan ricamente bordados como las camisas. Esa vestimenta parecía mucho más cómoda, ligera y oportuna para ese clima. Juliane también se sintió de lo más pobre en vista del brillante lujo que la rodeaba. Sus únicos ornamentos eran unos sencillos pendientes y la cadena con el medallón.

A Juliane se le ocurrió que las parientes, mujeres e hijas del sultán quizá fuesen todas princesas, y, por lo tanto, socialmente superiores a ella. En ese caso posiblemente no fuese tan malo que no pudiese lucirse mucho por su padre. Antes bien: resultaría insolente y muy descortés engalanarse igual que esas mujeres. Sin embargo, las manchas de sudor que se extendían bajo sus brazos no eran de buen tono. Juliane pegó bien los brazos al cuerpo.

Notaba que estaba siendo el blanco de miradas curiosas. Y no solo eso: una anciana incluso la señaló con el dedo antes de que probablemente lanzase una queja a Alá con un amplio, teatral gesto. Otras mujeres unieron la cabeza y soltaron risitas.

No parecía un recibimiento educado. ¿Dónde había ido a parar? Quizá todo fuese un error y esa no fuera la entrada a los aposentos de las nobles.

Buscó con la mirada a Said, pero el castellano había desaparecido. A su espalda la puerta estaba cerrada.

¡Se hallaba encerrada!

Juliane cogió aire.

Le costó lo suyo, pero reprimió el impulso de echar a correr hacia la puerta, aporrearla con los puños y expresar a voz en grito su ira, su miedo, su desesperación. No obstante, fue presa del pánico.

¿Qué le había hecho su padre? ¿Se molestaría tan siquiera en planteárselo? ¿O para él solo contaba complacer al sultán para llevar a término un buen negocio? ¿Vino y champán para el gobernante de Zanzíbar y caballos árabes para el rey de Wurtemberg?

En su cabeza se atropellaban las ideas. ¿Cuándo podría escribirle una nota a Viktoria? Al menos sabía dónde vivía esa amiga, ya que cuando se despidieron Antonia no tenía ni la menor idea de dónde se alojaría. Pero: ¿dónde iba a dar con un recadero que llevara su mensaje? Ese no era un hotel regentado por ingleses y con personal de confianza, como en Adén. ¿En quién podía confiar en ese sitio?

A pesar de la algarabía, Juliane reparó en una mujer joven que se aproximaba a ella. La desconocida bajaba a buen paso una de las dos amplias escaleras voladas e iba directa a ella. Era más o menos igual de alta que Juliane, lo cual se debía a los diez centímetros de tacón de sus sandalias de madera, y no a su estatura. Bellísima, sumamente delicada, el rostro anguloso, como cincelado en piedra. Su piel era del color del bronce bruñido, pero a Juliane también le recordaba un poco al oro viejo. El cabello le caía por los hombros en gruesas trenzas negras. La vestimenta amarillo azafrán, larga hasta los tobillos y bordada con hilos de oro y plata, y los grandes y relucientes aros permitían deducir que no se trataba de una sirvienta. Los ojos castaños oscuros tenían un brillo alegre cuando coincidieron con la desalentada mirada de Juliane.

La desconocida unió las manos ante el pecho e inclinó majestuosamente la cabeza.

—*As-salam alaikum. Ahlan wa sahlan.*

Juliane intentó sonreír, pero no estaba muy segura de lograrlo.

—Lo siento, no sé árabe —repuso, y en ese mismo instante recordó las normas de cortesía y urbanidad que le habían enseñado—: *Parlez-vous français?* —A fin de cuentas en las cortes europeas el francés era la forma de comunicación más distinguida.

—Por desgracia no, pero no importa —contestó la joven en un alemán casi sin acento—, a cambio he estudiado tu lengua. Soy Nassim al-Tahabi y te doy la bienvenida a Beit al-Sahel. Mi señor desea que te ayude a familiarizarte con nuestras costumbres.

Juliane se quedó mirándola con la boca abierta.

La anciana que antes la señalara con el dedo dijo algo en árabe.

Nassim respondió a gritos en un tono que habría hecho resucitar a los muertos.

El alivio que experimentó Juliane al ver que la joven árabe hablaba su idioma se tornó nuevamente disgusto: ¿Qué clase de casa era esa? ¿Por qué se gritaba así en un palacio? En las casas distinguidas que Juliane había conocido hasta el momento las conversaciones se entablaban en voz baja, pero en ese sitio se intercambiaban risotadas estridentes y sonidos extranjeros a un volumen casi ensordecedor.

Mientras seguía cavilando sobre el ruido, Juliane se vio rodeada de pronto por un grupo de mujeres que parloteaban. No era de buen tono acercarse de ese modo a otras personas, y ninguna desconocida se había atrevido jamás a tocarla. Sin embargo, las moradoras del harén manoseaban a Juliane entre risitas. Manos ajenas le estiraban de las flores de seda del sombrero y de los volantes del vestido, le sobaban el relleno de crin del polisón, le tiraban de los rubios tirabuzones...

—¡Ay!

Nassim dio unas palmadas y profirió unos sonidos en rápida sucesión.

Y las mujeres dejaron a Juliane de inmediato.

Una joven bella, con la tez asimismo broncínea, le dijo algo a Nassim, y a continuación el resto rompió de nuevo a reír y juntó la cabeza con curiosidad.

—Iman pregunta si estás encerrada en una máquina —tradujo Nassim.

Juliane, que intentaba enderezar el sombrero, que se le había ladeado debido al interés de las mujeres, se detuvo. Estaba aturdida, enfadada y desesperada. Negó con la cabeza de mala gana; la réplica que tenía en la punta de la lengua se la tragó y no dijo nada.

—Tienes el cuerpo comprimido en una armadura —aseguró Nassim mientras señalaba el estrecho talle de Juliane—. Le vi esa cosa a una europea con la que me topé una vez en un baño turco. Por desgracia no sé cómo se llama.

—Corsé. Es un corsé.

Juliane frunció el entrecejo. La respuesta le había salido mecánicamente, antes de que pudiera pararse a pensar. Su descaro quizá se debiera a ese entorno poco convencional: en casa jamás habría facilitado de buena gana información sobre su ropa interior. En rigor, nunca había hablado al respecto con una desconocida; resultaba indecoroso y embarazoso. ¿Qué diría su padre si averiguaba que había mencionado por su nombre el corsé delante de una joven dama?

De nuevo se oyeron algunas frases en árabe, y después Nassim dijo:

—Así que estás encerrada en ese corsé. Entonces ¿qué vamos a hacer contigo en el baño? Y el corsé también resulta poco práctico para el masaje.

Las palabras «baño» y «masaje» tocaron la fibra sensible de Juliane: lo primero era una necesidad; lo segundo, algo desconocido. Pero sus cuidados corporales tampoco entraban dentro de los temas de los que hablase una invitada en un palacio.

—Qué lástima que no te puedas quitar el corsé. Con este clima es muy agradable frotarse el cuerpo con agua fría con frecuencia —se lamentó Nassim, que posiblemente no había interpretado bien el silencio de Juliane.

Esta notaba cómo le corrían las perlas de sudor por las axilas. Dado que a todas luces la conversación no cohibía a Nassim y que Juliane no quería parecer grosera, decidió aceptar tan inusual conversación. Con todo, las miradas expectantes que sentía fijas en ella la confundieron.

Respondió con aire vacilante:

—Me puedo quitar el corsé siempre que quiera. Para ello ni siquiera hace falta que me ayude una criada. —¿Debía mencionar además que tenía unos corchetes fáciles de manipular?

Para gran sorpresa de Juliane, a Nassim le horrorizó la respuesta. Los aterciopelados ojos oscuros se abrieron de par en par en señal de desconcierto.

—¿Acaso no es su dueño tu esposo?

—¿Quién? ¿Qué?

Cuando Juliane pensaba que Nassim debía de haber cometido un error de traducción, la joven árabe dijo:

—¿No depende de tu esposo liberarte de esa armadura a la que llamas corsé?

A Juliane el color del rostro le cambió del rojo vivo al blanco níveo. Tragó saliva.

—Todavía no me he casado, ni siquiera estoy prometida.

—¿Qué? —Nassim se quedó profundamente sorprendida. Deliberó un instante con las demás mujeres, algunas de las cuales se llevaron las manos a la boca, espantadas—. ¡No estás casada! ¿Cuántos años tienes?

—Pronto cumpliré diecinueve.

Se oyó un cuchicheo inquieto.

—Dicen que tu padre es un hombre acaudalado. ¿Cómo es posible que aún no te haya encontrado esposo? ¿Es que no se puede permitir tu dote?

Las preguntas embarazosas no tenían fin. Juliane deseó tener a su lado a Antonia. O a Viktoria. Seguro que ambas tendrían lista una respuesta cortés. Seguro que sus amigas también tenían conocimientos de las costumbres árabes. Juliane intentó recordar si Antonia y Viktoria habían hablado alguna vez de la situación de las mujeres en ese mundo desconocido. Pero Juliane nunca seguía las clases ni las conversaciones que se trababan después. La mayoría de las veces ni siquiera quería escuchar cuando Antonia y Viktoria hablaban del movimiento de reforma de la vestimenta en Alemania.

—No entiendo tus preguntas —replicó con frialdad. Cuando fue consciente de lo dura que sonaba, fingió el interés que mostraba Nassim y añadió—: ¿Aquí cuándo os casáis?

—Lo habitual es que el padre busque esposo poco después de que nazca una niña, a veces más tarde. El precio de la novia sella el contrato matrimonial, y cuando aparece el flujo mensual se celebra la noche de bodas. Entonces nos vamos a vivir a casa de nuestra nueva familia.

Los conceptos «flujo mensual» y «noche de bodas» volvieron a hacer que Juliane se ruborizara. ¡De esas cosas no se hablaba! Y de ser así, lo comentaban entre risitas mocosos que no sabían mucho de lo uno y, desde luego, nada de lo otro.

Escrutó a Nassim, que le devolvió la mirada con gravedad y naturalidad. Estaba claro que no sabía el apuro en que ponía a Juliane. Y al parecer acostumbraba a abordar con mayor franqueza que ella ciertos temas.

Juliane se planteó que podía ser interesante hablar largo y tendido con Nassim. Tal vez de ese modo llegase a saber algo de lo que sucedía entre un hombre y una mujer la primera noche de matrimonio. En casa todas sus amigas solteras sabían que existía un secreto, pero ninguna lo había desvelado o se hallaba preparada para él. ¡Menudo *souvenir*, poder llevarse de Zanzíbar tan importante información!

—En nuestro país probablemente sea todo algo distinto —confesó Juliane, y por fin logró regalar a Nassim una sonrisa cordial—. Deberíamos hablar al respecto.

—Sí, lo haremos —convino Nassim—. Pero ahora, sin duda, estarás cansada del viaje. Te enseñaré tu alcoba. —Dio unas palmadas, haciendo tintinear las pulseras de oro que llevaba en los brazos.

Dos sirvientas de piel oscura salieron de la sombra de una columna, donde a todas luces echaban una cabezadita. Se acercaron al trote, restregándose los ojos.

Extrañada, Juliane se paró a pensar si las palmadas sustituían a la habitual campanilla de los hogares europeos. Debía tomar nota de que allí no se llamaba a la servidumbre haciendo sonar una campanilla.

Uno de los hombres que montaban una suerte de guardia en el patio salió al paso de las parsimoniosas mujeres. El hombre era alto y tenía la piel morena clara, lisa, su rostro era dulce, algo relleno, la boca bonita, pero sin rastro de barba. Esto último sorprendió mucho a Juliane, pues el guardián había dejado atrás hacía tiempo la adolescencia. Metió prisa a las criadas con un coscorrón y unos golpecitos en la espalda. A ello siguió una disputa que sonó distinta del árabe que salía de boca de Nassim.

El miedo inicial regresó un instante: la servidumbre no inspiraba mucha confianza.

Sin embargo, de pronto el sentimiento predominante en Juliane fue la curiosidad. Resolvió no mandar el grito de socorro a Viktoria hasta el día siguiente: seguro que pasar un día en el harén no era tan terrible. Y además, Juliane quería enterarse del asunto de la noche de bodas. Por descontado que no tardaría mucho en sonsacárselo a Nassim.

Juliane se imaginó paseando con Viktoria por un palmar y compartiendo el secreto con ella, acompañadas nada más que por el murmullo de la brisa marina. Seguro que, al igual que ella, Viktoria no sabía nada a ese respecto. Posiblemente no fuese así en el caso de Antonia; quizás esas cosas se aprendieran en la universidad. O quizá no. Juliane sonrió sin querer. Sería increíble que por una vez supiese más que la inteligente señorita Geisenfelder. Ya solo por eso valía la pena aguantar en los aposentos destinados a las mujeres en el palacio del sultán.

Hasta mañana, pensó con obstinación Juliane. Me quedaré hasta mañana, pero nada más. Ya puede decir mi padre lo que quiera.

Cayó en la cuenta, perpleja, de que durante esos minutos no se había acordado ni una sola vez de su padre. En el fondo, por un instante incluso se había olvidado de su presencia en Zanzíbar. Le estaba bien empleado: se merecía que no le hiciera caso alguno.

Cerró con fuerza... porque, de que durante sus relatos
no se había acordado ni una sola vez de su padre. La effondo,
por un instante malo, se había olvidado de su presencia en
Zanzíbar. La catástrofe empleado no me dejó quedar la huella
en ninguno.

5

Viktoria supo a primera vista que su padre se había equivocado. Quizá Friedrich van Horn fuese un comerciante respetado y un socio fiable de Albert Wesermann, pero su esposa era una aventurera, y a todas luces no era la más idónea para poner a raya a Viktoria. Su anfitriona parecía tan audaz que Viktoria lanzó un suspiro de alivio al ver por primera vez a Luise van Horn.

¡Llevaba pantalones!

Y no tenía pelos en la lengua.

—Se ha tomado su tiempo —dijo sin preámbulos—. Los demás pasajeros bajaron del barco hace un rato. ¿No se alegra de estar en Zanzíbar?

Viktoria devolvió el firme apretón de manos.

—Ah, sí, me alegro mucho. Sobre todo me alegro de conocerla, señora Van Horn...

—Luise —la interrumpió deprisa—. Me llamo Luise. Cualquier otra cosa me envejece, y de eso ya me encargo yo sola. No es preciso agravar necesariamente el hecho de hacerse mayor.

En efecto, Luise van Horn no parecía ser tan joven como sus inusitadas ropas y su desenfadada apariencia sugerían. Tal vez no le doblase la edad a Viktoria, pero sin duda rondaría los treinta y cinco años. Era de estatura media, y su figura, casi la de una muchacha, lo cual quizá tuviera que ver con el apretado corsé que a todas luces llevaba. Ninguna mujer de su edad tenía el talle tan fino. Marcaba un extraño contraste con esa concesión a lo femenino el cabello, que lucía corto, con unos rizos grises y rubios que enmarcaban un rostro corriente.

Cuando reparó en el asombro de Viktoria, Luise se pasó la mano por la cabeza, y las numerosas arruguitas de unos ojos azul mar chispeante se intensificaron.

—La culpa la tuvieron los piojos: la expedición al Kilimanjaro no le sentó bien a mi pelo. Por desgracia, esa vez no sirvió de nada la papaya.

—¿Ha estado en Tanganica? —preguntó, impresionada, Viktoria.

—Solo remontamos un poco el río Pangani —le restó importancia modestamente Luise, y rio un tanto cohibida—. No vale la pena hablar de ello. —Sin embargo, era evidente que evocaba sus vivencias no sin orgullo.

Aunque a Viktoria le habría gustado acribillarla a preguntas allí mismo, se limitó a asentir y no dijo nada. El relato de sus experiencias tendría que esperar a que se presentara una ocasión más propicia, al igual que la curiosidad que sentía. ¿Cuántas cosas se podían contar en un año? Viktoria sonrió al imaginarse pendiente de los labios de Luise. Esa mujer era un gran regalo. Albert Wesermann no tenía ni la más remota idea de en qué medida. Probablemente no supiera nada de la esposa de Friedrich van Horn y supusiera que se trataba de una dama respetable, que respondía a los modelos de la sociedad hamburguesa. Pero la señora Van Horn era todo lo contrario: una persona poco convencional, una aventurera, quizás incluso una suerte de caballero andante. Sea como fuere, probablemente no alguien que pensara encerrar a Viktoria. Con o sin corsé.

—Y ¿dónde está el señor Van Horn? —inquirió Viktoria, al tiempo que miraba a su alrededor, buscándolo.

Confiaba en que ese hombre no fuese un dechado de virtudes, partidario de manifestaciones de respeto mal entendidas e ideas de la moral obsoletas, que solo concedía cierta libertad a su esposa y ninguna a una desconocida de la que era responsable. Una idea espeluznante, tras el alivio inicial.

—Lamenta mucho no haber podido recibirla personalmente, desea que le transmita sus más cordiales saludos. Por desgracia sus negocios lo han obligado a ir al continente.

—Desde luego. El trabajo es lo primero —repuso maquinalmente Viktoria.

—No lo ha visto por poco. Friedrich va camino de Pangani. En el barco en que ha venido usted, pues se tarda menos que en el transbordador. Quería esperar para saludarla aunque fuese un momento, pero como tardó usted tanto en bajar del barco... En cualquier caso, dentro de unos días Roger y él estarán de vuelta.

—¿Su hijo? —inquirió Viktoria, no tanto movida por un interés genuino como por educación.

—Roger Lessing es un buen amigo nuestro. Comerciante de especias. Lo conocerá a su regreso. Es nuestro otro inquilino. —Luise titubeó un instante, y después confesó en voz tan baja que Viktoria apenas entendió lo que decía—: Nosotros no tenemos hijos.

—Lo siento —se apresuró a contestar ella, esta vez con profunda simpatía—. No pretendía ser indiscreta.

—No se preocupe, no lo ha sido. Antes o después me habría preguntado por nuestros hijos... —La risa de Luise sonó falta de alegría. Tras una pequeña pausa recuperó su seguridad y cambió de tema—. Dicho sea de paso, Roger Lessing aún está soltero. Junto con sus otros amigos intentamos convencerlo de que se case... Hasta el momento sin éxito —añadió con picardía.

Observó a Viktoria con indisimulada curiosidad y después le guiñó un ojo.

Difícilmente podría haber sido más clara. A Viktoria le subió el color a las mejillas. No de vergüenza al oír el ofrecimiento, sino de rabia y decepción.

Cualquier otra candidata en potencia probablemente hubiese soltado una risita tonta, habría hecho un comentario chistoso y hubiera dejado en suspenso si Roger Lessing entraba en consideración como consorte. Quizás incluso fuese un buen partido; sobre todo para una joven que tras protagonizar un escándalo se había visto obligada a abandonar Hamburgo para llegar al otro extremo del planeta. Un enlace con ese hombre sin duda constituía la mejor oportunidad de reparar una reputación echada a perder. Posiblemente la intención de Luise incluso fuese buena, pero Viktoria no pensaba comportarse como era de esperar.

—Nada más lejos de mi intención que buscar esposo en Zanzíbar —afirmó con sequedad.

Luise cogió aire.

—Sus padres... —apuntó, pero dejó la frase sin terminar—. Pero bueno, ¿qué hacemos aquí paradas, diciendo disparates? —dijo al cabo, con un tono jovial que sonó un poco forzado—. Será mejor que vayamos a casa. Me figuro que querrá instalarse. Ya he mandado que llevaran su equipaje. No está lejos, solo serán unos pasos.

Lo que sonaba a tranquilo paseo poco después resultó ser una carrera de baquetas por un barullo caótico en un laberinto de callejuelas. El gentío daba la impresión de que se hallaba en movimiento la población al completo de Zanzíbar, que era de unas cien mil personas, como recordó haber oído Viktoria. Había demasiada gente y las calles eran demasiado estrechas para que pasara un vehículo; atravesar aquello era de todo punto imposible. En lugar de ir en coche o a caballo, la masa marchaba pegada a las casas como si fuese una ola gigante llegada del puerto.

Luise avanzaba con gran seguridad por las calles. Más aún, era como la piececita que faltaba en un puzle para la clase de geografía.

Viktoria habría admirado con gusto la tranquilidad de su guía de no haber estado tan ocupada en no perderla de vista. El temor de que la separaran de ella hizo que incluso olvidara su enfado. Avanzaba al trote detrás de Luise, dado que aquello era demasiado angosto para caminar a su lado. También fue a menos su consideración para con las demás personas: ¿qué era un leve pisotón o un golpe sin querer en el costado? Nada frente al miedo de vagar por aquel sitio perdida irremediablemente.

Allí parecían reunirse casi todos los colores de piel y todas las edades: adultos, niños, blancos, negros, árabes, indios. Las distintas razas lucían ropas tradicionales, uniformes y vestidos de lo más dispares. Viktoria observó maravillada a cuatro mujeres que mantenían en equilibrio en la cabeza vasijas y recipientes con agua sin derramar una sola gota. Acto seguido retrocedió asustada ante una vaca flaca a la que alguien apremiaba entre la multitud. Después la obligaron a pegarse a un muro cuando la masa dio un paso atrás al ver a un grupo de caballeros distinguidos. Viktoria supuso que eran miembros de la familia del sultán. Sin duda, los hombres, ataviados con capas ricamente bordadas y turbantes, pertenecían a la clase gobernante en Zanzíbar. Caminaban por el caos con una dignidad tal que incluso hacía sombra al paso impetuoso de Luise.

Cuando Viktoria se dio contra el muro, el revoque se desmoronó, y le cayó una lluvia de piedrecitas. Perpleja, estiró el cuello: se hallaba delante de unas ruinas, una casa abandonada entre construcciones intactas, cuidadas. Las ventanas eran cavidades vacías, los postigos colgaban de los goznes ladeados, deslucidos. En una cornisa podrida anidaban pájaros, que se peleaban ruidosamente. Sin embargo, este ruido prácticamente desaparecía en medio del vocerío, los gritos y el jaleo de la calle. Un burro del que tiraba su dueño por el cabestro trató de meterse en la casa. La puerta había sido arrancada de la piedra coralina; en su lugar, una abertura permitía ver una habitación en la que el polvo bailoteaba en la luz que entraba por un tejado poroso.

—La Ciudad de piedra está llena de casas a merced de la ruina —contó Luise, ahora junto a Viktoria. Sus dedos jugueteaban con la argamasa desprendida—. A los árabes no les importa. Abandonan sus viviendas cuando es preciso efectuar reparaciones. No se les pasa por la cabeza conservarlas.

—*Epa! Epa!* —Era más un chillido que una llamada. En el

gentío que se había vuelto a formar detrás de los árabes ilustres apenas se distinguía de qué boca salía el grito.

—Será mejor que nos quitemos de en medio —tradujo Luise al tiempo que tiraba deprisa de su acompañante, cosa que no logró del todo, pues la mayoría de los transeúntes iban en la misma dirección—. Vienen *hamali*.

Esta vez quienes perturbaban ese río humano eran acarreadores: dos hombres musculosos, negros como los posos del café, que a todas luces llevaban algo pesado. Las gruesas varas se combaban, el armazón de madera de coco parecía ir a romperse de un momento a otro. Los *hamali*, el nombre que había dado Luise a los porteadores, iban encogidos y en línea recta, un paso hacia un lado probablemente hubiera hecho que se tambalearan. Carros humanos, pensó horrorizada Viktoria. En su país al menos se utilizaban carretillas para transportar algo pesado, allí bastaban los hombros.

Sacudió la cabeza como si de ese modo pudiese ordenar los pensamientos. Tantas impresiones empezaban a desbordarla. La curiosidad que le inspiraba todo lo desconocido se desmoronaba como las piedras de las casas abandonadas. Poco a poco y bajo la presión del tiempo, el clima y la indiferencia. En efecto, con el calor que hacía y esa masa impenetrable, Viktoria pensó que podía pasarse sin volver a visitar la ciudad. Quería llegar lo antes posible a su nuevo hogar, y resolvió prescindir de salir a pasear sin ir debidamente acompañada. De sus ansias de libertad no quedaba gran cosa ese primer día en Zanzíbar. Los desconocidos, las lenguas incomprensibles, las costumbres ajenas la intimidaban. Santo cielo, se le pasó por la cabeza, ¿adónde he ido a parar?

6

Viernes, 13 de julio

«*Allahu akbar...*», la llamada del muecín arrancó a Juliane de un sueño intranquilo.

A la salmodia siguieron los pasos de unos pies descalzos y el ruido de unos tacones de madera. Un crujir de seda. Un murmullo de voces se coló en su cabeza. Parecían tener mucha prisa.

¿Había sucedido algo? Un incendio, quizá. No era de extrañar que con el calor que hacía bastara una chispa para prender fuego a un barrio entero. Hay que escapar, pensó Juliane. Debía salir de la prisión en la que la había encerrado su padre. Romper los barrotes de la jaula de oro...

Aún no del todo despierta, asustada, pues confundía el sueño con la realidad, Juliane se incorporó. Se frotó los ojos y a punto estuvo de gritar pidiendo ayuda. Sin embargo, el grito se le quedó en la garganta cuando se acostumbró a la penumbra que la rodeaba y reconoció el entorno. No había ningún motivo para perder los nervios. Al menos no tenía por qué alarmarse.

«*Allahu akbar...*», la continua repetición de la llamada dejó claro a Juliane que las moradoras del harén iban a alabar a Alá antes de que saliera el sol. Heinrich von Braun le había explicado en Adén que los musulmanes eran llamados a orar cinco veces a lo largo del día.

Menuda gracia, que durante las semanas siguientes la despertaran todos los días a horas intempestivas. Posiblemente, pensó Juliane, descansara algo por la tarde, como había visto hacer a las mujeres el día anterior. Aunque resultaba un tanto extraño acostarse a una hora a la que en los hogares distinguidos de Wurtemberg se recibía, si no quería que se le cerraran los ojos constantemente, tendría que acostumbrarse de grado o por fuerza a las costumbres del lugar.

Cansada, se dejó caer en las almohadas. Nunca había tenido tantas, y de seda. La cama, de palo de rosa y tallada, superaba las ideas más caprichosas de Juliane, pues no era solo cómoda, sino también increíblemente ancha y alta: para subirse y bajarse precisaba de una escalerilla. Ni punto de comparación con la espartana cama de su habitación en Alemania, con el duro somier de lamas y el colchón que tenía por objeto fortalecerle la espalda para que algún día fuese lo bastante resistente para traer al mundo a una docena de niños.

Escuchó los sonidos, los pasos apresurados, que se deslizaban con ligereza por la veranda ante su habitación, la voz del muecín, el leve murmullo del mar al otro lado de su ventana, contó la regularidad con que las olas llegaban a la playa. Una suave brisa entraba por los postigos calados de las ventanas y le acariciaba el cuerpo con delicadeza. La notaba aunque llevaba puesta su mejor camisa de batista. De pronto la extrañeza que la rodeaba ya no se le antojaba amenazadora. Arrulló a Juliane y la sumió de nuevo en las profundidades del sueño mientras el cielo sobre Beit al-Sahel pasaba del gris pizarra oscuro al violeta y al rojo anaranjado y franjas doradas convertían el océano en un vidrio al rojo.

Por segunda vez, Juliane se sobresaltó cuando alguien le tocó el brazo. El susto fue tal que no solo se despertó, sino que se hizo un ovillo y se situó en el otro lado de la cama. Aturdida, se tapó hasta la barbilla con la fina sábana de seda.

—*Bebe bwana...* —A la sirvienta negra que estaba de rodillas junto a la cama de Juliane no le sorprendió menos la reacción.

Desvalida, primero se miró con sus grandes ojos oscuros las manos, luego miró a Juliane y después bajó la vista nuevamente a las manos.

Juliane cruzó los brazos, en parte en posición defensiva, en parte buscando protección. ¿Por qué la tocaba así esa mujer? Con firmeza, seguridad y determinación, y al mismo tiempo suave y benéfico; peor aún: a Juliane le resultó sumamente agradable. Después, la deliciosa sensación resultó ser más desconcertante incluso que el hecho de ser despertada por unas manos ajenas.

¿Qué hora sería? Era de día, incluso con los postigos echados la habitación resultaba agradable y soleada. Sin embargo, la brisa ya no era tan refrescante como cuando caía el sol, sino que portaba un aire tibio precursor del calor que haría a mediodía. Y los sonidos habían cambiado: al otro lado de puertas y biombos volvía a oírse el ruido que llamara la atención a Juliane al llegar: taconeos, risas, llamadas, palmadas, cacareo, chistes picantes y arrebatos de ira conformaban una cacofonía que al parecer era el pan nuestro de cada día en los aposentos de las mujeres. Hasta el murmullo del mar se colaba dentro, amortiguado. Solo la sirena de un vapor acalló un instante la barahúnda que reinaba dentro de los muros de palacio.

Un leve gruñido puso fin a la atención de Juliane: abochornada, se dio cuenta de que eran las protestas de su estómago. Tenía hambre.

La noche anterior, al sentirse indispuesta, había rechazado los dulces que le ofrecieron a la hora de irse a la cama, demasiado pronto para Juliane. El incienso que alguien quemaba en su habitación le daba náuseas. Y el intenso aroma del almizcle y el ámbar gris que a todas luces tanto gustaba a las árabes y llevaban por todas las estancias del harén no hacían sino recrudecer sus terribles migrañas.

Únicamente había aceptado bañarse en agua fría, y lo disfrutó, aunque le costó un tanto desvestirse delante de sirvientas extranjeras. Por suerte, Nassim la dejó a solas, ya que sabía de oídas que las europeas querían estar solas cuando se bañaban, así lo expresó. A Juliane el comentario le causó cierta inseguridad, ya que ¿cómo sino se iba a bañar una mujer decente? Sin embargo, no formuló la pregunta. Los dolores de cabeza la mortificaban, y la decepción que le había producido el comportamiento de su padre, que seguía anidando con fuerza en su corazón, se dejaba sentir. Pese a todo, no obstante, se acostó acto seguido y durmió bien... hasta que el muecín llamó a la primera oración del día.

El intenso olor que entró de pronto en la estancia la distrajo. Percibió un aroma a naranjas, mandarinas y limones. Los pesados olores orientales de la noche previa habían desaparecido, y ahora tan vivificador perfume le despertaba los sentidos. Juliane estiró el cuello y vio que otra criada esparcía flores en su ropa, que estaba allí extendida para airearse.

—Masaje... masaje... —La camarera, que seguía arrodillada junto a la cama de Juliane, intentaba llamar su atención acentuando de diversas formas las sílabas. Probablemente sus conocimientos de la lengua extranjera no fuesen más allá, pues cuando Juliane negó con la cabeza en señal de falta de comprensión, de los voluptuosos labios de la mujer brotó una retahíla en swahili.

Juliane recordó que Nassim le había hablado de un masaje. Si era tan agradable como el refrescante baño, quizá debiera probarlo. Seguro que Viktoria no habría vacilado en probar algo nuevo.

Pensar en su amiga le alegró el corazón. Cuánto mejor sería vivir las diversas aventuras de Zanzíbar junto a Viktoria. Debía enviarle recado lo antes posible. Y después convencería a su padre de que accediera a que se trasladara a otra parte. Costara lo que costase.

Se pondría hecha una furia y echaría abajo el palacio a gritos si hacía falta. Desde luego de buen tono no era; como tampoco que una joven decente se acercase a una sirvienta negra. Cuando le contase a su padre que las costumbres del palacio no excluían el contacto físico con la servidumbre, sin duda la enviaría sin pérdida de tiempo a una casa en la que se viviera como en el imperio. Lo pondría al corriente de las inadecuadas relaciones en cuanto hubiera sufrido el masaje.

Hasta entonces soportaría las fricciones del masaje.

Confiaba en que duraran un poco más.

A decir verdad no era nada desagradable. Nada en absoluto...

7

Sábado, 14 de julio

Cuando llamaron a la puerta de su suite, Heinrich von Braun pensó que sería su hija, que acudía a desayunar. Su sorpresa fue tanto mayor cuando al abrir vio a un árabe joven con el que había coincidido por última vez, empinando el codo, en la taberna de su asociación estudiantil en Heidelberg. ¿Cuánto hacía de eso? Dos, a lo sumo tres, años, se le pasó al alemán por la cabeza, pero parecía toda una eternidad. Desde entonces habían sucedido muchas cosas.

—¡Omar! ¡Cuánto me alegro! —Von Braun lo abrazó entusiasmado—. ¿Qué estás haciendo aquí? Te suponía en Omán.

—A decir verdad acabo de regresar de Mascate —repuso, radiante, el príncipe Omar Ben Salim—. Cuando me enteré de que mi antiguo compañero se hallaba en palacio, di gracias a Alá por enviarme a Zanzíbar en el mismo momento.

Era considerablemente más joven que el viticultor y vinatero, pero eso era algo que jamás había afectado a su amistad. Y la diferencia de clase tampoco revestía importancia. El sobrino segundo del sultán incluso había sido de ayuda a Heinrich von Braun a la hora de establecer los contactos adecuados para entablar unas relaciones comerciales de un valor incalculable. Omar Ben Salim era un joven viajado, de veintitantos años, no muy alto, delgado. Tenía la piel dorada, y una barba corta y oscura enmarcaba su rostro pequeño, de rasgos marcados, que recordaba un poco a las esculturas de antiguas deidades. Llevaba la camisa blanca larga que en Omán se llamaba *dishdasha* y que tenía el cuello bordado con hilos de plata. En la cabeza —un tanto ladeado y por tanto bastante audaz— lucía un *muzzar*, una suerte de turbante, con el borde asimismo ricamente bordado. Durante su estancia en el imperio, Omar rara vez utilizó la tradicional vestimenta, razón por la cual ahora el presidente de la que fuera su asociación de estudiantes lo escudriñaba con tanta atención como aprobación.

—Tienes buen aspecto —constató Heinrich von Braun al tiempo que señalaba la silla de su mesa, que en realidad estaba destinada a Juliane—. Te lo ruego, siéntate a desayunar conmigo.

Tras aceptar la invitación, Omar Ben Salim observó los platos que habían traído los sirvientes: unas deliciosas gachas de mijo aromatizadas con canela, cardamomo y agua de rosas y decoradas con hojitas, apetitosas frutas cortadas: mango, papaya, banana, naranja y piña, un pan plano aún tibio y té especiado servido en una tetera de plata que parecía la lámpara de Aladino.

—Al parecer he escogido la hora del día perfecta para hacer esta visita —afirmó con una sonrisa de satisfacción—. Siempre os he envidiado a vosotros, los alemanes, por vuestros copiosos desayunos. Y aquí sucede lo mismo. En las familias árabes por la mañana se sirve una sopa de leche, nada comparable a estas exquisiteces.

Von Braun se calló que, a su juicio, faltaban huevos duros y un plato de embutido.

—¿Cuánto hace que dejaste Heidelberg? —quiso saber Heinrich, mientras le servía té al príncipe. En realidad la taza que le ofreció iba destinada a Juliane, pero como esta, para variar, se retrasaba, no le dio importancia.

—Se me ha hecho una eternidad. —Omar Ben Salim se paró a pensar, a todas luces abandonándose a sus recuerdos de la lejana ciudad universitaria—. Pero la verdad es que no han pasado ni siquiera dos años. Siempre estaré agradecido a mi tío abuelo Bargash por haberme enviado doce meses a estudiar vuestra lengua a Alemania. Que Alá tenga en su gloria su alma.

—Su alteza, sin duda, fue un gran gobernante —replicó Heinrich sin inmutarse: no tenía muy claro si de verdad tenía en tanta estima al difunto sultán de Zanzíbar.

Sin embargo, en algo sí admiraba la amplitud de miras del árabe: el hermano mayor del actual gobernante había sabido ver lo ventajosa que era la formación occidental y había abierto África Oriental a las expediciones. Así y todo, en lo tocante a la esclavitud Bargash perseguía únicamente sus intereses económicos. Como en el caso de su protesta contra los tratados de protección que la Compañía Alemana del África Oriental había firmado con jefes de tribus africanas. Bargash reclamaba los territorios que se extendían más allá de su área de influencia en la costa, con anterioridad a lo cual se había opuesto a la presencia ante Zanzíbar de una escuadra, dispuesta por Bismarck. Pero, como era natural, a un invitado extranjero que quería hacer negocios con el nuevo sultán no correspondía dirigir críticas.

—Fue una decisión sabia —aseguró Heinrich—. Así podrás entender cada palabra de tus interlocutores alemanes... supongo —añadió con una risilla jovial, y después preguntó seriamente—: ¿Hay novedades con respecto a cesiones adicionales de territorio en el continente? ¿Por eso estás en Zanzíbar?

—Se trata de un nuevo contrato de arrendamiento para las ciudades portuarias —contestó Omar después de beber un sorbo de té. Dejó la taza con cuidado en el plato y cogió una banana, que peló con delicadeza—. Obtener el reconocimiento de la soberanía de Zanzíbar sobre una franja costera de diez kilómetros de ancho fue una ilusión desde el principio. —Troceó la fruta con la mano y se metió un pedacito en la boca—. Fue un error suponer que una nación con intereses económicos precisamente en África renunciaría a tener acceso al mar.

—Oí hablar de ello —repuso vagamente Heinrich.

Antes de partir se había informado en las autoridades competentes de Berlín y había averiguado que se discutía sobre una posible administración alemana de las ciudades de Bagamoyo, Pangani y Dar es-Salam. A cambio de un arrendamiento anual el sultán cedería el control de los puertos y sus derechos arancelarios. Sin embargo, el fallecimiento de Bargash Ben Said interrumpió las negociaciones.

—Qué extraña casualidad que el emperador Guillermo y el sultán Bargash hayan muerto en el plazo de tres semanas —comentó Heinrich—. He averiguado que el sultán Jalifa tiene intención de continuar la política de su predecesor. Y eso es bueno, Omar, muy bueno.

—La administración de Mombasa ya fue cedida el año pasado a la Imperial British East Africa Company, la Compañía Imperial Británica de África Oriental —repuso Omar—. Las localidades costeras del sur correrán la misma suerte, y en este caso el Imperio alemán sería clave. ¿Tiene mucho interés el emperador Federico en África Oriental?

Heinrich negó con la cabeza, atribulado.

—Su Majestad agoniza. Se cuenta con que fallezca el día menos pensado, y un joven que acaba de cumplir veintinueve años espera a ser monarca. No cabe duda de que es una suerte que el canciller Bismarck se ocupe de la estabilidad en el Imperio alemán.

—Estoy convencido de que mi tío abuelo Jalifa se mostrará más liberal con la Compañía del África Oriental que mi tío abuelo Bargash. —Omar bajó la voz—: Tiene que ver con su estilo de vida: desde que bebe cada vez más coñac, cada vez está más solo...

Una enérgica llamada a la puerta hizo que callara de súbito. La mirada vigilante, esperaba a ver quién era el entrometido: posiblemente temiese que hubiese escuchado el despectivo comentario sobre el gobernante en ejercicio. Heinrich sabía que las familias árabes concedían gran importancia a la lealtad.

—Será mi hija —dijo, y se levantó para abrirle la puerta a

Juliane. Pero esta no esperó, sino que, desoyendo las formalidades de rigor, irrumpió en el salón que formaba parte de los aposentos de su padre durante su estancia allí.

Después de recibir el masaje Juliane se había vuelto a quedar dormida, de manera que la invitación a desayunar con su padre le llegó tarde, cuando se daba el baño matinal.

Aunque pensaba que era un tremendo derroche salir tan pronto de la bañera, las ganas de reunirse con su padre hicieron que dejara el agua de inmediato. Había tantas cosas de las que quería hablar con él... No solo del gran lujo, hasta el momento desconocido para ella, que suponía lavarse y refrescarse de esa forma, sino también de lo grato que resultaba para el cuerpo, el espíritu y la mente en ese clima. Y quería hablarle de Viktoria. Y de su posible traslado. ¿Se prodigarían también tan extravagantes cuidados en un lugar alemán en Zanzíbar?

Sopesando esa pregunta, tras llamar enérgicamente y sin esperar a que la invitaran a entrar, irrumpió en la suite de su padre... y retrocedió pasmada.

Lo que la cautivó no fue la sensacional vista que se disfrutaba por las ventanas abiertas del mar, al que el sol arrancaba destellos plateados y azul aguamarina, sino el joven árabe que a todas luces había ocupado su lugar en la mesa de desayuno de Heinrich von Braun.

En el corazón de Juliane se abrió una herida que solo había cicatrizado superficialmente.

Para su padre no era importante estar con ella: la invitación, que expuso un eunuco y tradujo Nassim, era un error. Su padre prefería la compañía de un desconocido; ella no era más que un apéndice. Quizás un adorno bello para que una conversación de negocios se saldara con éxito.

Se llevó la mano al cuello, sus dedos rodearon el medallón. Se mordió el labio inferior para guardar la compostura ante el extraño y no echarle en cara a su padre cosas que después lamentaría.

El porte del joven permitía deducir que se sentía como en casa en Beit al-Sahel. Sus ropas lo situaban en la clase gobernante. Estaba claro que su aparición lo sorprendió a él tanto como a ella la suya: parecía espantado. Sus miradas coincidieron... y en ese mismo instante los vivos ojos oscuros de él se convirtieron en sendos mares insondables. Le sonrió.

—Buenos días, hija.

Juliane oyó las palabras de su padre como si le llegaran a través de una densa niebla, apenas notó el leve beso en la mejilla.

La mirada del desconocido la tenía hechizada. La pilló completamente desprevenida. Nunca antes la había mirado un hombre así: con sumo respeto, interés, aprobación, y al mismo tiempo rebosante de afecto y, sin embargo, nada ofensiva. Aunque no estaba bien verle el alma a otra persona, no era capaz de apartar la mirada.

—Juliane, permíteme que te presente al príncipe Omar Ben Salim. Es sobrino segundo del sultán y acaba de llegar de Mascate... Omar, esta es mi hija, Juliane.

El príncipe, que también se había levantado, unió las manos en el pecho:

—*As-salam alaikum* —saludó, al tiempo que inclinaba cortésmente la cabeza.

Ella se paró a pensar febrilmente si debía hacer una reverencia formal ante el noble omaní, que sería lo oportuno en el Imperio alemán. Siendo sobrino del sultán ocupaba un peldaño superior al suyo en la escala social. Pero hasta entonces nadie le había dicho cómo tenía que comportarse en un encuentro así. Todo lo que hiciera podía ser un error.

Obedeciendo a una intuición, se decidió por una mezcla de costumbres culturales: hizo una breve genuflexión y acto seguido dio la tradicional respuesta árabe que Nassim le había enseñado el día anterior:

—*Wa-alaikum as-salam*.

—*Tasarrafna* —repuso el príncipe Omar Ben Salim con los ojos brillando de alegría.

Ella se quedó desconcertada: sus conocimientos lingüísticos acababan ahí. No tenía la menor idea de lo que le había dicho. Y, claro, no sabía cómo reaccionar.

—Es para mí un honor conocerla —prosiguió el príncipe en un alemán fluido, sosteniendo su mirada con emocionante intensidad—. Su árabe es excelente, señorita Von Braun.

Ella notó que el color le teñía las mejillas. Era como si le recorrieran la espalda oleadas de calor y frío al mismo tiempo. En su cabeza daba vueltas un tiovivo que la mareaba. El corazón le latía con desenfreno, casi le faltaba aire para hablar.

—Ah... no...

Heinrich von Braun carraspeó.

—En efecto, tu árabe suena casi perfecto...

—Usted es perfecta —aseguró el príncipe.

A Juliane nunca le había costado tanto mantener el tipo, ni siquiera cuando se mareaba y sufría el calor a bordo del *Sachsen*. Era como si de repente fuera a levitar. Aunque el claro cumplido de Omar Ben Salim no respetaba todas las normas del decoro, sonaba de maravilla. De puro asombro, Juliane ni siquiera logró bajar la mirada y rehuir la de él, como debería hacer una dama virtuosa. Lo miró a los ojos... y le devolvió la sonrisa.

Su padre dio unas palmadas con nerviosismo.

—Es preciso que venga un sirviente y te traiga una silla, hija. Así podremos sentarnos tranquilamente y desayunar juntos.

—Lo lamento —terció el joven árabe—, pero por desgracia no me puedo quedar. Mi tío me recibirá en audiencia. Pero para mí era importante venir primero a presentar mis respetos a nuestro invitado.

—Es muy atento por su parte —repuso, lanzando un suspiro, Heinrich von Braun.

A Juliane le dio la impresión de que su padre se sentía aliviado de que se fuera, cosa que a ella la sumió en el mayor de los desconsuelos. Le habría gustado tanto seguir hablando un poco más...

—Confío en que tus compromisos te dejen tiempo para que vuelvas pronto —prosiguió.

—Desde luego. —Los oscuros ojos de Omar pasaron de Heinrich von Braun a Juliane, volvieron de nuevo a su padre y finalmente se quedaron prendidos de ella—. ¿Me permite que la invite a realizar una excursión? Podríamos navegar por la costa en mi dhow, y le mostraría las calas más bellas de Zanzíbar.

Sus entusiastas palabras la arrullaron.

—Con mucho gusto —contestó Juliane sin pararse a pensarlo.

—Un paseo en un barco de vela puede ser más desagradable aún que una travesía en un vapor —se apresuró a apuntar su padre—. ¿Estás segura de que te crees capaz de hacer esa excursión, Juliane?

—Le prometo que el océano Índico estará tan terso como una seda tensada —aseveró con vehemencia Omar—. Sería una lástima que se perdiera las vistas de Zanzíbar desde el mar. Además, sería una buena oportunidad para enseñarle las islas del atolón.

La advertencia devolvió a Juliane a la realidad. Una excursión en el barco del príncipe era una idea seductora, pero su padre tenía razón: se quedaría en un sueño. Con solo pensar en cuál había sido su estado anímico a bordo de aquel barco mucho mayor, Juliane cambió de opinión. La idea de que el atractivo joven la viese doblada en la borda debido a las náuseas era terrible. Sin embargo, peor aún era la de no volver a verlo.

—Si cumple su promesa —repuso Juliane con valentía—, me atreveré a subirme a su dhow.

Heinrich von Braun volvió a suspirar.

—Me temo que no tendré tiempo de...

—Quizá desee acompañarnos Viktoria Wesermann —lo interrumpió Juliane, dando gracias a Dios mentalmente por esa feliz ocurrencia—. Estoy segura de que a ella también le agradaría la excursión. Será mejor que le escriba unas líneas ahora mismo.

Omar Ben Salim hizo una reverencia ante Juliane.

—Será un honor traerlas a usted y a su amiga sanas y salvas

de vuelta a Beit al-Sahel. Puedes confiar en mí, Heinrich. —E hizo una segunda reverencia, más profunda, ante el padre de Juliane.

Con un gesto de resignación, este levantó los brazos y los dejó caer.

—Bueno, pues como queráis. Veré si puedo unirme a las jóvenes damas, Omar.

—Sería un gran placer —le aseguró el príncipe—. Se lo ruego, señorita, avíseme cuando desee hacerse a la mar.

8

El olor cambiaba constantemente. Mientras paseaba, Antonia percibió un aroma a especias que le recordó mucho a los olores de Adén. Unos pasos más allá le llegó un fuerte tufo a petróleo; luego, la peste de todos los puertos del mundo a aire salado, agua salobre, madera podrida y trozos de pescado secándose al sol. Frutas macadas y flores marchitas se sumaban a las algas y las conchas que el mar había arrastrado hasta la playa, una inmundicia pestilente. Las gaviotas picoteaban la basura, peleándose ruidosamente por los mejores trozos. En la siguiente esquina, Antonia se topó con un puesto de comida callejera. El delicioso aroma de un plato de curry se elevaba en el cielo desde la abollada cacerola de chapa de la parrilla como una cortina de niebla. A Antonia se le hizo la boca agua, pero no tenía tiempo de pararse a probar aquello: su jefe seguía adelante como si tal cosa.

Muy a su pesar siguió al doctor Seiboldt y a Hans Wegener por el paseo. Quizás en el camino de vuelta tuviera ocasión de tomar un tentempié. Aparte de un pedazo de pan ácimo, no había comido nada en todo el día; había estado ocupada todo el tiempo en los preparativos de la labor de investigación que llevarían a cabo en Zanzíbar.

El doctor Seiboldt señaló con el bastón un edificio que aún se hallaba en construcción.

—Ese será el nuevo hospital.

Antonia vio una casa de dos plantas de piedra, una mezcla de arquitectura árabe y europea. Verandas que descansaban en columnas blancas rodeaban las dos plantas superiores, hastiales de tejas rojas conformaban la cubierta de los balcones, la baranda le recordó vagamente a los ornamentos como de encaje de las casas yemeníes. La construcción era como un revoltijo de estilos: en la fachada predominaba el barroco europeo; en el tejado, con una azotea de madera, el renacimiento veneciano; el campanario podía haber sido erigido siguiendo modelos del medievo inglés.

Un juego de poleas se ocupaba de bajar cubos y escombros de la parte de arriba. El polispasto matraqueaba y chirriaba, también se oía un rechinar. La cuerda probablemente no habría resistido una revisión minuciosa, en algunos puntos estaba bastante deshilachada. Sin embargo, eso no le preocupaba a nadie. Alguien dio una orden a voz en grito. Antonia no entendía swahili, pero supo que era el capataz metiéndoles prisa a los obreros. Los sudorosos cuerpos relucían como alquitrán líquido al sol.

Esclavos, pensó con rabia. Había esclavos por todas partes, incluso en la obra del hospital.

¿O acaso les pagaban por el ímprobo trabajo? Probablemente se contentaban con que no les pegasen, con tener un lugar limpio donde quedarse y con que les diesen bien de comer. Por otra parte, con frecuencia las condiciones de vida de la clase trabajadora en el Imperio alemán apenas eran mejores. Por eso allí en muchos lugares se unían trabajadores y fundaban asociaciones o partidos que defendían sus intereses. Pero ¿quién luchaba por los derechos de los negros?

Decían que los ingleses habían hecho mucho por la libertad de la raza negra. Probablemente también los misioneros franceses hiciesen muy buen trabajo. Antonia había oído que el dispensario de la Congregación del Espíritu Santo, en el límite de la Ciudad de piedra, era una institución ejemplar. Dado que, a diferencia de la reina Victoria y del presidente francés Carnot, el emperador y el canciller Bismarck no se habían lanzado con mucho entusiasmo a la aventura de África Oriental, los asentamientos alemanes en Tanganica y Zanzíbar se hallaban más extendidos que los hospitales. Probablemente esa fuera la razón de que Seiboldt hubiese decidido ir a presentar sus respetos en primer lugar a las damas del patronato de la misión de Saint-Esprit. Antonia había encontrado la correspondiente invitación en el correo, donde se amontonaban las cartas de recomendación.

Para su gran sorpresa, Seiboldt no había cogido habitaciones en el Grand Hôtel de l'Afrique Centrale ni tampoco una casa para él y los suyos, sino que, antes de que Antonia fuera su secretaria, había aceptado la hospitalidad del enviado imperial. Cuando se ocupaba de los preparativos para la expedición, posiblemente también en busca de fondos, se había puesto en contacto con el cónsul Michahelles, que ofreció a los exploradores alojamiento en el consulado.

—El portón me recuerda a mi estancia en la India —observó Max Seiboldt cuando se aproximaron a la nueva construcción. Señaló las guarniciones de la madera, ornamentos redondos con pinchos de acero de aspecto amenazador, grandes como una tortilla—. Esas de ahí son las armas que se suelen emplear para rechazar el ataque de un elefante de guerra.

—Una precaución innecesaria —resopló Wegener—. Las calles son tan estrechas que apenas puede pasar un burro, desde luego no un elefante.

Seiboldt pasó por alto la objeción.

—¿Se han fijado en que estas puertas se ven en casi todas las casas de cierta importancia de la Ciudad de piedra?

El portalón de dos hojas al que hacía referencia se hallaba rodeado de un marco ricamente tallado. En efecto, la puerta presentaba una asombrosa similitud con la del consulado imperial y otros portones que Antonia había visto durante el paseo.

—Quizás exista cierta influencia india en la vida de este lugar —reflexionó.

—Qué disparate —espetó malhumorado Hans Wegener—.

El sultán de Omar arrebató Zanzíbar a los portugueses en el siglo XVI, y que yo sepa su patria está en Arabia, no en la India.

Antonia se disponía a preguntarle a su colega si el abrasador calor de la tarde no le sentaba bien o si su indisposición se debía a otro motivo cuando Seiboldt observó:

—Vaya, veo que ha hecho usted los deberes. —Por el tono aquello no era un elogio, sino que rebosaba cinismo—. En cuyo caso, sin duda también sabrá que las relaciones comerciales entre la India, Arabia y África Oriental son antiquísimas.

—Desde luego, doctor Seiboldt —afirmó Wegener con vehemencia, aunque Antonia intuyó que era la primera vez que el joven oía aquello.

Tras mirar con aire pensativo a su asistente, Seiboldt se encogió de hombros con indiferencia y se volvió. Como siempre, evitó mirar directamente a Antonia, que, sin embargo, creyó que sus ojos se fijaban en ella un instante. Y, como siempre que se sentía observada por él, sintió ese leve hormigueo que hacía que le temblaran las manos y se le secara la garganta. La fresca brisa que llegaba más allá del mar de casas hizo bien no solo a sus mejillas.

Altos cocoteros, frondosos naranjos y fragantes jazmines proyectaban sombras alargadas en el camino de la entrada a la misión católica. La disposición de las plantas abrigaba la ilusión de hallarse en un jardín barroco francés. Del bosquete salían los caminos en forma de estrella que recorrían los arriates y desembocaban en la construcción principal de la propiedad. Comparable a un castillo que reinara sobre el Loira, se encontraba por encima del nivel del mar, y su estilo era sorprendentemente similar, con saledizos, almenas, torres y arcadas. Antonia casi se esperaba encontrarse a una castellana en la puerta, si bien en realidad la portera era una joven negra ataviada con el hábito blanco de la orden.

La monja los saludó educadamente con un *bonjour* y los hizo pasar a un patio. El atrio estaba rodeado por completo de logias adornadas con columnas. Las piedras eran de un blanco tan inmaculado que daba la impresión de que las limpiaban a diario con la solución de fenol cuyo característico olor se percibía débilmente en los muros. Ni el calor, ni el polvo ni la enfermedad podían acabar con el familiar olor a desinfectante que flotaba en el aire. Antonia sonrío sin querer: olía como en los hospitales alemanes, más modernos. ¡Qué descubrimiento más inesperado al otro lado del mundo!

Al cabo les pidieron que pasaran a una habitación que resultó ser la botica más avanzada que Antonia pudiera imaginar. Hileras de anaqueles de oscura madera de teca daban cabida a frascos, botes de cristal y redomas debidamente clasificados, con el contenido especificado en etiquetas. En un armario había vasijas de barro y lata, así como cajitas de rafia etiquetadas.

Antonia solo pudo descifrar vagamente los remedios que se guardaban allí, ya que los postigos estaban echados y la luz era tenue. Supuso que no serían solo medicamentos como los que prescribían médicos de Europa o América, sino también los que indicaban curanderos africanos. Con todo, no olía como en la botica real de la Residencia de Múnich, sino más bien como en un establecimiento que vendiese especias exóticas. Y olía a ámbar gris, almizcle, citronela y agua de rosas: los perfumes de las cuatro damas que esperaban a los exploradores.

Las anfitrionas no podían ser más distintas: en segundo plano había tres europeas, a dos de las cuales se podía aplicar el calificativo de corrientes; la tercera, muy distinguida. Sin embargo, de la mayor parte de la estancia se apoderaba la personalidad de una francesa que impresionaba por su elegancia. Madame Chevalier, de mediana edad, dirigía a las monjas que cuidaban de los enfermos, como le habían contado a Antonia en el consulado: era una mujer muy rica, y destinaba toda su fortuna a hacer de buena samaritana.

Seiboldt hizo una reverencia casi palatina ante la dama.

Tras ella, las dos mujeres del montón aguardaban a que las presentasen. Parecían institutrices avejentadas. Y quizá se dedicaran precisamente a eso en su tierra natal, la Bretaña, como supo enseguida Antonia. Tal vez hubiesen ido a Zanzíbar en busca de matrimonio o aventuras. Antonia había oído que en los trópicos los límites de las normas sociales no eran tan rígidos como en los países de origen de los colonizadores. Y en Zanzíbar probablemente fuesen vagos.

La cuarta mujer manoseaba algo en la gran mesa que había ante las ventanas, que al parecer era mitad mostrador, mitad escritorio. Era alta y delgada, y lucía un elegante vestido de seda de un azul grisáceo claro con un sombrerito del mismo color que armonizaba con su cabello caoba, recogido en un severo moño en la nuca. El rostro no se le veía, ya que en ese preciso instante movía a un lado y a otro la bandeja con las pesas que había junto a la balanza de latón.

Sorprendida, Antonia miraba a la dama con el rabillo del ojo. La desconocida se comportaba de manera extraña: ni siquiera levantó la cabeza cuando madame Chevalier empezó las presentaciones. ¿Sería dura de oído, ciega o simplemente maleducada? Lo que tenía entre manos no parecía lo bastante importante para justificar esa indiferencia.

Antonia sonrió a las demás mujeres con más amabilidad de la que habría empleado de no haber estado sumida en tan curiosa observación.

—La baronesa Anna von Rosch —dijo madame Chevalier.

Aunque estaba detrás de él, Antonia se percató de la repentina tensión que experimentaba Max Seiboldt, que enderezó la espalda y atiesó el cuello. Era como si estuviese conteniendo la respiración.

¿Tan raro era encontrarse a una baronesa alemana en un dispensario para pobres erigido por franceses en Zanzíbar?, se preguntó Antonia, extrañada con la reacción del médico. En Zanzíbar vivían muchos alemanes, según les había dicho el cónsul Michahelles. La mayoría eran comerciantes de Hamburgo o Bremen; algunos, exploradores; otros, miembros de la Compañía Alemana del África Oriental o funcionarios de Berlín. Además había un nutrido grupo de oficiales de la Armada imperial que formaba parte de la escuadra que se hallaba en la rada y cultivaba las relaciones sociales en la ciudad. Sin duda, la mayor parte de esos hombres estaban casados, y con toda seguridad a algunos los acompañaba su esposa.

La baronesa Anna von Rosch dejó que su nombre surtiera efecto un instante. Solo se irguió tras un extraño momento de silencio. Aunque un pequeño velo cubría sus ojos, ya solo por el porte y el gusto de la dama Antonia supuso que se trataba de una mujer atractiva, aunque ya no muy joven.

Con un gesto casi lascivo se apartó la delicada tela y lanzó una mirada penetrante a Seiboldt, una mirada que, incluso con la mala iluminación, se veía que era provocadora. Se acercó a él con altivez y le tendió la mano.

—Bienvenido a Zanzíbar, doctor Seiboldt. —Su voz era sorprendentemente grave, casi rasposa, y al mismo tiempo suave.

De haber caído un alfiler al suelo, se habría oído. Se hizo un silencio más intenso incluso que el anterior. Era evidente que a Anna von Rosch le gustaban las apariciones estelares y sabía darse la debida importancia.

Asqueada por semejante representación, los ojos de Antonia se fijaron en Max Seiboldt, a quien iba dirigida toda la atención de la dama.

Asombrada, Antonia se percató de que las manos le temblaban: el científico conocía a esa mujer, cosa que dejaba patente no solo el comportamiento de la baronesa. ¿Un reencuentro con una amiga de la infancia? ¿Una paciente de sus años de médico? Sin embargo, no había ejercido mucho tiempo, al menos esa parte de su pasado la conocía Antonia. ¡¿Una aventura?!

Intentó no sacar muchas conclusiones, pero la curiosidad, un dolor indefinible y unos celos encendidos le nublaron la vista.

Seiboldt cogió la mano de la dama y se la llevó a los labios. Y carraspeó, repetidas veces.

—Baronesa Von... disculpe... ha pasado mucho tiempo... —no dijo más, el silencio elocuente.

Antonia no lo había visto nunca tan desvalido. Miraba a las otras mujeres, que tan solo esbozaban una leve sonrisa y compartían la alegría del reencuentro, que lisa y llanamente no entendían: ninguna de ellas hablaba alemán.

—Von Rosch —aclaró ella con voz lenta y clara, como si Seiboldt fuese extranjero—. Anna von Rosch.

—Sí, claro.

—Mi esposo pertenece a la escuadra de Su Majestad, que cruza ante la costa —contó—. Está al mando del *Leipzig*, un barco imponente. Debería visitarlo, si se le presenta la oportunidad. Claro que, sin duda, su tiempo será limitado. Los científicos siempre están tan ocupados...

—Tampoco tanto —terció Wegener—. De manera que su esposo está al mando del *Leipzig*. Nosotros vinimos en el *Sachsen*. Qué curiosa coincidencia... la geografía. Me refiero a la de ciudad y estado, Leipzig y Sajonia... —Soltó una risita con un buen humor exagerado, probablemente porque nadie entendió la gracia, y se dio cuenta de que estaba fuera de lugar.

—Esto es una expedición —repuso, impasible, Seiboldt—, no un viaje de placer.

—He oído hablar de ella...

—Doctor Seiboldt —insistió Wegener—, se lo ruego, presénteme a la dama. Ardo en deseos de conocer a la baronesa Von Rosch.

Ambos miraron a Wegener como si hubiesen olvidado por completo que en la habitación había otras personas.

Antonia tragó saliva: buscaba frenéticamente una excusa para salir sin tardanza del hospital. La sola forma en que Seiboldt accedió a la petición de su asistente, distraído, superaba su capacidad de comprensión. ¿Acaso el encuentro con la señora Von Rosch había hecho que olvidara el nombre de Wegener? A Antonia le habría gustado salir corriendo de allí para ir a una cala solitaria donde pudiera contarle al mar tan extraño reencuentro y donde las respuestas a sus preguntas llegaran con el murmullo del viento entre las palmeras.

—Mucho gusto —dijo, educadamente, Anna von Rosch, si bien no sonó especialmente entusiasmada.

Madame Chevalier dio unas palmadas y, como si de un santo y seña se tratase, una sirvienta apareció y fue pasando una bandeja con vasos de refresco. La atención de los presentes se dividió, ya no se centraba únicamente en el doctor Seiboldt y la señora Von Rosch.

Sin embargo, Antonia no era capaz de apartar los ojos de la pareja. Imposible pasar por alto el lazo invisible que los unía. El corazón se le desgarró. Me quiero ir, por favor, me quiero ir...

—Y ¿quién es usted?

Sobresaltada, Antonia salió de su ensimismamiento. Aunque miraba a la señora Von Rosch, no la veía. No reparaba en la desconocida. Ni tampoco en que esta se dirigía a ella con indisimulada curiosidad; ahora la miraba con suma atención. Parecía someter cada centímetro de su cuerpo a un examen. Me escudriña como un carnicero a la cerda en la feria de ganado, se le pasó por la cabeza a Antonia. Nunca antes se había sentido como desnuda delante de otra mujer.

—La señorita Geisenfelder es mi secretaria —aclaró Seiboldt.

—Ah. —Anna von Rosch dejó escapar una risa gutural que sonó falsa desde el primer momento—. Una mujer a su lado. Qué singular.

—No quería renunciar a la capacidad de la señorita Geisenfelder en este viaje.

Por primera vez un halago de su jefe no le calentó el corazón. Ni siquiera le interesaba mucho, ya que sonaba a justificación. ¿Por qué se defendía delante de esa desconocida que al parecer no le era en absoluto desconocida?

Sumida en sus pensamientos, Antonia cogió un vaso de la bandeja. Lo sostenía en la mano, que le temblaba de tal modo que temió derramar el zumo, que olía a mango y melocotón. Una mancha en la blusa era lo último que quería que le pasara, dadas las circunstancias. ¿Semejante descuido en presencia de la baronesa Von Rosch? ¡Jamás!

Antonia asía con fuerza el vaso.

Entretanto, Seiboldt se bebió de un trago el refresco, lo que indicaba con claridad lo azorado que estaba. Sin embargo, con el zumo debió de tragarse también la inseguridad.

Sonrió con escasa amabilidad a la dama.

—Discúlpeme, se lo ruego, me gustaría hablar un instante con madame Chevalier. Quizá podamos conversar en otro momento. —Y se volvió bruscamente hacia la mujer y, junto con sus dos colegas, entablaron una conversación en francés.

Por lo visto, Wegener también perdió su interés inicial en Anna von Rosch, pues se unió a su jefe.

De pronto, Antonia se vio a solas con ella. Bajó la vista con la esperanza de que la baronesa se aburriera o la encontrara tan poco importante que prefiriera la compañía de los otros, quizás hasta fuese detrás de Seiboldt. Sin embargo, la dama permaneció a su lado. Un leve crujir de seda reveló que incluso se estaba acercando.

—Disculpe mi curiosidad —la inusitadamente grave voz adoptó un tono suave, misterioso—, pero ¿tendría la bondad de decirme por qué una mujer se interesa por una expedición para investigar el cólera?

Antonia cogió aire. Si escasos minutos antes la temperatura en la aireada habitación le parecía agradable, ahora el calor se le antojaba excesivo. El cerrado cuello de su blusa le oprimía la garganta. Temblaba, y deseó estar en el paraninfo de la universidad. Entre los estudiantes nunca se había sentido tan insegura como en la compañía de Anna von Rosch. Se sentía insignificante y fea, tonta y torpe.

—Me interesa la medicina —replicó. Nunca se había sentido tan simple afirmando tal cosa. Nunca antes había considerado que su dedicación fuese una mácula.

La exasperación de Anna von Rosch era patente.

—¿Por casualidad ha cursado esa carrera?

—No. Por desgracia no, no. Solo pude asistir de oyente a algunas clases. —¿Por qué contaba eso?

—¿Y por eso se desplaza hasta el otro extremo del mundo con un conocido investigador? —La baronesa sacudió la cabeza, indignada—. Me resulta absolutamente incomprensible...

—Hasta el momento el viaje ha sido muy agradable —aseguró Antonia. ¿Por qué se justificaba?

—Me alegro mucho por usted, pero no comprendo que prefiera tener a su lado a una joven en lugar de a un secretario.

—Como ya le ha dicho el doctor Seiboldt, se encuentra satisfecho con mi trabajo. —¿A ella qué le importaba?

Anna von Rosch soltó una risita.

—Así lo espero, por él. Da la impresión de haber cambiado mucho... a lo largo de los últimos años. Antes rechazaba de plano que las mujeres lo acompañaran en sus expediciones... —A todas luces se enredó en sus recuerdos, sus ojos se oscurecieron al volver la vista al pasado. Después se encogió de hombros de pronto, como para sacudirse los pensamientos, y cambió de tema—: Seguro que desea visitar las habitaciones del hospital que ya están listas. Gracias a la generosidad de madame Chevalier ya es posible tratar debidamente las enfermedades de los más pobres... *Oh, ma chère...* —Con estas palabras fue con madame Chevalier, que se hallaba un tanto aparte. Un torrente de sonidos franceses salió de sus bonitos, aunque un tanto finos, labios. Como si ese fuese su lugar, se situó junto a Max Seiboldt.

Es la esposa de un oficial de la Armada, se recordó Antonia. Realiza labores benéficas mientras él cumple con su deber. Es completamente normal, se convenció. Las personas de esta clase social a menudo son mecenas y gustan de codearse con científicos de renombre o artistas famosos. En Múnich pasa a diario, ¿por qué no iba a ser así en Zanzíbar? Seguro que Anna von Rosch y el doctor Seiboldt se conocen por este motivo...

Antonia los miró... y supo que se equivocaba.

9

Miércoles, 18 de julio

Un ruido hizo que Viktoria dejara de soñar despierta. Repantingada con indolencia, trató de averiguar su origen con los ojos cerrados.

¿Animales? Imposible. En la segunda planta no se colaba ni siquiera un ratón, y de todas formas lo más probable era que en la casa del comerciante Van Horn tampoco hubiera ratones. Es más, ¿habría ratones en Zanzíbar? Viktoria decidió preguntar a su anfitriona.

¿Pasos? Difícilmente. Luise van Horn había salido para ir a recibir a su esposo al barco y después acompañarlo a la factoría. Seguro que mientras tanto la servidumbre se echaba la siesta. A lo largo de los días pasados, Viktoria se había dado cuenta de que las ganas de trabajar disminuían considerablemente en cuanto la dueña de la casa se ausentaba. Los criados, de color, aprovechaban cualquier oportunidad para relajarse.

Viktoria lo entendía; ella misma vivía aletargada durante el día. La temperatura iba en aumento con cada hora que pasaba, el asfixiante calor hacía que se rompiera a sudar con cualquier movimiento. Por eso se tranquilizaba diciéndose que el clima era la razón de que no hubiera vuelto a salir de casa desde que llegó. En la azotea y en las habitaciones, oscurecidas de día, se estaba mejor. Solía perderse en ensoñaciones, leía mucho e intentaba instalarse en su nuevo hogar. Sin embargo, en realidad no era ni la humedad ni el calor lo que impedía que saliera a pasear: tenía miedo de lo desconocido, de las estrechas callejuelas y del crisol cultural de Zanzíbar.

Una cosa era repartir octavillas delante del Sillem's Bazar y otra muy distinta componérselas en el extranjero. La calle Jung-fernstieg le era familiar; la Ciudad de piedra, desconocida. Y Viktoria nunca habría creído posible que lo desconocido pudiera inspirarle tanto miedo. Lo que meses antes consideraba arriesgado, ante tan exótico telón de fondo era un juego de niños, y su valentía había desaparecido para siempre como una piedra en aguas profundas. Soy una cobardica, constató con frialdad.

Como si una fuerza celestial quisiera corroborarlo, la mos-quitera de su cama se movió con la brisa. Notó el aire en la piel y se estremeció... de miedo.

¡Un ladrón! Alguien se había colado en su habitación. Peor aún: se había desvestido para dormir la siesta y estaba completa-mente desnuda...

Viktoria abrió los ojos.

En ese mismo instante un objeto pesado cayó estrepitosa-mente al suelo.

—¿Quién es usted? —preguntó con sorpresa una voz mas-culina.

Viktoria se debatía entre el reconocimiento y el horror. En medio de la habitación estaba el desconocido con el que se había topado un instante antes de desembarcar del *Britannia*. Ha-bía dejado caer la bolsa de viaje al suelo y la miraba fijamente con unos ojos de un azul poco común. Ella se sintió expuesta a su indefinible mirada, con cada centímetro de su cuerpo, en toda su desnudez.

Fue como si su cerebro se desprendiera de la corteza, como si se mirara a sí misma.

Por desgracia, la sábana estaba fuera de su alcance, de manera que ni siquiera podía cubrirse; para cogerla se vería obligada a doblar las rodillas, cosa que dadas las circunstancias quedaba excluida.

Sin hacer el más mínimo movimiento, confió en que su cuerpo pareciera ligeramente desdibujado bajo la mosquitera. Como en un cuadro impresionista. Había oído hablar de esos cuadros escandalosos, pero no había visto ninguno con sus propios ojos. Divagaba. De esa forma consiguió que su razón cobrara renovadas fuerzas.

Tal vez el desconocido pasara por alto sin más que Viktoria no gritó, sino que permitió que los ajenos ojos vieran sus bellos pechos, blancos y turgentes, que después bajaran hasta su vientre plano, con el ombligo redondo, el esbelto talle y las caderas, que a ella siempre le parecían demasiado anchas, y finalmente se quedaran prendidos del dorado triángulo que se dibujaba entre sus piernas...

Para su sorpresa, se oyó decir indignada:

—Haga el favor de darse la vuelta. Salga de mi habitación.

—¡Esta es mi habitación! —afirmó, enojado—. Y no me parece oportuno que se instale en mi cama.

Viktoria cogió aire, pero antes de que soltara por la boca una respuesta airada, volvió a ser consciente de la posición en que se hallaba ante ese desconocido descarado, tosco, impertinente: no estaba vestida, y dicha circunstancia no le permitía enzarzarse en discusiones prolijas.

Acto seguido cayó en la cuenta de algo sumamente desconcertante: no se le antojaba de ningún modo desagradable ser observada por un hombre atractivo. No estaba bien, desde luego, pero le gustó la frivolidad de la situación. Se sintió bella.

Sin embargo, solo hasta que se percató de que en su mirada no había ni rastro de admiración.

—¡Fuera! —exclamó, chillando tanto de vergüenza como de decepción a partes iguales.

—¡No! —replicó él de inmediato—. Esta es mi habitación, y le pido a usted que la abandone.

—No olvide sus modales y espere fuera hasta que esté lista. Después... después hablaremos, si lo desea —añadió atropelladamente.

Se acobardó. La agradable sensación se había desvanecido. Se le saltaron las lágrimas, y sus mejillas se tiñeron de rojo. Se sentía puesta en evidencia. El desconocido no la trataba como a una dama, sino como a... como a una...

La palabra era impronunciable, aunque Viktoria sabía de oídas de la existencia de los burdeles del puerto y junto a los locales del barrio rojo de St. Pauli. Sin embargo, hasta ese momento pensaba que los hombres sentían algo más que simpatía por las mujeres de vida alegre. El que tenía delante se comportaba como si ella le resultara repulsiva.

—Dese prisa —bufó, y de un puntapié dejó la bolsa delante del armario. El sombrero, que llevaba en la mano, fue a parar a una silla. Solo con esos gestos hacía valer su derecho a la habitación. Farfullando algo, finalmente dio media vuelta y salió de la estancia. Dio un portazo irrespetuoso.

A Viktoria la recorrió un leve escalofrío que nada tenía que ver con la corriente que había causado el desconocido al salir. Durante unos instantes se quedó completamente quieta en la cama y respiró hondo, confiando en calmarse.

En efecto, después de un rato los latidos de su corazón se fueron ralentizando, el nudo de la garganta se deshizo, por suerte no en lágrimas. También su respiración se volvió más regular. ¿Había estado conteniéndola?

Poco a poco sus ideas volvieron a ordenarse. Recordó que Luise van Horn le había hablado de otro huésped, un hombre llamado Roger Lessing, que de cuando en cuando dormía en el mejor cuarto de invitados de los Van Horn. Dado que no solía pasar por allí mucho y que poseía una plantación de especias en el norte de la isla, la dueña de la casa había hecho trasladar sus cosas a otra habitación. A todas luces sin informarlo a él a su debido tiempo.

¿Y ahora? Luise no estaba, y la servidumbre no se había percatado de la presencia del señor Lessing o al menos no lo había advertido...

Aunque, ¿podía decirle un criado negro a un hombre blanco lo que debía hacer o dejar de hacer?, se preguntó Viktoria de pronto. Se le pasó por la cabeza lo mucho que había estado sumida en sus libros y lo poco que se había informado de las costumbres del lugar. Por miedo de lo nuevo. Por necedad, pensó con amargura.

Lanzando un suspiro, se incorporó. No tenía ningún sentido seguir en la cama y hacerse reproches. La persona a la que había que reprender esperaba en la veranda, ante la habitación. Probablemente estuviese fuera de sí. Cada minuto que se veía obligado a esperar de brazos cruzados, sin duda le resultaba molesto. Había llegado el momento de hacerle frente.

Luise van Horn le había explicado a Viktoria que la mayoría de las casas de piedra de Zanzíbar eran cuadradas y estaban construidas alrededor de un patio, como la suya. El acceso a todas las habitaciones se situaba en las verandas, y en cada uno de los ángulos había una escalera. En la planta baja, Friedrich van Horn había instalado un despachito contiguo a la cocina y un almacén, así como a los cuartos de la servidumbre, en el caso de que los criados durmiesen en la casa. Las habitaciones se encontraban en las dos plantas superiores, y de no estar las ventanas dispuestas de forma que desde casi todas las piezas se veía, aunque solo fuese de reojo, el océano Índico o los minaretes y los campanarios de las iglesias de la Ciudad de piedra, Viktoria apenas las habría diferenciado de un hogar del norte de Alemania.

Pese a su atrevida apariencia, Luise conservaba las tradiciones hanseáticas; se había llevado hasta allí el mobiliario oscuro de sus padres: lámparas de aceite pasadas de moda descansaban en el aparador y las mesas auxiliares, grabados de paisajes, mapas o barcos de vela colgaban de las paredes, gruesas alfombras cubrían los encerados suelos. Solo olía levemente a las exóticas especias de las que incluso Gustava Wesermann había oído hablar en el lejano Hamburgo, predominaba un olor como el de su casa, a cera, a agua de rosas y a polvos antipolillas. Ni siquiera el aroma dulzón de las buganvillas, que plantadas en macetas en el patio trepaban por las columnas de las galerías, podía acabar con el familiar olor. Como tampoco eran capaces de hacerlo las nueces moscadas que se veían en los alféizares, al parecer la mejor forma de protección contra los ladrones. En esa vivienda nada era colorista y ligero. Y prácticamente nada recordaba tras las cerradas puertas y postigos que uno se hallaba en África. El único indicio lo constituían las mosquiteras que colgaban sobre las camas.

Viktoria solo se había adaptado en parte a su nuevo entorno. En Hamburgo a esa hora llevaría un vestido de tarde y saludaría a las amigas de su madre, que acudirían de visita. En Zanzíbar se podía permitir la monstruosidad de recibir en bata. Lo cierto era que tampoco tenía ningún compromiso social relevante, de manera que su desaliño resultaba totalmente aceptable. Ni siquiera había alguien cerca que le presentara a ese hombre que acababa de comportarse de manera tan inaudita.

Como si no hubiese dicho ya bastantes impertinencias, apenas abrió ella la puerta espetó enfadado:

—Vaya, por fin. Escuche, acabo de volver de un viaje extenuante y me gustaría descansar.

—Eso lo creo —repuso ella con voz meliflua.

Mientras se vestía había decidido hacer la vista gorda y tratar al tal Roger Lessing con la mayor amabilidad posible. A fin de cuentas era amigo íntimo de sus anfitriones y —fuera en la habitación que fuese— durante un tiempo viviría bajo el mismo techo que ella. Posiblemente no se pudiera hacer nada a ese respecto, aunque deseaba no tener que volver a verlo.

El hombre retomó el nervioso caminar por el suelo de piedra de la veranda: tres pasos arriba, tres abajo. La aparición de Viktoria lo había interrumpido. De pronto se detuvo.

—¿Podría tener la amabilidad de sacar sus cosas e irse por

donde llegó? —A pesar de la tentativa de Viktoria de establecer una comunicación razonable, su voz seguía siendo áspera, casi ofensiva—. De manera que vuelva dentro y quítese esa cosa tan poco apropiada que lleva puesta.

Viktoria se miró, indignada. En su opinión estaba aceptable, aunque no, naturalmente, para dar un paseo por la ciudad o recibir. Sobre una camisa cerrada, con frunces hasta el mentón, llevaba una bata azul mar larga hasta los pies que cubría recatadamente su cuerpo. No se había puesto corsé, cosa que probablemente no revistiera importancia, en vista del encuentro que habían protagonizado con anterioridad. Además, los días pasados apenas había tenido apetito, con lo cual sin duda habría perdido cualquier gramo que pudiera sobrarle de su perfecto talle.

—Definitivamente su atuendo no es lo más indicado para un paseo —añadió con severidad el hombre al que ella tenía por Roger Lessing, amigo de los Van Horn—. Sería de lo más embarazoso que alguien la viera salir así de casa.

Que a Luise van Horn se le hubiera pasado informarle del cambio de habitación no le daba derecho a soltarle esas frescas, pensó Viktoria, que seguía intentando poner al mal tiempo buena cara y empezó a decir en un tono exquisitamente cortés:

—Se trata de un malentendido. Luise...

—Sé que la ha contratado la señora Van Horn —la cortó, y se pasó la mano por el cabello en un gesto inesperado de resignación—. No se detiene ante nada para despertar mi interés en una mujer blanca.

Viktoria estaba tan perpleja que no se le ocurrió qué decir. Lo miraba en silencio, sin dar crédito.

La voz del hombre, desalentada y baja hacía un instante, se volvió alta y airada de nuevo:

—Es inútil, ¿entiende? Si lo desea, le diré que es usted endiabladamente bella y desde luego no parece la clase de persona que se mete en la cama de un desconocido por dinero...

—¿Qué se ha creído usted? —espetó Viktoria—. ¿Cómo se atreve a hablarme así? ¿Es que se ha vuelto loco?

Poco a poco cayó en la cuenta del malentendido del que había sido víctima el hombre: creía que Luise le había pagado una amante. A Viktoria le costaba imaginar que un hombre tan atractivo necesitase semejante arreglo, pero entonces recordó que nada más llegar, Luise le había hablado de un posible pretendiente y al hacerlo había mencionado a su huésped, Roger Lessing.

Quizá no quiera a una mujer decente porque no es capaz de comportarse, resumió Viktoria. Y posiblemente por eso Luise se sienta obligada a casarlo.

De pronto le vino a la memoria la imagen de una mujer orgullosa, bella, como una estatua de ébano. ¿Su querida del lugar? ¿Una especie de madame Pompadour negra? Viktoria arrugó la frente sin querer.

Su protesta lo había hecho callar: la boca del hombre se abrió y se cerró en un mudo intento de responderle. Finalmente, le dirigió una mirada penetrante, pero después se volvió deprisa y estrelló el puño contra la barandilla de madera primorosamente tallada de la galería. Al menos ya no le gritaba.

—Me llamo Viktoria Wesermann —aclaró con frialdad—. Me resulta de lo más desagradable tener que mantener esta conversación con usted, señor Les... ejem... Porque es usted Roger Lessing, ¿no?

Él se tomó su tiempo antes de contestar. Cuando se volvió hacia ella le cambió el color de la cara, los labios le temblaban. ¿Regocijo o enfado? Ella no sabía decir.

—¡Ahora me acuerdo...! ¡Santo cielo...! Había olvidado por completo que los Van Horn esperaban a una invitada de Hamburgo. Pensé que era usted... que debía de ser... —No terminó la frase, se hizo un silencio elocuente.

Ahora la confusión al parecer le parecía menos desagradable que a ella. La observaba con atención, como si no la hubiese visto antes en carnes vivas.

Se puso roja de vergüenza ante ese nuevo asalto a su virtud: daba la impresión de que le atravesaba la bata con los ojos. Sin embargo, faltaba saber si le gustaba lo que recordaba, su mirada no dejaba traslucir nada.

—En lo que respecta a la habitación... —empezó.

—Me temo que no podrá tomar posesión de ella —se apresuró a cortarlo Viktoria, que no quería privarse de ese triunfo. Probablemente ese hombre tuviese algún interés en el cuarto. Lo cierto es que era muy agradable; el acceso a la azotea, cómodo, y las vistas desde la ventana, fantásticas. Pero ella no tenía ninguna intención de renunciar a todo eso. No por un hombre que no era un caballero y ni siquiera se presentaba—. Me la asignó Luise van Horn —añadió enérgicamente—. Quizá se le haya olvidado informarlo a usted y mostrarle el camino hasta la otra habitación. Ya ve, señor Lessing, no es usted el único al que le falla la memoria. Si tiene paciencia, seguro que aclara la cuestión de su cama. Cuento con que Luise regrese de un momento a otro.

Él sacudió la cabeza.

—Lo dudo. Ha ido con su esposo a la factoría para recibir una entrega. ¿No sabía usted que lleva la teneduría de libros de su esposo, señorita Marrullera?

De pronto tenía los hombros caídos, parecía muy cansado. Sus rasgos ya no estaban tensos de ira, sino de agotamiento; los ojos, antes brillantes, ahora se mostraban apagados. Tenía un aspecto vulnerable, y, para su sorpresa, a Viktoria le inspiró compasión. Precisamente el hombre que la había puesto en la situación más embarazosa de su vida. Se fijó en su levita arrugada. Por lo visto el viaje de vuelta de tierra firme había sido menos agradable que lo que, sin duda, debía de haberlo sido la ida a bordo del *Britannia*. Probablemente estuviese agotado.

Qué extraño, se le pasó por la cabeza a Viktoria: era la segunda vez que se sentía superior a él. Cuando se conocieron en el barco le sucedió eso mismo, y ahora volvía a notar esa fuerza. Ya no era ninguna cobardica, pensó satisfecha.

Pese a la adversidad de las circunstancias, su desnudez y el mal comportamiento de él, tenía la sensación de haber salido airosa. ¿Qué clase de hombre era para ayudarla a adoptar semejante actitud?

—Probablemente haya algún criado en pie —afirmó, y dio unas palmadas, tal y como le había enseñado Luise para llamar a la servidumbre—. Es preciso que alguien le muestre su cuarto para que pueda usted instalarse y descansar. Si desea coger su bolsa... —Con un gesto majestuoso señaló la puerta de la habitación sobre la que tenía intención de ejercer sus dominios.

Y Roger Lessing capituló ante ella.

Viktoria lo siguió con la mirada y pensó que, tras esa escena y con su victoria, probablemente ya no debiera temer dar un paseo por las enmarañadas calles. En todo caso, no por el barrio europeo de Shangani. Después ya se vería.

10

El fuego de la parrilla bañaba los rostros en una suave luz anaranjada. Era la única iluminación, ya que Luise había dado instrucciones de que no se encendieran las velas de los candelabros de plata que descansaban en la mesa vestida de lino blanco hasta que se sirviera el plato principal. Una medida de precaución contra los mosquitos, le explicó a Viktoria. La señora de la casa solo permitía la pequeña llama de la lámpara de aceite, ya que en ella se quemaba esencia de limón, que al parecer ahuyentaba a los mosquitos. Sin embargo, estaba claro que esas medidas no eran eficaces, pues Friedrich van Horn no paraba de dar manotazos para librarse de un bichejo que daba vueltas en la oscuridad. Claro que quizá se tratara de un tic nervioso.

El anfitrión de Viktoria era un hombre enjuto de mediana edad, encanecido antes de tiempo. Lucía un mal corte de pelo, el traje no le sentaba bien y tenía los dedos llenos de manchas de nicotina. Sin embargo, en sus ambarinos ojos ella veía inteligencia, afecto y gentileza; atributos todos ellos que hacían olvidar lo poco atractivo de su aspecto. Su voz era baja y agradable, su vocabulario ponía de manifiesto una educación de primera. Con toda seguridad, Friedrich van Horn no había sido siempre el comerciante de aspecto un tanto desharrapado de África, al que debido a su apariencia le habría sido negada la entrada en los selectos clubes de caballeros de Hamburgo.

¿Sabía su padre en realidad con qué personas tan poco convencionales la había enviado?, reflexionó Viktoria. ¿Habría conocido al matrimonio Van Horn cuando la vida en los trópicos todavía no había cambiado a Friedrich y a Luise?

—Las influyentes familias árabes de la costa están causando problemas —informó el señor de la casa—. Desde que la Compañía Alemana del África Oriental pretende asumir el control de todos los puertos entre Tanga y Lindi, se ven privados de sus principales fuentes de ingresos.

Viktoria recordó con regocijo que en su casa solía escuchar tras las puertas cerradas y leía periódicos que no estaban destinados a sus ojos para enterarse de cosas que para una joven dama por lo general se consideraban tabú. De ellas formaban parte inequívocamente las noticias sobre sucesos políticos. Y ahora se hallaba sentada bajo el estrellado cielo africano, sobre los tejados de la Ciudad de piedra, a una mesa dispuesta como en las casas de comerciantes alemanas —con la porcelana buena, aunque algo desportillada debido a la falta de celo de la servidumbre, y la cubertería de plata con monograma—, esperando la cena y dejando vagar sus pensamientos mientras se hablaba con más franqueza que en cualquier comedor hanseático. El ambiente era tan agradable que incluso atenuaba el dramatismo de las noticias.

Aunque se preguntaba por qué solo se avergonzaba un poco, pero no del todo, del encuentro de esa tarde, Viktoria no se hacía reproches. La escena protagonizada en el mejor cuarto de invitados de Luise seguía sin parecerle tan condenable como, sin duda, le habría resultado de haberla visto desde fuera.

Había oído hablar a so capa de nudistas que se reunían en pequeños grupos y nadaban desnudos en lagos y ríos. Al parecer hasta el mismísimo Georg Christoph Lichtenberg había hablado maravillas del desnudismo, pero había muerto hacía tanto tiempo que la opinión del famoso escritor y matemático difícilmente contaba ya como referencia en materia de permisividad.

Obedeciendo a un capricho se había puesto sus mejores galas para la velada. Llevaba el escotado vestido de noche que ya la hiciera merecedora de numerosos cumplidos a bordo. Sin embargo, en la azotea de los Van Horn resultaba un tanto extravagante, fuera de lugar incluso. Luise y Friedrich no se habían cambiado de ropa, Roger Lessing sí llevaba una camisa y una americana distintas, si bien no había optado por un traje de etiqueta. No obstante, Viktoria no lamentaba su elección, pues en cierto modo se sentía majestuosa.

El cocinero, que asaba a la parrilla dados de raíz de mandioca y espetones de pollo adobado en aceite con especias, tarareaba en voz queda una canción melancólica. El hombre era un indio portugués oriundo de Goa, como casi todos los cocineros de los europeos que vivían allí. Con su canto acallaba el murmullo regular, distante de las olas y los amortiguados sonidos de las calles. De lejos, quizá del barrio de Madagaskar, llegaban ritmos de tambores, que se fundían con la canción del cocinero hasta crear una melodía. Las llamas silbaban cuando caían gotas de líquido en el carbón al rojo, y el olor a ajo, tamarindo, cardamomo, jengibre, clavo y otras especias exóticas se extendía por la azotea junto con el vapor acre que ascendía de la parrilla.

Viktoria se sentía bien. Sus pensamientos revoloteaban como el murciélago que acababa de dejar la torre de la iglesia anglicana y profería su característico grito entrecortado, repetido. Ni siquiera la presencia de Roger Lessing se le antojaba turbadora. Al volver a verlo se había sonrojado un tanto, claro que no haberlo hecho probablemente no hubiese sido aceptable. La idea le divirtió.

—Ni comercio de esclavos, ni marfil, ni millones —lo oyó farfullar amodorrado. Estaba sentado a sus anchas, la postura nada apropiada para una cena, en un sillón que Viktoria consideraba una buena copia del barroco del norte de Alemania. Tenía la cabeza apoyada en el respaldo, los párpados le pesaban, los ojos se le cerraban.

—La cosa ha llegado hasta el punto de que incitan a tribus negras a lanzar ataques contra colonizadores alemanes —continuó Friedrich van Horn, y expulsó el humo de la honda calada que había dado al cigarrillo—. Los asaltos a plantaciones van en aumento.

—Igual que antaño —apuntó, atribulada, Luise—. ¿Se producirá otro levantamiento?

La preocupación que empañaba su voz hizo que Viktoria aguzara el oído. Antes de que Van Horn pudiera contestar a su esposa, preguntó:

—¿Se refiere a una revuelta? ¿Sucede eso aquí a menudo?

Resultaba inconcebible que sus padres la hubiesen expuesto no solo a la aventura de un viaje largo, sino también a un peligro aún mayor.

—Hace veinticinco años se produjeron alzamientos de esclavos en Pangani contra los árabes —contó Roger Lessing sin cambiar de postura ni abrir los ojos. Ni siquiera volvió la cabeza hacia ella—. Y hace diez, una revuelta relativamente pequeña de comerciantes árabes y esclavos libres en Ujiji contra los ingleses.

Viktoria cogió aire, irritada. Seguro que él sabía que ella solo sospechaba vagamente dónde se encontraba la ciudad de Pangani, ya que el *Britannia* había seguido hasta allí después de arribar a Zanzíbar, pero de un lugar llamado Ujiji no había oído hablar nunca. Sin embargo, no se atrevió a admitirlo ante el maleducado señor Lessing para ahorrarse un comentario insolente.

En Hamburgo los caballeros me consideraban demasiado sedienta de conocimientos y culta, pensó furiosa, y aquí un hombre que ni siquiera se sabe sentar recto me trata como si fuera una mocosa boba. Peor aún: en efecto se sentía sumamente ignorante.

—No tiene de qué preocuparse —tranquilizó la anfitriona a Viktoria, que interpretó mal su expresión compungida—. Los desórdenes de entonces en el continente no llegaron a Zanzíbar. Ni siquiera el pasado año...

—Luise —exhortó en voz queda Friedrich van Horn al tiempo que ponía un instante la mano en la de su esposa—. No queremos inquietar a la señorita Wesermann. Sin duda, las nuevas impresiones serán tantas que no es necesario que además la sobrecarguemos con nuestra cháchara sobre la situación en la costa y en los grandes lagos. Lamento haber empezado yo.

—Bah, yo creo que es dura de pelar —masculló Roger Lessing.

—¡Ah, por favor! —Viktoria, que acababa de coger su vaso para beber un sorbo de la refrescante limonada, derramó unas gotas.

Cuando dejó el vaso en la mesa, la mano le temblaba más incluso, sus ojos trataban de interpretar el rostro de Lessing. ¿Se proponía revelar a sus anfitriones lo que ella prefería mantener en secreto? ¿Tan indiscreto sería? Cómo había resuelto ella su presencia junto a su cama era una cosa; un debate sobre su desnudez con Luise y Friedrich van Horn, otra muy distinta.

Aunque esa noche había luna, sus rasgos eran borrosos. Lo único que ella logró distinguir fue que primero abrió un ojo con indolencia y después, de golpe, el otro. Y esbozó una ancha sonrisa, los dientes brillantes como puntos luminosos en una máscara enigmática. Acto seguido se incorporó de sopetón.

—¿No va siendo hora de que sirvan el plato principal, querida Luise? No deberíamos seguir esperando a que el cocinero termine de cantar. Creo que huele a quemado.

Sin de verdad quererlo, Viktoria respiró hondo: de manera que no era tan impertinente como ella había supuesto. A la azotea llegaban aromas deliciosos de la parrilla, pero sin duda no la peste acre de la carne carbonizada. La mentira piadosa era encantadora, razón por la cual ella corroboró:

—Sí, yo también lo huelo. Y tengo muchísima hambre. —Aunque tener mucho apetito no era propio de una dama, ¿a quién le importaba eso allí?

—¿De veras? —se apresuró a preguntar Luise, y dio una palmada para llamar al criado—. Estos días ha comido usted como un pajarito.

—Tener apetito es señal de que se ha aclimatado —opinó Friedrich van Horn. El al parecer inevitable cigarrillo, que en el corto espacio de tiempo que llevaba en la mesa probablemente hubiese encendido ya tres o cuatro veces, se movía por el aire como una luciérnaga—. En cuyo caso seguro que muy pronto querrá salir a explorar la isla, ¿no es así, señorita Wesermann?

—Sí... no... bueno... —balbució, desconcertada por la pregunta, que la obligaba a manifestar sus temores o lanzarse antes de lo previsto a la aventura de Zanzíbar.

Nadie acudió en su ayuda. Mientras el criado se disponía a encender las velas de los candelabros, los anfitriones y su amigo aguardaban la respuesta de Viktoria. El silencio que se hizo ni siquiera fue interrumpido por el canto del cocinero. Solo los tambores se oían a lo lejos. De alguna parte llegó la risa demasiado estridente y cargante de una mujer. Con la luz de la parrilla, que brillaba tenue en la oscuridad, Viktoria vio que otros moradores de la Ciudad de piedra también pasaban la noche en una terraza similar a la de ellos.

Viktoria contempló la decoración de la mesa con aire pensativo. Al sirviente le costaba mantener encendida la cerilla, ya que se había levantado viento procedente del mar. ¿Sería un heraldo del legendario monzón?

De repente recordó la carta que tenía en la habitación. Con el revuelo que había causado Roger Lessing había olvidado por completo a Juliane, y eso que tenía pensado rehusar la invitación de su amiga a vuelta de correo. ¿Qué era eso de que había quedado en dar un paseo en barco con un príncipe y necesitaba a alguien que la acompañase? ¡Menudo disparate! La noticia desconcertó a Viktoria, pero sobre todo el hecho de que Juliane quisiera atreverse a salir al mar sin necesidad. Posiblemente el calor se le hubiese subido a la cabeza y fantaseara.

—Sin duda recorreré la isla —repuso al cabo con un entusiasmo que la sorprendió incluso a ella—. Y empezaré pasado mañana. Una amiga me ha invitado a explorar la costa en un barco de vela.

—Pero no sin que la acompañe alguien con experiencia —objetó Friedrich van Horn.

Luise prorrumpió en una sonora carcajada.

—No te des importancia, querido. La hija de un armador no se atreverá a salir al mar sin patrón, para eso tiene la suficiente educación y sentido común. Además, querida Viktoria, no la tengo a usted por imprudente ni irreflexiva.

—Ah, ¿no? —preguntó en voz queda Roger Lessing.

A Viktoria se le encendieron las mejillas. Lo notó con claridad y confió en que nadie en la mesa reparase en ello. Pasó por alto la observación, porfiada, y afirmó:

—Los barcos me merecen un profundo respeto. —Y para aliviar la tensión, soltó una risita tonta.

Su anfitrión no estaba muy convencido. A todas luces recordaba alguna orden de su padre.

—No sabía que ya tenía amistades en Zanzíbar. —La voz en un principio agradable de Friedrich de pronto sonaba como la del eterno sermoneador—. Lo apropiado sería que sus conocidos nos visitaran primero y después...

—A mis amigas las conocí en el barco. Son jóvenes respetables, puede estar seguro de ello.

—Aclarado esto —intervino Roger Lessing—, quizá sería oportuno invitar a las damas a mi modesto hogar. Si se hartan del agua y a usted y a sus amigas les apetece hacer una excursión por tierra, pueden venir a verme cuando lo deseen.

Sin duda era una fórmula de cortesía: acudía en su ayuda, lo cual era un detalle, sí, pero absolutamente innecesario. Viktoria estaba convencida de que no hablaba en serio. Además, ¿por qué iba a ir a visitarlo?

—Es una gran idea —repuso Luise automáticamente y sin dignarse mirar a sus invitados, pues observaba al cocinero, que se acercaba a la mesa con una fuente repleta de espetones de carne y mandioca.

Viktoria sopesaba cómo rechazar educadamente pero no con demasiada brusquedad la invitación de Roger Lessing cuando Friedrich exclamó:

—Debería hacer esa excursión a toda costa. La llevaré a la

shamba de Roger. La plantación de especias de Lessing es una de las más bellas de Zanzíbar.

—Ahí es nada —repuso su amigo, y se inclinó ligeramente hacia delante en su asiento, como si quisiera hacer una reverencia—. No haga caso a Friedrich, señorita Wesermann, exagera. Mi pequeña propiedad no tiene nada que ver con las plantaciones que las familias árabes tienen en la isla. Aunque bonita es, eso es cierto. Zouzan...

—Será mejor que empecemos a comer —lo cortó Luise—. Es increíble lo rápido que se enfría una comida caliente a pesar del calor.

—Sí, desde luego —convino Friedrich—, los espetones de nuestro cocinero son excelentes.

Viktoria enarcó las cejas, sorprendida. De manera que en la vida de Roger Lessing había algo que se suponía que ella no debía saber. Parecía interesante. Fuera cual fuese la razón por la que sentía curiosidad por conocer ese secreto, creyó oír una campana que la llamaba a esa plantación, de manera similar al toque del ángelus, que llamaba a rezar a los católicos.

Le dedicó una sonrisa amable, que no le salió tan reservada como cabría desear.

—Sin duda iré a visitarlo, señor Lessing.

Zouzan, se le pasó por la cabeza. Bonito nombre. ¿Se llamaría así la mujer del puerto? Decidió averiguarlo.

11

—Tenemos la gran suerte de poder decir que los donativos procedentes del imperio han hecho posible la construcción de un hospital —anunció la hermana en un alemán tosco, teñido del acento de Prusia Oriental—. De este modo podemos asegurar la asistencia médica a los nativos y ocuparnos, sobre todo, de los hijos de esclavos libres o rescatados.

Mientras recorría las habitaciones del hospital luterano junto a la monja protestante, vestida de oscuro y con un velo blanco, Antonia se preguntó por qué nunca se había planteado dedicarse exclusivamente a cuidar de los enfermos. A esas alturas, para una dama esa constituía una actividad de lo más respetable, que ni siquiera en círculos burgueses se consideraba ya reprobable o escandalosa. Además garantizaba un modesto modo de ganarse la vida. Obediencia, virtud y celibato probablemente no supusieran problema alguno. Pero en lugar de consagrarse a prestar tan efectiva ayuda, había elegido la pedregosa senda de la investigación, quería coger el mal por la raíz y de esa manera, inusitada para una mujer, creía poder hacer más por la humanidad.

En su ciudad natal, en Múnich, todo parecía sumamente fácil. Al menos en sueños. Las trabas a la hora de llevarlos a la práctica no consiguieron sino avivar su ambición, en lugar de hacerla entrar en razón. En ese momento estaba en Zanzíbar, y ya ni siquiera parecía conservar esos sueños. A Antonia se le pasaba por la cabeza casi sin cesar que había sido víctima de un error fatal de comprensión de la realidad. Sea como fuere albergaba la sospecha de que en África Oriental hacía más falta como apoyo de los integrantes de la misión que al lado del doctor Seiboldt.

—En Berlín incluso se organizó una rifa para nosotras —seguía contando la hermana Edeltraut—. Las ganancias anticiparon la realización de nuestros planes. Pronto tendremos más del centenar de saturadas camas con el que contamos ahora. Y también se equipará mejor la ambulancia.

Antonia manifestó su aprobación y asintió con aire ausente. El dispensario de la Sociedad de Misiones Evangélicas le causó una impresión muy distinta del que se hallaba en construcción, que habían visitado la semana anterior y que, sin duda, sería magnífico. Los luteranos no se habían preocupado tanto por la diversidad y la belleza arquitectónicas como por los aspectos prácticos. Esa clínica era más bien sobria, más un bloque que una construcción artística, y, sin embargo, el resultado era una lograda mezcla de estilo europeo y oriental. A Antonia le llegó un olor a transpiración humana, a descomposición, fenol y la solución de cloruro de cal con que las hermanas se desinfectaban las manos. Aunque las monjas de la misión, que trabajaban hasta la extenuación, se encargaban de mantener la limpieza de un modo impresionante, no podían impedir del todo que en las habitaciones de los enfermos hubiera moscas. Los pasillos y las verandas estaban abarrotados de personas; al parecer, los pacientes, en su mayor parte negros, iban acompañados de familiares o al menos de miembros de su misma tribu. Posiblemente los esclavos liberados hubiesen formado clanes nuevos. Antonia apenas podía distinguir quién estaba relacionado con quién. La gente metía ruido, conversaba a voz en grito, se peleaba, quizás invocase a sus antepasados o a curanderos cuando se abandonaban a los cánticos de su pueblo. En cualquier caso, Antonia intuía que se trataba de canciones especiales de la población local, que al parecer se entonaban de manera inconexa. El doctor Seiboldt había contado que los africanos creían en la magia negra y que a los médicos europeos no siempre les resultaba fácil imponer sus métodos de tratamiento.

La hermana Edeltraut se detuvo ante la última estancia, al final del pasillo. Bajó la voz, y su rostro amable, curtido por el clima tropical, se volvió sombrío, afligido.

—Estos son los casos más graves. ¿Está segura de que quiere entrar, señorita Geisenfelder?

—Desde luego. —El tono le salió involuntariamente áspero. Era menos una respuesta a la bienintencionada pregunta que una confirmación de sus propios objetivos. Nada de dudas, se dijo con obstinación.

—Solo lo digo porque en África Oriental hemos perdido a cinco médicos eminentes en el plazo de dos años —aclaró la mujer con tranquilidad—. Todos ellos murieron de enfermedades tropicales y son irreemplazables, como personas y como médicos.

—El cólera no es una enfermedad tropical.

—No, claro que no. —La hermana Edeltraut se encogió de hombros y entró en la habitación.

Apenas se vio entre las esteras de paja se puso a trabajar con ahínco. Como si la visitante no estuviera presente, la monja comenzó a realizar las tareas diarias propias de su oficio: revisó las sábanas de los pequeños pacientes en busca de manchas, les puso la mano en la frente, vertió agua de una jarra en vasos desportillados que llevó a los secos labios.

La habitación era pequeña, con ventanas en dos lados. Los postigos estaban echados, pero por las grietas entraba calor y la brisa del mar, que se sumaban al aire que movía el ventilador eléctrico del techo. Ocho o diez niños de distintas edades se amontonaban en los jergones del suelo, la cara macilenta, la nariz afilada, el vientre hinchado de hambre o debido a las continuas diarreas y vómitos que sacudían su cuerpecillo. Unos lloraban, otros mascullaban algo, el resto solo respiraba superficialmente. Dos o tres mujeres, envueltas en la vistosa vestimenta tradicional de su tribu, mecían pesarosas a sus pequeños en brazos.

Antonia contempló la escena sin decir nada. Se percató con creciente espanto de que la madre de uno de los pequeños todavía era una niña. Calculó que tendría, a lo sumo, doce años, pero con las mejillas hundidas y los oscuros ojos inexpresivos parecía el doble de mayor. El niño, colgado de sus secos pechos, lloriqueaba, pero la africana no reaccionaba, no se movía, se hallaba como atrapada en su letargo. Falta de líquido, se le pasó por la cabeza a Antonia.

Cogió valientemente la jarra que la hermana Edeltraut acababa de dejar en su sitio y un vaso. Aunque no sabía si ya había sido utilizado, lo llenó de agua y se lo ofreció a la muchacha. Sin embargo, esta ni se movió, amodorrada, la espalda apoyada en la pared, la mirada perdida. Con un gesto resignado, triste, Antonia bajó la mano.

—Si no fuese tan fuerte, sin duda la habríamos perdido hace tiempo —contó, apesadumbrada, la hermana—. Le he dado cannabis contra las náuseas, pero a pesar de todo no se pone bien.

—Tan joven y ya tiene un hijo...

—En África Oriental lo son muchas mujeres. Tendrá que acostumbrarse a ello. Fíjese cuando vaya por las calles: no resulta nada extraño tropezarse con una niña de once años que lleva por la ciudad a su hijo recién nacido a la espalda.

Antonia dejó el vaso en la inestable mesa. El doctor Seiboldt la habría reprendido por su impetuosidad, pero el médico se encontraba en una estancia bonita, limpia, que olía bien en la planta baja del hospital, disponiendo su laboratorio junto con Wegener. A Antonia le daba la impresión de que ese sitio estaba a kilómetros de distancia, casi como en otro mundo.

—Y ¿no puede hacer algo al menos por el niño?

La hermana Edeltraut se agachó para coger un orinal.

—Aquí tenemos que decidir constantemente sobre la vida y la muerte, señorita Geisenfelder, y a la postre cada destino está únicamente en manos de Dios.

Antonia percibió el hedor de las deposiciones líquidas del cólera. Aunque había examinado los excrementos de enfermos de cólera al microscopio en más de una ocasión al lado del doctor Seiboldt, esas muestras siempre le habían parecido como incorpóreas. El olor nunca le había importado, pero en ese lugar, donde asociaba el contenido del orinal al sufrimiento de los niños enfermos, le revolvió el estómago. Le dieron ganas de vomitar.

Se dio la vuelta, más obedeciendo a un reflejo que a una acción deliberada. Atraída por la suerte de la jovencísima madre, se inclinó y le quitó el niño de los brazos; Antonia vio que aquello tampoco hacía reaccionar a la muchacha.

Le metió al pequeño el meñique en la boca, que dejó de lloriquear en el acto y comenzó a succionar con fuerza.

—Tiene sed —afirmó con regocijo, asombrándose para sí de la sensación de dicha que experimentó—. Si ya se ha contagiado, es una buena señal: mientras tenga ganas de beber, podrá vencer la enfermedad.

—¿Es usted médica?

—¿Cómo? —Antonia miró sorprendida a la monja, cuya voz sonó extrañamente reservada, circunspecta, casi brusca. ¿Qué había hecho para granjearse su mal humor?

—Creía que era la secretaria del doctor Seiboldt, no su asistente —añadió, indignada, la hermana Edeltraut.

A todas luces no tenía en mucha estima a las jóvenes que se atrevían a entrar en el dominio masculino de los estudios de medicina. Según ella, probablemente todas las personas tuvieran un sitio determinado desde un principio, y puesto que ahora ya no era tan fácil decidir a cuál pertenecía Antonia, su simpatía inicial se esfumó. Santo cielo, pensó llena de amargura Antonia, ¿cómo van a poder ejercer la medicina las mujeres si las mismas enfermeras se oponen? ¿Cómo iban a gozar del reconocimiento generalizado los estudios de una exploradora si ni siquiera las personas de su mismo sexo confiaban en su inteligencia para llevarlos a cabo?

Respirando hondo, Antonia decidió desoír el enojo de la

hermana Edeltraut. Quizás ella tuviese parte de culpa en la falta de fe en su capacidad. Las incesantes dudas que la asaltaban desde Nápoles probablemente no pasaran inadvertidas a alguien con tanta experiencia en la vida como esa monja.

El niño estaba cansado. Del hambre, de luchar por su vida, de su llanto. Tal vez también lo arrullase el calor que emanaba del cuerpo de Antonia, al igual que chuparle el dedo lo calmaba. Su cabecita descansó en el pecho de la joven, su cuerpo se relajó, se puso cómodo en el brazo de Antonia.

Suave y amablemente, pero también con determinación, pidió:

—Hermana Edeltraut, tenga la bondad de ocuparse de que a este pequeño le den un biberón. Seguro que se podrá encontrar leche de cabra fresca en alguna parte. Me gustaría encargarme personalmente de que recupere la salud...

Es injusto, le soltó una voz desconocida en su cabeza. Quieres hacerte cargo de un único niño mientras que otros mueren. ¿Qué será de él si lo consigue? Probablemente su madre muera, y ¿dónde está su padre, sus parientes?

—Un objeto de investigación —añadió Antonia con resolución, y decidió no seguir escuchando esas palabras de advertencia que resonaban en su cerebro—. El estudio de un lactante será de utilidad para la sanación de otros pacientes de corta edad. Precisamente los niños fueron los más afectados en las epidemias que se desataron en Europa. —No sabía a ciencia cierta si era así, pero consideró que el comentario sonaba de lo más científico.

La hermana Edeltraut la escudriñó con atención, y Antonia vio una mirada compasiva, comprensiva. ¿Encerraba el compromiso tácito con una mujer que asimismo había optado por una vida sin esposo e hijos? ¿Sabía de lo que era capaz la ternura de un niño en brazos de una persona joven?

Antonia resistió la casi melancólica mirada.

—¿Está bautizado el pequeño? —quiso saber.

—No ha habido tiempo. El pastor bautiza a la mayoría de los lactantes paganos de tapadillo cuando se nos mueren.

A los labios de Antonia afloró una sonrisa. El niño empezaba a pesar, pero no le resultaba una carga.

—Lo llamaremos Max —decidió, obedeciendo a una idea repentina. El corazón le latía deprisa, y ella no sabía a ciencia cierta a qué se debía la agitación que de pronto se había apoderado de su persona.

Después recobró la seriedad y, sin pensarlo dos veces, se apresuró a dar a la hermana Edeltraut unas indicaciones que excedían sus competencias y la hospitalidad de que era objeto, que incluso a ella se le antojaron un tanto inopinadas y sonaron más obstinadas que convencidas:

—Ocúpese de su biberón, se lo ruego. Después intentaremos darle líquido a la madre. Quizá sobreviva. Y si desea iniciarme en su oficio y el doctor Seiboldt puede prescindir de mí, la ayudaré con gusto.

La monja la miró con cara de sorpresa y después asintió.

12

Sábado, 21 de julio

—¿Montar? ¿Yo? —Juliane retrocedió—. ¿En ese animal?
Su horror iba dirigido al gran mulo enjaezado con bordados
de plata, bocado y mantas y enalbardado que formaba parte de
un grupo de tres animales similares y a todas luces aguardaba
a que se acercase a él. Observada más atentamente, la montura gris clara, casi blanca, más parecía un caballo, pero eso no
hacía que a Juliane le cayese mejor.

—Es un asno silvestre —contó el príncipe Omar Ben Salim,
y acarició con ternura el pescuezo al ejemplar que claramente
había escogido para Juliane—. Estos animales a veces son más
valiosos que los purasangres, ya que son más resistentes, y en
estas latitudes no podemos renunciar a ellos.

—Ya —repuso, nada impresionada, Juliane.

El príncipe era la personificación del desconcierto.

—Todas las árabes distinguidas los montan.

—Ah, vamos —dijo Viktoria, a lomos de su animal—. Es
muy cómodo... y no tan alto —añadió. Se rio con su propia gracia, ya que si estiraba las piernas en su silla de señora casi tocaba
el suelo.

Juliane miró a su amiga, a su anfitrión y de nuevo a su amiga.
No esperaba que pudiese lamentar ni siquiera un segundo haber

aceptado tan de buena gana esa invitación; al contrario. Incluso
había accedido a realizar una excursión en velero. Por suerte, su
padre convenció al príncipe Omar de lo poco edificante que sería para una joven dama del norte. Después dejó de pensar en su
medio de transporte, y también el destino revestía un interés
secundario. En último término ni siquiera la perspectiva de subirse a un dhow podía enturbiar la alegría que le deparaba volver a ver a Omar Ben Salim. Lo principal era poder pasar tiempo con él.

Y ahora esperaba que se subiera a lomos de un mulo. ¡Ni
hablar! Su padre era experto en caballos árabes de raza; siendo
su hija ¿cómo iba a contentarse con un animal que no fuese un
purasangre? Y eso que admitió para sí que un garañón más tem-
peramental que ese burro habría sobrepasado sus dotes de ama-
zona y la habría obligado a interrumpir antes de tiempo la excursión. Pero, como es natural, no era algo que quisiera reconocer
ante Omar Ben Salim. A una Von Braun no se la podía ver en
público sobre un animal que a sus ojos tenía escaso valor.

—¿Es que aquí no hay caballos? —inquirió.

—Ese es un caballo —aseguró el príncipe omaní—. Aunque
lo llamamos asno silvestre o a veces también mulo africano, en
realidad es un caballo salvaje que fue domesticado.

Juliane observaba al animal con escepticismo, la mirada ga-
cha. Lo cierto era que a esas alturas le inspiraban más recelo
Omar y la cuestión de si se estaba burlando de ella.

Sin embargo, el príncipe no parecía necio ni regocijado, y
menos aún malicioso. A decir verdad se había reservado el tercer burro —o caballo, según decía— para él. Y a Viktoria no parecía preocuparle la raza. Estaba sentada a lomos de su montura
tiesa como una vela; en el rostro una sonrisa de satisfacción, escudriñando con sus radiantes ojos ya el palacio, ya el paseo marítimo y el matutino trajín que reinaba en el agua.

El sol todavía no había alcanzado su punto más alto, el cielo
era azul claro y la temperatura agradable. Ante la Casa de las maravillas y Beit al-Sahel se habían formado las habituales colas,

súbditos, amigos, parientes del sultán o extranjeros con las más diversas peticiones a la espera de ser recibidos en audiencia. La guardia intentaba controlar como podía el flujo de peticionarios, pero a esa hora, como cualquier otro día, el tropel causaba un caos estruendoso. Los vendedores ambulantes se abrían camino entre los que esperaban poniendo por las nubes sus artículos y ofreciendo refrescantes naranjas, agua de coco, limonada endulzada con caña de azúcar y té especiado que llevaban en recipientes de hojalata. Entretanto, sus compañeros arrastraban por la playa estables dhows e inestables barcas, poco más que cascarones, hasta las aguas poco profundas, cristalinas, para, a golpe de pértiga o de remos, acercarse al imponente vapor blanco que estaba fondeado desde el día anterior. Y al igual que la propia Juliane una semana antes, los pasajeros se amontonarían en la borda y escucharían los gritos de los charlatanes, cautivados con el colorido de la oferta, la confusión de lenguas y las exóticas personas.

—¿Qué barcos son esos? —preguntó Viktoria al tiempo que señalaba con la mano a lo lejos.

Ante el horizonte, donde el cielo azul claro se unía al lapislázuli del mar, se dibujaban, oscuros, los mástiles de varias fragatas.

—La Armada de su emperador —repuso Omar—. Creo distinguir el águila alemana en la bandera.

—Una buena demostración de poder, en mi opinión. Sin embargo, no estamos en guerra con el sultán de Zanzíbar.

—No. Pero sí ante una colonización. Mi difunto tío abuelo, el sultán Bargash, ya cometió el error de creer que el Imperio alemán era un apéndice de Inglaterra. Solo los hechos que está viendo usted pudieron convencerlo de la verdad. Por aquel entonces los cañones apuntaban a Zanzíbar, una circunstancia que, sin embargo, hoy no debemos temer...

—Sin duda no con usted asumiendo el papel de mediador —fue la encantadora respuesta de Viktoria.

El príncipe hizo una reverencia.

—Yo solo soy el intérprete, señorita. Y dado que la cesión de las zonas costeras probablemente ya sea asunto concluido, tengo poco que hacer.

Juliane se enfadó: ¿cómo es que Viktoria sabía cuáles eran los cometidos de Omar en palacio? ¿Se había informado su amiga sobre él? ¿Por qué? Y ¿por qué hablaba con él de política? Ninguna de las mujeres a las que Juliane conocía en Alemania hablaba en público de barcos de guerra y sus funciones u órdenes. Así y todo el príncipe, aunque fingía modestia, no daba la impresión de tener inconveniente en seguir informando a Viktoria de la situación política en África Oriental. Sus ojos reflejaban entusiasmo: a todas luces la admiraba por su interés y su sagacidad.

Altanera, Juliane se acercó al asno salvaje. Si no me haces nada, yo tampoco te lo haré, le dijo en silencio al animal. Y cuidadito con ser tan terco como dicen en nuestras montañas que lo son tus hermanos. Yo misma te fustigaré si me tiras. Le soltó al pequeño mulo, que al parecer era un caballo, una sarta de improperios, todos los que se le ocurrieron en ese momento, y sus mudos cañonazos en realidad iban destinados a Viktoria, que era halagada por el príncipe Omar.

Miró desafiante a su anfitrión.

—¿A qué estamos esperando? ¿No será mejor que salgamos de una vez?

Poco después la pequeña caravana se puso en marcha. Además del príncipe y sus dos acompañantes, del séquito formaban parte dos criados y varios miembros de la guardia. Se dirigían a ritmo lento al norte, como supo Juliane a pesar de su falta de conocimientos astronómicos, ya que el mar quedaba a su izquierda y poco después dejaron atrás el faro. Aunque Omar no había desvelado el lugar que quería mostrarles a Juliane y a Viktoria, estaba claro que se alejaban de la Ciudad de piedra. Una excursión por el campo, pensó Juliane, y lamentó no hallarse a solas con su galanteador y que el decoro la hubiese obligado a llevar a su amiga. Bueno, a fin de cuentas la posición social del príncipe también le prohibía la comprometedora compañía de una única persona, idea esta que la consoló, y comenzó a relajarse.

Dejaron atrás las casas de dos y cuatro plantas. El camino de color marfil, de arena y piedra coralina erosionada, se beneficiaba de la sombra de los árboles. Al borde del sendero se alzaban palmerales que, cuando raleaban, permitían contemplar en una suave pendiente hacia el mar calas, playas y el reluciente mar, que con la luz de la mañana parecía vidrio hecho añicos. Entre los árboles se distinguían aldeas aisladas, un puñado de chozas de barro con el tejado de paja erigidas sobre una mancha de hierba seca; niños risueños jugaban en la arena, unas gallinas picoteaban el suelo a su alrededor.

Frente a ellos venían dos hombres montados en sendos burros cargados con sacos que se parecían más a los animales que Juliane conocía. Eran negros, y con las camisas de un blanco inmaculado y los gorros redondos bordados, parecían personas pudientes. Al ver la espléndida comitiva, los hombres desmontaron y esperaron respetuosamente a que pasara la parsimoniosa caravana del príncipe.

Un arroyo salobre atravesaba el camino y bajaba hasta una cala. Juliane se llevó sin querer la mano a la cara, tapándose la boca y la nariz.

Por su parte, Viktoria parecía menos afectada por la peste a podredumbre. Señaló los podridos restos de barcas viejas encalladas en la arena.

—¿Es algo así como un cementerio de barcos? —preguntó a Omar, que iba a la cabeza del grupo.

El aludido se volvió en la silla.

—Qué idea tan bella. Pero, por desgracia, no. Este sitio se halla fuera de la línea de pleamar. Probablemente una tormenta empujara a los viejos dhows más bien por casualidad. Un poco más al oeste y habrían acabado en el océano.

Sus ojos buscaron a Juliane, que montaba junto a Viktoria, pero la muchacha no dijo ni mu: no se le ocurría absolutamente nada con lo que poder contribuir a la conversación. Viktoria era mucho más interesante. A Juliane no se le habría pasado nunca por la cabeza preguntar por unos tablones de madera pútrida. Sus temas de conversación se limitaban a sus conocimientos de cosas refinadas, las propias de una señorita de clase alta. Al menos en Alemania. Ojalá las cosas no fuesen tan distintas en Zanzíbar... Hasta su intento de sonreír se frustró, pues él no podía ver tras su mano.

Omar se encogió de hombros y volvió a centrar su atención en el camino.

Un cañaveral festoneaba el arroyo, a lo largo de cuya orilla cabalgaron un rato; en las hondonadas proliferaban juncos, plantas trepadoras reptaban por piedras y por los pandanos, que crecían con medio tronco en el agua. La peste disminuyó, en el trémulo, pulverulento aire flotaba un aroma a canela y clavo. Ordenadas hileras de plantas aromáticas definían el paisaje al otro lado del riachuelo. Al final el camino se convertía en una avenida de enormes mangos de color azul verdoso, el follaje denso como pellejos. Bajo las frondosas ramas los jinetes se veían obligados a agachar la cabeza, y el perfume de los lirios le hacía cosquillas en la nariz a Juliane.

Los ruidos de la ciudad habían cesado hacía tiempo, tampoco en el palmar había rastro de vida humana. El silencio se había instalado en la pequeña caravana, la trápala amortiguada de los cascos, el resoplar de los asnos salvajes y el leve tintineo de las armas contra los muslos de los miembros de la guardia eran los únicos sonidos. De cuando en cuando un pájaro levantaba el vuelo de uno de los árboles cantando airado, un crepitar permitía intuir la presencia de colibríes, pinzones o gorriones, pero cuanto más avanzaba el día, tanto más enmudecía la fauna tropical.

En un claro que se abría tras los mangos se dibujó la silueta de unas ruinas. La decadencia se percibía a primera vista, y también que en su día debió de tratarse de una construcción bastante grande. Las escaleras que quedaban estaban cubiertas de hierbajos. Donde antes se alzaban los muros, ahora había piedras rotas amontonadas junto a termiteros negros. Aunque el lugar había sido relegado al olvido, poseía un aire extrañamente místico. Como un castillo encantado.

—Aquí podría vivir la Bella Durmiente —observó Juliane, entusiasmada.

Viktoria se rio.

—Partimos de una buena premisa: a fin de cuentas vamos en compañía de un príncipe de verdad.

Omar refrenó su asno y se bajó de la silla de un salto.

—Me alegro de que el destino que he elegido sea de su gusto —dijo cuando se situó junto a Juliane. Y le tendió la mano derecha para ayudarla a desmontar.

Sus dedos se tocaron, y una oleada de calor recorrió el cuerpo de Juliane. ¿Se oía el murmullo del mar tras las hileras de columnas, desprovistas de tejado? ¿O la impresión se debía a que Omar la estaba mirando a los ojos? ¿Le zumbaban los oídos?

Juliane ladeó la cabeza para que la ancha ala de su pamela le ocultara el rostro: no quería que Omar adivinara sus sentimientos. Además, sabía que de ese modo estaba muy bella, quizá un tanto misteriosa: había practicado delante del espejo. No dijo nada porque los labios le temblaban.

—Bienvenida a Bait al-Mtoni —dijo en voz baja, sin darse prisa en soltarle la mano. Después añadió más alto y dirigiéndose también a Viktoria, que en ese momento entregaba las riendas de su burro a un criado y se acercaba—: Este es el palacio omaní más antiguo de Zanzíbar. Por desgracia, en la actualidad no se encuentra en muy buen estado, pero quería mostrárselo porque me es muy querido. De pequeño pasaba aquí mucho tiempo. Por aquel entonces la casa aún estaba habitada.

—¿La casa? —Risueña, Viktoria se volvió—. Se queda usted corto: es inmensa.

—En el apogeo de Bait al-Mtoni aquí vivía más de un millar de personas. Y pavos reales, gacelas, gallinas de Guinea, flamencos, gansos, patos, avestruces...

—¿Avestruces? —repitió, sin dar crédito, Juliane—. ¿De veras? En casa tengo un sombrero que está adornado con plumas de esa ave.

Viktoria lanzó un suspiro, leve, pero claramente perceptible.

—¿Les gustaría dar un paseo? —propuso Omar, pasando por alto educadamente la cuestión del ornamento del tocado de Juliane—. Aunque faltan los tejados, los suelos fueron arrancados y de las dos escalinatas solo queda una, podrán hacerse una idea de lo bello que fue en su día el palacio.

Fueron paseando los tres por lo que quedaba en pie, y Omar habló a sus dos acompañantes del sinfín de pasillos y corredores donde de pequeños jugaban al pillapilla. El palacio recibía el modesto nombre de «casa de la playa», ya que se hallaba en el pequeño delta del riachuelo Mtoni, aunque en realidad casi era una aldea. El gran sultán Sayyid Said, que trasladó la capital de Mascate, en Omán, a Zanzíbar hacía alrededor de sesenta años, había vivido allí. Sus sucesores se construyeron otras residencias de verano, de modo que tras la muerte de su último morador, un hijo de Sayyid que acabó solo, el lugar acabó siendo pasto de la ruina.

Juliane escuchaba el relato de Omar conmovida. Se sentía un tanto como el gran visir de los cuentos de *Las mil y una noches*, y Omar era la variante masculina de Sherezade. Sus palabras se le antojaban tan irreales como una leyenda antigua. ¿De verdad podían esas hondonadas, en cuyas orillas croaban las ranas, haber sido las piscinas de un baño turco, alimentadas por el arroyo que discurría por el lugar? Las puertas talladas, que colgaban torcidas de los herrumbrosos goznes, y las vigas podridas recordaban los accesos a los aposentos. Ver todo aquello entristeció a Juliane, pero las historias de Omar rebosaban alegría y finalmente consiguieron hacerla reír.

Al cabo de un rato Omar calló. Se detuvo debajo de uno de los enormes naranjos que flanqueaban el baño. La redonda copa, frondosa, estaba cuajada de flores blancas. Sumido en sus pensamientos, bajó una rama, se echó hacia delante y aspiró su dulce aroma. Era evidente que por un instante se hallaba en otro mundo, en su pasado.

Viktoria se alejó unos pasos y, picada por la curiosidad, le dio con la punta del pie a un montón de escombros. Al parecer había visto algo interesante entre las piedras.

Tras un breve vacilar, Juliane no la siguió, sino que permaneció al lado de Omar. Ninguna búsqueda de un tesoro podía ser más importante que su proximidad, ver su rostro armonioso, observar cómo se movían levemente sus largas y oscuras pestañas. Juliane estaba convencida de que nunca había visto a un hombre más guapo.

El príncipe levantó la mirada y sus ojos coincidieron.

—De pequeño solía subirme a este árbol a contemplar los buques mercantes que el monzón traía a Zanzíbar —contó—. Soñaba con ser capitán y estar al mando de toda una flota. Quería viajar por el mundo, ser dueño y señor de todos los océanos. Los omaníes llevan el mar en la sangre, ¿sabe? Somos grandes navegantes.

—¿Por qué no sigue los dictados de su corazón?

Sus ojos castaños oscuros se tornaron sendos mares profundos, insondables. Él sostuvo la mirada de Juliane, esta se sentía ya no solo atraída, sino prisionera de ella.

No podía apartar la mirada, la resaca la arrastraba, estaba dispuesta a ahogarse en esas aguas.

—No siempre es posible hacer lo que uno más desea —contestó el príncipe despacio—. De ser así ahora podría convertir una flor de azahar en una rosa roja y ponerla a sus pies.

La voz de Juliane sonó empañada cuando preguntó:

—¿Hay rosas en Zanzíbar?

—No, lo cierto es que no, el clima no es apropiado para cultivar rosales. Las flores son demasiado delicadas, se marchitan deprisa. Hay que cuidar muy bien de ellas. Es una obligación: en el islam las rosas son sagradas.

Ella lo miró a los ojos y confió en que supiera leer en su mirada lo que su lengua se negaba a expresar: que ahora deseaba tanto más recibir una rosa de él. Una rosa roja, que aunque en su país no era sagrada, sí era un símbolo del amor. Estaba hechizada. Por sus palabras, por el perfume del naranjo, la magia del lugar.

—Lo que más desearía es tapizar de rosas cada camino en el que usted haya puesto el pie —aseguró.

—Y yo veneraré el recuerdo de una flor de azahar —susurró Juliane.

Él miró con atención a su alrededor y al cabo de un rato partió una ramita seca que probablemente considerase adecuada. La fina rama estaba llena de hojas duras, de color verde oscuro y cálices de un blanco y un rosa claro resplandecientes. Estaba a punto de entregarle el regalo, cuando se estremeció.

—Espinas —adujo con el rostro compungido—. Había olvidado que los tallos de las flores de azahar tienen espinas. No son tan puntiagudas como las de las rosas, pero así y todo desagradables.

Sin pensarlo dos veces, Juliane extendió la mano y le tocó con cuidado el dedo.

—Espero que no sea nada grave...

—Si los hombres fueron creados a partir de la sangre de los dioses, confío en que por mis venas corra la sangre de Adonis. Que usted es la viva imagen de Afrodita es algo en lo que reparé nada más verla.

Juliane enrojeció.

—¡He encontrado algo! —exclamó Viktoria. Se hallaba a escasos metros de Juliane y Omar, pero fue como si su voz llegase de otro mundo—: Parece que entre las piedras hay una vasija dorada.

—Puede que haya descubierto un *yinn* —repuso Omar. Y cortó una flor de la ramita y se la dio a Juliane. Después se volvió hacia su otra acompañante.

Juliane no sabía si reír o llorar. ¿Consideraba la interrupción una pausa, una oportunidad para coger aliento en medio de la vorágine de sensaciones? ¿O admitía que, en lo más profundo de su corazón, en ese momento lo que más le habría gustado habría sido mandar al diablo a Viktoria?

Obnubilada, Juliane fue con su amiga. Omar había vuelto la cabeza para convencerse de que lo seguía cuando se acercó a Viktoria. El brillo de sus ojos le dio seguridad y le devolvió el placer de tomar parte en la excursión.

—Dicen que los *yinn* se encuentran como en casa en las islitas que forman parte de Unguja, que es como se llama en swahili la mayor de las islas del archipiélago de Zanzíbar. Son criaturas fabulosas de la mitología árabe que viven encerradas en botellas. Si alguien abre la botella y lo libera, el *yinn* le concede tres deseos. —Al pronunciar las últimas palabras miró fugazmente a Juliane.

Viktoria movía los cascotes con la punta del pie.

—Para empezar me bastaría con que se cumpliera un único deseo —aseguró.

En efecto, entre las piedras coralinas rotas, las baldosas destrozadas y los hierbajos algo dorado brillaba al sol. Era como un espejo, que con sus destellos cegó un momento a los visitantes de las ruinas, como si quisiera recordarles la pasada magnificencia.

Omar hizo una seña a uno de los sirvientes, que se mantenían en segundo plano, para que se acercase. Tras darle una breve indicación en su lengua, el hombre se agachó y desenterró con las manos el objeto que había despertado el interés de Viktoria. Al hacerlo despertó a un cangrejo de tierra, que salió disparado por las piedras. Al final el asistente de Omar sacó del montón de escombros un azulejo decorado con oro que entregó a su señor haciendo una profunda reverencia.

—Ni botella —constató, pesarosa, Viktoria—, ni *yinn*, ni deseos. Bueno, en ese caso tendremos que hacernos con las riendas de nuestro destino.

—El azulejo es precioso —afirmó Juliane—. ¿Formaban parte de los baños?

—Así es. En particular los de las damas estaban ornados con artísticos lienzos y mosaicos. —Omar volvió a mirar a Juliane—. Cuenta la leyenda que el sultán Sayyid observaba a sus mujeres cuando se bañaban y escogía a su favorita para pasar la noche.

—¡Oh! —exclamó Juliane, al parecer indignada con semejante frivolidad, si bien sus ojos despedían chispas que dispararon fuegos artificiales en los ojos de Omar.

—Y ¿cuántas mujeres tenía? —quiso saber Viktoria.

—En su opinión, sin duda, demasiadas. —Omar rio quedamente—. Creo que cuando murió dejó setenta y cinco viudas. Pero solo tenía una *horme*, una única esposa principal de su misma condición.

—Qué perspicaz —observó con laconismo Viktoria.

Juliane miraba a Omar con la boca abierta.

—¿Setenta y cinco mujeres? Cielo santo, ¿está permitido casarse tantas veces?

—Uno de sus sucesores tenía ciento cuarenta y dos —repuso risueño—. El número de mujeres que un hombre puede comprar y mantener es una cuestión de poder, influencia y medios económicos. El Corán permite un máximo de cuatro esposas, pero un número ilimitado de concubinas.

—Y usted, ¿cuántas esposas tiene? —inquirió Juliane.

Viktoria cogió aire; quedó por determinar si la escandalizó la impertinencia de Juliane, la osadía de la pregunta o la posible poligamia de su anfitrión.

Omar miraba ya a una, ya a otra, desconcertado. Después sacudió la cabeza y dio unas palmadas.

—Es hora del picnic. Sin duda tendrán hambre y sed.

Es un no, pensó Juliane. Está claro que ese cabeceo significa que no está casado. No tiene esposa. Ni una sola.

El corazón se le alegró.

13

Aliviada, Antonia se percató de que Hans Wegener cogía la americana y se la echaba al hombro. Hacía tiempo que había terminado su jornada laboral. A ella le extrañaba que anduviese por allí dando vueltas cuando en realidad no tenía nada que hacer.

Cuando el doctor Seiboldt dejó su espacio de trabajo en el hospital luterano hacía alrededor de una hora, las muestras de heces, los ácidos y los demás medios de investigación clínica ya estaban debidamente ordenados en las correspondientes redomas. A Antonia le dio la sensación de que Wegener quería matar el tiempo cuando vio que empezaba a quitarle el polvo con dedicación al microscopio, que ya había limpiado varias veces ese mismo día, y a continuación hojeaba ensimismado unos documentos cuyas carpetas Antonia había archivado. Quizá tenga una cita, pensó ella, y volvió a centrarse en lo que estaba haciendo.

A decir verdad, a ella le sucedía otro tanto: había acabado ya con todo, pero no quería salir del laboratorio aún bajo ninguna circunstancia. ¿Adónde iba a ir?

Desde luego podía retirarse a su habitación en el consulado imperial, pero eso era lo que hacía casi siempre, cuando estaba lo bastante agotada de trabajar para Max Seiboldt y de prestar sus servicios en el hospital. En tales casos la mayoría de las veces soñaba con ir a pasear por la playa, con una cena romántica bajo el resplandeciente cielo estrellado en una de las azoteas. Nunca habría creído posible que de pronto echara tanto en falta acudir a conciertos, reunirse con su familia, conversar con amigos. Quizá confiara en hallar un sustituto en el pequeño que había amadrinado. Pero, claro, no podía volcarse en un niño desconocido como si ella fuese una chiquilla que jugara con una muñeca. Y para la cita con Viktoria y Juliane aún faltaban unos días. Todas esas cosas le producían una honda tristeza. Sobre todo cuando en su soledad se imponía la decepción que le hacía sentir la retirada de Max Seiboldt.

Esa noche estaba más que harta de la soledad y el sinfín de preguntas que la acuciaban. Él había dicho como de pasada que tenía intención de volver, y por eso estaba esperando ella. Le pediría explicaciones. Había sopesado cuidadosamente cada palabra y repasado la escena en su cabeza varias veces: ¿es que ya no está satisfecho con mi trabajo? ¿Por qué no habla conmigo? En cualquier caso, no salvo que sea absolutamente necesario. ¿Por qué ya no pasa su tiempo libre con Hans Wegener y conmigo?

En particular esta última pregunta la abrasaba, claro que, sin duda, era la más difícil e indiscreta, pues por una parte nada obligaba a su jefe a tratar a sus colaboradores extraoficialmente; por otra, su convivencia en Nápoles había sido armoniosa, las semanas en el barco, incluso después de su... encuentro en Adén... habían sido agradables. Entonces ¿qué motivo había para que eso cambiara?

Antonia no sabía adónde iba Max Seiboldt cuando abandonaba el laboratorio ni de dónde venía cuando entraba en la legación. Hiciera lo que hiciese, no parecía sentarle bien: estaba trasnochado, inquieto, a menudo de mal humor, huraño. La investigación empezaba a resentirse con su cambio de comportamiento, ya que era evidente que no estaba siempre a lo que tenía que estar, ni siquiera en el laboratorio.

En más de una ocasión a lo largo de los días y las noches pasados, Antonia se había preguntado si Max Seiboldt no habría caído en alguna especie de dependencia. ¿Quién sabía cuál era el efecto a largo plazo de las hierbas que probó en Adén? ¿Le obligaba ese *qat* a querer mascar cada vez más hojas? ¿O era adicto a otra cosa que determinaba su manera de actuar y le nublaba la razón? ¿Vagaba él solo por las angostas, intrincadas callejuelas de la Ciudad de piedra para ir en su busca?

Antonia tecleaba en su máquina de escribir sin pensar mucho en lo que hacía. Naturalmente, de ese modo estropeaba la cinta, pero al menos simulaba estar ocupada ante Hans Wegener. Confiaba en que se fuera de una vez y la dejara sola en el pequeño despacho, que ya solo iluminaba una lámpara con una pantalla de cristal.

Al otro lado de las ventanas había oscurecido hacía tiempo, y antes Antonia había abierto los postigos para dejar entrar la nocturna brisa, que olía a mar. Con el aire se colaban el murmullo de las olas que rompían en la orilla y el ruido de los noctámbulos que salían a pasear por la playa: los sempiternos tambores, las melodías de las flautas africanas, cantos, risas y confusión de lenguas, los monótonos gritos de un buhonero que cantaba las alabanzas de su mercancía, quizás un vendedor de cocos...

—¿No viene usted? —preguntó Hans Wegener desde la puerta. Cambiaba el peso del cuerpo de un pie al otro, indeciso, al parecer no sabía si irse o no.

Antonia le regaló una sonrisa amable y señaló la Remington.

—No, muchas gracias. Todavía no he acabado el informe. Lo siento.

—¿De veras? —inquirió él en tono de duda—. Pensé que quizá quisiera comer algo en alguno de los puestos. Hace poco descubrí un cocinero indio verdaderamente excepcional. El curry que prepara no solo huele estupendamente, sino que sabe igual de bien y no le abrasa a uno el paladar.

—No tengo hambre —aseguró, y en ese mismo instante notó que le sonaban las tripas. Se puso a aporrear las teclas deprisa, para que Wegener no oyera los rugidos. Pensó afligida en lo mucho que le gustaría que Max Seiboldt la invitara a cenar.

—En ese caso, al menos debería probar la cerveza del lugar.

Las gentes de aquí la llaman *shamba pombe*. Suena interesante.

Antonia sacudió la cabeza, menos en señal de rechazo que de sorpresa por la propuesta de Wegener.

—No bebo alcohol —afirmó.

—Eso no es bueno —repuso él—. Me refiero a que, como ya sabrá, el vino brinda una buena protección contra el contagio del cólera. Es mejor beber vino que agua.

—Y, como usted sabrá, todavía no se ha demostrado de manera terminante cómo se contagia uno. En ello estamos trabajando, ¿no es así? —Su sonrisa se ensanchó.

—Mmm... —Wegener vaciló. Era evidente que no quería dejarla allí. Cuando su silencio comenzó a ser embarazoso, preguntó—: ¿Qué es lo que está haciendo? ¿Qué informe mecanografía?

Buena pregunta, se le pasó por la cabeza a Antonia, con cierto pánico. Tendría que haberse ido con él en lugar de dejar que la pillara y se diera cuenta de que mataba el tiempo mientras esperaba a su jefe.

Tuvo una idea brillante y contestó con frialdad:

—Estoy probando la eme. La tecla no va bien. Me llamó la atención cuando... cuando escribía una carta... a un tal mister Meier... imagínese, le estoy escribiendo y veo que pone «ister eier». Inadmisible, ¿no?

—Muy gracioso. —Wegener no se rio, sino que le asestó una puñalada verbal—: En realidad está usted esperando al doctor Seiboldt, ¿no es así?

Antonia no pudo evitar ruborizarse.

—¿Cómo es que piensa eso? —preguntó con fingido asombro.

Apartó la mirada de él y se centró en la falena a la que había atraído la luz de la mesa. Revoloteaba alrededor de la pantalla de la lámpara, blanca como la leche.

Wegener profirió un hondo suspiro, se movió de donde estaba, junto a la puerta, y se situó a su lado. Estaba claro que se disponía a mantener una conversación más larga.

—Señorita Geisenfelder, no soy ciego. Y aunque lo fuera, el

nombre que le ha puesto a su protegido es harto elocuente. No puede disimular desde el momento en que ha hecho bautizar a ese niño negro con el nombre de Max. Por cierto, ¿cómo se encuentra?

—¿Qué? ¿Quién?

—Quién va a ser, el negrito. ¿Cómo se encuentra? —se interesó, y se sentó en una esquina del escritorio.

Absorta en sus pensamientos, Antonia hizo a un lado el montón de papeles cerca del que se había acomodado Wegener.

—Bien —farfulló—. Se encuentra bien.

Clavó la vista en la mariposa: ¿cuánto tardaría en quemarse con la lámpara? Sin duda en ese momento el insecto se sentía más satisfecho que ella, menos amenazado por la verdad. Qué necedad por parte del sombrío insecto abandonarse un instante a la engañosa luz de la muerte. Qué necedad por la suya quemarse con la inteligencia y el encanto esquivo de Max Seiboldt...

—Confiemos en que un día de estos no desaparezca en la calle...

—¿Quién? —Antonia miró a su compañero sin entender lo que decía: ¿de quién estaba hablando?

—Si tiene suerte, a su protegido no lo acabarán cogiendo por ahí para esconderlo en una de las cuevas secretas de la costa y después enviarlo en un barco de esclavos a Madagascar, a Mauricio o a Arabia —aseveró.

También él observaba la falena... y la aplastó cuando se separó un instante de la lámpara y se elevó en el aire.

—Una polilla —añadió a modo de disculpa mientras se quitaba de la mano lo que quedaba del insecto.

Ella tragó saliva. Pobre mariposilla fea. Sin duda, Wegener habría dejado vivir a un ejemplar más bello de su especie que revoloteara alrededor de las flores por el día.

Dejó de mirar la blanca pantalla, enfadada. Le repugnaba conversar con Hans Wegener. De haber querido hablar con él, habría aceptado su invitación a comer curry. Pero no podía librarse de él sin llamar más aún su atención sobre su persona y sus sentimientos hacia Max Seiboldt. Y probablemente él no quisiera coquetear, sino tan solo tantearla, sentiría curiosidad por la vida amorosa de su jefe y la secretaria de este. Aunque hacía mucho que trabajaban juntos, seguro que abrigaba los mismos prejuicios absurdos que todos los que excluían la posibilidad de que pudiera existir una buena colaboración entre un hombre y una mujer. Y cuán ridículo era suponer que a Wegener le interesaba su persona.

Casi altanera, Antonia contestó:

—No todos los nativos acaban siendo esclavos. He oído que en el continente hay tribus que trabajan con los árabes y de ese modo están seguras. Y hoy en día en Zanzíbar también hay negros que pueden cultivar sus tierras. Unos cocoteros y ya tienen ingresos. Además, el obispo anglicano ha erigido un orfanato para niños de esclavos rescatados o liberados. Y allí también pueden ir a la escuela. A mi parecer se trata de una institución de lo más útil, de la que sin duda también mi M... —Antonia casi se atragantó con el nombre, y tosió. Al sentirse nuevamente pillada, se corrigió—: Creo que mi ahijado y su madre, en el caso de que sobreviva, estarán en buenas manos allí por de pronto.

—Claro, claro —aseguró Wegener—. Muy loables, todos esos planes. Sin embargo, empiezo a preguntarme si no tendrá más que ver con el renombre social que con el altruismo.

—Ese es un juicio demasiado severo, señor Wegener. Sin el respaldo de una clase social determinada no se podrían llevar a la práctica los proyectos de numerosos hospitales. Claro que se celebró esa rifa que impulsó la construcción del hospital de aquí, pero así y todo el donativo de algunos industriales de la cuenca del Ruhr fue más que bienvenido.

—Sí, sí. —Wegener hizo un gesto de desdén con la mano—. Y por eso precisamente nos reunimos nosotros con Anna von Rosch, que aquí es algo así como la santa de turno. Y también echa una mano en su escuela para esclavos. Menuda suerte que las hermanas no quisieran darle cancha. La baronesa es católica, ¿entiende?

Antonia lo miró con severidad.

—¿Es que no le cae bien la dama? —Antonia recordaba a una mujer bella, sumamente culta y a Wegener instando casi desesperadamente que se la presentaran. Pero Anna von Rosch solo tenía ojos para Max Seiboldt...

—¿A usted sí? —preguntó él a su vez con fiereza—. Está haciendo perder la cabeza al doctor Seiboldt, y eso es algo que no conviene a nadie. Al que menos, a él. Solo Dios sabe cómo consigue ocultarle la aventura a su esposo. En cualquier caso, el escándalo es inevitable. Imagínese las consecuencias que tendrán los rumores en nuestra labor de investigación.

Antonia inquirió con voz bronca:

—¿Qué aventura?

—¿Cómo? —Wegener parecía confuso—. ¿Es que no sabe usted nada?

Era como si un monstruo le recorriera el cuerpo. Una serpiente que se le enroscaba en el estómago y después en el corazón y finalmente amenazaba con estrujarle los pulmones. Cogiendo aire, Antonia dijo:

—No. Yo... No. —Se contuvo al figurarse que sin duda se trataba de un error y Wegener desvariaba—. ¿Cómo iba a saber yo nada? —añadió más serena.

—El doctor Seiboldt siempre anda corriendo detrás de esa mujer, y se ha convertido en el hazmerreír de la gente. En el barrio europeo ya se habla de él. Se comporta como un teckel que ha encontrado a una perra en celo. Probablemente incluso se alce sobre las patas traseras cuando está con ella.

—¿Cómo dice?

—¿Dónde cree usted que pasa las noches? —Wegener se levantó de la mesa y se acercó a la ventana. Estuvo mirando por ella un rato, probablemente contemplando las estrellas.

Antonia recordó sin querer la ocasión en que lo estuvo observando a escondidas en el *Sachsen*. Entonces Max Seiboldt le explicaba a su amiga Viktoria cómo distinguir la constelación Carina en el cielo. ¿Estaría en ese momento en alguna azotea, hablando de astronomía con otra mujer que nunca sería amiga de Antonia? El cigarrillo entre los dedos, dibujaría las formaciones en el cielo, quizá comentase que la luna que iluminaba Zanzíbar parecía un cautivador farolillo chino, su mano le acariciara el brazo...

—Está... está ¡casada! —balbució Antonia. Se agarraba a un clavo ardiendo, era un último intento de negar lo innegable.

Wegener espetó:

—De eso precisamente estoy hablando. Lo escandaloso es que la ejemplar y caritativa baronesa Von Rosch está casada. Y está volviendo loco al doctor mientras su esposo sirve a la patria en el mar. Como no se encuentra aquí, ella pasa el tiempo con otro.

—Pero... ella... bueno... yo pensaba que... era una dama... que... —Desvalida, Antonia no dijo más. Se le habían terminado los argumentos que negaban una relación entre Anna von Rosch y Max Seiboldt. Dios mío, admitió, ¡es cierto!

—Confiaba en que usted y yo pudiésemos idear un plan para hacer que el doctor Seiboldt... en fin, para reconducirlo a la senda de la virtud. ¿Qué opina usted, señorita Geisenfelder? En estos asuntos las mujeres son mucho más imaginativas. Y sin duda usted también tiene un interés personal en esto.

Lo único que quería era que Wegener se fuese. Si antes estaba harta de la soledad, ahora la anhelaba. Necesitaba tiempo para digerir la noticia. Deseaba poder llorar sin cortapisas para deshacerse así del dolor y la decepción que sentía.

Lo que más le dolía ni siquiera era que Max Seiboldt se hubiese enamorado de otra mujer, sino la mujer en sí. De modo que se dejaba atrapar tan fácilmente. Un semblante bello, una voz aguardentosa, un lenguaje corporal claro. Y eso que Antonia creía que el médico apreciaba la inteligencia en una mujer. ¿Por qué había accedido a impartir clases a Viktoria? Sin embargo, a la postre, el hombre más inteligente e íntegro que creía haber conocido no era más que un hombre normal y corriente...

—Señorita Geisenfelder, ¿no se encuentra bien?

Antonia miró a Hans Wegener con cara de desconcierto. ¿Cómo es que ya no seguía en la ventana? ¿Qué hacía a su lado? ¿Por qué apoyaba una mano en su hombro? Semejante gesto no era apropiado entre compañeros...

—Está usted muy pálida —constató con preocupación—. Venga, salga conmigo a tomar el aire... Ay, si hubiese sabido que no estaba usted al corriente de nada... Es un secreto a voces, pero usted...

Sus manos intentaron levantarla de la silla, pero Antonia se lo impidió adrede.

—Todavía tengo cosas que hacer —insistió, la voz extrañamente empañada, como de... ultratumba. Me siento muerta, pensó.

—Quizá debiera tomarse una ginebra. Seguro que algo fuerte encontraremos en algún sitio...

Iba a repetir que no bebía alcohol cuando recordó que aquella noche en Adén estaba completamente serena. En todos los sentidos.

—Sí, vayámonos —accedió, y se extrañó de que sus palabras sonaran firmes y la voz no le temblase. Era como si sus piernas fuesen de goma. La mano con la que retiró el papel de la máquina de escribir temblaba. Los brazos le pesaban como el plomo. Sin embargo, de pronto volvía a razonar.

14

Domingo, 22 de julio

A Viktoria de pronto el corsé se le antojaba tan inmanejable como un maniquí de escayola. Su plan, tan magistralmente trazado desde hacía semanas, de repente le parecía poco factible. Su alegoría de la libertad amenazaba con hacerse pedazos como los mangos maduros que caían de los árboles.

Cuando a bordo del barco soñaba con hundir el corsé en el mar, todavía no sabía nada del bullicio de Zanzíbar. Resultaba inconcebible salir de casa de los Van Horn con el corsé en la mano e ir a la playa. Aunque para entonces ya se había atrevido a salir sola de casa y había vuelto sana y salva, ¿qué diría la gente cuando reparase en esa prenda? Llevar un panfleto en la mano era una cosa; un corsé, otra muy distinta.

Escabullirse con una maleta y abrirla en la playa tampoco era posible: para ello tendría que salir al amparo de la oscuridad. Y aunque había recuperado el valor lo bastante para arreglárselas sorprendentemente bien en las calles durante el día, a Viktoria le faltaba la valentía para dar un paseo nocturno. Ni siquiera la maravillosa sensación de notar el frío lino de su ropa interior en el vientre y llenarse los pulmones de aire sin clavarse las constrictoras ballenas le confería el valor necesario. Por consiguiente, el plan de arrojar al mar el odiado corsé y de ese modo marcar un hito en su independencia personal se quedó en un deseo irrealizable. Hasta la noche en que Viktoria tuvo una idea cuando cenaba en la terraza.

Mientras Friedrich hablaba de lo acontecido en su factoría, Viktoria miraba fijamente la parrilla, absorta, esperando su plato de pescado y *muhogo*. Roger Lessing no estaba, de manera que se sentía más libre que cuando él se encontraba presente. Las llamas, que subían entre las cenizas, se apoderaron de su fantasía.

Ya de pequeña le gustaba pasarse horas ante la chimenea, contemplando el fuego. La mayoría de las veces su madre se ponía fuera de sí, ya que Viktoria se acercaba demasiado a la pantalla. En tales ocasiones, Gustava Wesermann fingía desmayos y recordaba con furia a más de una niñera cuáles eran sus deberes. Más adelante Viktoria comprendió su nerviosismo: con cuánta facilidad podía prenderse fuego el volante de su vestidito. Una y otra vez se difundía la pavorosa noticia de que alguna dama había osado acercarse demasiado a la chimenea con su larga cola y había salido ardiendo como una tea...

¡Esa era la solución!

Quemaría el corsé.

Naturalmente, con ese clima allí no había chimeneas, pero la parrilla podía servir a la perfección a sus propósitos. Dado que desde su habitación contaba con un práctico acceso a la terraza, más tarde podría salir sin que nadie se diera cuenta. Con un poco de suerte aún habría rescoldo bajo la ceniza. Por si acaso se llevaría las cerillas, que tenía junto al candelabro en la mesita de noche, para volver a encender la madera y el carbón.

Se había fijado en que la servidumbre limpiaba la parrilla por la mañana... y al día siguiente se encontrarían en las cenizas los restos de su corsé. Aunque Viktoria no sabía adónde llevaban los desperdicios, tampoco era relevante. Saber en la basura lo que quedaba del corsé hizo que su corazón latiera más deprisa de alegría.

Luise le había contado que la mayor parte de los europeos se acostaba temprano, siempre que no tuviese ningún compromiso social o se recibiera en alguna parte. Por suerte así era esa noche. La pequeña reunión se disolvió con relativa rapidez: Luise y Friedrich se retiraron a su habitación, y Viktoria a la suya. Permaneció a la escucha —sin aliento debido a la emoción— hasta que los ruidos en la casa cesaron y dejó de escucharse a la servidumbre.

Contó hasta cien después de que los últimos pasos se alejaron de la veranda, abrió un poco la puerta y asomó la cabeza.

Las hojas de la buganvilla que trepaba por las columnas se movían levemente bajo el peso de un chotacabras. Por lo demás en la casa reinaba el silencio.

Viktoria se metió el corsé debajo del brazo, cogió la lámpara de aceite con la otra mano y subió la escalera a paso ligero. Las cerillas tableteaban suavemente en la cajita, que llevaba en una bolsita colgada del cinturón. Iba descalza. Había dejado los zapatos junto a la cama para no hacer ningún ruido innecesario.

Notaba las piedras sorprendentemente frías en los desnudos pies. Por un momento se preguntó si correría peligro de pisar algún bicho. Un pequeño insecto, quizá, que correteara por el suelo y, presa de un pánico mortal, le inyectara su veneno en los talones.

Daba lo mismo, decidió. Si no iba en ese momento a la azotea a tirar el corsé a la con suerte aún encendida parrilla, no lo haría nunca.

La recibió el impresionante cielo africano, que cubría los trópicos como un parasol de seda, salpicado con un mar de puntos relucientes, estrellas que brillaban como diamantes, unas veces con más intensidad, otras más apagadas. Era como si esa noche el firmamento resplandeciera especialmente. Quizá se debiese a la luna llena, o al hecho de poder disfrutar de la vista desde la azotea completamente sola.

Dejó la lámpara junto a la escalera y bajó la mecha. Después se adelantó, echó la cabeza atrás e intentó distinguir las constelaciones que el doctor Seiboldt le había enseñado. Pero había demasiadas estrellas. Ante los ojos de Viktoria se volvían borrosas y se convertían en una única nube opalescente. Las líneas imaginarias de que se servían los astrónomos le resultaban invisibles.

Algo decepcionada con sus deficientes conocimientos, se centró en su verdadero propósito. Se acercó a la parrilla y observó con escepticismo las grises cenizas. Con el corsé aún bajo el brazo, cogió con la mano libre el largo tenedor del trinchero que descansaba al lado y comenzó a remover los restos para avivar el fuego...

—¿Qué está haciendo ahí?

Viktoria se asustó de tal modo que el utensilio se le cayó de la mano y fue a parar estrepitosamente a la parrilla. Y detrás, el corsé. Aunque ya no había brasas, las frías cenizas echaron a perder la fina tela en cuestión de segundos: ya no habría forma de quitar las manchas de la seda. Sin embargo, en ese momento esa era la menor de sus preocupaciones.

No había reparado en que una de las sillas, que supuestamente resistirían un aguacero nocturno bajo la cubierta de hojas de palma, estaba junto a la balaustrada. Con los pies apoyados en el murete, Roger Lessing se balanceaba en su asiento. Probablemente antes hubiese estado contemplando el cielo en silencio igual que ella. En cualquier caso, había visto cómo se acercaba a la parrilla con el corsé bajo el brazo.

¡Qué embarazoso!

Si Viktoria pensaba que tras el encontronazo en el cuarto de invitados de los Van Horn no podía pasar nada peor, se equivocaba. ¿Cómo explicarle lo que hacía? ¿Tenía una joven soltera y decente palabras con las que explicar a un hombre soltero lo que significaba llevar corsé? ¿Sobre todo después de que ya la hubiera visto completamente desnuda?

Se quedó donde estaba sin decir nada. Su boca se abría y se cerraba, pero más bien para coger aire que con el objeto de escoger las frases adecuadas para comunicarse debidamente.

—¿Es que quiere prenderle fuego a la casa? —inquirió él. ¿Se equivocaba Viktoria o a juzgar por su voz parecía encantado?

Viktoria levantó los brazos y los dejó caer en señal de resignación.

—No era esa mi intención, no. Quería... —dejó la frase a medias, sintiéndose desvalida.

¿Cómo se le había podido ocurrir quemar el corsé? Ni siquiera sabía qué restos quedarían en la basura. Ella, que tanto valor concedía a ser una joven hecha y derecha, de pronto parecía tremendamente boba.

Él dejó de mecerse, apoyó la silla en sus cuatro patas y se levantó.

—Bonita forma de responder a la hospitalidad de Friedrich, quemándole la casa —constató mientras se situaba a su lado... y reparaba en el corsé. Antes de que ella pudiera decir nada, lo rescató de las cenizas con la punta de los dedos—. ¿Qué es esto? —preguntó desperezándose.

Por suerte, a la luz de las estrellas no pudo ver que se ponía roja como un tomate.

—Lo puedo explicar —aseguró con resolución.

—Adelante.

—Bien... está... está sucio... sí. Por desgracia el corsé se ha ensuciado y no lo puedo limpiar. Por eso pensé en quemarlo antes de que... de que me echara a perder toda la ropa interior y... bueno... no pueda salvar nada.

¿Qué desatinos eran esos? Tenía la garganta seca. Carraspeó. Cohibida. La mentira y la vergüenza se tornaban cada vez más evidentes con cada palabra de excusa que pronunciaba.

Roger Lessing callaba. Al cabo de un rato dijo:

—Ya. —Y dejó caer el cuerpo del delito en las cenizas. Acto seguido se frotó las manos como para sacudirse el polvo, y finalmente comentó—: Es usted una persona de lo más singular.

En otras circunstancias Viktoria lo habría considerado ofensivo; sin embargo, la realidad no permitía extraer otra conclusión, de manera que bajó los ojos y calló.

—¿Espera usted que ahora la seduzca?

Ella abrió los ojos de par en par.

—¿Cómo... dice?

—Bueno, por ahora la he sorprendido en dos situaciones en extremo comprometedoras. Otro hombre quizá aprovechara esta intimidad para propasarse. Y quizá sea ese su deseo, pero...

—A usted no le interesan las mujeres blancas, porque ya tiene una amante negra —escupió.

—¡Ah! —Por un instante su franqueza lo dejó sin habla. Después repuso—: ¿Se lo ha contado nuestra amiga común, Luise? Pensaba que no diría nada de mi vida privada.

—Lo he visto yo. —De pronto a Viktoria le resultaba sumamente fácil trabar conversación con él. Era como si todas las barreras que se alzaban entre ambos hubiesen sido derribadas y pudieran hablar sin reservas ni embustes—. El barco en el que fueron al continente Friedrich van Horn y usted era el *Britannia*, ¿no es así? Yo llegué en ese vapor. Y en el puerto había una mujer negra bellísima. Cuando la vi, me impresionó sobremanera.

—Menuda sorpresa: ya tenemos algo en común.

—¿Es que no se acuerda usted? Chocamos en cubierta.

—¡¿Con que era usted?! Qué mentecato, que haya olvidado la escena. Es usted muy buena dando codazos... Y, ahora en serio, ¿por qué ha arrojado al fuego ese corsé?

El brusco cambio de tema solo la desconcertó un poco. La afabilidad con la que Lessing había empezado a hablar con ella hizo que su punto de vista cambiara. ¿Por qué no confesarle la verdad? De todas formas no podía ser más embarazosa que sus intentos de explicarle lo sucedido.

Respiró hondo y comenzó:

—Quería quemarlo como símbolo de mi libertad personal. Para mí es la alegoría de las restricciones a las que estaba sometida en Hamburgo.

Él silbó con suavidad.

¿No se le ocurría otra cosa? ¿Ninguna palabra de reconocimiento? Habría preferido incluso una objeción. ¿Era su reacción señal de burla?

—En el caso de que lo considere gracioso —añadió enojada—, sepa usted que no lo es. Y tampoco es la ocurrencia de una joven mimada que no sabe cómo pasar el tiempo y se halla bajo la influencia del calor tropical. Tengo objetivos...

—Y por eso quema usted el corsé —la interrumpió con jovialidad. Cuando ella se disponía a replicar, él se lo impidió con un rápido movimiento de las manos—: No me condene de inmediato —continuó en un tono cordial, pero más serio—. Estoy impresionado. De veras. Me infunde usted respeto. ¿Forma parte del movimiento de reforma de la vestimenta o algo por el estilo?

—En cierto modo... me gustaría ser maestra —contó antes de que estuviera segura de si quería confiarle el sueño de su vida.

Esperó su reacción conteniendo el aliento. No es que su parecer fuese especialmente importante; solo se temía que pudiese burlarse de ella.

Sin embargo, no fue eso lo que pasó. En lugar de decir algo, toqueteaba algo que tenía en el bolsillo. A Viktoria le recordó sin querer a su hermano menor, que cuando era pequeño siempre llevaba en los bolsillos de los pantalones toda clase de recuerdos y objetos imprescindibles. En realidad tenía prohibida esa pasión, pero Alexander siempre se hacía con cosas nuevas, entre las cuales se encontraban las cerillas, que fue precisamente lo que sacó Roger Lessing.

Seguía sin decir nada, razón por la cual ella se dispuso a dar una explicación:

—Cuando regrese, me gustaría asistir al seminario de maestras y, al término de los seis años de formación, impartir clases en una escuela superior para muchachas. No paro de leer y estudiar para aprobar el examen de ingreso. Para mí es muy importante hacer algo para que también las mujeres reciban una formación superior.

Los blancos dientes de Lessing relucieron en la oscuridad cuando le dedicó una ancha sonrisa.

—Ya la había entendido, señorita Wesermann, y me resulta

usted increíble. De manera que la ayudaré a hacer realidad al menos la parte de su sueño en la que puedo serle de utilidad —afirmó, y se inclinó sobre la parrilla.

—¿Usted ya ha hecho sus sueños realidad?

Él se quedó inmóvil. La llama que había encendido empezó a devorar la varilla de madera. Él parecía no darse cuenta, tenía la mirada fija, ensimismada, como si no viera nada. Cuando se quemó la yema del dedo, dejó caer la cerilla en las cenizas, asustado.

—Yo no tengo sueños —contestó con brusquedad.

15

Martes, 24 de julio

Antonia sintió náuseas. Su cuerpo se defendía, quería hacer la vista gorda, pero era inútil. Era consciente con todos sus sentidos de la miseria que se respiraba en ese lado de la laguna, que separaba la noble Ciudad de piedra del mísero barrio de la población local.

En el barrio de Madagaskar nada era como al otro lado del puente que acababa de cruzar voluntariosamente junto al doctor Seiboldt. Entonces aún creía que las condiciones de vida en Zanzíbar difícilmente podían ser peores que en los albergues de los muniqueses barrios de Untergiesing y Au o incluso en las zonas pobres de Nápoles.

Contra el antepecho se aovillaban mendigos de todas las edades y ambos sexos. Cuando llegó a la veintena, Antonia dejó de contarlos. Eran parias, algunos tenían lepra, la mayoría padecía de elefantiasis. Recibieron a los que cruzaban el puente a buen paso con un alegre *Jambo, bibi! Jambo, bwana!*, esperaban recibir un puñado de calderilla. Esas gentes de cuya existencia la vida se había olvidado no se podían comparar con los insistentes peticionarios de la playa y las calles de la Ciudad de piedra, lo cual hacía que resultaran más conmovedoras incluso.

Cada paso que daban Antonia y Max Seiboldt los sumía más

en el infierno del sufrimiento humano. Los barrios de los esclavos emancipados se caracterizaban por la pobreza y la enfermedad, la criminalidad y la violencia. Allí ya no reinaba ninguna alegría. Las penas superaban todos sus temores.

Sobre las chozas de barro no solo se cernía el hedor del estiércol y los excrementos humanos, pescado y algas podridos, frutas macadas y animales muertos, sino también el de cadáveres en descomposición. Dado que no había calles empedradas ni tampoco una acequia, los desechos formaban montones grandes y pequeños entre las chozas. Horrorizada, Antonia miraba los muertos, o lo que quedaba de los cuerpos de piel oscura: cadáveres hinchados, contusionados, que nadie consideraba dignos de ser inhumados y alrededor de los cuales se peleaban gruñendo y chillando perros vagabundos, gaviotas y cornejas. En medio de tanta inmundicia andaban niños pequeños desnudos, las piernas flacas, los ojos llenos de moscas.

Antonia se tapó la boca con la mano e intentó contener las arcadas, que eran como un nudo en la garganta. Le habría gustado cerrar los ojos, pero debía seguir adelante por la polvorienta pista, en la que los charcos de la matutina lluvia ya había secado el sol abrasador de mediodía. Temía que las piernas le fallaran de un momento a otro y se torciera un tobillo en uno de los agujeros endurecidos que la lluvia, el viento e infinidad de pies habían abierto en el camino.

Por un instante olvidó la espeluznante estampa y permitió que su atormentado cerebro planteara la absurda pregunta de qué haría Max Seiboldt si ella se hacía daño: ¿la llevaría en brazos al consulado? ¿O le serviría de torpe sostén y la obligaría a cruzar media ciudad cojeando a duras penas? Antonia decidió que más le valía cuidar de ella.

De pronto notó su mano en el brazo. Una leve presión hizo que se detuviera.

—Siento no poder ahorrarle esto —aseguró—. Wegener no es tan de fiar en la toma de muestras como usted. Por eso he preferido dejarlo en el laboratorio.

Ella asintió en silencio. No mucho tiempo atrás sus palabras le habrían parecido un cumplido y habría saboreado el cálido sonido de su voz como si de sus labios goteara miel.

Pero en ese abismo que se abría entre la vida y la muerte, entre despojos humanos que luchaban por sobrevivir y cadáveres olvidados, lo prosaico de esas palabras carecía de importancia.

Sí, el doctor Seiboldt examinaría a los enfermos de cólera del barrio de Madagaskar, analizaría sus heces y muestras de agua y lo compararía todo con los patógenos de pacientes del hospital luterano. Y ella lo ayudaba tanto en el laboratorio como en el examen de los infectados y llevaba su maletín por aquella miseria en la que parecía no existir ningún atisbo de humanidad. Ese era su cometido, se decía Antonia como si de un mantra se tratase. Por eso había ido a Zanzíbar.

—Tome, coja esto —el médico se sacó un pañuelo y se lo ofreció—, tápese la boca y la nariz.

Frente a ellos venía un grupo de seis personas. Seis figuras en los huesos, extenuadas que, unidas entre sí con argollas en el cuello y cadenas en los tobillos, apenas podían levantar los descalzos pies. Dos de los hombres, por añadidura, cargaban con una gruesa rama ahorquillada, casi un tronco, que prácticamente los obligaba a doblar las rodillas. Los delincuentes iban flanqueados por árabes armados con dagas y fusiles que vestían sucios uniformes. Uno de los soldados esgrimía un látigo.

Las arcadas, vencidas pasajeramente, volvieron. Antonia dejó caer el maletín del médico y se llevó una mano al estómago mientras con la otra apretaba el pañuelo contra la boca. No podía apartar la mirada, contemplaba a las maltratadas personas y no sabía qué destino era peor, si el de los vivos o el de los muertos que se hallaban a merced de los carroñeros.

Seiboldt la arrancó de su contemplación.

—¡No mire! —le ordenó.

En ese mismo instante se oyó un silbido, y a continuación un restallar sordo. Un cencerreo de cadenas. Gritos. Suspiros. Palabras airadas que parecían swahili. Voces enfadadas que daban órdenes en árabe.

Max Seiboldt la abrazaba con fuerza, el rostro enterrado en su hombro. De ese modo le impedía que viese lo que estaba pasando justo a su lado. Antonia notaba los latidos de su corazón, su respiración acelerada, y supo que estaba tan alterado como ella.

Y es que Antonia imaginaba la escena casi como si estuviese mirando abiertamente a esas criaturas: al hombre negro que se desplomó con el latigazo; a su verdugo, que se disponía a descargar un nuevo golpe.

Seiboldt le acarició el cabello con un gesto tímido, desvalido.

—No son esclavos —le susurró—. Al menos ya no. Son delincuentes. Cumplen con una pena y quizá no merezcan compasión. Pero es inhumano.

Antonia no olvidaría jamás las imágenes del barrio de Madagaskar; ni lo que vio con sus propios ojos ni lo que imaginó. Esto último era lo peor, pues tanto los sonidos de brutalidad como los de angustia se le quedaron grabados más a fuego en la memoria que las impresiones que le causaron las chozas de los enfermos de cólera. Al sufrimiento de los pacientes, a sus excrementos líquidos, a su delirio estaba acostumbrada. No la dejaban fría, pero había aprendido a aceptarlo como parte de su labor de investigación. Sin embargo, la miseria en la que vivían esas personas, en la que crecían los niños y que incluso impedía que los muertos descasaran en paz, la conmovió profundamente.

Era media tarde cuando volvió al consulado. Después de lavarse y cambiarse de ropa, empezó a pasearse arriba y abajo en su habitación, intranquila: no podía parar de pensar en la crueldad y la más amarga de las pobrezas. Para variar, ni siquiera trabajar con el doctor Seiboldt le había deparado placer alguno, solo había sido algo necesario.

Como quería ahuyentar el terror y dejar de pensar en el hombre al que amaba, salió a una de las verandas. A esa hora no había nadie, y confiaba en hallar consuelo en la belleza de la naturaleza. Tal vez contemplar un buen rato el mar lograra insuflar cierta armonía a su espíritu.

Cuando salió al balcón más alto, el sol era como una bola dorada clara en un cielo rojo anaranjado, como bañado en llamas. El mar, en calma, presentaba todos los matices posibles, del cobre al bronce oscuro. A contraluz las velas de los dhows que regresaban a casa eran como lonas gris perla tendidas sobre cascarones negros. Una bandada de golondrinas que dibujaba una «Y» describió un círculo sobre la playa en una elegante curva.

Ante el arrebol vespertino se recortaba la silueta de un hombre que, al oír su taconeo, dejó tan soberbia vista y se volvió hacia ella.

—Es evidente que nuestros pensamientos coinciden —comentó Max Seiboldt—. Solo la belleza puede expulsar tan terribles imágenes.

—Junto con, quizá, la valentía y el progreso —sopesó ella, acercándose a él con paso vacilante.

El entorno era inusitado para ambos, y en privado probablemente su conversación se alejara del ámbito profesional. Sin embargo, ¿no era eso exactamente lo que ella deseaba? ¿No quería hablar con él desde hacía días? Curiosamente las preguntas que le abrasaban el corazón de repente se le antojaban insignificantes e incluso ridículas. El berrinche absurdo de una admiradora decepcionada, pensó avergonzada, y se metió detrás de la oreja un mechón de cabello, que llevaba suelto.

—¿No cree usted que algún día será posible mejorar las condiciones de vida de la población local? —continuó en tono prosaico.

—Algunas cosas ya han cambiado. Oí que hace escasos años sobre la Ciudad de piedra se cernía la misma peste nauseabunda que sobre el barrio negro. Las instalaciones de saneamiento que erigió el difunto sultán Bargash supusieron un avance considerable.

—No para los más pobres entre los pobres —lamentó Antonia.

Seiboldt rio con suavidad y gran amargura.

—Bueno, por algún sitio hay que empezar...

—Todas las personas deberían poder tener al menos un entierro en condiciones.

—Y a estas alturas así es para la mayoría, de eso no tiene por qué preocuparse. Mire ese tramo de playa de ahí abajo: es blanca como el marfil y desde aquí arriba parece bastante limpia, pero no siempre fue así. Hasta que se prohibió la esclavitud, ahí también se amontonaban los cadáveres. Casi nadie se sentía obligado a dar sepultura a un esclavo muerto. Se deshacían de los cuerpos como si de basura se tratase.

—Como en el barrio de Madagaskar —musitó ella. Aunque percibía el delicado olor del agua de colonia de Seiboldt, creyó volver a oler el insoportable hedor de los cadáveres. Sabía que allí no le serviría de nada, pero lamentó haberse dejado el pañuelo del doctor en la habitación.

—Peor aún —repuso él con gravedad—. Hasta hace unos quince años, el número de los que no vivían en libertad era considerablemente mayor que el de los que hoy en día mueren y no tienen familia. La esclavitud no es cosa del pasado aún, pero para muchas personas la situación ha mejorado. Mejor vivir sin grilletes en la inmundicia que ser esclavo, ¿no cree?

Sonaba tan objetivo..., casi cínico. En lo que decía probablemente tuviera razón, pero Antonia habría deseado que se mostrara más compasivo. Después de ese día ella ya no tenía fuerzas para replicar, pero en su corazón todavía había bastante espacio para la decepción.

De pronto se le saltaron unas lágrimas amargas. No quería llorar, pero la tensión, el horror y el abatimiento la abrumaron. Y no pudo hacer nada salvo levantar la mano y secarse las mejillas.

Max Seiboldt pasó por alto su sentimentalismo, y ella se lo agradeció. Miraba en silencio el mar, y ella hizo otro tanto. Con fiaba en recobrar la compostura, pero las mágicas vistas la conmovieron de tal modo que sus lágrimas no tenían fin.

La bola dorada se hundió en el mar como un farolillo de papel y cedió las llamas rojas anaranjadas al firmamento. Tras el espectacular ocaso, el quedo tapiz del océano fue perdiendo los colores hasta parecer un ágata gris. Escasos instantes después el cielo se tiñó de un rosa centelleante.

—¿Por qué son tan crueles las personas con otras personas? —inquirió con voz apagada, y en ese mismo instante se preguntó si no hablaría también un tanto de sí misma. ¿Por qué se había enamorado Max Seiboldt de otra mujer?

—No llore —pidió él.

—No estoy llorando —exclamó.

—Mejor. Siempre he confiado en su valentía, y me extrañaría mucho descubrir que es usted lábil.

Sus palabras sonaron bruscas, pero su voz había perdido gravedad.

—Lo cierto es que no debería llorar. Así es el mundo, ¿sabe? Nuestra fe, la fe de los cristianos, se fundamenta en la inconcebible violencia de que fue objeto un hombre. La crucifixión de Jesús debería darnos una idea de lo cruel que puede ser el ser humano. Pero al final vence la esperanza... o las ciencias naturales, que dirigen nuestra mirada a lo esencial.

Oscureció deprisa cuando el crepúsculo se tornó lila y un azul lavanda entreverado de jirones de nubes grises bañó el cielo. La luz eléctrica del faro lanzó su señal al oscuro mar, atrapó en su haz un pequeño *mxumli* que remaba hacia tierra en la franja de agua poco profunda y por un breve instante vagó por los tejados de las casas y palacios de la orilla.

A decir verdad, un momento demasiado hermoso para rumiar problemas, pensó, y se pasó la mano por las húmedas mejillas. El torrente de lágrimas seguía sin querer aplacarse.

A todas luces obedeciendo a un impulso, Seiboldt se metió la mano en el bolsillo de la americana primero y a continuación se palpó la ropa.

—Tiene usted mi pañuelo —se acordó al cabo—. Por desgracia no tengo otro que darle.

Una leve sonrisa asomó a los labios de Antonia, que se sorbió la nariz como si fuese una niña pequeña.

—Muchas gracias, estoy bien... No sé lo que me pasa —añadió cuando una nueva catarata amenazaba con anegarle los ojos—. Será mejor que... me vaya...

—Sin duda sería oportuno que se lavase la cara —repuso él con sequedad. Pero también esta vez sus palabras engañaban: levantó una mano y le acarició la mejilla suavemente con el pulgar.

Antonia cerró los ojos. ¿Acaso no valía tan tierno gesto cada lágrima derramada? Deseó que la estrechara entre sus brazos. No necesariamente para besarla. Más bien porque anhelaba su cercanía, el calor de su cuerpo.

—Basta ya de sentimentalismo —exclamó él, interrumpiendo súbita y ásperamente sus pensamientos—. Estamos aquí mano sobre mano y el tiempo pasa. ¿Tiene algo que hacer esta noche? Porque de ninguna manera querría ser responsable de que llegara tarde a su cita.

—Pero si no tengo ninguna... —Se mordió la lengua. A él no le interesaban sus planes, lo que quería era librarse de ella.

Cuando abrió los ojos, vio que Seiboldt había metido las manos en los bolsillos del pantalón. ¿Había cerrado los puños? ¿Quería evitar de esa forma volver a tocarla? ¿O acaso se avergonzaba de su repentina ternura?

—Que pase usted una buena noche —se despidió Antonia con frialdad, y dio media vuelta. Se dirigió con parsimonia hacia la escalera, aunque le habría gustado salir corriendo.

Max Seiboldt no le respondió. Se quedó en la terraza, a solas bajo el vasto cielo estrellado.

16

Jueves, 26 de julio

—Fue decepcionante lo poco que pasó —contaba Viktoria a sus amigas.

—¿Quieres decir que no te sedujo? —pipió Juliane, agitada como un pajarillo antes de volar por primera vez del nido.

Antonia suspiró, atribulada.

—¡Naturalmente que no! Viktoria jamás lo habría permitido. Creo que se refiere a que el corsé no ardió como una tea.

—Ah —fue el único comentario de Juliane, dando a entender con claridad su descontento por el hecho de que Viktoria no revelase ningún secreto más emocionante que la quema de su corsé.

Era la tarde de su primera cita, que Viktoria había trasladado espontáneamente de la sombría salita de los Van Horn al aire libre. Antonia y Juliane habían llegado con puntualidad, y tras la primera taza de café a Viktoria el ambiente le resultó un tanto sofocante, pues le recordaba mucho a la casa de sus padres. Ese no era el entorno adecuado para intercambiar novedades de naturaleza íntima o algún que otro chismorreo. Ni siquiera la terraza le parecía lo bastante reservada.

A sus amigas probablemente les sucediese otro tanto, pues aceptaron de inmediato la propuesta de Viktoria de dar un paseo. En lugar de ir a la playa, que era adonde en realidad quería ir, se dejaron arrastrar por la multitud en dirección contraria, y acompañada Viktoria se sentía tan segura que sus ojos ya ni siquiera buscaron la torre de la iglesia anglicana, que le servía de punto de referencia en aquella maraña de arcos y callejuelas. Por eso no se dio cuenta de que prácticamente se movían describiendo un círculo. Las tres apenas eran conscientes de adónde iban, absortas como estaban en su conversación. Sobre todo las tenía embelesadas el relato de Viktoria sobre su pequeña prueba de valor y la disposición que mostró Roger Lessing de ayudarla a quemar el corsé.

—Hizo shshsh y se quemó —continuó Viktoria, desoyendo la escandalosa curiosidad de Juliane—. Por desgracia la llama se apagó bastante deprisa. Ay, ojalá el fuego me hubiese deparado un poco más de alegría.

—A fin de cuentas no eres una bruja —objetó Juliane entre risas, y añadió un jovial—: ¿O sí? ¿Conocéis esas fábulas y leyendas del primero de mayo? —prosiguió—. Donde yo vivo, en Wurtemberg, la noche de Walpurgis es una fiesta importante, se coloca un árbol de mayo y se enciende una hoguera.

—Sí, así era como me quería sentir: como una bruja realizando un ritual mágico —confirmó Viktoria—. Creo que casa a la perfección con Zanzíbar. ¿Acaso no nos habló el príncipe Omar de criaturas fabulosas? ¿De *yinn* que viven en botellas?

—Eso solo son disparates. La magia no existe —afirmó, prosaica, Antonia—. Ni aquí ni en Alemania. Supongo que la tradición de las festividades de la noche de las brujas se conserva únicamente porque de ese modo los enamorados pueden tontear en público.

—¿Qué tienes en contra de eso? —inquirió Juliane, un tanto ofendida.

Antonia se libró de contestar.

Un matraqueo y un tintineo acompañados de una curiosa cantinela inundaron la callejuela y distrajeron a las amigas de la conversación. Los demás transeúntes se apartaron de inmediato para dejar pasar al grupo de pavorosos hombres que se aproximaba, y Juliane metió a sus amigas en el hueco de una puerta con una resolución pasmosa.

—Son las tropas irregulares del sultán —susurró antes de sacar un pañuelito perfumado con aceite de naranja del bolso, probablemente para taparse la nariz con él y no respirar las emanaciones del populacho.

Con la camisa sucia y armados hasta los dientes con dagas, cuchillos, espadas y fusiles, las siniestras figuras pasaron por delante bailando. Algunos hombres se habían embadurnado la oscura piel con arcilla blanca, lo cual inspiraba tan poca confianza como el peligroso revolver de ojos y las barbas desgreñadas de los beluchos de tez amarilla. Mientras Viktoria contenía la respiración, presa del pánico, temiendo poder ser blanco de un ataque de un momento a otro, daba la impresión de que los guerreros no prestaban atención a nadie. Como en trance, abandonados a sus movimientos y resistiendo el peso de las pesadas armas, continuaron hacia la playa sin mirar a nadie.

—Las gentes de aquí llaman a esas tropas *wiroboto* —susurró Juliane, como si temiera atraer el interés de los hombres si empleaba la lengua del lugar—. El príncipe Omar dice que viven al día, pero son los mercenarios más valerosos del sultán.

—Preferiría a los Hartschiere —replicó Antonia con sequedad, y al ver las miradas de interrogación de sus amigas añadió—: Son las tropas veteranas del rey de Baviera. Los hombres lucen bonitos uniformes y no realizan ninguna danza guerrera amenazadora.

—Es un ritual —aclaró Juliane, que volvía a estar tranquila y a todas luces se alegraba de saber más que sus amigas por una vez—. El príncipe Omar dice que las tropas irregulares acuden con regularidad a la Casa de las maravillas para mostrar su lealtad al sultán. Su danza forma parte de ello, y el príncipe Omar dice...

—Por lo que más quieras, ¿se puede saber quién es el príncipe Omar? —la interrumpió Antonia.

Juliane comenzó a tirar con nerviosismo de las largas cintas de la pamela, que le caían por los hombros. Un leve rubor tiñó sus mejillas, y ni siquiera la sombra del ala del sombrero lo pudo ocultar.

—El príncipe Omar Ben Salim es un sobrino del sultán. Mi padre lo conoce bien, por eso he tenido ocasión de que me cuente las peculiaridades de Zanzíbar en más de una ocasión.

—Ya —contestó Antonia, y miró a Viktoria con cara de curiosidad—. Y ¿de qué conoces tú a ese caballero de tan alta cuna?

Viktoria miró a su amiga con perplejidad. Aún seguía asombrada de que Juliane hubiese reaccionado de manera tan juiciosa al para entonces lejano matraqueo y tintineo de las tropas irregulares mientras ella pugnaba por no quedarse sin respiración. La pregunta sobre el príncipe Omar la desconcertó. ¿Había mencionado su nombre? De pronto fue consciente de que su titubeo también se podía interpretar como señal de turbación.

—Apenas lo conozco —aseguró a Antonia, y dio la sensación de que se atropellaba al decirlo, lo cual una vez más permitió sacar conclusiones equivocadas, como comprendió inmediatamente. Y eso que lo único que pretendía era no causar una falsa impresión—. Nos presentó Juliane.

Sin embargo, Antonia malinterpretó la situación.

—Ay, Viktoria —dijo suspirando—, así que por eso no tenía nada que hacer el bueno del señor Lessing. Creía que tenía que ver con el celibato.

El bello rostro de Juliane palideció.

—¿Cómo, Viktoria? Yo... —No dijo más, comenzó a mover el pañuelito delante de la nariz, de forma que el perfume del aceite de naranja envolvió a sus amigas.

—¡Cuidad de vuestro corazón! —advirtió Antonia—. Un hombre árabe puede tener cuatro esposas y tantas amantes como se pueda permitir. Pero ¡¿quién quiere ser la amante de un hombre que se ha casado cuatro veces?!

Viktoria deseó poder ahuyentar la sospecha de haberle hecho ojitos al príncipe Omar, pero sabía que el error de Antonia se volvería tanto más real cuanto más se defendiese ella. Sin vacilar cogió del brazo a sus amigas, salió de la sombra de la puerta a la calle y continuó andando sin rumbo.

—¿Os he contado ya que no se quemaron todas las partes del corsé? —observó. Y sin esperar a que nadie respondiera, siguió—: El refuerzo quedó carbonizado, y el olor era terrible, pero las ballenas aguantaron en su mayor parte. Por suerte en la cena se sirvió pescado. Confío en que por ese motivo a nadie le extrañara encontrarse esos restos en la ceniza.

—Y después, ¿qué pasó? —se apresuró a preguntar Juliane, al parecer igual de aliviada al no tener que rendir cuenta a Antonia de las virtudes o las preferencias de los hombres árabes.

Viktoria se puso extrañamente seria, sorprendiéndose al recordar:

—No pasó nada. Nos reímos. A carcajadas. Ahora que lo pienso, claro que me pregunto qué tenía de gracioso aquello. Visto desde la distancia todo aquello fue más bien embarazoso. Y las risotadas... indecorosas.

—Si quieres ser una bruja, tendrás que dejar de preocuparte por sentirte incómoda —apuntó Juliane—. A veces a mí también me gustaría ser un *yinn* para poder desaparecer sin dejar rastro a mi antojo.

—¿En una vasija? —se burló Viktoria—. Y ¿qué harás si nadie te encuentra y te libera?

—Bueno, eso no me preocupa. Conocería a alguien...

—¡El príncipe Omar! —exclamaron al unísono Viktoria y Antonia.

—Mira que sois bobas —objetó Juliane, y para corroborar su afirmación estampó el pie con fuerza contra el suelo y echó a andar. Dejó a sus amigas unos metros más atrás, quizá para recobrar la compostura. Sin embargo, no avanzó mucho, pues una gran familia india que caminaba despacio le cerró el paso.

Antonia aminoró la marcha en lugar de acelerar.

—¿Qué mosca le ha picado? —preguntó.

—Sin duda no es que se le haya subido a la cabeza el calor

—repuso Viktoria, encogiéndose de hombros—. Y me atrevo a dudar de que el responsable del comportamiento de Juliane sea el príncipe Ben Salim: su padre no aprobaría jamás semejante unión. De eso estoy completamente segura.

Antonia exhaló un hondo suspiro.

—Confío en que no lo digas solo porque sientes debilidad por ese caballero.

—¡Santo Dios! —exclamó, indignada, Viktoria.

En su opinión, Antonia se comportaba en extremo insolente. ¿Qué le pasaba a su inteligente amiga, por lo general tan desapasionada? ¿Tan desdichada era que no podía conceder a nadie más ni un ápice de alegría?

La miró de soslayo mientras seguían en silencio a Juliane. El rostro de Antonia era reservado y serio. Visto de cerca, y al margen de la animada conversación, parecía cansada, tenía los ojos empañados y enrojecidos, como si hubiese trasnochado.

El enfado con la joven exploradora se pasó enseguida; Viktoria sintió una oleada de compasión, pero ¿cómo podía ayudar a su amiga? ¿Qué podía preguntar que no resultara impertinente ni indiscreto? ¿Tenía que ver la evidente turbación de Antonia con el doctor Seiboldt? ¿O acaso trabajaba demasiado? Viktoria se devanaba los sesos en busca de respuestas.

—¡Mirad! —Juliane se volvió hacia sus amigas. Por lo visto su enfado era agua pasada, volvía a irradiar serena vivacidad y auténtica alegría—. Ahí delante está el mercado.

Antonia apretó el paso y Viktoria se adaptó a ella. Sin decir palabra ninguna.

La calle a la que llegaron desembocaba en una plaza. El gentío típico de Zanzíbar iba camino de hacer la compra, regatear, charlar o simplemente matar caóticamente el tiempo. Mujeres con *kangas* de un azul luminoso llevaban en la cabeza vasijas de barro y cestas con la compr; un grupo de árabes elegantes vestidos de blanco se abría camino entre la multitud blandiendo los bastones. Los sonidos de las distintas lenguas se mezclaban y quedaban suspendidos como una campana sobre el lugar, se oía un ruido sin el cual a esas alturas Viktoria era incapaz de imaginar la Ciudad de piedra.

Toda superficie sobre la que se pudiera disponer el género servía de mostrador: en una carretilla de mano se amontonaba una cantidad ingente de papayas cuyo color iba del amarillo anaranjado al verde claro; tajuelos de tres patas valían para dar cabida a cestas con piñas erizadas, punzantes; simples tablas apoyadas en caballetes se combaban bajo el peso de enormes melones de color verde botella. En un tenderete habían tendido una gastada lona para proporcionar protección contra el sol, y de la sencilla estructura de palos de palma colgaban varios racimos de plátanos más o menos maduros. Junto a contenedores hechos de hojas con fragante canela en rama, clavos de olor y raíces de ñame, en una mesa se ofrecían frutas arrugadas de un pardo rojizo, grandes como huevos de gallina. Lo sugerente de lo que tan mal aspecto tenía era el interés generalizado que suscitaba: hombres de todas las edades, sobre todo indios y árabes, pero también algunos negros, se arremolinaban en torno al vendedor; al parecer las mujeres no formaban parte de la clientela.

Mientras que la atención de Juliane se centraba en los pequeños y bonitos frutos de un rojo anaranjado y los algo mayores de un color verde lima del vendedor contiguo, Antonia se detuvo ante la mercancía menos vistosa, pero a todas luces preferida. Viktoria, indecisa, se mantenía en segundo plano, siguiendo con la mirada ya a una, ya a la otra amiga.

Juliane se dejó enredar por el vendedor en una conversación que chapurreaba en varios idiomas con impresionante vivacidad. La joven resultaba tan chispeante y cautivadora que Viktoria vio literalmente cómo se formaba un aura de encanto a su alrededor. Aceptó el ofrecimiento de probarla, pero cuando mordió la fruta, que parecía una naranja minúscula, torció el gesto un momento, asqueada... y a continuación se rio con el joven negro que había al otro lado del mostrador.

—*Bibi janga*... —El vendedor de especias, un indio de más edad, había reparado en la curiosidad de Antonia. Después de mover los brazos como loco, cogió aquella especie de huevo que parecía seco y se lo ofreció—. *Wadachi*? —preguntó al ver que Antonia se encogía de hombros a modo de disculpa.

Antonia asintió, y Viktoria sonrió a regañadientes, ya que esa palabra era de las pocas que conocía en swahili. El hombre, al parecer un gran vendedor, le había preguntado a Antonia si era alemana.

Los otros clientes miraban a la extranjera con un escepticismo que daba a entender con claridad que a las jóvenes europeas no se les había perdido nada en ese puesto.

—Betel —aclaró el vendedor al tiempo que señalaba su fea pero apreciada mercancía.

—Ah —repuso Antonia, y asintió y musitó con gravedad—, comprendo.

El indio sonrió, dejando a la vista una hilera de dientes incompleta, cuyas mellas ocupaban piedras preciosas. Aunque se mantenía a la sombra del tenderete, los diamantes relucían. Satisfecho con la presencia de Antonia, cantaba las alabanzas de sus frutos con profusión de gestos y una verborrea incomprensible.

Un cliente árabe perdió la paciencia con tanta cháchara e, irritado, lanzó unas monedas sobre la mesa.

Antonia sacudió la cabeza con expresión de pesar y volvió con Viktoria bajo la mirada ya no tan afable del vendedor.

—¿Qué frutos son esos? —se interesó Viktoria.

—Nueces de betel. Se trituran y se envuelven en hojas de pimienta betel mezcladas con otras sustancias. El resultado es un tabaco de mascar. Al parecer, a la población local le encanta, pero por desgracia mascarlo daña los dientes y las encías.

A Viktoria le pareció el momento oportuno para atreverse a abordar el tema del bacteriólogo. Se protegió los ojos con la mano y miró expectante a su amiga.

—Muy interesante —dijo—. Sin duda te lo habrá contado el doctor Seiboldt. ¿Cómo le va?

—¿A quién? —Antonia se estremeció como si Viktoria le hubiese asestado un golpe. Tragó saliva—. Bien, creo. Sí. Al doctor

Seiboldt le va bien. Pero lo de las nueces de betel me lo contó la hermana en el hospital —añadió, casi con cierta rebeldía, como para dejar claro a Viktoria que había otras personas que poseían algunos conocimientos especializados.

Viktoria vaciló. Aún tenía media docena de preguntas que quería formular, pero ese no era ni el lugar ni el momento para plantearlas. Al cabo de un rato dijo con una mezcla de franqueza y conversación amena:

—Es una lástima haberlo perdido de vista. Me gustaría volver a ver al doctor Seiboldt. Nuestras conversaciones siempre eran de lo más inspiradoras.

—Por desgracia, siempre está tan ocupado que ni siquiera yo lo veo mucho.

Viktoria se percató en el acto del leve rubor que tiñó las mejillas de Antonia. Como también de que mientras hablaba, su amiga bajó la vista, lo cual revelaba mucho de sus sentimientos. Viktoria deseó que Antonia fuese un poco más comunicativa. ¡Cómo le habría gustado consolarla! Quizá darle un consejo, ofrecerle su ayuda, aunque de esa clase de cuestiones vitales tampoco es que supiera gran cosa.

Profirió sin querer un hondo suspiro.

Antonia la miró con cara de asombro, pero la llegada de Juliane le impidió preguntar cómo se encontraba.

—Pero si estáis aquí —exclamó mientras gesticulaba alegremente y exagerando un tanto el placer de volver a verlas, dado que a fin de cuentas solo se había apartado unos metros de ellas—. He conocido a alguien y me gustaría presentarle a mis mejores amigas.

Con Juliane había una dama que despertó la antipatía de Viktoria nada más verla: bella y, se le antojó, orgullosa. Acto seguido recordó a Zouzan, la amante africana de Roger Lessing, que asimismo le había parecido bella y orgullosa. Pero la mujer a la que acababa de conocer Juliane no se podía comparar ni de cerca en atractivo y arrojo con la naturalidad de Zouzan. La blanca parecía arrogante.

Y si, siendo de Albert y Gustava Wesermann, Viktoria había aprendido a distinguir una debilidad de carácter, esta era sin duda alguna arrogancia. Observó a la desconocida enarcando las cejas.

—Esta es la baronesa Von Rosch —la presentó, radiante, Juliane—. Ha tenido la amabilidad de explicarme que las frutas que parecen limas grandes se llaman guayabas; y las diminutas naranjas amargas, kumquat.

—Muy útil —comentó Viktoria al tiempo que le tendía la mano a la dama—. Soy Viktoria Wesermann.

—Y esta es mi amiga Antonia Geisenfelder —añadió Juliane.

—Gracias, ya nos conocemos —repuso la baronesa. Y soltó la mano derecha de Viktoria y evitó dársela a Antonia poniéndose a buscar algo en el bolsito—. Ah, ¿dónde tendré el monedero? Desde que en Zanzíbar hay tantos esclavos emancipados y rescatados, por desgracia ya no hay seguridad.

—Ah, ya se conocen... —Juliane estaba decepcionada. A todas luces quería presentarla a sus amigas como conquista propia—. Y ¿de qué, si se me permite preguntar? Antonia, no nos has contado que has entablado relaciones sociales.

Para gran sorpresa suya, Viktoria se percató de que en ese momento Antonia estaba pálida y tenía vivas manchas rojas en las mejillas. La por lo demás siempre segura científica parecía paralizada, desvalida en presencia de la elegante dama.

Como un cordero camino del matadero, pensó Viktoria. En ese mismo instante sus ojos repararon por casualidad en las redes de densa malla del fondo, que colgaban de una horca improvisada sobre un mostrador y en las que se agitaban gallinas. Sí, en ese momento Antonia le parecía igual de cautiva.

—Tenemos un amigo en común: el doctor Seiboldt —contestó la señora Von Rosch con una voz aguardentosa y agradable. Su aplomo no dejaba la menor duda sobre la estrecha relación que la unía a Max Seiboldt.

Viktoria miró rápidamente a Antonia de reojo y acto seguido dijo, como si se hallara en el salón de su madre:

—Precisamente le estaba mencionando a la señorita Geisenfelder lo mucho que lamento que el doctor Seiboldt se deje ver tan poco.

—Ah, ¿sí? —La baronesa fingió sorprenderse—. Pues yo lo veo muy a menudo... Aquí está el monedero. Celebro no haber sido víctima de un ratero.

Sonrió a sus nuevas conocidas, y Viktoria se preguntó si su satisfacción no respondería a otra causa.

La llamada del muecín llegó de un minarete cercano y se multiplicó en las sempiternas repeticiones del siempre igual «*Allahu akbar*». El ambiente laborioso, aunque relajado, del mercado cesó de inmediato, al igual que el ajetreo. Los clientes se apresuraron a realizar sus últimas compras, los vendedores querían vender lo antes posible sus artículos; algunos fruteros tiraron lo que les quedaba sin más a los montones de basura antes de recoger sus mesas, sillas, cestas o lo que quiera que tuviesen.

—Otra vez este cacao —constató la señora Von Rosch—. Los fieles mahometanos están obligados a rezar dos veces durante el día; los otros tres rezos se realizan a horas poco cristianas. Cada una de las veces el mercado se desmonta y se vuelve a abrir después de acudir a la mezquita. Es increíble la energía que despliegan los nativos en esta actividad, cuando por regla general son de lo más indolentes.

—¡Qué lástima! Me habría gustado seguir mirando un poco —afirmó Juliane.

—En mi caso ya va siendo hora de que me vaya —dijo en voz queda Antonia—. Debo volver al hospital...

—¿Quiere seguir trabajando? —inquirió la baronesa—. Ciertamente, no será necesario: el doctor Seiboldt no está en el laboratorio. Lo espero a cenar.

—La presencia del doctor Seiboldt no es indispensable —adujo Antonia.

A Viktoria le dio la impresión de que, si hacía un instante parecía destrozada, ahora su amiga había cobrado fuerzas repentina y misteriosamente.

Como si un *yinn* hubiese escapado de su botella. La fabulosa criatura parecía no solo coordinar sus movimientos, sino también decidir su lenguaje y susurrarle las palabras adecuadas.

Viktoria recordó sin querer su conversación sobre la danza de mayo de los enamorados: esa había sido la primera vez esa tarde que Antonia había reaccionado de manera impropia. Un desengaño amoroso, diagnosticó. Viktoria esperaba que los sentimientos románticos de Antonia se enfriaran en el hospital luterano...

A todas luces la lacónica respuesta también extrañó a la baronesa Von Rosch.

—En tal caso no querría retenerla —aseguró—. Quizá nos volvamos a ver en otra ocasión.

—Sin duda —contestó Antonia, y dejó patente que no concedía valor alguno a ese reencuentro. Dio un beso en la mejilla a sus dos amigas, saludó con la cabeza a su rival y dio media vuelta para marcharse. A los pocos pasos se zambulló en la abigarrada multitud que se apiñaba alrededor de un vendedor, que subió a toda prisa el precio de sus existencias.

—Deberían volver y visitar el mercado de pescado —recomendó la baronesa, sin dignarse mirar a Antonia una vez se hubo ido—. El olor es terrible, pero los colores merecen la pena. ¿Ha visto alguna vez pescado de color azul turquesa o de rojo coral, señorita Von Braun?

Juliane miraba, a todas luces confusa, ya a su nueva conocida, ya al lugar que hacía escasos instantes ocupaba Antonia.

—No... Y tampoco creo que me interese especialmente verlos.

—La señorita Von Braun no es muy amiga del mar —terció Viktoria, deseando que la desconocida siguiera su camino en lugar de enredarse en una conversación que carecía de sentido.

—¿Y eso? —Sorprendida, la baronesa ladeó la cabeza y soltó una pequeña risa jocosa, gutural—. En ese caso procuraré que no conozca usted a mi esposo: es capitán, y ama el mar más que ninguna otra cosa en el mundo.

—No se puede tener todo —repuso Viktoria.

—No, desde luego que no —coincidió la señora Von Rosch con asombrosa gravedad—. Por desgracia, me gustaría decir. Pero dado que mi esposo vive más en su barco que en tierra firme, la mayoría de las veces recibo sola. Me alegraría que vinieran a visitarme. Cualquier día me viene bien, salvo el sábado y el martes, pues esos días me dedico a cumplir con mi compromiso con la caridad y cuido de los negritos pobres en el orfanato. Bueno, y a veces trabajo para alguna que otra junta de beneficencia, pero eso me roba menos tiempo.

—¿Se refiere a esa escuela inglesa para niños de antiguos esclavos? —preguntó Viktoria, experimentando un creciente interés por la dama. Roger Lessing le había hablado de esa institución y le había propuesto que hiciera allí sus primeros méritos de maestra.

—¿La conoce usted?

—He oído hablar de ella. Y me interesaría visitarla, quizás incluso... —Viktoria se detuvo: lo que ambicionaba no era de la incumbencia de Anna von Rosch, y además se temía que la dama no lo entendiera. Por ese motivo añadió vagamente—: Todo lo que se haga por los pobres niños siempre es poco, ¿no?

—La generosidad es una de las ocupaciones más gratificantes en Zanzíbar —aseveró la baronesa—. De lo contrario uno se siente muy vacío. A fin de cuentas lo nuestro no es hacer visitas día y noche, como las árabes. Y tampoco apetece ir constantemente a la gran *susa*, aunque en el establecimiento se puede comprar de todo, desde un alfiler hasta el sombrero y las mejores conservas... así que pásese cuando lo desee por el orfanato y pregunte por mí.

—Lo haré con mucho gusto —replicó Viktoria, y pensó que iría al orfanato cuando se hallara presente la baronesa. Quería trabar una conversación en privado con esa mujer, pues quizás en un encuentro informal averiguase cuál era la intensidad de la relación que había entre la dama y Max Seiboldt.

Juliane había estado escuchando la conversación en silencio.

Y de morros, como pudo comprobar Viktoria por su forma de torcer la boca. Era exactamente la misma expresión que veía a bordo cuando Antonia y Viktoria hablaban de temas que ella no podía o no quería seguir.

Para alegrar a su amiga, Viktoria propuso:

—Vayamos a tomar una taza de café moca. Creo que nos vendría muy bien. ¿Desea unirse a nosotras, baronesa? Vivo con los señores Van Horn.

—Muchas gracias, pero por desgracia no tengo tiempo. Como ya les he dicho, espero a cenar al señor Seiboldt. —La señora Van Rosch guiñó un ojo con complicidad, algo muy poco propio de una dama, para que no quedara la menor duda de que se trataba de una visita de carácter íntimo. Incluso parecía obstinarse en consolidar su reputación de protagonista de una aventura amorosa—. *Adieu*, señorita Von Braun, me alegro de haberla conocido. ¿Adónde desea que le envíe la invitación para la próxima vez que reciba?

—Me alojo en el palacio del sultán —repuso Juliane con solemnidad.

Y Viktoria observó encantada que estaba claro que la distinguida dama no contaba con esa respuesta. Patidifusa, la baronesa cogió aire, probablemente se preguntara si le estaba tomando el pelo, pero decidió no hacer comentario alguno sobre la información. Saludó con la cabeza a ambas amigas antes de echar a andar por un mercado cada vez más desierto.

—¿Crees que mantiene una aventura amorosa en secreto con el doctor Seiboldt? —espetó Juliane.

Viktoria no se tomó tiempo para admirar la sagacidad de Juliane.

—Lo averiguaré —prometió, y siguió con la mirada a la delgada, bella mujer, que lucía un elegante vestido amarillo claro—. Se lo debo a Antonia.

17

Domingo, 5 de agosto

Aunque tenía los ojos cerrados, Juliane se percató de que el crepúsculo se colaba en su habitación. La brusquedad con la que cambiaban las horas del día en el trópico la seguía impresionando extrañamente. Cada puesta de sol le parecía el abrupto final de una vida floreciente. Y eso que precisamente ese día el debilitamiento del arrebol vespertino podía ser un nuevo comienzo. Un principio tan emocionante y sensual como los colores aún llameantes del sol que se hundía en el mar, prometedor como las primeras estrellas que brillaban en un cielo que pasaba del azul lavanda al verde petróleo.

Aunque no estaba mirando por la ventana, era como si estuviera viendo cada detalle de la impresionante puesta de sol. Sin embargo, si intentaba ahora recordar esa misma escena en Weil, tenía que hacer un esfuerzo. Su casa en Alemania solo se le antojaba un sueño lejano, que no encajaba con su percepción actual. A lo largo de los meses pasados, durante la travesía y allí, en Zanzíbar, habían sucedido muchas cosas. Todo era distinto, y más maravilloso de lo que esperaba, de manera que apenas podía imaginar que algún día volvería a su vida cotidiana.

Incluso la imagen de su madre empezaba a desdibujarse. Apenas podía distinguir ya si el recuerdo de su madre tocando el piano era producto de su fantasía o una vivencia real. O ¿era ese dato cosa de su padre, que le contaba una y otra vez numerosos acontecimientos pequeños, importantes del pasado? ¿La olvidaría del todo Juliane si su vida tomaba el rumbo deseado? En lugar de la mujer sensible, ¿acabaría quedando únicamente la persona de aspecto envarado de la fotografía del medallón?

Juliane intentó no pensar en su difunta madre, pero no lo consiguió, pues justo en ese momento le habría venido bien su consejo. O acaso no. ¿Sería su madre la interlocutora adecuada en cuestiones amorosas? Al haber escogido su papel de esposa y renunciado a una vida en libertad dedicada a la música, ¿sería la más adecuada para juzgar si Juliane debía echar por la borda todas las convenciones y reunirse a solas con un joven?

Estaba fuera de toda duda que esa cita resultara en un nirvana de anhelo, pasión y deseo... Probablemente fuese más oportuno hablar con Viktoria. Pero dos días antes se había separado de ella sin decir ni palabra de las maravillosas cartas que recibía a diario del príncipe Omar Ben Salim. No se había abierto a su amiga, por miedo de provocar envidia y celos. ¿Acaso no se había percatado la avispada Antonia de que Viktoria se interesaba en secreto por ese caballero? Naturalmente, Viktoria lo negaba, pero Juliane no estaba del todo segura de cuáles eran sus sentimientos.

No era ese el caso en lo que respectaba a los sentimientos del príncipe. En su última carta había comparado a Juliane con floridas palabras con una mismísima rosa, y su vida amorosa con la pobreza del desierto omaní Rub al-Chali. La flor sagrada de los mahometanos. Una rosa del desierto...

¿De verdad existía la rosa del desierto? Aunque no estaba muy versada en las Sagradas Escrituras, mientras estaba adormecida recordó un pasaje del Antiguo Testamento en el que se hablaba de la rosa de Jericó. Claro que eso no implicaba que la flor existiera. Y en último término tampoco tenía mucha importancia. La única cuestión decisiva era: ¿debía hacer caso a sus ruegos?

—Ay, mamá, ¿qué hago? —musitó.

Un leve crujido hizo que aguzara los oídos.

No era consciente de haber hablado en voz alta, pero probablemente su tono hubiese bastado para sobresaltar a sus sirvientas. Cuando abrió los ojos, las dos esclavas aguardaban expectantes junto a su cama, listas para ocuparse de su aseo vespertino.

¿Y si se arriesgaba a abandonarse a su deseo?

No obtuvo respuesta alguna: ni a las palabras dirigidas a su difunta madre ni a su muda pregunta.

La marea subía y las olas bañaban las raíces de los mangos, rompían en la playa y el viento arrastraba a tierra un olor a algas y pescado. A una hora a la que la luna se hallaba en el cielo y los minaretes y las flechas de los campanarios se recortaban contra un cielo azul nocturno cuajado de estrellas como las negras siluetas de un kirigami, una singular procesión cruzaba la puerta del palacio.

Pese a lo tarde que era, en la Ciudad de piedra el ambiente era de lo más animado. A esa hora la multitud que se desplazaba por las estrechas callejas era menor que de día. Con todo, había cierta apretura, y a Juliane le llamó la atención sobre todo la gran cantidad de mujeres que había, paseando en grupos y envueltas en embriagadoras nubes de perfume. No había querido creer a Nassim cuando antes le había dicho: «A última hora de la tarde todas las mujeres van de visita. Entre nosotras pasarás inadvertida.»

En efecto, en cierto modo Juliane era invisible. Llevaba la vestimenta tradicional de las árabes, que sus criadas africanas llamaban *buibui* y le había prestado otra moradora del harén. Iba envuelta de la cabeza a los pies en una tela negra tan larga que iba arrastrando el bajo por el polvo.

La máscara, bordada con hilos de oro y plata, solo dejaba libre una minúscula rendija para los ojos, de modo que en la oscuridad probablemente ni siquiera se viera su color. Aunque podía respirar más o menos a través de la fina seda que le tapaba la nariz y la boca, no le llegaban ni la peste a podredumbre ni el aroma a pachuli de las mujeres, si bien ambos olores llegaban a las calles desde el paseo marítimo.

Iba pegada a Nassim desde que se abrió la puerta del harén. Las acompañaban otras dos mujeres jóvenes que conversaban animadamente en voz baja mientras Juliane seguía en silencio a los eunucos, que iban delante. El grupo iba flanqueado por miembros de la guardia armados y portadores de lámparas. Imponentes faroles iluminaban el camino. Juliane no había visto nunca unos fanales tan grandes, y a través de vidrio de colores las velas dibujaban puntos rojos, azules, amarillos y verdes en calles y paredes. Si tras las fachadas de las factorías y los consulados europeos y americanos la vida era relativamente tranquila, por los postigos de las casas de familias árabes, indias y africanas salían los sonidos de instrumentos orientales, risotadas y distintas voces.

Juliane sentía el corazón desbocado cuanto más se alejaba de Beit al-Sahel. Presa del nerviosismo, se mordisqueaba el labio inferior. Su sentido del deber y su mala conciencia la llevaban de vuelta a palacio; sin embargo, su anhelada expectación la impulsaba a continuar con denuedo.

Nunca antes había engañado de tal modo a su padre: había dicho que iba a acompañar a Nassim, que iba a visitar a unos parientes cercanos. Y en cierto modo era verdad, claro que Heinrich von Braun suponía que se trataba de una tía o una prima. Sin duda, no tenía en mente al joven que esperaba a Juliane. Y Nassim la dejaría delante de la casa en la que pretendía celebrar su primera cita de verdad. También esa sería una nueva experiencia: Juliane nunca había estado a solas con un admirador en un espacio cerrado, y menos tentada de entregarse a ese hombre.

Trotaba al lado de Nassim ensimismada, y cuando esta se detuvo a saludar a un grupo de mujeres que venía de frente, Juliane estuvo a punto de derribar a uno de los portadores de lámparas. La luz se tambaleó en su mano. Ella le dedicó una sonrisa a modo de disculpa, pero entonces cayó en la cuenta de que el hombre no la podía ver.

De pronto se había armado un revuelo de personas vestidas de negro y cubiertas por completo. Juliane se vio rodeada de más de media docena de mujeres que con su alegre parloteo y su profusión de gestos parecían la bandada de cisnes negros que Juliane había visto una vez en un jardín de recreo. Se oían sonidos árabes, retazos de palabras que no entendía, pero que parecían divertir sobremanera a las interlocutoras.

¿Cómo había podido distinguir Nassim a esas amigas tras las máscaras? Y ¿cómo iba a saber Juliane ahora cuál era su grupo? ¿Y si se marchaba con las mujeres que no eran y no llegaba a su destino? Esa idea le infundió pavor, si bien el temor se debía menos a que pudiera perderse que a la preocupación de faltar a su cita.

El tamborileo que sentía en el pecho aumentó, el labio inferior comenzó a sangrarle.

Sin embargo, Juliane no tenía por qué apurarse: cuando cesó la conversación, ambos grupos se dividieron, y ella no se perdió.

Nassim la acompañó hasta una casa situada en una bocacalle. Las ventanas que daban a la calle parecían más bien troneras de castillos medievales, y el portón estaba profusamente tallado. No obstante, con la escasa iluminación Juliane solo pudo suponer esto último.

Por un instante fue como si estuviese ciega: ¿eran lágrimas, perlas de sudor o la engañaba únicamente un absurdo desconcierto?

Desalentada, se preguntó si no sería mejor hacer honor a la verdad e ir a visitar a esa pariente desconocida de Nassim. ¿Acaso no estaba obrando de manera sumamente irresponsable al entrar en la casa de un hombre al que apenas conocía? Aunque Juliane no temía por su vida, sí por su virtud, su buena reputación, su futuro, el amor de su padre...

En ese momento se abrió la puerta, de dos hojas, y una ancha franja de luz amarilla iluminó la calle. Salieron ritmos árabes que Juliane ya había conocido en el palacio: canciones que a sus oídos no resultaban melodiosas, pero que eran melancólicas y por ese motivo románticas, acometidas por un lánguido tenor. Juliane pensó que en cierto modo aquello era como la versión oriental de una velada. Esa consideración le infundió valor y cruzó el umbral.

—*Ma salama* —dijo Nassim antes de que comunicara con abundancia de gestos a sus acompañantes y su séquito que no tenía intención de quedarse—. Te recogemos dentro de unas tres horas.

La pequeña procesión se puso en movimiento de nuevo. Durante un rato perduró el intenso aroma del aceite aromático con el que se habían perfumado las mujeres.

Juliane no fue capaz de despedirse, tenía la garganta seca y sentía un familiar dolor de cabeza.

¡Todavía estás a tiempo de irte!, advirtió la voz de la razón.

Pero su corazón se decidió nada más oír la música. Y ni siquiera el dolor de cabeza pudo evitarlo.

No siguió con la mirada las coloridas luces que se alejaban de ella, sino que echó a andar tras un criado ataviado con una vestimenta blanca como la leche hasta llegar a un sencillo vestíbulo equipado únicamente con preciosas alfombras. Allí se quitó los zapatos, como era de buen tono hacer en los hogares árabes. No estaba acostumbrada a sentir las piernas desnudas bajo la delicada tela del vestido que llevaba. Caminó descalza por las gruesas alfombras hasta el patio de la casa, como si flotara sobre el suelo.

Tenía la sensación de ser como un gorrión joven que intentara volar por primera vez.

Un mar de velas iluminaba el patio. Bañaban la estancia, abierta al cielo, en una luz cegadora, como si su anfitrión quisiera competir con el reluciente firmamento estrellado. A modo de recuerdo de la susurrante marea que lamía la playa, y se podía observar desde cada una de las ventanas del palacio del sultán, se oía el murmullo de una fuente situada en el centro del patio. El agua brotaba de un surtidor artificial ornado con delfines dorados. Tras ella los músicos, con vistosas ropas, formaban una medialuna. Tocaban el laúd, la cítara, una suerte de violín, la flauta y el tambor, y a todas luces constituían la versión árabe de una pequeña orquesta de baile que en Alemania, en una ocasión similar, probablemente hubiese entonado un vals.

—Señorita Von Braun... mi rosa... —Omar salió de la sombra de una columna con los brazos abiertos—. *Salam alaikum* —añadió, dándole la bienvenida en su lengua materna.

Juliane notó que se le calentaban las mejillas y las manos se le humedecían.

—Buenas noches —replicó en voz queda, casi un susurro.

Era el hombre más atractivo que había visto en su vida. Se había quitado el turbante que solía llevar, dejando al descubierto un cabello perfectamente peinado, quizá con fijador para mantenerlo en su sitio, lo cual le restaba temeridad y le confería cierto arrojo. En sus ojos se reflejaba la luz de las velas. Estiró la mano, cogió una punta del pañuelo que cubría la cabeza de Juliane y besó el borde.

—¿No se lo quiere quitar? Me entristecería mucho que quisiera ocultarme su bello rostro.

A Juliane las manos le temblaban de tal forma que no fue capaz de retirar prendedores y cintas. Se pinchó un dedo al intentar abrir el broche que mantenía sujeto el *niqab*. Se le saltaron las lágrimas, y sus dientes se hundieron en el labio inferior para reprimir la ira, el dolor y la timidez, que pretendían hacerse sitio con un sollozo airado.

—Por desgracia no le puedo ofrecer una camarera —se disculpó el príncipe al tiempo que levantaba los brazos en un gesto desvalido—, pero si me permite que la ayude, excepcionalmente, quizá fuese ventajoso.

Por suerte no pudo ver que se ponía roja como un tomate. Se quedó paralizada, como una estatua de sal.

—Sí... bueno... no sé —balbució.

—Tengo hermanas —aclaró, y se acercó lo bastante a ella para soltar en dos movimientos los cierres que mantenían unida la enorme tela.

Juliane no tuvo tiempo de pensar que un hombre jamás le retiraba el velo a una mujer, a no ser que se tratase de su esposa. El pañuelo le resbaló por los hombros.

Sus diestras manos desataron los nudos que afianzaban las cintas de la máscara, y un instante después Juliane tenía el rostro descubierto y se sentía como desnuda ante la mirada del príncipe, que escudriñaba sus rasgos. ¿Era su corazón o el músico con su instrumento de percusión el causante de ese redoble?

Al igual que las mujeres musulmanas, Juliane lucía un casquete ceñido y debajo una cinta ancha. Ambas cosas, que se llevaban bajo el *buibui*, mantenían el cabello a raya, enmarcaban su delicado rostro de alabastro y dirigían la atención de quien lo contemplaba a sus ojos y su boca.

El príncipe levantó el brazo... y lo dejó caer acto seguido.

—Creo que eso se lo puede quitar usted sola. —Su voz sonó bronca.

—Sí... desde luego. —A continuación los dorados bucles de Juliane se derramaron sobre sus hombros.

Ahora él llevó sin querer la mano a su magnífica melena.

—Sus cabellos son como hilos de sol —afirmó. Su mirada se sumergió en sus ojos, rebosante de admiración.

A Juliane le temblaban los labios, se pasó la lengua por ellos. Notaba el aliento del príncipe en la mejilla. No decía nada, porque nadie le había enseñado cómo reaccionar ante un cumplido así. Además, estaba muda de asombro por las sensaciones que se desplegaban en su cuerpo. Primero un extraño calor que se concentraba en un punto situado entre sus pechos y se extendía lentamente por el cuerpo.

El príncipe se enrolló un mechón en un dedo.

—«Quien contempla el cabello y el rostro de la amada, deja de mirar al mañana, a la noche» —recitó, y tras una pausa añadió—: Lo escribió Mir Taqi Mir, uno de los poetas más importantes de la India, en urdu, la lengua árabe y persa.

—Maravilloso. Es maravilloso. —Juliane no se atrevía a moverse, ni siquiera a respirar debidamente. Si muero ahora, pensaba, al menos no me habré perdido el momento más bello de mi vida.

—A decir verdad es la segunda parte de un poema, la primera la conocerá si... —Se interrumpió, cosa que decepcionó profundamente a Juliane, pues el sonido de su voz la cubría como el rocío a una rosa abierta.

—¿Me haría el honor de regalarme este rizo? —preguntó al cabo de un rato.

Juliane sentía la boca seca. Se humedeció una vez más los labios. Embelesada, no era capaz de apartar los ojos de los de él. Constató con asombro que sus ojos tenían un brillo especial. Asintió en silencio.

La vaina de una daga lanzó un destello con la luz de las velas. Juliane no tenía la menor idea de cómo había aparecido el arma tan deprisa en la mano de Omar. Apenas percibió su movimiento. Todo sucedió tan deprisa que solo retrocedió cuando él ya le había cortado el mechón.

—Le pido disculpas si la he asustado. Nosotros, los meridionales, a menudo tenemos un temperamento algo... excéntrico. ¿Me perdona?

Ella tragó saliva. La impresión era más profunda de lo que él suponía. Así y todo esbozó una sonrisa, que, sin embargo, fue más bien digna de lástima.

—¿Podría beber un poco de agua? —pidió con voz vacilante.

—Pero ¿en qué estaría yo pensando? Me roba usted el juicio, señorita Von Braun. Me comporto como un labriego. Se lo ruego, quítese la capa y tome asiento para que le pueda proporcionar cuanto su corazón desee.

Cuando se hubo desprovisto de la ajena prenda, se sintió de pronto más segura y con más aplomo. Llevaba un vestido de noche de color crema, cuyo cuello abierto acentuaba la curva de su cuello; la escotadura, alargada y estrecha, dejaba ver bastante piel para dar una idea de su escote, pero era lo suficientemente recatada para salir airosa incluso en compañía de damas de mayor edad.

Un instante después volvió a quedarse aturdida. Omar le

ofreció como asiento uno de los gruesos cojines bordados en oro que estaban repartidos como por casualidad alrededor de la fuente. Junto a ellos, los escabeles bajos a todas luces hacían las veces de mesitas auxiliares. Juliane habría preferido sentarse en uno de esos a acomodarse en el suelo con el corsé y el polisón. Esa variante oriental del sofá imposibilitaba de todo punto un movimiento elegante, de sílfide.

Cuando Omar se volvió hacia el criado que servía la bebida en tazas diminutas en una bandeja, Juliane se dejó caer en uno de los cojines tan rápida como torpemente. Solo después estiró y dobló con gracia las piernas y plegó la muselina de su falda.

El príncipe Omar cumplió su palabra: sus sirvientes ofrecieron exquisiteces cuya sola vista ocasionó que a Juliane se le hiciera la boca agua. Primero sirvieron un café fuerte, azucarado, acompañado de unos dulces con aspecto de jalea que sabían a jengibre y estaban recubiertos de azúcar lustre. Juliane no comió muchos, pero sí se sirvió fruta fresca con ganas: troceadas como si fueran coloristas obras de arte, eran un placer para la vista y el paladar.

Después dejó que su anfitrión le ofreciera vino de palma, que le supo de maravilla, pues le recordó al mosto de uva de su país. Había espetones de pollo y de cabra muy especiados, acompañados de pan ácimo recién hecho, aún caliente, y saquitos de pasta rellenos de verduras, carne o batata. Para su sorpresa, a continuación incluso consiguió probar pan dulce y unos pastelitos con forma de rombo embebidos en agua de rosas y jarabe. Todo ello tenía un tamaño que le permitía comer elegantemente con los dedos.

El anfitrión de Juliane se acomodó frente a ella en otro cojín. Ella notaba que la observaba mientras comía y conversaban de temas ligeros. Al principio estaba un poco tensa, apenas se movía, y cambiaba de postura lo menos posible, pero con el tiempo su inseguridad fue cediendo.

El príncipe la hizo reír con anécdotas de su época de estudiante en Heidelberg y habló con mucha más seriedad de su país natal y de los famosos navegantes de Omán. Habló del monzón y de las antiguas rutas a la India y a África, y le tomó el pelo con bromas inofensivas cuando ella le confesó que se mareaba solo con escucharlo. Poco a poco fue recobrando la vivacidad.

El tiempo corría, probablemente más deprisa que el agua de la fuente. Pronto tendría que abandonar ese mágico sitio y regresar en compañía de las otras moradoras del harén. Una idea pavorosa.

Cogió con decisión un pastelito más, que la tentaban desde una bandeja de plata situada en la mesita que tenía al lado. Juliane quería comprobar en ese instante si de verdad los dulces podían ahuyentar los pensamientos tristes.

—Tiene buen apetito —constató Omar, sonriendo satisfecho—. Es algo que aprecio mucho. Las europeas que comen como pajaritos son como plantas marchitas.

—Su jefe de cocina hace un trabajo excelente —elogió, devolviendo su sonrisa—. Todo cuanto ha servido es delicioso. En particular este postre. Me encanta esta miel líquida...

Por supuesto, no estaba bien, pero se lamió deprisa, ávidamente, una gota de miel que tenía en la comisura de la boca.

—El dulzor del azúcar no puede sino ser amargo en comparación con la dulzura de sus labios.

Juliane se quedó de piedra. Enderezó la espalda como si se hubiera tragado un palo. Temblaba, porque ese cosquilleo que le subía por la columna y se repetía extrañamente en su vientre lo provocaba su sola mirada intensa. ¿Qué pasaría si la tocaba? ¿Y si la besaba...?

Para gran decepción suya, él se apartó. Hizo una señal a un criado que aguardaba en segundo plano y le dijo unas palabras en swahili. Después dio la impresión de que sucedían varias cosas a la vez: aparecieron dos criados de menor rango para retirar los restos de la comida y el servicio mientras el camarero apagaba una de cada dos velas, hasta que el patio quedó débilmente iluminado. Solo los músicos seguían en su sitio, tocando las lánguidas melodías de extraño ritmo.

Omar salvó con dos pasos la línea invisible que lo separaba de Juliane y se sentó a su lado.

Ella esperaba que, movido por una pasión desenfrenada, la estrechara entre sus brazos. Al menos eso era lo que pasaba en las novelas de amor que de vez en cuando le procuraba su doncella en Alemania. Una dama no compraba esa clase de libros en la librería, pese a que le parecían aleccionadores.

Sin embargo, Omar no se comportaba como los protagonistas de las novelas de E. Marlitt: no tocaba a Juliane, solo la miraba.

Y ella tenía miedo de echársele al cuello de un momento a otro. Apenas podía aguantar la espera. Notó que la miraba y bajó los ojos, ya que no quería que leyera en ellos lo mucho que lo deseaba.

De pronto la música paró.

Juliane no giró la cabeza para ver salir a la orquesta. A fin de cuentas le daba lo mismo adónde fueran los hombres, si eran ellos los que impedían que Omar le quitara el aliento con su pasión.

Se oyó un tableteo cuando los músicos dejaron sus instrumentos, unos pasos casi silenciosos en el piso de piedra. Se hizo un silencio interrumpido únicamente por el murmullo incesante de la fuente. Ni siquiera se oía nada de la calle.

Omar le cogió la mano que descansaba en el regazo, le acarició los dedos y le pasó un brazo por los hombros. Después se inclinó sobre ella y le besó el labio superior con tal ternura que su boca parecía el aleteo de una mariposa. Se tomó su tiempo explorando sus labios. Y ella se preguntó, turbada en extremo, si le repugnaría su mordisqueado labio inferior. Sin embargo, sus juguetones besos apartaron cualquier pensamiento juicioso.

Después de una eternidad, el príncipe se separó, se arrodilló ante ella y le levantó la falda. Sus dedos tocaron sus pies, subieron un tanto. Le acarició larga, perturbadoramente los tobillos, al cabo se dobló y los besó con delicadeza antes de que sus manos descansaran en sus pantalones. Sus caricias enviaban descargas eléctricas por todo su cuerpo, sensación que se veía intensificada repetidamente por la suave seda de la ropa interior. Omar centró toda su atención en sus piernas, en las corvas y los muslos, sin retirar la importuna tela... hasta que Juliane no pudo aguantar más, suspiró y agitó las piernas.

¿De verdad fue su voz la que le suplicó que la ayudara a desvestirse?

Nunca antes habían desvestido tan deprisa a Juliane. Se sorprendió al comprobar lo poco que se avergonzaba de verse medio desnuda, tan solo con el corsé, las piernas ligeramente abiertas, tumbada en el cojín y viendo cómo se despojaba él de su camisa.

En su pecho dorado, sin vello, se distinguían los músculos. Ella observaba la rapidez con que le latía el corazón, en el cuello le pulsaba una vena. Las velas arrojaban sombras alargadas en su cuerpo. Cuando se tendió a su lado y su cuerpo rozó el de Juliane, esta lanzó un suspiro.

Las manos y los labios del príncipe saboreaban con voracidad su piel, su olor. Ella no se movía, por miedo de que él parara si lo hacía.

Inmóvil, permitió que la tumbara sobre el vientre y sus caricias se centraran en sus prietas redondeces.

—«No preguntes cuán deliciosamente dulce es tu cuerpo: uno no sabe si es alma o cuerpo» —le susurró al oído mientras frotaba su cuerpo contra su piel—. «Quien contempla el cabello y el rostro de la amada, deja de mirar al mañana, a la noche.»

Incluso cuando su voz cesó, ella seguía extasiada con su tono y sus tiernas palabras. Por ello en un primer momento no se percató de que sus dedos jugueteaban con una abertura de su cuerpo cuyo nombre ella ni osaba pronunciar. A punto estuvo de lanzar un grito de protesta, pero de su garganta solo salió un suspiro placentero.

18

Martes, 7 de agosto

En el extremo meridional de la Ciudad de piedra se hallaba el destino de Viktoria. La St. Mary's School era un complejo sorprendentemente grande. Un edificio blanco, luminoso, contra un denso bosque de hojas verdes oscuras, en medio de plantaciones. La avenida estaba flanqueada por mangles y palmeras, en la entrada florecían buganvillas, frangipanis e hibiscos, el huerto se caracterizaba por cuidados bancales, y tras él se extendían campos de canelos lauráceos y claveros. Vista de cerca la escuela era la pintoresca amalgama de un fuerte antiguo, arquitectura árabe y un monasterio medieval, lo cual se debía a las numerosas reformas y ampliaciones de años pasados, según le contó Luise van Horn.

—En un principio aquí edificaron comerciantes portugueses, luego los árabes y hace unos veinticinco años llegaron los misioneros ingleses, que se quedaron con lo que había y completaron la propiedad en varios pasos. Desde el pasado septiembre por fin está listo todo, y la escuela no para de crecer.

Viktoria respiró hondo, aspirando la mezcla de dulces aromas florales, el vigoroso olor de las plantas aromáticas y el aire del mar que inundaba la llamada Mbweni Point Shamba. Comparó involuntariamente aquello con los centros de Hamburgo:

sombríos complejos de edificios sin nada de verde alrededor. No tuvo que pensar mucho para decidir qué escolares vivían mejor. Claro que se planteaba la cuestión de si resultaba más agradable venir al mundo en los barrios de callejuelas estrechas de Hamburgo o ser hija de una esclava. Una pregunta difícil de responder, y Viktoria decidió rumiarla en otro momento.

El sonido sordo, metálico de la campana de una iglesia la hizo estremecer. El burro que tiraba del carro en el que iban Luise y ella también se asustó y dio una sacudida que a punto estuvo de tirar al suelo a Viktoria.

Risueña, Luise tiró de las riendas y echó el freno.

—Como puede oír, también han construido una iglesia nueva. A fin de cuentas se pretende que las pequeñas paganas negras acaben siendo anglicanas de pro —comentó con un patente cinismo.

Viktoria la miró desconcertada.

—¿Qué hay de malo en que las niñas negras sean instruidas en una religión cristiana?

La alegría desapareció de los ojos de Luise, que apoyó las manos en las rodillas y se inclinó hacia delante, mirando sin ver las posaderas del animal. Poco después volvió la cabeza.

—Nada. Es evidente que no hay nada de malo en que los esclavos sean cristianos, ¿por qué iba a haberlo? Es solo que... —Se interrumpió, a todas luces dudando de si decir lo que pensaba.

Viktoria jamás habría esperado que con su inocente pregunta rebasara un límite. Como si no le interesara seguir tratando el tema en cuestión, se encogió de hombros.

—Bueno, en realidad da igual, ¿no es así?

—No, no da igual —repuso Luise, y se echó hacia atrás el anticuado sombrero de paja con un gesto claramente masculino—. Me cuesta visitar una escuela.

Se oyeron risas y el ruido de docenas de pies. Estaba claro que una pandilla de niñas seguía la llamada de la campana, quizá para ir a misa o a alguna clase. Las voces sonaban tan agitadas como en cualquier otra parte del mundo en que hubiese grupos de niñas en movimiento intercambiando a toda prisa información en grado sumo importante, apasionante, burlándose de los adultos inocentemente en el mejor de los casos; y al parecer daba lo mismo la lengua en que se mantuviese la conversación.

Luise suspiró.

—Cuando llegó me preguntó si tenía hijos, ¿se acuerda? —Viktoria asintió y ella continuó—: No es que no quisiéramos tenerlos, Friedrich y yo. Es solo que tuvimos que decidir: Zanzíbar o descendencia.

El asombro de Viktoria iba en aumento. ¿Qué había que considerar? Los Van Horn tenían allí cuanto deseaban.

—Precisamente estaba pensando —confesó despacio— que Zanzíbar es un lugar mucho más bonito para un niño que muchas partes de Hamburgo.

—Ah, no, eso no es así. Dicen que los hijos de los blancos se echan a perder si no se los educa en un clima adecuado. Pero en África Oriental no existen las temperaturas medias, nos encontramos en el trópico. Por eso Friedrich y yo no quisimos correr el riesgo, ¿comprende usted?

—Lo siento...

—Pues no lo sienta. Estoy satisfecha con mi vida... claro que no siempre. Sobre todo no cuando veo un puñado de niñas pequeñas, ya sean negras, castañas, amarillas o blancas. Cuando nos casamos quería tener una hija.

Luise se dio unas palmaditas en los muslos, como siempre con pantalones masculinos y botas, y se dispuso a bajar del pescante, pero Viktoria le puso deprisa la mano en el brazo para retenerla.

—No tendría que haberme acompañado —dijo en voz baja, pesada y grave, pues tenía mala conciencia—. Seguro que no me habría costado tanto llegar hasta aquí, podría haberme traído algún criado y...

Luise acabó riendo de nuevo.

—Ah, no, no me habría querido perder la diversión. —Se zafó de la mano de Viktoria y saltó al camino de arena. Después se inclinó sobre el pescante y añadió complacida—: Aunque no lo parezca, siempre me apunto a un poco de chismorreo. Y a decir verdad, todo Zanzíbar habla de la mujer a la que va a visitar. Quería conocer a toda costa a la baronesa; por lo visto es una persona fantástica.

—Ah. —Viktoria no sabía que Anna von Rosch era una pequeña celebridad.

Pensó que era tonta por interesarse tan poco por todo cuanto no sucediera dentro de la casa de los Van Horn. Estaba en Zanzíbar desde hacía casi tres semanas y no tenía la más remota idea de lo que se hablaba allí y de quiénes eran personalidades importantes. Lo único que sabía era que un especiero llamado Roger Lessing tenía una amante africana. Pero eso no era algo que de verdad le incumbiera. Y, en rigor, tampoco era cosa suya andar olisqueando la vida de las amistades del doctor Max Seiboldt. Pero tenía muy presente la felicidad de Antonia, y la dicha de una amiga le importaba más que cualquier otra cosa. Y si la baronesa además era alguien a quien había que conocer, tanto mejor.

Animada por esa idea, se recogió la sencilla falda blanca, que llevaba con un cuerpo asimismo blanco con aplicaciones en color azul oscuro, y se bajó ágilmente del carro, del que empezó a ocuparse un mozo que instantes antes dormitaba bajo un mangle y se acercó a toda prisa.

Luise le dio una moneda al niño.

—No forma parte de St. Mary's —aclaró mientras cruzaba junto a Viktoria la imponente puerta, que siguiendo el estilo árabe estaba rematada en punta—. Aquí solo se imparte clase a niñas; la escuela de los chicos está un poco más lejos, en Kiungani. Supongo que este muchacho es de una de las *shambas* de negros y con sus servicios gana unas monedas para él y su familia. Definitivamente mejor que mendigar.

Haciendo visera con la mano, Viktoria se volvió hacia la extensa plantación, que vista de cerca estaba dividida en numerosas parcelas con sencillas chozas.

—Se parece un poco a una colonia con jardincitos —opinó.

—Es algo parecido, sí. La *shamba* se creó para esclavos huidos. Hace unos veinticinco años alrededor de doscientos negros lograron escapar de un barco en este tramo de costa. Los misioneros británicos compraron el terreno y les dieron la oportunidad de vivir en él en libertad. A partir de ahí se erigió la escuela. Venga, entremos.

Se toparon con una galería de estilo italiano que se prolongaba en un patio cuadrado sombreado por palmeras. Frente a ellas venía un grupo de muchachas que parloteaban, se reían, saltaban. Al ver a las dos extranjeras blancas, las diez, de unos catorce años, formaron dos filas e intentaron seguir su camino metiendo menos ruido, lo cual a todas luces solo fue posible entre cuchicheos y risitas. Las hijas de esclavos, con su uniforme rojiblanco, resultaban tan conmovedoras y disparatadas como las chicas de su edad, a las que Viktoria confiaba en poder dar una enseñanza superior algún día.

—Encuentro muy loable que aquí puedan estudiar las niñas al igual que los niños —comentó mientras seguía con una mirada risueña a las pollitas negras.

Estas cuchicheaban y giraban la cabeza para mirarla, probablemente con la esperanza de que no se diese cuenta de que hablaban de ella.

Aunque Luise, después de llamar, estaba abriendo ya la puerta de la habitación donde se hallaba reunida la dirección de la escuela, Viktoria se quedó un momento en la galería, escuchando el sonido de las jóvenes voces, el eco de sus pasos, el susurro de las hojas de las palmeras en el patio.

El aire no estaba tan viciado como en los centros de enseñanza que había visitado en Hamburgo, no olía a tiza y pizarra, a papel rancio... y a miedo al fracaso. Olía a la brisa marina, a canela y clavo... y a esperanza. En el aire flotaba un leve aroma a comida, aunque allí nadie preparaba la sempiterna sopa de col, sino a todas luces un curry, pues Viktoria percibió el perfume del cardamomo tostado. Allí la comida sería más sabrosa, pensó, y siguió a Luise al despacho.

Las dos mujeres que, cuando ellas entraron, se hallaban sentadas a la tosca mesa, enzarzadas en una conversación, se levantaron al verlas. Una era Anna von Rosch, bella y elegante; la otra, una africana de sonrisa amable y mediana edad ataviada con una falda oscura y una blusa blanca, que a Viktoria le recordaron al guardarropa de Antonia por su sencillez.

—Me alegro de que haya podido venir, señorita Wesermann. —La voz aterciopelada, aguardentosa de la baronesa parecía, en efecto, irradiar alegría—. ¿Les importa que conversemos en inglés? Elizabeth Kidogo no habla alemán, y me gustaría presentársela. La señora Kidogo y su esposo, Vincent Mkono, fueron los primeros alumnos de la Mbweni Point Shamba, y ahora son sus maestros.

—Qué interesante —contestó Viktoria, y era completamente sincera—. Domino la lengua inglesa, al igual que la señora Van Horn.

Tras cambiar las correspondientes fórmulas de cortesía y las habituales frases introductorias, Anna von Rosch propuso visitar el lugar. La baronesa quería guiar a las dos visitantes, dado que Elizabeth Kidogo tenía que impartir una clase.

—No solo enseñamos a nuestras muchachas —contó esta—: También las formamos para que sean maestras.

Viktoria arqueó las cejas.

—¿De veras?

—Cuando terminan la escuela, las enviamos a misiones en Tanganica. Para ello estudian las mismas materias que se dan en Europa: lectura, escritura, matemáticas, religión, historia... En este momento en St. Mary's hay ochenta niñas.

—Y ¿quieren mandar al continente a tantas maestras? —se sorprendió Viktoria.

Y mentalmente añadió: ¿No necesitarán a una maestra en ciernes que desea prepararse para ser admitida en el seminario? Sin embargo, no dijo nada de sus sueños. Quizás en otra ocasión, decidió en silencio, y en ese mismo instante supo que volvería. Si en su exilio había un lugar al que se sentía atraída como por arte de magia, sin duda ese era esa escuela que, a primera vista, parecía tan agradable, inmersa en un vergel entre campos de especias y una playa de arena blanca coralina.

Elizabeth Kidogo se rio, y en su oscuro rostro brilló una hilera de dientes de un blanco radiante.

—No. Ah, no. Estaría bien que pudiésemos mandar a tantas niñas al interior de África, y quizás algún día sea posible, pero no todas se irán. Muchas se quedarán en Zanzíbar con su familia. Además, no todas están hechas para trabajar en las escuelas de las misiones. A algunas también las enseñamos a llevar una casa, a cocinar...

—¿A cocinar? —interrumpió, perpleja, Viktoria.

—En efecto, a nosotros nos suena desconcertante —se apresuró a confirmar Luise—. Mientras que en nuestro país por regla general es un cocinero el que se dedica a los fogones, en África la preparación de las comidas solo está en manos de las mujeres dentro de la familia. Había olvidado mencionárselo.

—Hay tantas cosas que aún debo saber...

—Las chicas aprenden a cocinar siguiendo sus tradiciones —completó Anna von Rosch—. De manera que no preparan budín inglés ni asados alemanes, sino sobre todo currys, las tradicionales gachas, pastel de arroz y pescado en salsa de coco. Si lo desean, les enseñaré la cocina. Seguro que además podrán probar algo, si les interesa.

—Muy amable —repuso, solícita, Luise.

—¿Podría ver primero el aula, por favor? —terció Viktoria, mirando con expresión exhortativa a Elizabeth Kidogo, que cogía un montón de libros de la mesa, posiblemente material de enseñanza. A Viktoria le habría gustado pedirle que le dejara echar un vistazo a las lecturas, pero se lo calló... por de pronto.

Elizabeth Kidogo asintió.

—Si lo desea, naturalmente. Venga conmigo, pero no espere ver aquello a lo que estaba acostumbraba cuando iba usted a la escuela.

—No estoy acostumbrada a nada: me instruía un maestro privado en casa de mis padres.

A punto estuvo de hablar de lo que ambicionaba y de las visitas a escondidas a las tristes instituciones para niñas cuyos padres difícilmente se podían permitir los seis años de enseñanza obligatoria en escuelas de primaria que fijaba la ley; sin embargo, se lo calló. No quería ni pensar en las ampollas que levantaría si hablaba de sus planes sin rodeos delante de la baronesa y de Luise van Horn. Si algo había aprendido del escándalo que se produjo con sus padres era que, para lograr un objetivo, mejor obrar con prudencia y reflexión que con obstinación y espontaneidad.

—Entonces, bien... —Anna von Rosch miró con cierta perplejidad a Luise: el inusitado deseo de Viktoria a todas luces había desbaratado sus planes—. ¿Desea tomar parte usted también en una clase de historia para futuras maestras de misiones o permite que le ofrezca un refrigerio?

—Su ofrecimiento es de lo más tentador —repuso Luise, y respiró hondo—: Acepto con gusto. Hoy hace mucho calor, ¿no es así?

A Viktoria le remordió un tanto la conciencia: ¿cómo había podido olvidar el dolor que infligiría a Luise la visita a un aula? Además, ¿acaso no había ido allí para sonsacar a la señora Von Rosch sobre su relación con Max Seiboldt? La conversación que mantendrían la baronesa y Luise sin duda sería la mejor forma de llevar a cabo las correspondientes indagaciones. Sin embargo, Viktoria decidió que debía postergar la felicidad en el amor de Antonia. No se le presentaría tan pronto una segunda oportunidad para participar en una clase dirigida a maestras en ciernes. Y quién sabía, quizás Elizabeth Kidogo necesitase la ayuda de una joven alemana.

Ya se verá, pensó Viktoria con regocijo. Todo se verá. De un modo u otro.

19

El día que Antonia creyó que la madre del pequeño Max mejoraba, esta exhaló el último suspiro. La jovencísima madre había aguantado más que la mayoría de los pacientes de cólera condenados a morir, y al final, una vez más, puso de manifiesto a la investigadora la impotencia de la medicina.

Furiosa por lo despiadado que se mostraba el destino, Antonia apretó los puños y, cuando vio que nadie la observaba, los estrelló contra la pared junto a la puerta del laboratorio de Seiboldt. La ira y la desesperación le impedían dominarse, las lágrimas contenidas no la dejaban ver.

Después de ese revés, ¿cómo iba a concentrarse en su trabajo? La esperanza desaparecía con más razón ahora, como los charquitos de los aguaceros nocturnos con el sol del día. La muerte de esa muchacha de doce años le afectó más que la pérdida de otros enfermos. Sabía que ese dolor se había visto avivado por el hecho de que se hubiera volcado en el pequeño Max, pues con su más que debilitada madre no había cruzado más que la palabra *jambo*. También sabía que comprometerse personalmente en exceso no era bueno para la labor de investigación. Sin embargo, pese a lo que el sentido común le decía, esa muerte pasaba a engrosar su lista de dudas. ¿De verdad tenía sentido la vida a la que se había consagrado? En la teoría, en la universidad y en el laboratorio le parecía emocionante, necesaria, directamente magnífica, pero en la realidad se sentía desencantada, triste y desvalida...

—*Bibi bwana!*

Antonia oyó las palabras como a través de una neblina. No tenía ninguna gana de hablar con la desconocida que se dirigía a ella: una mujer negra, quizá de su misma edad, de constitución delgada, pero muy bella con su colorida *kanga* y el sinfín de trencitas que le alegraban la cabeza.

Recordó haber visto a esa africana en el hospital. No era una paciente, sino la madre de un niño que tenía diarrea, no cólera. ¿Qué querría de ella? Al fin y al cabo su hijo se había curado.

Lanzando un suspiro, Antonia apoyó la espalda en la pared y cerró los ojos con la esperanza de que la mujer comprendiera que no estaba de humor para mantener una conversación.

—*Bibi bwana* —repitió la joven, y puso un instante la mano en el brazo de Antonia—. Yo ayudar.

Perpleja debido al contacto y a esas palabras en alemán que salieron de sus abultados labios, Antonia se olvidó de su propósito de no hacerle caso.

—¿Qué quieres? —preguntó, sorbiéndose la nariz y limpiándose las lágrimas de las comisuras de los ojos.

—Tú no bien. Tú necesitar ayuda. Yo ayudar. Tío ser *mganga* y ayudar. Tío venir de isla mágica Pemba.

—¿Quién es tu tío?

—*Mganga* —repitió la mujer, radiante, a todas luces henchida de orgullo—. Hombre medicina. Como doctor. Como *hakim*. Él curar hijo.

—¿Tu hijo? —Antonia sacudió la cabeza de mala gana. ¿Acaso la había abordado para comunicarle que debía la curación de su hijo a un curandero negro y no a la hermana Edeltraut? Sin duda no era algo que le fuera a levantar el ánimo—. No —negó enfadada—. No. Tu tío no tiene nada que ver con el tratamiento. Desde luego que no. Los que han curado a tu hijo han sido el médico de Alemania y la enfermera.

—*Mganga* echar... demonio de comida —contestó la africana, y frunció la frente, probablemente porque no le salían de golpe las palabras adecuadas—. Comida estaba... embrujada... decir embrujada, ¿no? Comida enfermar hijo.

—Ya —fue lo único que se le ocurrió a Antonia.

—Tío cocer hierbas con agua, hijo beber y después bañar en medicina y echar demonio *pepo*. —La sonrisa, borrada un instante, volvió al rostro de la africana. Satisfecha con sus conocimientos de esa lengua y sin duda también con el éxito de la medicina de su tribu, miró a Antonia esperando su aplauso—. Costar dos cabras y dos gallinas. Pero tío buen *mganga*, también leopardos escuchan él.

Antonia decidió que no le quedaba más remedio que interesarse por la historia. Confiaba en poder quitarse de encima deprisa a la mujer si la felicitaba por el charlatanismo del a todas luces codicioso tío en lugar de cuestionar nada.

—Estupendo —exclamó con voz bronca—. Estupendo, de verdad. Saluda a tu tío Pepo de mi parte y dile...

—¡Tío no *pepo*! —la cortó la africana, revolviendo los ojos ante tamaña ignorancia—. *Pepo* ser espíritus, ayudar cuando enfermos. Más importantes que *jujus*.

—Perdona. —Antonia alzó las manos en señal de capitulación—. Muy bien, pues saluda a tu tío *mganga* de mi parte, lo admiro mucho, pero en este momento por desgracia tengo que hacer. Es importante. Debo irme. Discúlpame, te lo ruego.

Con esas palabras dio media vuelta y abrió deprisa la puerta del laboratorio para no tener que seguir hablando de un curandero, espíritus y baños de hierbas. Prefería no pensar en qué habría sido de la decocción después de que el pequeño curado de diarrea se bañara en ella, pero tampoco quería ponerse a deliberar sobre la limpieza del agua. No con una africana que creía en el poder curativo de *pepo*. Y no cuando todavía no había superado la muerte de la joven madre del pequeño Max.

Seiboldt alzó la vista del microscopio, desconcertado, cuando Antonia entró en el despacho, recalentado por el sol.

—¿Qué le sucede, señorita Geisenfelder? Está usted blanca, como si hubiera visto un fantasma.

—Algo similar, doctor Seiboldt —admitió, y se dejó caer en la silla de su mesa—. Me han ofrecido la ayuda de un curandero y la de *pepo*, que son los seres responsables de la curación de enfermedades en Zanzíbar. Los *jujus* no son tan útiles, también he aprendido eso.

La expresión en los ojos del médico cambió, ahora era de atención y curiosidad. Tenía intención de inclinarse de nuevo sobre el ocular del microscopio, pero se retrepó, interesado.

—He oído hablar de ello —respondió—, pero a un extranjero no se le permite abordar a un chamán. Los negros prefieren que los ritos realmente importantes queden entre ellos.

—A mí me han ofrecido visitar a un *mganga* —contó ella, retorciéndose las manos en el regazo—. Naturalmente, he dicho que no a esa patraña.

—¿Es que se ha vuelto loca? —Seiboldt dio una palmada en la mesa, de manera que el portaobjetos y el espejo de su valioso microscopio Zeiss vibraron—. Se trata de un mundo misterioso, del que por regla general estamos excluidos los blancos, y que, sin embargo, nos encantaría investigar. ¿Cómo se atreve a rechazar el ofrecimiento de conocer a un curandero nativo?

Aunque a decir verdad no era consciente de ser culpable de nada, Antonia no pudo evitar ruborizarse. Y las lágrimas se le volvieron a saltar.

—No sabía... —empezó, pero no halló ninguna otra justificación que la probidad de sus ambiciones médicas, que nada tenían que ver con la magia. Sobre todo, nada que ver con demonios que echaban a perder la comida de un niño.

—Quienquiera que la haya invitado a conocer a un *mganga*... vaya corriendo a buscar a esa persona y acepte el ofrecimiento dándole las gracias —instó Seiboldt en un tono áspero, que no admitía réplica—. Ande, en marcha, señorita Geisenfelder, muévase. Se trata de un cometido relacionado con la investigación. Me gustaría conocer a toda costa un curandero, y poder ver con usted eso que usted llama patraña. Los remedios tradicionales de la población local son importantes.

Antonia estaba harta de que le gritaran y de, al parecer, hacerlo todo mal. No quería tener nada que ver con espíritus, y desde luego no tenía la menor intención de volver al barrio de los negros. Ni siquiera con Max Seiboldt. Así y todo hizo lo que le pedía sin rechistar.

—¡¿Cómo se puede ser tan ignorante?! —le chilló.

20

Miércoles, 8 de agosto

Las nubes ocultaban las estrellas; la luna, un argénteo cuarto creciente, era como un farol plegado en el cielo, sin embargo, lo bastante luminoso para mostrar el camino a los nocturnos caminantes.

El pequeño grupo avanzaba por la playa casi sin hacer ruido, solo de cuando en cuando rompía el silencio el crepitar de conchas aplastadas. A Antonia le dolían los pies de la caminata por la arena, pero no se atrevía a decir ni mu ni a pedir que pararan un instante. A esas alturas había perdido toda noción del tiempo. Trotaba apática al lado de Max Seiboldt.

Se levantó un aire que hizo crujir las hojas de los mangles, temblar las de los cocoteros. El paisaje era como el de un cuento alemán antiguo, cuando el ulular del viento en el pinar infundía un miedo terrible a la princesa hechizada por una bruja malvada. Los gritos de un chotacabras gris resonaron con fuerza en la densa maleza mientras las olas bañaban con serena regularidad la playa y pequeños cangrejos se deslizaban por la arena.

El viento le ahuecó la falda a Antonia, que para no enseñar las piernas a los hombres se agachó sin detenerse y se pegó la tela, inflada como un globo, a las rodillas. Al hacerlo no vio que

Seiboldt movía el bastón ante sus pies, y al enredarse en él, tropezó...

Dos fuertes manos la sostuvieron antes de que cayera al suelo. Los dedos se clavaron en sus brazos.

Azorada, Antonia vio la cara de un hombre negro como la noche. No sonreía, lo único claro en su rostro era el blanco de los ojos, sus rasgos se desdibujaban en la oscuridad. Pero sin tan siquiera verlo bien, la asustó. Era uno de los tres acompañantes que debían llevarlos a Seiboldt y a ella a la choza del chamán, pero a Antonia le resultaba tan inescrutable como la hechicería que les esperaba. Hasta ese momento ni en la Ciudad de piedra ni en el barrio de Madagaskar había conocido a ningún africano que al caer la noche se cubriera de pieles de animal como si fuese un hombre de la Edad de Piedra. Le desagradó que la tocara.

Antonia asintió con gravedad, confiando en que entendiera que de ese modo le daba las gracias y que podía mantenerse en pie.

Miró a regañadientes a Seiboldt, pero este no le prestaba atención. Absorto, hacía dibujos en la arena con el bastón.

Acto seguido el grito de una lechuza la asustó. Soltó la falda, que el viento ahuecó de nuevo. Pero esta vez no se molestó en cubrirse los muslos y las rodillas, pues justo después volvió a oírse un ulular penetrante, esta vez como si el ave estuviese en su hombro. A Antonia se le pasaron por la cabeza, como en un caleidoscopio que girara a velocidad de vértigo, todas las historias demoniacas sobre el ave de las brujas que circulaban en las leyendas desde los albores de los tiempos. Y eso que esa señal de mal agüero era la más inofensiva de las advertencias.

Miró de nuevo a Seiboldt, esta vez suplicando y pidiendo su ayuda, pero nada. Apoyado en su bastón, con la cabeza alta, parecía estar esperando algo.

En efecto, en el grupo se produjo movimiento. El hombre que acababa de impedir que Antonia se cayera se sacó de la bolsa que llevaba una carraca primitiva y comenzó a meter un ruido infernal con ella.

De pronto, tras los troncos inclinados de los cocoteros empezaron a moverse sombras. En un principio Antonia pensó que se trataba de luciérnagas que se deslizaban de manera tan espectral como los pequeños cangrejos, pero después vio luces portadas por personas.

Su grupito se puso nuevamente en marcha. No habían dado ni veinte pasos cuando distinguió el resplandor de una hoguera: habían llegado a su destino.

El curandero reinaba bajo una techumbre de paja que descansaba sobre palos clavados en la arena, de espaldas a la espesura, la vista al ancho, argénteo mar, o a mama Wati, la diosa del mar.

Desconcertada, Antonia observó a un negro que le pareció recién salido de la carpa de un circo: era mayor, con una barba gris y la cabeza rasurada, y estaba envuelto en varias pieles de animales, de las que ella solo reconoció las manchas de un leopardo. En torno al delgado cuello y los flacos brazos llevaba cadenas con pequeñas nueces de color claro con forma de perla.

Cuando llegaron, el anciano vació su bolsa en la arena. El resplandor de las llamas bañó su contenido en una luz de un dorado rojizo: el morro seco de una vaca, la piel de una serpiente, un cerebro seco, y Antonia deseó de mala gana saber menos de patología.

Una calavera rodó por la llana superficie blanca.

Antonia se estremeció, retrocedió un paso y chocó contra Seiboldt, que seguía fascinado cada movimiento del chamán. ¿Es que no veía que se trataba de la cabeza de un niño?

—Es el *cranium* de un mono —le susurró, como si ella hubiese formulado la pregunta en alto.

El curandero contempló a los dos extranjeros, clavando en ellos una mirada penetrante.

—*Shikamoo* —saludó Seiboldt respetuosamente al tiempo que hacía una reverencia.

Uno de los hombres que los había guiado por la playa se acercó con solemnidad, se inclinó hacia el *mganga* y cambió unas palabras en voz queda con él. Al cabo este asintió y repuso:

—*Habari daktari.*

A esa introducción siguió otro breve intercambio que terminó cuando el chamán señaló a Antonia y preguntó:

—*Mpenzi?* —Y sonrió con confianza a Seiboldt, una sonrisa desdentada en la mandíbula superior.

—¿Qué quiere? —susurró ella. No le hacía ninguna gracia que el hechicero, mago, curandero o lo que quiera que fuese centrara su interés precisamente en ella.

La brisa marina le acariciaba las mejillas, y Antonia sintió que un escalofrío le recorría el cuerpo. A pesar del tibio aire nocturno, se abrazó el cuerpo, estremeciéndose.

—A decir verdad esa palabra la entiendo —afirmó Max Seiboldt—. Quiere saber si es usted mi amante.

—¡No! —exclamó ella, horrorizada, y como no recordó cómo se decía «no» en swahili, añadió un «no bien», ya que lo oía a menudo en el hospital luterano—: *Siyo nzuri.* —Con eso quedaba prácticamente agotado su vocabulario en esa lengua.

Todos los ojos se fijaron en ella.

Con cierto retraso comprendió que había roto un tabú y había hablado demasiado alto. Abochornada, se puso roja, cosa que nadie vio con la luz que había. Bajó la vista.

—*Ndio* —repuso Seiboldt: sí.

Antonia lo miró extrañada:

—¿Qué?

—De todos modos da lo mismo —musitó enojado—. Esto gira en torno al trabajo del curandero, no a sus sentimientos o los míos, señorita Geisenfelder. Se lo ruego, deje que crea que es usted mi querida. En cualquier caso, no sabría explicar la verdad en su lengua.

Su lógica la dejó sin aliento. Miró vacilante a su jefe y después al chamán. ¿Y si no era ningún charlatán, sino un mago al que había que tomar en serio? ¿Y si le lanzaba un hechizo y surtía efecto? O, peor aún, ¿si se lo lanzaba a Max Seiboldt?

Su amor secreto, un momento apasionado que debería haber

olvidado hacía tiempo, sus celos de Anna von Rosch, unos celos que la corroían: no quería que un curandero negro ejerciera influencia en su vida. Aunque la razón le decía que estaba loca si creía en sus poderes, no podía sustraerse al temor de que el *mganga* impusiera su voluntad incluso a un leopardo.

—Abracadabra —silbó.

21

Jueves, 9 de agosto

—¿He cambiado? —quiso saber Juliane mientras se miraba atentamente en un espejo. Había ladeado un tanto la cabeza y observaba las redondeces de su cuerpo; los pechos, que levantaba el corsé; y las bien formadas caderas. Giró sobre su propio eje y volvió la cabeza para mirarse con ojo crítico el bonito, redondo trasero, que se dibujaba con claridad bajo la toalla que llevaba, floja, a la cintura.

Sin necesidad de mirarla detenidamente, Viktoria repuso:

—No. —Estaba ocupada anudándose las puntas de la toalla de baño en el pecho. La finísima tela le llegaba justo por los muslos, y se miró con escepticismo.

Antonia sonrió al ver la vanidad y el desconcierto de sus amigas, más jóvenes. Juliane estaba encantada consigo misma, mientras que a Viktoria, pese a haberse librado del corsé, era evidente que no le agradaba mostrar tanta piel, aunque allí solo la veían mujeres, en su mayor parte desconocidas.

El día de su segunda cita habían acudido a los baños turcos, que hiciera erigir el difunto sultán Bargash para sus súbditos de clase alta con derroche de lujo en el centro de la Ciudad de piedra. Un oasis, aseguró Juliane, cuya información provenía de las mujeres del harén. Al parecer tranquilidad y belleza eran características del hamam, pero Antonia echaba en falta al menos lo primero.

Lo cierto es que se sentía como si estuviese en un corral de ocas. Las niñas y mujeres graznaban, reían y metían ruido a un volumen que le resultaba de lo más enervante. A ninguna de las mujeres del lugar parecía importunar la permisividad. Árabes que por regla general iban por las calles cubiertas por completo se desprendían de sus ropas nada más abonar la entrada sin asomo de vergüenza y se envolvían con la mayor naturalidad del mundo en las finas y cortas toallas que el bañero —un eunuco— también entregó a las europeas, y que por lo visto supuso una prueba de valor para Viktoria. Las demás muchachas y mujeres juntaban la cabeza y, ya fuera en árabe, swahili o hindi, a todas luces hablaban con mayor o menor alborozo de las tres amigas blancas que iban por primera vez en su vida a unos baños orientales.

—Pues yo sí veo un cambio —aseguró Juliane, volviéndose de nuevo ante el espejo, enamorada de su persona, ya hacia un lado, ya hacia el otro—. Me han crecido los pechos... Sí, lo veo perfectamente.

—Y ¿cómo lo puedes ver si no te quitas el corsé? —objetó Viktoria.

—No me lo pienso quitar —aseveró su amiga—. Si ni siquiera me lo he... —No dijo más, ruborizándose, y a sus ojos asomó un brillo peculiar que Antonia no le había visto nunca antes.

Después de pasarse un rato mirándose ensimismada, Juliane bajó la vista y se puso a juguetear con las cintas de seda del corsé mientras Viktoria y Antonia la miraban con atención, impacientes por escuchar el final de la frase.

—Ni siquiera has hecho ¿qué? —espetó Viktoria después de que el silencio fuera demasiado prolongado como para que Antonia y ella pudieran pasarlo por alto.

Juliane enrojeció más aún. No levantaba la mirada, ni siquiera al espejo. Sus dedos soltaron las cintas y palparon con cuidado su escote, como si pudiesen hallar allí la respuesta. Aunque no decía nada, su lenguaje corporal era inequívoco.

Viktoria abrió los ojos como platos.

—¿No habrás...? —Muda de asombro ante la inesperada frivolidad de su amiga, no concluyó la pregunta, sino que abría y cerraba la boca sin decir nada.

—Eso es asunto de Juliane, no nuestro —resolvió Antonia con severidad.

No se tomó la novedad tan impasiblemente como pareció. Por una parte envidiaba un poco a su amiga, por vivir la pasión con la que ella solo podía soñar. Por otra, sentía el peso de su educación burguesa y de la idea de que una dama noble debía llegar virgen al altar. No era preciso que Juliane contase con quién había celebrado una noche de bodas anticipada, eso había quedado claro la última vez que se habían visto. Y al pensar en el príncipe Omar a Antonia la asaltó una repentina preocupación por su amiga, pues, tanto el nombre de él como las convenciones decían con claridad que Juliane jamás podría contraer matrimonio con ese hombre.

Una risotada en segundo plano la asustó. Ella, que al ser científica se relacionaba de manera más prosaica con su cuerpo que la noble Viktoria, con la toalla se sentía bastante más vestida, razón por la cual decidió ir a explorar el hamam. Quizás en alguna de las habitaciones contiguas encontraran la tranquilidad que necesitaban para sostener una conversación de naturaleza tan íntima con Juliane. Cogió del brazo a sus amigas con decisión.

—Vamos, chicas, exploremos Oriente. Seguro que así podemos hablar mejor.

Descalzas, enfilaron las tres un largo pasillo en penumbra, iluminado pobremente por lámparas de pared en las que se quemaban aceites aromáticos. El intenso aroma dulzón del jazmín y el almizcle inundaba la estancia alargada, carente de ventanas. Caminaban sobre un piso de mármol claro que desprendía un calor agradable, pero que de cuando en cuando ardía casi tanto como la plancha de un hogar. Miraban a so capa a las árabes, que se paseaban por el lugar con chanclos.

Asustada, Juliane se quedó a la pata coja cuando pisó un metro cuadrado calentado en exceso por las cañerías de agua subterráneas.

—Imagínate que debajo hay una tubería llena de hielo —propuso, pragmática, Antonia—. Así ya no notas tanto calor.

—La verdad es que no me importaría que así fuese. ¿No notas que la humedad va en aumento? Casi no se puede respirar bien.

—Es cierto —corroboró Viktoria, mientras se quitaba una gota que acababa de caerle en la frente. Entrecerró los ojos y miró al techo, donde se había formado condensación.

Solícita, Antonia puso una mano en el hombro de Juliane, impidiendo que continuase andando.

—Si no te quitas el corsé, te costará respirar. Está claro que una prenda tan apretada no es lo más apropiado para un baño de vapor.

—Nadie se fijará en tu perfecto talle —añadió Viktoria—. Me refiero a que quizá con tu admirador importe, pero aquí nadie repara en esas cosas. Esas mujeres... —Se interrumpió y clavó la vista en tres árabes jóvenes que no parecían avergonzarse ni de su voluptuoso cuerpo ni de su completa desnudez.

Las mujeres se hallaban al fondo del pasillo, en una piscina, y se echaban mutuamente agua de una damajuana plateada, risueñas, alegres y contentas y, según los patrones alemanes, increíblemente disolutas. Pero no era eso únicamente lo que motivaba el asombro de Viktoria, que de pronto soltó, espantada:

—¡No... no... tienen vello ahí abajo!

—¿Cómo iban a tenerlo? —contestó como si tal cosa Antonia—. El islam exige que las mujeres se rasuren las axilas y entre las piernas. En el hospital he visto a pacientes que se quitan cualquier pelillo que les sale. Me lo contó una enfermera: se trata de una antigua tradición.

—¡Debe de hacer un daño terrible! —exclamó, escandalizada, Viktoria.

Juliane se mordió el labio inferior y acto seguido confesó con una voz sorprendentemente firme:

—Me gustaría probarlo. ¿Vosotras creéis que me entenderán si lo pido aquí? Nassim, mi amiga de palacio, dice que en el hamam las empleadas quitan el vello después de lavarte.

—¿Qué? —El grito de Viktoria rebotó en los mosaicos de las paredes y en el mármol.

Antonia apretó con más fuerza el hombro de Juliane.

—No lo irás a hacer para complacer a tu... bueno... a ese príncipe, ¿no? —inquirió preocupada.

Aunque sabía que el vello volvía a crecer también en partes delicadas, temía que Juliane se expusiera a una fascinación que no fuese capaz de calibrar ni vencer. Ojalá con su virtud no sacrifique también su buen juicio, se le pasó por la cabeza a Antonia. Casi todas las muchachas caídas no habían sabido ver la realidad en su momento.

—Aunque así fuese —repuso Juliane—. Me gustaría ser una mujer de valía para él. Y si quitarse el vello forma parte de su cultura, me atendré a ello. De todas formas como esposa suya debo cumplir sus deseos. A ese respecto es lo mismo en nuestro país que aquí, ¿no es cierto?

—¿Te vas a casar con el príncipe Omar? —inquirió Viktoria con una voz sumamente bronca debido a un aturdimiento que iba en aumento—. Santo cielo. Y yo que pensaba que os podría impresionar cuando os contase que soy maestra auxiliar en St. Mary's. En comparación con la noticia de Juliane la mía es de lo más sosa.

—¿Qué dice tu padre de tu compromiso? —quiso saber Antonia.

Juliane se zafó de la mano y dio unos pasos más sin decir nada. Bocanadas de vapor salían a su encuentro. El pasillo se abría a una estancia muy caliente y húmeda, alrededor de la cual había lavamanos con agua corriente. A través del vapor se distinguían espléndidos mosaicos con imágenes de flores exóticas. En el centro de la habitación se alzaba un asiento circular con varias alturas en el que las damas se podían sentar o estirar. La decoración del lugar incluía oro y piedras semipreciosas.

—¡Lo amo! —aseguró Juliane a sus amigas, y la voz resonó, un tanto ahogada, en las paredes.

—Está claro que su padre todavía no lo sabe —constató Viktoria.

—Confiemos en que al menos lo sepa el príncipe en cuestión —apuntó Antonia.

Ambas siguieron en silencio a Juliane. No era preciso que Viktoria lo dijera en voz alta: Antonia estaba segura de que compartía sus peores temores. Pero, sin duda, Viktoria también tenía claro que no correspondía a ninguna de ellas dos advertir a Juliane de que no actuase de manera imprudente. A fin de cuentas no conocían las intenciones del príncipe. Posiblemente no fuera un seductor sin escrúpulos como la mayoría de los amantes de las novelas baratas y fuesen injustas con él. Quizás el amor de Juliane fuera correspondido y algún día acabara ante el altar.

Sin embargo, Antonia no era capaz de despojarse de la sensación de ser testigo de una tragedia. No eres su madre, aconsejó una voz interior. Eres cautelosa en exceso, lo que te ha pasado hace que te muestres demasiado susceptible y con un pesimismo desmedido.

Así y todo, siendo como era la mayor de las amigas, ¿no debía cuidar de Juliane?

¿Quién soy yo para reprochar nada a Juliane?, pensó acto seguido Antonia. ¿Acaso no estaba rompiendo ella todas las reglas desde que se sentía atraída dolorosa, vertiginosa, voluptuosamente por Max Seiboldt?

Peor aún: pese a su espanto inicial, el *mganga* le había tocado una fibra que hizo que aflorara en ella un sentimiento que confiaba haber acallado a lo largo de las semanas anteriores. No obstante, desde esa noche en la playa ese sentimiento era más fuerte que antes.

En realidad no había pasado gran cosa. O al menos nada de

lo que tuviese que avergonzarse demasiado a la luz del día. En último término el propio Max Seiboldt había afirmado que ella era su amante. Y el chamán había interpretado la negativa de Antonia como que no quería tener a ese hombre a su lado... o que no podía hacerla feliz. Dependiendo de cómo se mirase, lo cual quizás incluso resultara evidente, al menos para él. Y de todas formas Seiboldt no había entendido del todo lo que decía el curandero en swahili. O tal vez no hubiese querido traducir la verdad. Pero eso a Antonia no la preocupaba, pues carecía de importancia.

A cambio de un puñado de táleros de María Teresa el curandero les había dado dos raíces pequeñas, cuyo precio sin duda había encarecido. Antes había invocado a la diosa del mar para pedir su favor, y la diosa debió de acceder a su deseo, pues el hombre indicó a Seiboldt y a Antonia que mascaran las aromáticas y picantes raíces de jengibre. Su jefe acogió la proposición con la debida seriedad, mientras que ella vio confirmado lo que pensaba: aquello no era más que magia. Cara e inútil. No obstante, confiaba secretamente en que el afrodisiaco, o al menos la fórmula mágica de la planta, surtiera efecto.

Sin embargo, no llegó a comprobarlo, ya que Seiboldt se metió el místico remedio en el bolsillo y en el camino de vuelta no dijo ni una palabra al respecto. Parecía demasiado ocupado en encontrar lo que había dibujado antes en la arena. Pero el viento o los acólitos del *mganga* lo habían borrado. Y a Antonia le carcomía la duda de si Seiboldt le ofrecería a otra mujer el jengibre que iba destinado a ella.

No puedo ser yo quien tire la primera piedra, pensó con furia al estirarse en el reluciente asiento azul lapislázuli.

Aquello era como un juego con los papeles cambiados, se le pasó por la cabeza a Viktoria: se veía a sí misma de lo más ingenua mientras Juliane era la amante experimentada. Con los ojos medio cerrados observaba con disimulo a su amiga, escudriñando su cuerpo en busca de indicios de un amor consumado.

Con el calor y la humedad del baño de vapor, Juliane no estaba especialmente atractiva, pues tenía el rostro rojo como un cangrejo y el alabastrino escote afeado con manchas rosas.

Viktoria se preguntó sin querer qué haría si por falta de oxígeno Juliane se desmayaba, una posibilidad que debido al corsé no era del todo descabellada. Incluso sin corsé, ella, Viktoria, tenía bastante calor. El agua se le acumulaba entre los pechos y en las axilas y le caía a chorros por la nuca desde el turbante, improvisado con una toalla. Allí no había sales. Confiaba en que Antonia supiera qué hacer en caso de emergencia.

Viktoria miró de reojo a Antonia: sus rasgos parecían tensos, lo cual dada la temperatura que hacía probablemente fuese igual de malsano que llevar corsé. Era como si su amiga estuviese rumiando algo. Otro problema más, concluyó Viktoria. La compasión que le inspiraba su amiga mayor y la devoción que esta sentía por Max Seiboldt casi resultaban abrumadoras. Le habría gustado tenderle la mano a Antonia, pero no lo hizo. Y le remordía la conciencia tanto más porque, pese a su encuentro con Anna von Rosch en St. Mary's, no había recabado información alguna sobre la vida privada de la baronesa. Pero era tan emocionante poder estar frente a una clase de muchachas adolescentes por primera vez en su vida que se olvidó de todo lo demás que no fuera la satisfacción que experimentó al impartir clase.

Aunque la mayoría de las veces se mostraba abierta a las nuevas experiencias y le gustaba probarlo todo, en el baño de vapor no se sentía a gusto, y se notaba cada vez más nerviosa. Tenía demasiadas cosas en la cabeza, y era incapaz de concentrarse en su cuerpo. Claro que esa tampoco era una práctica a la que estuviese acostumbrada. En Hamburgo ninguna dama se preocupaba tanto de su piel. El mero hecho de pensar en los rituales de un hamam habría provocado, sin lugar a dudas, que su madre quisiera que la tragase la tierra. Le habría prohibido de inmediato relacionarse con sus amigas, sobre todo con Juliane, que fue quien sugirió hacer la visita.

Probablemente Gustava Wesermann se habría desmayado si hubiese tenido que ver cómo su hija se despojaba de la toalla que cubría su cuerpo y se metía en una de las piscinas como su madre la trajo al mundo. El leve murmullo ya fuera de la tibia agua que corría por los mosaicos o de la fría que salía de los grifos dorados no habría deparado ningún placer a la madre de Viktoria.

Y también a la propia Viktoria le resultó un tanto singular verse por completo desnuda ante sus amigas y echarse agua unas a otras. Curiosamente sentía mucho más pudor delante de Juliane y Antonia que de Roger Lessing.

—Estás pensando en algo bueno —constató, risueña, Juliane, que todavía no se había quitado el corsé y dejaba que un chorro de agua le cayera por el escote.

Un modo obsceno de disfrutar de un baño, pensó Viktoria. Bastante vulgar incluso, y acto seguido le vino a la memoria su madre con tal vehemencia que —enojada consigo misma— se echó agua fría en la cara.

—Te equivocas —objetó Viktoria con energía, y se pasó los dedos por los ojos, tenía gotas de agua en las pestañas. Después lanzó una mirada severa a Juliane—. Pensaba en mi madre y en lo que diría si nos viese aquí.

—Santo Dios —terció Antonia—. Mis padres no se mostraron precisamente entusiasmados cuando se enteraron de que me iría de expedición a África. No se imaginaban que aquí la gente viste decentemente y no todo el mundo lleva falditas de paja.

Juliane se rio, pero recobró la seriedad deprisa. Miraba a la nada.

—Es como un cuento. Más bello que un sueño.

—En ese caso deberías precaverte para que no tengas un mal despertar —observó Antonia.

Viktoria sacudió la cabeza de un modo imperceptible: no hacía falta que fuese tan brusca con la benjamina.

Sin embargo, esta no se tomó mal la advertencia.

—No lo tendré —aseguró, radiante, Juliane—. Estoy completamente segura de que es el hombre adecuado... Además, vosotras lo único que queréis saber es cómo es estar con un hombre... Sois curiosas y envidiosas, eso es lo que pasa. —Era evidente que ardía en deseos de contar cada detalle de su vivencia.

—Desde luego —repuso Antonia débilmente.

Viktoria hizo a Juliane el favor de preguntar:

—Y bien, ¿cómo es? —Y no sabía si no preferiría ahondar ella misma en el secreto. Miró de reojo a Antonia, que estaba ocupada enderezándose con brío el turbante en la cabeza, aunque Viktoria no recordaba que se le hubiese ladeado.

—Es... ¡fantástico! —exclamó Juliane mientras se tocaba distraídamente las nalgas, que asomaban como dos pomelos bajo el mojado volante de seda del corsé—. O al menos yo creo que lo es —añadió, algo menos eufórica—. Al fin y al cabo no tengo con qué compararlo.

A Viktoria la acuciaban algunas reflexiones. Había muchas cosas que quería saber de la unión física, pero no dijo nada. El gesto de Juliane y la franqueza con que quería compartir sus experiencias le resultaban embarazosos. Ni siquiera miraba a Antonia, que al parecer sentía algo similar.

—Venid, vayamos a otra habitación —propuso—. Creo que necesitamos un poco de aire fresco.

La propuesta alivió visiblemente a Antonia. Entretanto, Juliane lloriqueaba, pues al final del siguiente pasillo, que olía a azahar, ya no era posible mantener una conversación íntima. Allí las amigas fueron recibidas por las masajistas, que con una verborrea incomprensible cantaban las alabanzas de sus destrezas. Olía a caramelo, limón y alheña, y Juliane se tumbó de buena gana en una cama. Sin embargo, Viktoria y Antonia corrieron a la sala de descanso contigua, donde era obligatorio guardar silencio.

22

Lunes, 13 agosto

Suspirando, Friedrich van Horn sostenía el martillo en la mano y contemplaba su trabajo con escepticismo.

—No sé cuándo fue la última vez que clavé una caja —comentó, y se llevó a los riñones la mano derecha con la herramienta y se estiró—. Desde luego mi espalda ya no está para estas cosas.

—Por desgracia lo mío no es lo manual —afirmó Roger Lessing al tiempo que levantaba las pequeñas y cuidadas manos como para demostrar su torpeza—. Cuando empaqueto algo, me dejo fuera lo que había que meter y es el envoltorio lo que va de viaje. Y como no me gustaría que el paquete se extraviara en su lugar de origen y no llegara a Hamburgo, tú has tenido la gentileza de ayudarme.

—¿Por qué no dejas estos trabajos menores en manos de un ayudante?

—Tú eres mi ayudante —contestó, risueño, Roger.

La respuesta de Friedrich se perdió en medio de la atronadora señal de un barco.

En el puerto reinaba el habitual caos de embarcaciones, dhows de todas clases y las barquitas de pescadores, las *ngalavas*, que sacaban al mar arrastrándolas por la arena e intentaban abrirse camino entre el desbarajuste de la orilla. Mayores aún que la Casa de las maravillas, la construcción más alta de la Ciudad de piedra, se le antojaban al observador los colosos blancos de Inglaterra y Francia que estaban fondeados en la rada. Los vapores ocultaban el horizonte, quebraban la línea azul turquesa que separaba el cielo y el océano.

Tanto en el agua como en tierra había multitud de personas: pasajeros que se disponían a bajar a tierra para hacer una excursión antes de que el *Marseilles* siguiera viaje a Madagascar, comerciantes y viajeros que emprendían el viaje de vuelta a casa a Europa a bordo de un barco de la compañía P&O y trabajadores que cargaban los barcos de manera temeraria.

Los hombres llevaban en la cabeza pesadas cajas, sacos y fardos para arrastrar los bultos por el agua, que les llegaba por la cadera. Barcas y gabarras se dirigían a babor para arrumar los artículos de menor tamaño en el pañol de cables y los más voluminosos en la bodega. Se respiraba un aire de nostalgia, agitación y revuelo, como sucedía siempre que se cargaba un barco. El olor a carbón llegaba a la soleada playa y se mezclaba con el intenso hedor a algas secas que traía el reflujo y el sudor de los jornaleros negros que trabajaban para la factoría de la casa comercial Lessing & Sohn. Los hombres retiraban de un carro con adrales cargado hasta los topes sacos de yute y fardos de pimienta, clavo, canela y nuez moscada que apilaban en un bote de remos cuya quilla se hundía profundamente en la fangosa arena ya con la primera remesa.

Friedrich le dio con la punta del pie a la caja de madera que Roger había llevado a la playa con sus propias manos y que ahora tenía a sus pies, cerrada.

—Supongo que me has convertido en tu ayudante para que la gente no se burle de ti. Un arca de Zanzíbar en una caja de té... ay... menuda excentricidad.

—No lo es —repuso Roger, y dejó de mirar a Friedrich para no perder de vista a los cargadores—. Solo soy precavido: el arcón es un regalo de cumpleaños para mi madre. No me gustaría que la talla sufriera algún daño durante el transporte o que los herrajes de latón llegaran con arañazos.

—Y ¿no habría sido mejor una caja de madera en la que pusiera otra cosa que no fuese *It pays to sell good tea**?

Roger sonrió.

—Yo diría que podría valer la pena, en efecto, porque sabemos por experiencia que los ingleses tratan mejor el té que cualquier otra cosa.

—Mmm —respondió Friedrich, poco convencido—. La teca pesa bastante más que el té. Tu engaño será descubierto, amigo mío. Si tanto te preocupa la pieza, ¿por qué no confías el arcón a un vapor francés? Dicen que los franceses tienen más sentido de la belleza y la decoración.

—No hago negocios con navieras francesas —replicó Roger con brusquedad.

—Ah, ¿no? No me había dado cuenta...

—*Abedari!* —gritó Roger en swahili, una de las palabras más importantes que había aprendido en la factoría: con cuidado.

Uno de sus trabajadores se peleaba con un saco de pimienta; debido al peso el negro amenazaba con caer en el agua, que le llegaba por la rodilla, y soltar la mercancía. Roger ya había visto cómo un coral que había sido arrastrado hasta la orilla rajaba un saco de yute pese a lo resistente del material y el contenido se echaba a perder: aquella vez miles de granos de pimienta verde quedaron flotando como pequeños puntos en el mar hasta que las olas los engulleron y fueron a parar al fondo.

Después de que el hombre recuperara el equilibrio y Roger intentara tranquilizarlo con una sonrisa y un movimiento afirmativo de la cabeza, este se volvió hacia su amigo:

—No lo voy pregonando, pero prefiero los barcos británicos.

Asombrado, Friedrich enarcó las cejas:

* Vale la pena vender buen té. *(N. de la T.)*

—¿Qué diferencia hay? Yo no veo ninguna, pero quizás haya pasado por alto algo importante y esté confiando mi mercancía a los vapores equivocados. Enseña a un ignorante y dime cuáles son tus motivos para esa elección.

—¿Es que no has oído hablar de transportes de esclavos secretos bajo la tricolor? Eso se rumorea. La nación de la libertad, la igualdad y la fraternidad no reconoce la prohibición internacional del comercio de esclavos, lo que hace que la mercancía humana sea fletada bajo la bandera francesa. Ningún comandante de la Armada británica se atrevería a inspeccionar el cargamento de un barco francés, con lo cual esa vía de transporte es de lo más segura.

—Así que un boicot privado —musitó Friedrich, que a todas luces se debatía consigo mismo sobre si profundizar en el tema o no. Bajó la mirada y se puso a juguetear con el martillo, que aún sostenía en la mano: lo movía a un lado y a otro como si fuera un péndulo.

Roger vio que Friedrich sopesaba si abordar la cuestión de Zouzan o no. Agradecía que su amigo se abstuviera de hacer comentarios espontáneos sobre su amante. Friedrich era más discreto que Luise, que hacía unos días había preguntado a Roger, con tanta falta de tacto como descaro, si creía que podría enamorarse de la señorita Wesermann.

—Nada más lejos de mi intención —respondió, resuelto.

Luise desechó el comentario con un gesto y añadió:

—Aunque estamos en África, y aquí se pasan por alto muchas convenciones sociales, cuando un hombre pasa mucho tiempo con una joven y habla con ella horas y horas, cabe suponer que entre ellos hay afinidad. Sería sumamente difícil para todos nosotros que Viktoria supusiera por descuido que le estás haciendo la corte.

Había sido inútil que le explicara a Luise que le caía bien Viktoria Wesermann, estimaba su inteligencia, su ingenio y su valor, pero nada más. Era una mujer encantadora y además muy atractiva, sí... pero su corazón ya tenía dueña.

A diferencia de Luise, la joven dama entendía sus sentimientos. Viktoria veía en él a un amigo con el que podía hablar entusiasmada de su trabajo en la escuela y que la escuchaba sin intentar quitarle sus ambiciones de la cabeza. Y en ese sentido era una interlocutora fuera de lo común, algo, en su opinión, único en Zanzíbar.

—Pronto te librarás de tu problema —dijo Friedrich, interrumpiendo el recuerdo de Viktoria y asiendo con fuerza el martillo con las dos manos.

Roger lo miró desconcertado, debatiéndose entre el comentario de Friedrich y el hilo de sus pensamientos.

¿Se había perdido algo? O ¿había encontrado Luise otro candidato para la dama? A decir verdad resultaba inconcebible que a alguien con tanto mundo como Luise le preocupase de ese modo casar a una desconocida, se le pasó por la cabeza. En rigor era intolerable que Viktoria, que no quería ataduras, fuese empujada hacia un hombre con tan poco tacto.

—Tengo entendido —continuó Friedrich— que los armadores de Hamburgo y Bremen y el gobierno de Berlín barajan la posibilidad de crear una compañía subvencionada que una el imperio con África Oriental. Antes o después podrás transportar tus partidas bajo bandera alemana y así tener la conciencia tranquila.

Curiosamente, Roger se sintió aliviado de que Friedrich no le comunicara el inminente compromiso de Viktoria Wesermann.

—Tras la toma de posesión de Tanganica, un servicio directo con el Imperio alemán sería de lo más sensato —observó Roger, y se centró de nuevo en sus trabajadores: en el carro ya solo quedaban tres sacos.

—Sí, ya iba siendo hora de que acabara la incertidumbre y el sultán hiciese pública la cesión. Pasado mañana se izará la bandera de la Compañía Alemana del África Oriental en los edificios gubernamentales del valí. Sin duda, un mal día para los árabes, pero bueno para nosotros.

Roger asintió.

—Un motivo de celebración. Precisamente por eso el cónsul Michahelles nos ha invitado a una recepción. ¿Vas a ir?

La idea de que Luise van Horn se enfundara un vestido adecuado para asistir a una velada en la legación imperial le parecía muy poco probable a Roger. Que él supiera, los únicos vestidos que tenía la esposa de Friedrich estaban tan pasados de moda que, aunque quisiera, no podría dejarse ver con ellos. Las esposas de los oficiales y funcionarios que vivían en Zanzíbar desde no hacía mucho, y turbaban la tranquila existencia que llevaba hasta ese momento alguien tan versado en África como la mujer del comerciante no se mostraban muy comprensivas con el gusto de Luise. Como era de esperar, Friedrich negó con la cabeza.

—Una lástima —contestó Roger, y lo decía en serio—. Pero probablemente sea una tarde aburrida con un sinfín de himnos de alabanza a la Compañía Alemana del África Oriental y todo el mundo esforzándose por quedar bien. A propósito: si te soy sincero, no te imagino con frac —añadió, risueño.

—No eres el único: yo tampoco. Qué suerte que a ti te siente tan bien la etiqueta.

—¿A mí? —Roger puso cara de asombro—. Debe de ser un malentendido: preferiría saltarme la recepción e irme a casa, pero creo que debería dejarme ver una horita en el consulado. A diferencia de nuestros colegas hamburgueses Hansing, Hertz y O'Swald, todavía tengo que hacer los honores.

—Qué feliz coincidencia: así podrás pedirle a la señorita Wesermann que te haga el honor de acompañarte.

Roger, que en ese preciso instante advertía con profusión de gestos a uno de sus trabajadores que la caja de té que estaba a los pies de Friedrich también había que llevarla al vapor inglés, se quedó helado. De no haber tenido la certeza con respecto a lo del guardarropa de Luise, habría pensado que su pretexto era un complot. Así y todo estaba enfadado.

—¿Qué? ¿Por qué yo? —preguntó despacio.

—Cuida de ella, te lo ruego —pidió encarecidamente su amigo—. Luise está preocupada: le inquieta mucho que la señorita

Wesermann haya preguntado varias veces por el príncipe Omar Ben Salim. Es el intérprete del sultán...

—Lo sé. ¿Y?

—Lo conoce a través de una amiga, creo. Luise tiene miedo de que la señorita Wesermann se pueda confundir. No sería la primera mujer blanca que queda a merced de las puestas de sol africanas y la literatura árabe. A fin de cuentas, el príncipe Omar habla alemán como tú y como yo, razón por la cual está en condiciones de introducirla en su cultura...

—Eso es un disparate —espetó con vehemencia Roger. Se preguntaba si Luise se ocupaba de algo que no fuera la vida amorosa de Viktoria Wesermann, pero no lo dijo—. Conozco al príncipe Omar —añadió poco después—. Es lo que nosotros llamaríamos un buen tipo. En Mascate lo esperan dos esposas y no sé cuántas concubinas. Seguro que sus intenciones no son serias.

—No es eso lo que yo he dicho... —Sus palabras dejaban traslucir cansancio: se veía claramente lo poco que le gustaba el papel de *postillon d'amour*, que le había asignado Luise.

—Da lo mismo. La señorita Wesermann es demasiado inteligente para enredarse en un romance cuyo final infeliz es un hecho. Santo cielo, Friedrich, estamos en Zanzíbar, no en Verona, con Romeo y Julieta.

Antes de que el aludido pudiera decir nada, Roger se percató de que el apuntador lo llamaba. Estaba claro que el revisor del cargamento tenía que hacerle alguna pregunta: la caja de té que contenía el arcón de Zanzíbar. Roger exhaló un suspiro. Friedrich tenía razón: había problemas con el peso.

Le dio unas palmaditas joviales a su amigo en la espalda.

—Gracias por tu ayuda. Ahora debo irme...

23

Miércoles, 15 de agosto

Viktoria lamentaba que Luise se hubiese negado a asistir a la fiesta en la legación alemana. Sin embargo, le costaba imaginar a su robusta y poco convencional anfitriona en tan ilustre círculo. Probablemente de este formaran parte, sobre todo, representantes de las casas de comercio de Hamburgo, cuyo tradicionalismo y arrogancia eran legendarios desde la época dorada de la Hansa. Ni que decir tiene que esas gentes tenían un considerable interés económico en atrapar en sus redes a los representantes de la Compañía Alemana del África Oriental y el gobierno de Berlín en provecho propio.

Roger Lessing la esperaba al pie de la escalera que unía las plantas superiores con el patio. Posiblemente hubiese consultado el reloj media docena de veces ya. Cuando ella bajó con solemnidad, se estaba guardando el reloj en el chaleco de paño negro, que llevaba bajo una sobria americana blanca. Era evidente que no estaba acostumbrado a esperar a una mujer que se había pasado de la raya en el tocador. Con el pie en el último peldaño, daba golpecitos a un ritmo rápido, nada melódico.

Seguro que con su querida africana no necesita armarse de paciencia, se le pasó por la cabeza a Viktoria.

Por algún motivo incomprensible, le divertía provocar a Roger Lessing. Por eso sus ojos rivalizaban en brillo con los diamantes engastados en oro que colgaban de sus orejas y embellecían la peineta de azabache del cabello, que llevaba recogido y el sol había aclarado. Lucía un elegante vestido violeta de muaré, cuyas aguas parecían competir con el ocaso y sus cambiantes tonos rojos, verdes y lavanda. Como no utilizaba corsé, se le ceñía un tanto en el talle, y las pinzas se abrían un poco. Pero daba lo mismo, pues los ojos de Lessing le dijeron que el espejo no le había engañado.

Su boca, que sin duda acababa de abrir para echarle una reprimenda, permaneció abierta unos instantes. Su mirada reflejaba asombro, después admiración. Se veía con claridad que le gustaba aquello en lo que tantas horas había invertido Viktoria.

—¿Nos vamos ya o qué? —preguntó Viktoria, como si no lo hubiera hecho esperar.

—Está usted fantástica —replicó, al tiempo que le ofrecía el brazo.

La sonrisa de Viktoria se ensanchó. El esfuerzo había merecido la pena: se había granjeado la admiración de un hombre que la consideraba más atractiva con un traje de noche que como su madre la trajo al mundo.

Caminaba a buen paso al lado de Lessing por unas calles que desaparecían con la crepuscular luz. Por primera vez en su vida acudía a una recepción sin corsé. Se sentía libre y disfrutaba pudiendo llenar sus pulmones sin trabas con el intenso y dulce aroma vespertino sin notar los pechos constreñidos en el corsé.

Por lo menos quería tomar una copa de champán para brindar por su emancipación. Por la suerte de no estar casada con Hartwig Stahnke. Y por su padre, que ni siquiera intuía el favor que le había hecho exiliándola a Zanzíbar. El destino le sonreía, pensaba Viktoria. Por eso no quería enfadarse con Luise, que le había pedido con tono imperioso que aceptara ir con Roger Lessing. Al menos su compañía no le desagradaba. Y ciertamente estaba espléndido con su traje de etiqueta, aunque parecía un poco un joven pastelero. Sin duda formaban una pareja atractiva.

El consulado imperial se hallaba en la antigua factoría del comerciante hamburgués O'Swald, en la misma playa. Se trataba de una de las pocas casas de la Ciudad de piedra que no era de estilo árabe o indio o de una mezcla de ambos. Los tejados de tejas rojas que coronaban los muros blancos de piedra coralina se asemejaban mucho a los de construcciones del norte de Alemania, al igual que los balcones y las escaleras, las bovedillas y las chimeneas. Los notables y sus invitados se movían por unos espacios que podrían haberse encontrado en la ciudad hanseática o en Prusia: muebles de caoba y roble, cuadros sombríos con marcos dorados y retratos serios y estirados de los dos emperadores difuntos y el joven káiser de uniforme, alfombras orientales, velas de cera en candelabros de plata, luz eléctrica en arañas costosas, enormes. Para sorpresa de Viktoria, tampoco olía al dulzor denso de Zanzíbar, sino a agua de colonia, limón, rosa y cedro, a polvos de tocador y cigarros puros. Tan solo los sirvientes negros con sus ropas blancas y los coloridos gorros bordados recordaban que estaban en África. Pero el vino espumoso se servía en copas de cristal de Turingia, y el champán procedía de la cava Kessler, en Wurtemberg.

Una banda militar tocaba melodías sorprendentemente suaves. Los instrumentos sonaban tan bajo que eran acallados con el jaleo de voces, la ocasional risotada atronadora de más de un caballero, el tintineo de las copas y el ruido que hacían los pies. El inimitable ruido sordo del corcho al abrir una botella de champán parecía una salva. Al fin y al cabo, lo que se celebraba, ni más ni menos, era la toma de posesión de la región costera de Tanganica por parte de la Compañía Alemana del África Oriental.

Por ese motivo probablemente allí se encontraran casi todos los alemanes de Zanzíbar: comerciantes, exploradores, oficiales de la Armada. No eran muchos los que vivían en África con sus respectivas esposas, de manera que el número de hombres era considerablemente mayor, y en una recepción del legado nadie se presentaba con una amante, ya fuera negra, india o blanca, que, varada en Zanzíbar, vendiera su amor por dinero. Así y todo alegraba la vista la belleza de algunas damas; sus joyas, cuyo brillo rivalizaba con el cristal de techos de paredes; los vestidos de crujiente seda; y su elegancia, aunque en ocasiones solo fuese fingida.

Nada más entrar, Lessing cogió dos copas de la bandeja que les ofreció un sirviente y le dio una de ellas a Viktoria.

—Para que le dé fuerzas —aclaró con una sonrisa de satisfacción—. Puede que las necesite. Apuesto a que, en cuanto se enteren de que es usted la hija del armador Wesermann, tendrá revoloteando a su alrededor a la mayoría de los solteros. Ahora que lo pienso, ¿cómo ha logrado evitar hasta ahora a los prometedores jóvenes solteros de la ciudad?

—He prohibido a los Van Horn que le digan a nadie que con ellos vive lo que se denomina un buen partido.

—¡He dejado pasar una gran oportunidad! Lástima que esté comprometido...

—... y que yo no tenga pensado casarme —añadió ella.

—Yaaa... —contestó él, despacio.

La miró a los ojos como si buscase algo en ellos: atenta, penetrante, profundamente.

Viktoria se sintió como hechizada por esa mirada. A su alrededor los sonidos se atenuaron, como si los separase una cortina de niebla. Ella no percibía nada salvo la intensidad de su presencia. Fue como si estuviesen solos en la escalera, que aunque solo era el acceso a la logia de la primera planta, en ese momento se le antojó una escalera al cielo. Permanecieron en silencio, pero no era un silencio incómodo, sino más elocuente que cualquier palabra.

Curioso, pensó, asombrada, Viktoria, muy curioso.

Lessing carraspeó:

—En ese caso brindemos por nuestra amistad. —Alzó su copa para brindar con ella, sin desviar la mirada.

—¡Viktoria! —Juliane le hacía señas con la mano en la balaustrada de la veranda—. Viktoria, ven con nosotros. A mi padre le gustaría volver a verte.

Se sintió como recientemente en el baño turco, cuando su amiga le echó agua helada. Sin pensar, devolvió el saludo de Juliane con un gesto majestuoso que a su madre probablemente le habría deparado un gran placer. Acto seguido se volvió hacia Lessing, que la observaba a través de la copa mientras bebía un vigoroso trago.

—Me llama mi amiga.

—Ya me he dado cuenta.

Ni ella misma sabía por qué vacilaba:

—Bueno... tengo que ir con ella... ¿no le parece? —Absurdo. ¿Esperaba que la retuviera para que no fuese a saludar a Juliane y a Heinrich von Braun? ¡Jamás toleraría semejante tutela por su parte!

—Vaya usted, vaya. —Le dedicó una sonrisa circunspecta, que no le iba a la zaga al gesto que acababa de hacer ella—. Yo también iré a saludar a unos conocidos para no morir de soledad.

Probablemente la magia que había creído sentir hacía un instante entre Roger Lessing y ella fuese producto de su imaginación.

Viktoria echó un vistazo en busca de un sitio donde dejar su copa, aún intacta. Como no lo encontró, se la puso en la mano sin más a Lessing, cosa que pareció desconcertarlo.

Divertida, y animada debido a ello, Viktoria subió la escalera. Sus pequeñas victorias sobre la arrogancia de Lessing siempre le producían un placer indecible.

Juliane le dio dos besos, y Heinrich von Braun se inclinó sobre la mano que ella le tendió.

—Parece que Zanzíbar le sienta estupendamente, señorita Wesermann —afirmó con galantería—. Está usted soberbia, si me permite la observación.

Por desgracia, tal y como estaba con sus amigos le daba la espalda a Lessing, de manera que no podía ver adónde lo llevaba la corriente de invitados. Una extraña sensación de pérdida se apoderó de Viktoria.

—No sé dónde he dejado mi copa —dijo con fingida alegría—. ¿Tendría usted la bondad de procurarme algo de beber?

Heinrich von Braun llamó a uno de los sirvientes.

—¿Le apetece una copa de champán? En ese caso permítame que le cuente por qué se denomina así a ese vino espumoso...

—¡Ay! —Juliane suspiró de manera audible: a todas luces no era la primera vez que oía esa historia.

Viktoria, risueña, cogió una copa de la bandeja.

—No tengo ni la más remota idea de por qué el vino espumoso recibe ese nombre. Mi madre prefiere llamarlo «champaña», supongo que porque suena más mundano y lujoso. Se lo ruego, dígame a qué se debe.

El vinatero hizo una pequeña pausa efectista, durante la cual su hija revolvió los ojos. Después se aclaró la garganta como si fuese un profesor delante de sus alumnos y empezó con voz solemne, enredándose en una prolija explicación.

—Papá, ibas a hablar del champán —le recordó Juliane con dulzura.

—Y lo haré dentro de un instante, hija. La señorita Wesermann no entenderá la historia si no conoce la base lingüística.

Viktoria sonrió y pidió al padre de Juliane que continuara. Cuando este hubo finalizado, ella aseguró:

—Una gran historia. Me encantan las leyendas...

—No digas eso —la interrumpió rápido Juliane—, de lo contrario mi padre te acaparará y querrá hablar contigo toda la noche.

Al parecer el aludido no se tomó a mal el comentario, sino que brindó con su hija y con Viktoria; el cristal como una campana sonora:

—Por las dos damas más bellas de esta velada, de cuya compañía disfruto sobremanera —afirmó con afabilidad.

Juliane y Viktoria se rieron.

Mientras bebía, Viktoria se permitió hacer un movimiento como por casualidad que le posibilitó ver la escalera; no así a Roger, sin embargo. Probablemente estuviera buscando a sus conocidos; pero quizá no lograra descubrirlo precisamente porque en ese momento el panorama estaba poco claro.

Rodeado de su nutrido séquito, el príncipe Omar Ben Salim subía los peldaños, ocultando a todo aquel que quedaba detrás. Se trataba de un joven atractivo, seductor en su exotismo, poderoso en el esplendor que lo rodeaba. La vibración que lo recorrió al ver a Juliane la notó incluso Viktoria. Confiemos en que Heinrich von Braun se tome este romance con la misma tranquilidad afectuosa que la crítica de Juliane, se le pasó por la cabeza.

Notó lo mucho que le costaba saludar al admirador de Juliane sin mostrar ni rastro de envidia: la sensación era tan inusitada como el desconcierto que se apoderó de ella al constatar para sí que se sentiría más cómoda con Roger Lessing a su lado.

Curioso, pensó de nuevo Viktoria. Muy curioso.

24

Antonia se aburría. Los acontecimientos sociales no eran para ella, y a diferencia de la velada del hotel en Adén, no iba vestida para la ocasión. Aunque Viktoria le había regalado el bonito vestido de noche, nada más lejos de su intención que ponérselo y, con él, reavivar los recuerdos de aquella noche. No estaba en el barco, no podía esconderse en su habitación como hiciera antaño en el camarote. Ahora vivía en el consulado, no podía pasar por alto los actos que se celebraban allí. Sin duda era de buen tono asistir a la recepción en la que se festejaba el nuevo tratado entre el sultán y la Compañía Alemana del África Oriental.

Con sus sencillas ropas de diario se sentía como una paria entre los espléndidos invitados. Dado que a Seiboldt parecía haberlo engullido la multitud y Wegener se había unido a un grupo de comerciantes de su misma edad, se hallaba sola entre toda aquella gente desconocida. Nadie la presentaba, y además tampoco se sentía a gusto sosteniendo conversaciones tontas, que era lo que se esperaba de una joven en esos círculos. Para informar sobre su labor de investigación nadie mejor que el propio doctor Seiboldt, y para hablar del dispensario se prefería recurrir a benefactoras como Anna von Rosch, eso si el trabajo en los hospitales le importaba a alguien esa noche. Antonia decidió matar el tiempo hasta que pudiera alegar un cansancio que le sirviera de pretexto sin más.

Naturalmente, podría haber buscado a Viktoria y a Juliane y unirse a ellas, pero tras una jornada agotadora le faltaba la energía necesaria. Se sentía pesada como el plomo, y además estaba convencida de que al lado de sus amigas haría mal papel con su sencillo atuendo. Quería ahorrarles una situación incómoda a Viktoria y a Juliane. Si se cruzaban por casualidad, se saludarían con afecto, claro, pero Antonia no quería dar la impresión de que restaba libertad a sus amigas. Sabía que las amistades podían romperse por una importunidad excesiva.

Un camarero atento pasaba continuamente con una bandeja llena de copas de champán por donde ella se había apostado, en un extremo de la veranda superior. Confiaba en que nadie la molestara allí, y si alguien tenía el atrevimiento de abordarla, podía afirmar que estaba disfrutando de las vistas.

Que ciertamente eran fantásticas: tenía la sensación de que el firmamento estaba surcado de infinidad de líneas eléctricas que las incandescentes estrellas alimentaban con su luz inextinguible. A través de las ventanas la luz amarilla artificial de las arañas iluminaba la playa, sobre la que se deslizaban las sombras del faro. Los faroles que afianzaban a sus mástiles los barcos de vela que regresaban en la oscuridad parecían luciérnagas en el mar. Le vino a la memoria sin querer la tarde que estuvo allí con Seiboldt contemplando la fabulosa puesta de sol.

La tercera vez que pasó el sirviente por su lado, Antonia cogió una copa con resolución. Tenía sed, y bebió demasiado deprisa. Además, el vino espumoso de Kessler tenía un sabor de lo más agradable. Le hacía cosquillas en la garganta. Y no tenía nada mejor que hacer que contar las estrellas mientras bebía sorbitos de la copa y comparaba el número de burbujitas de la efervescente bebida con la plenitud del cielo.

Dado que las luces celestes sin duda constituían un número mayor, casi caía por su propio peso que necesitaba una segunda copa de champán para establecer una ecuación medianamente aceptable. Esa vez le supo de lo más grato al paladar, e hizo que la sangre afluyera más deprisa por sus venas. En particular por su cabeza circulaba a una velocidad que le insufló alegría y le quitó la tristeza y el aburrimiento.

Escuchó la música, intentando concentrarse únicamente en las melódicas canciones y aislarlas de las palabras, las risas, el barullo y el tintineo que le llegaban. En Múnich solía ir siempre que podía al Teatro Real o a la Ópera, escuchaba las arias de pie, en la asequible última fila, y se enamoró de *El trovador* y de Giuseppe Verdi. Sin embargo, casi siempre programaban óperas de Wagner, que al parecer también eran más del agrado de los músicos de la banda militar. Sin embargo, estos no tocaban arias melancólicas y poderosas en las que destacaban los timbales, sino el dúo de amor de *Tristán e Isolda*. Al oír las notas mientras miraba el resplandeciente cielo estrellado, los ojos se le humedecieron.

Por suerte el sirviente pasó de nuevo y le ofreció otra copa, cuyo contenido logró secar sus lágrimas.

Tras la cuarta copa de champán, la sangre corría de tal modo por su cabeza que se mareó. Le costaba fijar los ojos en un punto, las estrellas del cielo se volvieron una superficie infinita de polvo brillante. Sentía las piernas ligeras y al mismo tiempo tan pesadas y gomosas que temía tambalearse si ponía un pie delante del otro.

Antonia decidió que era hora de ir en busca de sus amigas. No podía irse de la recepción sin saludarlas aunque fuera un instante, y aunque tuviese la sensación de que de pronto la cama ejercía una atracción mágica sobre ella.

Dejó la copa vacía en la baranda y se pasó la mano por el pelo. A continuación se desabrochó el último botón de la blusa, ya que de repente tenía calor. Esos vestidos tan cerrados con los volantes y las tablas pegados al cuello constreñían a las mujeres tanto como los corsés. ¡Esa moda no era nada práctica! Después de efectuar dicha constatación, Antonia respiró hondo un momento. El nacimiento del pecho quedaba a la vista, cosa que consideró de lo más oportuna para una velada; a fin de cuentas los trajes de noche a menudo eran tan escotados que permitían hacer algo más que intuir los senos de una dama.

En el salón, Antonia se topó con la mirada fija de un regio Guillermo II de uniforme. Solo tenía veintinueve años, muchos menos de los que tenían su padre y su abuelo cuando fueron coronados. En el cuadro, que ocupaba gran parte de la pared opuesta a los balcones, el gobernante estaba sumamente gallardo, con el cabello levemente ondulado, con fijador, y el bigote con las puntas retorcidas.

Antonia fue directa al retrato, ya que, curiosamente, los ojos del emperador no se convirtieron en un tiovivo nada más mirarlos.

Que al hacerlo no mirara a derecha e izquierda y se cruzara en el camino de algunos invitados resultó desagradable, pero no pudo remediarlo. En cuanto movía la cabeza, por poco que fuera, esta amenazaba con tornarse un trompo, y entonces ¿cómo iba a avanzar?

—¡Señorita Geisenfelder!

Era la voz de Max Seiboldt.

Bien. Aunque en realidad no tenía intención de saludarlo, no pasaba nada por que coincidiera con él, como era el caso con Viktoria o Juliane.

Vio que se plantaba delante, cortándole el paso e impidiéndole ver el retrato del káiser.

Eso no estaba bien: de ese modo la obligaba a cambiar su ángulo visual. Pero si movía mínimamente la cabeza, la sangre corría más deprisa por sus venas. Notaba perfectamente que se acumulaba tras su frente hasta formar un río impetuoso que le golpeaba las sienes y oscurecía el horizonte.

Seiboldt también tenía buen aspecto, eso al menos sí lo distinguía. ¡Qué hombre más apuesto! Llevaba frac... ¿de dónde lo había sacado? Además del microscopio, el maletín, los medicamentos y las sustancias químicas, la máquina de escribir y los aparatos necesarios para la investigación y la ropa de uso diario apta para el trópico, ¿de verdad había llevado a Zanzíbar un traje de etiqueta? Antonia no recordaba haberlo visto nunca tan elegante, ni siquiera en la travesía. Pero eso probablemente se debiera a que ella se había mantenido al margen de los acontecimientos sociales que se habían celebrado a bordo. ¡Qué tonta había sido! Soltó una risita porque le pareció bastante jocoso que él vistiera de frac y ella llevase una falda y una blusa desabrochada.

El científico le tocó el brazo.

—¿Qué le ocurre? ¿No se encuentra bien?

Iba a asegurarle que nunca había estado mejor cuando reparó en la persona que había detrás de él: una mujer bellísima. No muy joven ya, pero con una elegancia natural. Una mujer impresionante, que daba realce a la celebridad de Max Seiboldt. Magnífica y armoniosa, la pareja dejó sin aliento a Antonia.

No era capaz de apartar la mirada de la baronesa, pero cuanto más fijaba la vista en Anna von Rosch, mayor era el mareo que sentía. Las piernas le flaquearon. Se tambaleó, dio un traspié.

Acto seguido Antonia se vio como envuelta en niebla. La música le llegaba vagamente a los oídos, a su alrededor las conversaciones habían enmudecido, lo que le decía Seiboldt le parecía tan ininteligible como si hablase en swahili.

Quería responderle, pero en la lengua le pasaba algo. *Siyo nzuri*, balbució haciendo un esfuerzo ímprobo. «No bien.» Era acertado, pensó; a fin de cuentas él le hablaba en la lengua de los nativos. O al menos no entendía ni palabra de lo que le decía.

Después todo se volvió oscuro de pronto.

Era como si su cerebro fuese una pelota grande, completamente vacía que lanzaban una y otra vez contra una pared, de la que rebotaba.

Antonia no se atrevía a abrir los ojos. Quizás hubiese ido a parar al infierno. No recordaba cómo había llegado a la cama, en la que notaba que estaba tendida.

Veía con claridad las imágenes del sueño que había tenido: una fogata cuyas llamas se alzaban hacia el brillante cielo nocturno. Se parecía más al infierno que a cualquier otra cosa que se le pasara por la cabeza cuando despertó.

Al intentar moverse, notó en el acto las arcadas. Le dieron ganas de vomitar. Por favor, Dios mío, suplicó en silencio, haz que no vomite en la almohada. Quiso incorporarse, pero una mano firme la devolvió a la horizontal.

—No se levante —ordenó una voz masculina conocida.

Le introdujeron algo en la boca, que notó picante en la sarrosa lengua.

—Mastíquelo —instó Max Seiboldt—. Es un pedazo de jengibre. Va bien para el mareo.

Fogata... jengibre... la receta del curandero...

Antonia se incorporó. Abrió los ojos como platos y se vio de nuevo tiesa como una vela en la cama. Al menos se encontraba en su propia cama; experimentó una breve sensación de alivio. En su cabeza bullía un hormiguero entero. Se mareó. Apenas pudo mantener los ojos abiertos cuando vio a Seiboldt, que esperaba a que siguiera sus indicaciones tranquilamente en una silla junto a su cama. Llevaba el frac, que ella recordaba porque le había gustado mucho. Se palpó sin querer el cuerpo: tenía la blusa completamente desabrochada. Había perdido sin saber cómo la falda y los zapatos, pero notaba los pantalones pegados a las piernas: ¿mojados de sudor o de orín?

—¿Qué... qué hace usted aquí? —preguntó en voz queda, antes de recostar la cabeza de nuevo en la almohada, entre suspiros. Mientras tanto chupaba y masticaba obedientemente el trocito de raíz de jengibre pelado.

—Confiaba en que recobrara el conocimiento para averiguar qué le ha pasado —contestó él sin inmutarse—. Hasta la fecha no la había visto nunca beoda ni desmayada, y ambas cosas a la vez supuso un golpe considerable.

Poco a poco fue recordando lo que había sucedido antes de soñar con el fuego del infierno. Dos, tres... ¿De verdad se había tomado cuatro copas de champán? ¿O habían sido más incluso? Había perdido el juicio, no había otra manera de explicar su embriaguez.

¿Se habría puesto en evidencia? Se acordaba vagamente de

que caminaba haciendo eses por el salón. ¿Y después? ¿De veras había perdido el conocimiento, como pensaba? ¿O había sido grosera con la baronesa Von Rosch? Aún recordaba las palabras. ¿Había llegado a pronunciarlas, para colmo de males? Lo dudaba, se tranquilizó, pues en ese caso Max Seiboldt no la estaría velando. Eso sería mostrarse solícito en exceso. Por otra parte... quizás estuviese esperando para reprochárselo...

Se arriesgó a entreabrir los ojos. El dolor de cabeza empeoró, pero la angustia disminuyó un tanto. No daba la impresión de que su jefe la fuera a despedir de un momento a otro. Sea como fuere, parecía más preocupado que enfadado.

—¿Cuánto he dormido? —inquirió débilmente. Considerándolo bien, no podía haber sido mucho, pues por las rendijas de los postigos de las ventanas aún no entraba claridad. La única luz era la de la lamparita que solía utilizar para leer.

—Unas dos o tres horas —respondió el médico.

Ciento veinte o quizá ciento cincuenta minutos. A Antonia le sorprendió que pudiera efectuar ese cálculo. De modo que la cabeza le funcionaba más o menos, y eso que estaba segura de que el alcohol aún no había abandonado su cuerpo. ¿Por qué sino su cama le parecía un tiovivo?

—¡¿Me trajo usted hasta aquí... y... me desvistió?!

—Después de que arrollara usted a la mitad de los notables de Zanzíbar, señalara con el dedo de manera poco elegante a Anna von Rosch, farfullara algo que nadie entendió y se desmayara —le contestó, levantándose. Las patas de madera arañaron el suelo al retirar la silla—. No tuve más remedio que traerla a la habitación después de que la cogiera para que no cayese al suelo.

—¡Ah!

—Por suerte parece que va camino de recuperarse, y yo me puedo retirar sin temor de que haga algo o suceda algo peor —aclaró mientras la miraba con aire pensativo. Le puso la mano en la frente—. Mmm... es evidente que fiebre no tiene...

Su calor —tal vez también la leve presión de sus dedos— le alivió el dolor de cabeza.

Antonia levantó sin querer la mano derecha y la puso sobre la de él. No quería que se fuera; su cercanía la tranquilizaba.

—Quédate conmigo, por favor —musitó, y cerró los ojos con la grata sensación de sentirse protegida y a salvo.

Él permaneció un rato junto a su cama sin moverse, con la mano en la frente. Por la ventana se colaban los lametones de las olas en la playa, el tableteo de las palmeras con el viento. Un noctámbulo tocaba un tambor a lo lejos. Sin embargo, en la casa reinaba el silencio. Posiblemente los últimos invitados se hubiesen ido hacía tiempo, y los sirvientes ya habían borrado las huellas de la fiesta. Abajo, en alguna parte, un reloj dio la media hora.

Antonia pensó que resultaría agradable quedarse dormida con una música que sonara más melódica a sus oídos. La banda militar tocaba tan bien...

Los labios de Seiboldt rozaron su boca. Fue un beso tierno, apenas un roce. Probablemente solo un beso de buenas noches o de despedida, pero Antonia lo percibió con una intensidad que la hizo estremecer. Sin pensar en ello, extendió el brazo que tenía libre y se lo echó al cuello.

El colchón tembló bajo su cuerpo cuando él se dejó caer pesadamente en el borde de la cama. Su mano dejó su frente y le apartó un mechón mojado de cabello de la sien antes de pasársela por el pelo y levantarle la cabeza. Ella se dejó hacer, sentía su aliento en su rostro y era como la cálida brisa marina que casi siempre soplaba en Zanzíbar.

Su segundo beso fue menos casto. Apenas había despegado su boca de la de ella, y cuando sus labios volvieron a unirse, para Antonia fue como regresar al hogar. Le supo familiar, antes de que su anhelo avivara la pasión de Seiboldt, sintió una ternura que desembocó en deseo.

Fue muy distinto de la vez anterior, en Adén. Ahora está bien, pensó ella, obnubilada.

De repente él se apartó y retiró la mano que hacía un instante descansaba en su cabeza.

—No podemos seguir —afirmó con aspereza.

Ella lo miró con unos ojos vidriosos a los que asomaron las lágrimas. ¿Cuántas veces más iba a alejarse de ella? ¿Dejaría alguna vez de rechazarla? En el hotel, en Adén, le sobrevino una especie de colapso, su virilidad no lo obedeció. Y Antonia atribuyó el fallo al escaso poder de atracción que ejercía en él. Pero esa noche todo era distinto: lo había sentido, lo había saboreado.

—¡No! —Aunque fue un grito, su voz salió ahogada—. No te vayas. Me gustaría mucho volver a ser tuya. —Le era indiferente que estuviese suplicando, quería sentir su amor. Y estaba segura de que por fin sería complacida.

Él le dedicó una sonrisa triste.

—Sería imperdonable aprovecharme de tu ebriedad.

—Ya no estoy ebria. Discierno perfectamente.

—Cuando consideres esto a la luz del día, te darás cuenta de que tengo razón. —Con el pulgar le quitó las lágrimas que le corrían por las comisuras de los ojos—. No llores. O, mejor: es preferible que llores ahora que estando sobria, porque entonces la situación te podría resultar insoportable si no mantuviera yo la cabeza fría.

Antonia no pudo evitar que las lágrimas rodaran por sus mejillas. ¿Cómo podía rechazarla así? ¿Qué falta tenía que le impedía aceptar lo que le ofrecía voluntariamente? ¿Acaso los hombres no aprovechaban la oportunidad cuando se les presentaba?

—Te amo —sollozó.

Él le dio un beso en la frente.

—No me amas. Quizás admires al científico que hay en mí, y ya solo eso me hace muy feliz. —Con esas palabras se levantó de la cama.

Antonia se tapó el rostro con el brazo para que él no pudiera ver el dolor que le causaba abandonándola.

Pero no se fue de súbito.

—Pronto seré un hombre mayor, Antonia —dijo en voz baja—, y no merezco a una mujer tan joven, inteligente y preciosa como tú. Que estés ahí, que te tenga a mi lado es más de lo que aún podría esperar en la vida. Más no le puedo pedir al destino.

—¡Amas a esa Anna von Rosch! —espetó ella, herida, desesperada—. ¡Una mujer que engaña a su esposo!

Él cogió aire y dio media vuelta, dispuesto a marcharse. Pero se detuvo y se volvió hacia ella, despacio.

—Yo soy su esposo —afirmó en voz queda—. Anna von Rosch fue mi mujer. Todo lo demás carece de importancia.

Ella oyó sus pasos y le habría gustado taparse las orejas.

La puerta se cerró. Y se hizo el silencio.

25

Jueves, 16 de agosto

Viktoria bajó la escalera; estaba de excelente humor. A decir verdad hacía mucho que no se sentía tan bien: fresca, descansada, contenta. Satisfecha con el recuerdo de una bonita velada, que ni siquiera se vio empañada por el pequeño escándalo que desencadenó la extraña entrada de Antonia.

Ahora, al pensar en ello por la mañana, lo cierto es que no le extrañaba que su amiga hubiera hecho semejante papelón: estaba claro que los celos que tenía de Anna von Rosch acabarían saliendo en algún momento. Los sentimientos reprimidos eran como masas de agua, que terminaban rebasando un dique de contención. Viktoria lo sabía por propia experiencia, aunque su deseo de ser maestra no tenía nada que ver con el amor que probablemente sintiera Antonia por el doctor Seiboldt. Sin embargo, la satisfacción que le producía impartir clases sin duda era similar. Y desde que enseñaba en St. Mary's, Viktoria sabía lo estupendo que era cumplir un sueño.

Por suerte en el consulado no se había producido un gran alboroto. En cuanto Antonia cayó inconsciente en brazos de Seiboldt, la mala conciencia de Viktoria se convirtió en un gigante cuyo peso amenazó con aplastarla. En otra ocasión habría intentado zafarse del lastre de inmediato, pero no era ni el lugar ni el momento adecuado para preguntar a Anna von Rosch por su vida privada. De no tratarse de Antonia, con el incidente del día anterior Viktoria incluso habría dado carpetazo a su interés; y es que la baronesa se comportó de manera admirable.

Le quitó hierro a la situación diciendo: «Es un experimento fallido. La dichosa ciencia. Pobrecita.»

De ese modo no cupo la menor duda de por qué el doctor Seiboldt se ocupaba tan abnegadamente de su secretaria. Nadie habló de una joven beoda que iba camino de protagonizar un drama debido a los celos. El escándalo se evitó, y con ello el comportamiento de Antonia y la evidente complicidad de Seiboldt a lo sumo causaron algún que otro enarcar de cejas en señal de desaprobación.

A Viktoria no le preocupaba su amiga: con su jefe estaba en buenas manos. A la luz del día ciertamente la escena le resultaría de lo más bochornosa, pero se enteraría de que Anna von Rosch había salvado su reputación y volvería a encontrar su sitio en la sociedad. Cualquier otra cosa era impensable, Viktoria no dudaba lo más mínimo del buen juicio de Antonia; lo principal era que volviera a estar sobria.

En su propio caso la situación era algo distinta. Ya no sabía a ciencia cierta cuál era su sitio; la escuela de niñas, eso sí lo tenía claro. Pero por un instante la noche anterior Viktoria sintió que albergaba otro deseo. El problema era que no tenía la más mínima idea de cómo conjugar sus anhelos con sus nuevos sueños o si estos eran compatibles entre sí. Sin embargo, esa idea no la entristecía, sino que le daba alas.

Por desgracia en la recepción no había habido baile. Ciertamente habría sido agradable mecerse en brazos de Roger Lessing. Se había pasado la velada entera rumiando esa posibilidad, pero en lugar de bailar con él, lo perdió de vista bastante tiempo. Por su parte estuvo conversando un buen rato con Juliane, Heinrich von Braun y el príncipe Omar.

Entretanto, Lessing no se dejó ver mucho, y solo apareció para instarla a que se marcharan. Volvieron a casa de los Van

Horn caminando en silencio, pero a Viktoria no le resultó incómodo o abrumador, sino armonioso. Lo único que la afligió fue la despedida un tanto breve, brusca. Sin embargo, después encontró la explicación: Lessing estaba contrariado por una conversación de negocios que había mantenido.

Se permitió saltar los dos últimos escalones como si fuese una niña traviesa. Posiblemente su madre hubiese respondido a algo tan inaudito desmayándose. Riéndose de las constricciones que imperaban en su casa, en Hamburgo, Viktoria echó la cabeza atrás. Era un placer poder estar en Zanzíbar...

En ese momento el berrido de un niño pequeño resonó en el patio.

Se detuvo, desconcertada. Después el pánico se apoderó de ella. ¿Cómo había ido a parar un niño precisamente a casa de Luise van Horn? Seguro que se debía a un descuido de los criados, y Viktoria estaba segura de que a la madre del gritón le caería una regañina.

Aguzó los oídos y, guiándose por el ruido, llegó hasta la puerta medio abierta del salón donde se servía el desayuno. De pronto el llanto cesó.

Y Viktoria se quedó mirando sin dar crédito a la estampa que se le ofreció.

Luise van Horn estaba sentada a la mesa con un niño en brazos que había empezado a chupar una moderna tetina. Era evidente que acababan de preparar el biberón, pues el criado negro apartaba en ese momento una jarra que probablemente contuviese la leche del pequeño, que ahora parecía sumamente satisfecho. Su cabecita asomaba de la capa de paños de algodón blanco que envolvía su cuerpecillo. Lo más interesante del niño era... el color de su piel.

—¿Qué es eso? —preguntó Viktoria mientras se acercaba despacio.

El rostro de Luise era la viva imagen de la dicha.

—Un niño —contestó radiante, y sin mirar a Viktoria—. ¿Es que no lo parece?

—Sí, eso ya lo veo. Pero... —No dijo más. No quería sonar impertinente, y por eso guardó silencio. No entendía por qué Luise estaba dando de comer a un pequeño desconocido. Su anfitriona, que tan susceptible se mostró con las alumnas de St. Mary's, se quedaría destrozada cuando tuviese que entregar a ese negrito. A su familia, al orfanato, a su amo...

—Este es Max —informó Luise.

Viktoria se acercó más, sin decir palabra. ¿Qué podía decir? El corazón se le rompió al ver aquello.

—Sin duda se estará preguntando qué hace el pequeño Max con nosotros —prosiguió, risueña, Luise. Y tras una pausa añadió—: Me lo ha regalado su amiga Antonia.

—¿Cómo dice?

—En la mesa hay dos cartas. —Sin moverse ni cambiar de posición al pequeño, Luise señaló con la cabeza ambos escritos, que estaban junto a su plato—. Una es para usted; la otra, la que está abierta, para mí. Léalas tranquilamente. Supongo que tratarán el mismo asunto.

Viktoria sacudió la cabeza de mala gana: no estaba acostumbrada a leer cosas que no iban dirigidas a ella. Aún asombrada, atraída y repelida en igual medida por la conmovedora escena entre madre e hijo, tampoco ella se movió en un primer momento. Solo el ruido que hizo el sirviente con la jarra de plata la arrancó de su ensimismamiento.

Le hizo una señal al hombre, que acto seguido le sirvió una taza de café. El aroma del café recién hecho inundó la estancia y disipó un tanto el dulce olor del pequeño.

Viktoria cogió el papel y reconoció inmediatamente la pulcra letra de Antonia. Empezó a leer:

Estimada señora Van Horn:

Solo nos hemos visto una vez, y brevemente, pero, pese a ello, deposito toda mi confianza en usted. No tengo otra elección, y estoy segura de que puedo poner en sus manos el destino del niño que lleva en su canastilla esta carta. Si he obrado de manera insolente, le ruego me disculpe. En tal caso le suplico que se dirija a Viktoria Wesermann, y que sea ella quien decida el futuro del niño.

Se llama Max, y no tiene ni tres meses de edad. Su madre murió de cólera en el dispensario luterano, y ha sido imposible averiguar si tiene padre o familia. Yo me hice cargo de él y lo bauticé para que fuera cristiano. Desearía que creciese en un lugar seguro, que fuese a la escuela y aprendiera un oficio; en cualquier caso, que no conozca nunca la esclavitud. Si me fuera posible, me ocuparía yo misma de su futuro, pero las circunstancias me obligan a abandonar Zanzíbar. Y allí a donde voy no me lo puedo llevar.

Que Dios la bendiga,

ANTONIA GEISENFELDER

Las palabras se desdibujaron ante los ojos de Viktoria, que no entendía nada.

Tras dejar deprisa la carta a un lado, cogió el sobre cerrado que iba dirigido a ella. Lo abrió y sacó una hoja de papel doblada. De nuevo identificó la caligrafía de Antonia:

Querida Viktoria:

Me habría gustado poder hablar contigo, pero cuando leas estas líneas ya me habré ido. Debo marcharme, no puedo seguir en Zanzíbar. Es de todo punto imposible.

La escena que protagonicé en la recepción ayer por la noche fue tan embarazosa que no deseo seguir apelando a la hospitalidad del consulado imperial. Me he convertido en una carga para el doctor Seiboldt, y nada más lejos de mi intención entorpecer su importante labor de investigación con un paso en falso personal. De un tiempo a esta parte tampoco he sido buena colaboradora suya, pues me he ocupado en demasía de mis intereses personales y demasiado poco de mi trabajo.

Por este motivo cogeré el primer barco que zarpe al continente. La hermana Edeltraut ha hecho de mí una buena enfermera en el dispensario luterano, y confío en poder encontrar trabajo y paz en una misión en Tanganica. Dejo esta carta junto con otra dirigida a tu casera, de las cuales os hará entrega un mensajero de confianza, que asimismo os dejará una canastilla con un niño llamado Max. Confío el bebé a la señora Van Horn, pues estoy segura de que ha vivido lo bastante en África para saber qué será lo mejor para el pequeño. Si esta disposición no fuera posible, te pido que lo dejes en un buen orfanato, donde algún día pueda ir a la escuela. Fui la única persona que se ocupó de su bienestar, y ahora se lo cedo a ella porque no lo puedo llevar conmigo, no en el camino que me espera.

A fin de cuentas ni yo misma sé adónde me llevará el destino. Solo sé que todo aquello en lo que creía era un error.

Tu amiga,

ANTONIA

Para no lanzar un grito de dolor, Viktoria se tapó la boca con la mano. Leyó la carta de Antonia una y otra vez, pero ello no cambió el hecho de que viera en esas palabras una especie de sentencia de muerte. Al menos eran una puñalada a su amistad. Antonia, la persona que le había dado el valor necesario para reafirmarse en su sueño, se había ido.

Profundamente afectada, Viktoria se dejó caer en una silla. El café se le enfrió. La maravillosa sensación de dicha de esa mañana se había esfumado.

TERCERA PARTE

No nos atrevemos a muchas cosas
porque son difíciles,
pero son difíciles
porque no nos atrevemos a hacerlas.

Dicho alemán

1

Bagamoyo,
martes, 21 de agosto

El número de heridos iba en aumento. El espacio y las posibilidades de la pequeña botica de la misión, así como el puñado de hermanas de piel oscura de la congregación de las Siervas del Espíritu Santo, se hallaban sobrepasados desde hacía un buen rato. Con todo, los hombres seguían llevando heridos a la sala de curas, donde Antonia, junto con las demás hermanas, desinfectaba heridas, vendaba o entablillaba e intentaba evitar que se produjeran infecciones. Los enfermos estaban tumbados en el suelo, acuclillados en los rincones o apoyados, exhaustos, en las paredes; los sanos llegaban con sus compañeros acuchillados o apaleados y se iban a recoger a más heridos de la calle. Ya no olía únicamente a fenol y cloroformo, sino a sangre seca, orines y sudor frío, y mucho.

De fuera llegaban constantemente gritos y disparos. Desde hacía ya una semana los miembros de la Armada prusiana luchaban con los costeros árabes y los guerreros de tribus del interior, pero la situación nunca había sido tan dramática como ese día. Se repartían puñetazos, se empleaban porras hechas con palmas u hojas de banano y palos, así como machetes y dagas, y a esas alturas probablemente también pistolas y fusiles.

En ocasiones los enfermos eran alemanes o árabes, y a menudo negros, de manera que representaban a todos los grupos enfrentados. Bajo los cuidados de las hermanas los hombres se tranquilizaban, ni siquiera se oían ataques verbales. Probablemente estuvieran demasiado heridos o debilitados para rebelarse contra las monjas y sus ayudantas, quizá también demasiado desesperados. Todo el que acababa en la casa que se alzaba detrás del enorme baobab era porque no había logrado llegar a la misión francesa de los hermanos del Espíritu Santo, en las afueras de la ciudad; ni al *hakim* árabe ni a un curandero ni, sobre todo, al médico de las fragatas imperiales, que estaban fondeadas a varios kilómetros de distancia, porque las aguas de la orilla no eran bastante profundas. Pero, en última instancia, a Antonia le era indiferente la cuestión de la raza.

—Es casi como en el Mwaka Kogwa, cuando los hombres se reúnen en la playa en Zanzíbar y luchan —observó una joven monja negra mientras introducía una compresa en un recipiente con alcohol—. Solo que ahora es mucho peor: esta violencia no tiene nada de tradicional.

Antonia no preguntó qué era el Mwaka Kogwa, ni tampoco quiénes eran los atacantes y quiénes los defensores en esa lucha reciente: la situación se había vuelto confusa, pero eso carecía de importancia. Trabajaba como atontada y sin cesar. El agotamiento parecía ser el único remedio contra su sufrimiento personal. Procuraba pensar lo menos posible; en los rituales de Zanzíbar en lo que menos.

Había recalado en Bagamoyo por pura casualidad. En realidad se proponía ir a Dar es-Salam, más al sur, donde un médico y misionero alemán estaba construyendo un nuevo dispensario luterano. La hermana Edeltraut le había hablado de él hacía tiempo y le había contado que allí las enfermeras eran bienvenidas. Sin embargo, el primer capitán al que Antonia encontró en el puerto de Zanzíbar en su precipitada partida se dirigía a Bagamoyo en su dhow, de manera que acabó en la antigua ciudad, que tenía nada menos que más de diez mil habitantes. Y consideró una señal del destino encontrarse en un lugar cuyo nombre significaba «rinde tu corazón».

Sin embargo, Antonia no se libró de la sensación de haber llegado a Bagamoyo sin corazón: se lo había dejado en Zanzíbar. Con Max Seiboldt, su labor de investigación conjunta, el sueño de estudiar medicina. Y en cierto modo también con sus amigas, cuya ayuda a esas alturas echaba tanto de menos como estar con el hombre al que amaba.

La culpa de todo la tiene el *mganga*, se convenció, que no solo les lanzó un hechizo a Max Seiboldt y a ella, sino que además hizo conjuro con el jengibre, y Seiboldt le dio a comer un trozo de raíz. En Adén él se abandonó al *qat*, y en Zanzíbar fueron víctimas de un encantamiento. Menuda pareja, pensó con amargura.

Por una parte, se sentía como si fuese una máquina trabajando de enfermera, una actividad a veces monótona, a menudo discreta y al mismo tiempo agotadora con posibilidades muy limitadas, para la que no estaba preparada de ese modo y en ese extremo del mundo.

Por otra parte, constituía la mejor solución. Debía demostrar buen criterio, no se podía abandonar, tenía que actuar con seguridad y confianza. Sentadas estas premisas, las Siervas la habían aceptado, aunque no perteneciera a la Ordre du Saint-Esprit; mencionar que conocía a Madame Chevalier, en Zanzíbar, fue de gran ayuda. No obstante, sentimientos poderosos como la pasión, los celos, la decepción o la desesperación no formaban parte del nuevo día a día de Antonia, cosa que agradecía, pues por dentro era como si estuviese muerta.

Con todo, le impresionaba que hasta el momento tanto atacantes como defensores acudieran en busca de ayuda a la misión. Y no estaba nada claro quién era el verdadero agresor.

Naturalmente, en todo el mundo se peleaban hombres jóvenes de todos los colores de piel. Antonia había visto en Múnich numerosos borrachos tirados en la calle delante de las tabernas después de sacudirse con jarras en lugar de liarse a puñetazos.

Sin duda, los marineros constituían una especie similar, tan fáciles de encenderse como más de un joven de pueblo.

Sin embargo, las peleas inofensivas se recrudecieron desde que las dotaciones de las fragatas imperiales se arrogaron el derecho de la Compañía Alemana del África Oriental y provocaron a los árabes del lugar y a sus braceros negros. No obstante, estos también se mostraban bastante agresivos, sobre todo porque el valí, su aliado, y las familias poderosas se negaban a reconocer el tratado de arrendamiento entre el sultán y la Compañía.

Semanas antes ya se produjeron violentos enfrentamientos cuando estaba previsto que se izara la bandera de la compañía de comercio en la sede del gobierno... sobrepasando en altura la bandera del sultán. A consecuencia de ello las partes discutieron qué bandera debía ser la más alta. Los representantes de la Compañía se retiraron temporalmente, pero la calma no se instauró.

Ese día había reaparecido el cónsul Bohlen, bajo la protección de los soldados del sultán, para asumir el gobierno de Bagamoyo, de conformidad con el tratado firmado, y por ello la ciudad entera parecía estar en movimiento, aun cuando no necesariamente con intenciones pacíficas. Casi todos los hombres del lugar iban armados, tanto los árabes con sus tradicionales dagas como los guerreros negros, que solían haraganear en Bagamoyo a la espera de guiar caravanas hasta los grandes lagos; hasta los labriegos llevaban encima cuchillos o porras. Y no estaba en la mentalidad árabe o africana, eso ya lo había comprendido Antonia, dejar una posición tomada sin más ni más.

No tuvo que salir a la calle para convencerse por sí misma de la dramática situación: el cada vez mayor número de heridos y los gritos acuciantes de la sala de curas bastaban para hacerse una idea. El hecho de que quizá corriera peligro su persona era algo que a Antonia le preocupaba tan poco como a las hermanas.

La puerta se abrió de golpe.

Antonia lanzó un suspiro: más heridos. Alzó la vista un instante, pero cuando se disponía a volcarse de nuevo en las heridas abiertas que tenía en la espalda un paciente negro, se quedó helada.

En la puerta se había formado un grupo de árabes jóvenes. Cuatro o cinco muchachos de expresión adusta, con barba y tez oscura, lo cual permitía deducir que eran de madre africana. Sus ropas blancas tenían manchas grises de polvo y rojas de la sangre de sus adversarios. Dos de ellos sostenían sendas dagas en la mano; un tercero dirigió el cañón de su anticuada pistola a un marinero prusiano sentado en el suelo, medio inconsciente.

Un aluvión de palabras cayó sobre enfermeras y enfermos. En swahili. Antonia no entendió nada. Miró a la joven monja que le había pasado las vendas en busca de ayuda.

Pero esta no le dijo nada, tan solo miraba atónita el tumulto que amenazaba con estallar entre los heridos.

De pronto también en la misión parecían estar claros cuáles eran los frentes. Negros y árabes avanzaban hacia los escasos pacientes alemanes que había en la sala. El que no se podía levantar gesticulaba con vehemencia. Algunos nativos que no podían andar se arrastraban por el suelo.

Se oían palabras aisladas en un aire de pronto preñado de odio, viciado debido a los olores, la humedad y el sol.

Un frasco de botica marrón cayó de la mesa y se hizo pedazos. El tintineo del cristal acalló durante un inquietante momento los ataques verbales. Se extendió el tufo penetrante, intenso del alcanfor.

Un rayo de sol minúsculo que se coló por las rendijas de los postigos de una ventana incidió en el vidrio. El cristal, que sostenía un hombre en la mano, brilló como una turmalina tallada.

La monja joven que estaba junto a Antonia profirió un grito agudo.

—*Silence.* —La voz de la enfermera jefe se impuso al ruido.

Sorprendentemente los agresores se detuvieron.

La directora del pequeño hospital se puso con valentía delante del marinero, herido de gravedad. En una mezcla de francés y swahili reprendió tanto a los otros heridos como a los intrusos. Aunque apenas entendió lo que decía, Antonia supo lo que quería la irritada mujer.

Antonia miró de nuevo a la monja que tenía al lado, que se aferraba a la cruz que llevaba en el pecho en busca de amparo.

—¿Qué ha sucedido? —susurró Antonia.

—Los alemanes han serrado el palo de la bandera del sultán.

—¿Acaso no tienen derecho a hacerlo? Creía que los tratados...

La joven se encogió de hombros.

Antonia vaciló. ¿A quién le interesaba la ley cuando se producía una revuelta? Venganza, pensó con creciente espanto. La venganza es la única respuesta.

El corazón se le aceleró cuando se dio cuenta de que era la única alemana del lugar. Un blanco para esos asesinos cobardes que abusaban de las víctimas más desvalidas. Por primera vez en su vida sintió un miedo cerval.

2

Zanzíbar,
miércoles, 22 de agosto

—¡Tiene que ayudarme! —Con estas palabras Viktoria irrumpió en la factoría de la casa de comercio Lessing & Sohn, que se hallaba en un edificio de una sola planta de estilo árabe y cercano al puerto.

La tallada puerta se hallaba abierta de par en par, y un sol luminoso, fuerte, inundaba el amplio almacén, que al mismo tiempo era oficina. Ante las ventanas, oscurecidas con los habituales postigos de madera, del otro extremo había apilados sacos, en un rincón se veía un anaquel con pesados libros encuadernados en piel, una especie de mostrador ocupaba otro rincón, bastante más luminoso, a todas luces allí se examinaban muestras del género. En medio, bajo una maravillosa araña barroca anticuada, había un imponente escritorio, lo bastante grande para dar cabida a tres secretarios, si bien probablemente solo lo utilizara una persona.

Roger Lessing no se encontraba sentado, sino de pie detrás de su lugar de trabajo. Cuando entró Viktoria estaba inclinado sobre un grueso infolio, pero se irguió de inmediato. No llevaba puesta la americana, iba en pantalones y camisa, las mangas arremangadas hasta medio antebrazo, lo cual le confería un atractivo especial. Tenía un mechón de pelo en la frente, y ello suavizaba su por lo general dura expresión, dotándola de simpatía. Los ojos le brillaban.

—¡Menuda sorpresa! —exclamó—. ¿A qué debo el honor de su visita, señorita Wesermann?

El atractivo del hombre dejó sin habla a Viktoria un instante. Se sentía físicamente atraída hacia él, algo desconcertante.

Aunque le habría gustado apoyarse en algo, permaneció a cierta distancia de Lessing, cerca de la puerta. Insegura, cambiaba el peso del cuerpo de un pie al otro y evitaba cualquier contacto visual, trataba de concentrarse en lo que la había llevado hasta allí.

—Necesito... necesito su ayuda... —repitió atropelladamente, al tiempo que se preguntaba por qué no habría acudido a Friedrich van Horn. Seguro que su anfitrión habría sabido escucharla y probablemente también aconsejarla. Pero no fue en él en quien pensó después de que se sobresaltara con las últimas noticias que habían llegado del continente.

Lessing esbozó una ancha sonrisa.

—¿Quiere comprar vainilla o canela? ¿O tal vez clavo y nuez moscada para combatir a los malos espíritus, los mosquitos o los ladrones?

Su tono un tanto despectivo, burlón, mermó su deseo. Se adelantó con paso enérgico, apoyó las manos en la mesa y le dirigió una mirada penetrante por encima de la superficie atestada de papeles, infolios y artículos de escritorio.

—Tiene el honor de ayudarme a buscar a mi amiga Antonia —repuso indignada—. Se encuentra en algún lugar de la costa y estoy muy preocupada por ella.

—Y con razón —contestó él con sequedad, mirándola seriamente a los ojos—. Las noticias que llegan de Tanganica no son precisamente alentadoras. Pangani ya se encuentra en manos de los insurrectos, en Bagamoyo la situación no es nada clara, desde Tanga disparan a barcos alemanes, de momento tan solo Dar es-Salam se libra de los disturbios, pero el comercio se ha interrumpido en todo el litoral, algo que, sin embargo, afecta tanto a los árabes como a no...

—¡Escuche! No estoy hablando de sus negocios, sino de una persona. Una mujer. ¡Mi amiga! —espetó, furibunda, Viktoria.

—Lo sé. Pero no entiendo qué tiene eso que ver conmigo.

Impaciente, Viktoria dio un manotazo en la mesa.

—Debe ayudarme a buscar a Antonia. Es cuestión de vida o muerte. Usted mismo lo ha admitido.

Su mirada se ensombreció. Echó una ojeada... y solo entonces Viktoria se dio cuenta de que no estaba sola con Roger Lessing en su oficina.

Un joven cuyo aspecto le recordó desagradablemente a Hartwig Stahnke efectuaba anotaciones en una minuta y revisaba el contenido de unos sacos en un rincón en penumbra, pero el rifirrafe había hecho que interrumpiera su actividad.

La miraba con la boca abierta de asombro y evidente curiosidad. A todas luces no estaban acostumbrados a que una joven irrumpiera enérgicamente en la factoría. Además, su tono no dejaba la menor duda de que tenía mucha confianza con su jefe.

De haber sido otras las circunstancias, a Viktoria la situación le habría resultado muy embarazosa, pero no tenía ni ganas ni tiempo de respetar las convenciones europeas. Buscó con la mirada a Roger en lugar de evitarla, como habría sido lo propio.

—¿Sabe usted cuánta gente corre peligro allí? —inquirió él.

—Usted conoce a Antonia. ¿Cómo puede ser tan insensible?

—Se equivoca: me vi obligado a presenciar cómo una mujer ebria ponía en un compromiso a todo el consulado imperial. Afirmar que conozco a esa mujer me parece un tanto exagerado.

Viktoria cogió aire.

—Probablemente usted no cometa nunca errores, ¿no es así?

Lessing se encogió de hombros con aparente indiferencia y se centró en los papeles de su mesa. Hojeó con diligencia un montón, movió de acá para allá la escribanía de mármol negro y abrió y cerró la tapa del tintero de plata. Todo ello sin dignarse mirar a Viktoria.

Al cabo sacó una hoja suelta del infolio que estaba mirando cuando entró ella y se volvió hacia su empleado.

—Tenga la bondad de revisar de nuevo esta lista con el apuntador. —Acto seguido dio unos pasos hacia el joven y observó—: Será mejor que se ponga en marcha ya mismo, Hugo.

El tacón de los zapatos de caballero resonó en el piso de piedra. Estaba claro que al empleado de Lessing le desagradaba tener que marcharse y perderse la disputa entre su jefe y aquella joven a la que no conocía. La sed de sensaciones debía de ser grande, supuso Viktoria. De fuera llegaban los gritos de un vendedor de cocos, y dado que ya casi era mediodía, intuyó que posiblemente Hugo no tardaría en volver sin haber hecho lo que le pedían. Se oyó la campana de una iglesia próxima.

Sus ojos siguieron al joven, que salía titubeante de la oficina. Después miró de nuevo a Lessing, que se había situado en su lado de la mesa y se apoyaba en ella, a su lado, con indolencia.

—¿Siempre le pide así a la gente que la ayude? —quiso saber. Su voz era queda, pero tan cortante como la herramienta de un lapidario.

—Ha ofendido a mi amiga —objetó ella—. Y nadie salvo usted se sintió desairado, porque todo el mundo se creyó lo del experimento. Lo cierto es que Antonia se sentía abrumada por el pesar. Esa noche había bebido mucho, cierto, y no tolera el alcohol. Pero no debería juzgarla por eso. Es una persona estupenda, valiosa. Su repentina partida me causó mucho dolor. La echo de menos y me preocupo por ella, porque actuó de manera tan desatinada y...

—Dígame, ¿hay alguna forma de hacerla callar?

Pasando por alto su objeción, Viktoria continuó, irritada:

—... porque actuó de manera tan desatinada y nadie sabe a qué lugar de la costa se dirigió. Tengo noticia de los disturbios, y usted mismo ha admitido que la situación es crítica. Aunque Antonia es práctica, valiente y lista, ¿cómo va a salir de semejante atolladero? No es más que una mujer sola y sin recursos... —Cogió aire para seguir instando a Lessing.

En ese mismo instante este se inclinó sobre ella y la besó. Su boca rozó sus labios, que había separado para coger aire.

Perpleja, lo dejó hacer. Sin duda no era esa su intención, pero no pudo impedir que su cuerpo tendiera hacia el suyo.

Después sintió sus manos en sus hombros, la leve presión con que la atrajo hacia él. Su beso se volvió más intenso, exigente, si bien continuó siendo delicado y cauto. Viktoria tenía la sensación de que a Lessing le había sorprendido tanto su pasión como a ella su deseo.

Qué agradable era que la besara. Ojalá no parase nunca...

Se apartó bruscamente de ella. En un gesto desvalido, casi azorado, se retiró el pelo de la frente.

—Disculpe —musitó, y miró, cohibido, al suelo.

Viktoria se llevó la mano a los labios. Se tambaleó, y deseó poder agarrarse a alguna parte. Tenía la impresión de que las piernas no la sostendrían mucho más. Pero Roger se apoyó de nuevo en la mesa, impidiéndole así hallar un asidero. Viktoria respiró hondo, y solo entonces fue consciente de la velocidad a la que le latía el corazón. La causa es este hombre, pensó, y decidió no hacer caso de tan arrebatada ternura.

—Solo quería decir —empezó con voz trémula, mientras bajaba la mano— que me gustaría salvar como fuese a mi amiga.

Él exhaló un suspiro y la miró.

—Nadie sabe a ciencia cierta lo que está pasando en las poblaciones costeras. Nadie sabe cuál es la situación en las plantaciones alemanas. Ir hasta allí a ciegas en busca de una mujer es una locura.

—Sí, pero...

Le cogió la mano derecha.

—Viktoria... —carraspeó cuando ella la retiró y continuó con gravedad—: por el momento no puede hacer nada por su amiga, señorita Wesermann. La Compañía Alemana ni siquiera es capaz de proteger debidamente a sus administradores. El sultán es débil y veleidoso, y los insurgentes se están aprovechando de ello.

—No me despachará así como así.

—Debemos esperar a ver cómo reacciona el canciller a los disturbios —explicó con severidad, y se levantó. Mientras daba la vuelta a la mesa dijo—: Una intervención oficial de la Armada alemana tendría consecuencias para el imperio y para todos y cada uno de los comerciantes de Zanzíbar y del continente; en suma, para el comercio en África Oriental en general, pues en ese caso Tanganica pasaría a ser una colonia del emperador, lo que significaría que la estructura original de la Compañía Alemana del África Oriental se vería privada de poder, tal vez la aduana pasara a manos de la nación. Esto es política de altos vuelos, querida mía. La suerte de una única persona es secundaria. Lo siento. —Tras pronunciar sus últimas palabras, se volcó de nuevo en el infolio que estaba leyendo cuando llegó ella.

En opinión de Viktoria, la última palabra estaba por decir.

—No puedo abandonar a Antonia a su suerte sin más. Si usted no me quiere ayudar, probaré en otra parte.

Él se limitó a encogerse de hombros y a guardar silencio.

—Antonia es mi amiga —insistió—. No puedo esperar sentada a que la maten. Antonia, Juliane y yo... —Se interrumpió, pues al mencionar a Juliane se le ocurrió algo. Después del beso no le resultaba fácil concentrarse teniendo delante a Lessing, pero finalmente Viktoria cayó en que había otra persona que quizá pudiera ayudarla—: El príncipe Omar Ben Salim —musitó.

Lessing cerró el gran libro de cuentas con un ruido tal que la hizo estremecer.

—¿Se puede saber qué tiene usted que ver con ese hombre? —le preguntó con tono imperioso—. El príncipe Omar no es bueno para usted.

Muda de asombro, Viktoria clavó la vista en él, al otro lado del escritorio.

—El trato con el príncipe Omar no le conviene —aseguró Lessing con los ojos echando chispas.

Una pequeña sonrisa pícara asomó a los labios de Viktoria. Ni ella misma sabía por qué le alegraba la reacción de Lessing. Como varias veces antes, pensó en lo extraño de las sensaciones que despertaba en ella Roger Lessing.

Aunque por lo común no llevaba el corazón en la mano, soltó:

—¿Acaso está usted... celoso?

—Tonterías. Yo nunca estoy celoso.

A Viktoria le satisfizo ver la sombría expresión de su rostro.

—Verá, en este momento es irrelevante lo que sea o deje de ser para mí el príncipe Omar. No pretendo casarme con él, sino pedirle que me ayude a buscar a mi amiga.

—El hecho es que debería pensarse bien lo del matrimonio, si no quiere ser una de sus muchas esposas —espetó.

—¿Cómo? —Creía no haber entendido bien. La sonrisa se borró despacio de su boca, los ojos furiosos. En su entrecejo se dibujó una marcada arruga.

—¿Es que aún no se lo ha dicho? —inquirió con una risa amarga, burlona—. El príncipe Omar Ben Salim tiene varias esposas y concubinas en Mascate. Tener muchas mujeres se considera de buen tono entre los mahometanos, y, sin duda, no le ha resultado muy duro contentarse con esta suerte, aunque a todas luces ahora les haya echado el ojo a otras flores que no son rosas del desierto.

—No creo ni palabra de lo que dice —aseguró Viktoria, y sin embargo creía sin reservas lo que le decía.

¿No había sido Antonia la que las había advertido a Juliane y a ella de la tradición de los árabes de estar casados con varias mujeres a la vez? Sin embargo, ni Juliane ni ella habían indagado si el encantador príncipe estaba casado o soltero. Y Juliane se hacía ilusiones de ser su esposa, como había dado claramente a entender a Antonia y a ella.

Otra vez Antonia... Era como un puntal en la amistad del trío. Viktoria la echaba mucho de menos.

Respiró hondo para ganar tiempo y apaciguar la inquietud

que sentía. No quería que Lessing se diera cuenta de lo alterada que estaba en realidad.

—Me da lo mismo con cuántas mujeres esté casado el príncipe Omar y lo que haga o deje de hacer —afirmó—. Iré a verlo para pedirle ayuda.

Lessing señaló la puerta con la mano.

—No seré yo quien se lo impida, señorita Wesermann.

Ella vaciló un instante, desconcertada por ese gesto. Después enderezó los hombros y dio media vuelta. En medio de la trémula luz que entraba por la puerta se detuvo y volvió la cabeza.

Él aguardaba inmóvil tras el escritorio, observándola.

—Dicho sea de paso, tengo las mismas ganas de casarme que usted, señor Lessing. —Irguió la cabeza y se marchó, ufana.

3

El príncipe Omar trazaba líneas imaginarias con el dedo índice en el monte de Venus de Juliane. La gran piedra engastada en un pesado anillo de oro que llevaba resplandecía a la luz de una única vela. En la cálida luz amarilla, la piel desprovista de todo vello de Juliane parecía seda anaranjada.

—*Halava* y alheña —constató con una sonrisa satisfecha—. Igual que una árabe.

Sus caricias hacían que dulces olas de frío y calor le recorrieran el cuerpo. Sin querer adelantó las caderas hacia él.

—Quería estar bella para ti... —musitó Juliane sin apenas aliento.

Su voz sonaba distinta que de costumbre. Ya le había llamado la atención varias veces; a decir verdad, siempre que estaba con su amado. En esos casos su tono se volvía más profundo, grave y bronco. Probablemente fuese por causa del amor, se decía. Quizá también obraran el cambio la pasión del príncipe y las caricias que le regalaba. Daba lo mismo lo que dijera Viktoria: ¡Sin duda, estaba distinta!

Hablaba mucho con esa voz inusitada, pues se reunía con Omar con relativa frecuencia, al menos cada dos o tres días. Se veían siempre que se lo permitían el tiempo de él y las artimañas y las mentiras que ella urdía de cara a su padre. En la casa del amigo del príncipe, en la oscura calle de la Ciudad de piedra, se abrazaban y después ella le daba las gracias con su insólita voz, lo admiraba, le juraba amor eterno.

Lo único que se guardaba para ella eran sus deseos más íntimos... y la cuestión de por qué nunca la tocaba entre las piernas, allí donde su deseo bullía con más fuerza, hasta que apenas podía soportarlo. Tampoco esa vez dijo nada, sintió el calor y confió en que él pudiera leerle el pensamiento.

Ciertamente dio la impresión de que entendía su gesto.

—Chsss —dijo, y le dio un beso tierno, húmedo en la axila mientras su mano empujaba con suavidad el bajo vientre hacia los cojines—. No puedo franquear tu puerta del cielo. Tu futuro esposo te repudiaría la noche de bodas.

Ella estaba demasiado ocupada controlando el deseo y el anhelo en su cuerpo, motivo por el cual sus palabras calaron en ella con cierto retraso. Sin embargo, cuando lo hicieron, fueron como un jarro de agua fría. Se incorporó aturdida.

—¿Qué quieres decir con eso?

—Los árabes aprenden pronto a respetar la virginidad de una muchacha y a pesar de ello sentir dicha.

El dolor de cabeza que llevaba atormentándola todo el día y se había desvanecido al volver a ver a su amado volvió de pronto. Se llevó una mano a la frente, pero sus dedos no estaban fríos, sino sorprendentemente calientes, y por ello no proporcionaron alivio alguno.

Distraída por la incipiente migraña y con el cerebro ofuscado por la niebla del dolor, su pregunta no sonó muy desabrida:

—¿Es que no quieres casarte conmigo?

Nada más formularla, fue consciente de lo indebida que era la acuciante pregunta. Sobre todo: ¿qué hombre escribía apasionadas cartas de amor a una joven si no tenía intención de casarse con ella? ¿Con quién se unía tan íntimamente si no con su futura esposa? Hasta entonces Juliane se había negado a efectuar dichas reflexiones porque veía con claridad su futuro. Pero de pronto en algún lugar de su cerebro escuchó una voz de alarma. El dolor de cabeza y el calor se intensificaron.

Omar retiró la mano que hasta hacía escasos instantes descansaba en su vientre. Se tumbó boca arriba y fijó la vista en el techo, en silencio, a todas luces rumiando la pregunta.

El relativo silencio que reinaba en esa estancia siempre hacía bien a Juliane después del ruido permanente del harén y el caos de las calles; el cadencioso murmullo de la fuente la tranquilizaba. Ahora esa misma agua le crispaba los nervios. Deseó que los pasos de los sirvientes o un tintineo de vasos o platos rompieran el abrumador silencio. Pero, como era natural, a los esclavos les estaba prohibido poner el pie en la sala mientras el príncipe quisiera estar a solas con su querida. Era él mismo el que después del acto carnal servía algo de beber de la vasija preparada a tal efecto.

El corazón le latía tan deprisa y con tanta fuerza que temió que las paredes devolvieran el eco de su palpitar.

Al cabo de un rato, que se le hizo eterno, Omar se volvió hacia ella.

Pese a la tenue iluminación, Juliane observó, consternada, que el príncipe tenía los oscuros, profundos ojos anegados en lágrimas.

—Mi rosa —empezó con voz trémula—, jamás habría osado esperar que pudieses tomar en consideración compartir mi vida...

—Pero estoy aquí —musitó asombrada, y también un tanto herida. ¿Acaso pensaba que se entregaba con semejante pasión a cualquier hombre apuesto, elocuente?

—Te prometo que te brindaré todo cuanto desees. La vida en Mascate no es como en Alemania, ni tampoco como en Zanzíbar, pero podemos viajar, si lo deseas. Sin embargo, tendrás que acostumbrarte a nuestras tradiciones árabes. ¿Crees que podrás hacerlo, que tu amor es lo bastante grande?

¿Era eso una petición de mano? En las novelas que había devorado esas escenas las describían de otra forma. Claro que en ellas la mayoría de las veces eran alemanes nobles, honorables, los que asumían el papel principal, y no misteriosos príncipes árabes que pretendían raptar a la amada para llevarla a un mundo de fábula. Por tanto, Juliane decidió interpretar las palabras de Omar como una petición de mano.

Viktoria se llevaría una buena sorpresa cuando se lo contara.

—Sí —repuso Juliane en voz queda—. Sí. —Le tendió los brazos, quería abrazarlo, experimentar dicha, sentir su piel contra su cuerpo. Sin embargo, él la apartó con suavidad.

—¿Crees que tu padre dará su consentimiento? Quizás esta disposición le resulte singular. Y lo puedo entender, pero...

—En ese caso ¡fuguémonos!

—¿Lo harías? ¿Estarías dispuesta incluso a romper con tu padre por mí?

—Sí y cien veces sí, querido mío.

Omar se echó sobre ella, pero no la besó en la boca, como esperaba Juliane, sino que le acarició los párpados con los labios y la lengua. Juliane gimió levemente.

De pronto se incorporó.

—Tendré que dejar Zanzíbar, rosa mía, pero volveré lo antes posible, y entonces te llevaré conmigo y no te volveré a dejar.

Aún en el éxtasis de la fugaz sensación de dicha, Juliane clavó la vista en su amado. Y el horror se apoderó de ella: la idea de pasar más de un par de días sin Omar le rompió el corazón.

—¿Adónde vas?

—Mi tío, el sultán, me envía al continente. En la costa estallaron graves disturbios cuando la Compañía Alemana del África Oriental quiso asumir el gobierno. ¿Qué más indicado que enviar a un mediador que hable las lenguas de las partes enfrentadas?

Juliane pensó que debería sentirse orgullosa de su futuro esposo, que tenía que cumplir una misión tan importante. Sin embargo, pensar en su partida la entristeció sobremanera.

—¿Es peligroso?

Él le apartó con delicadeza los dorados rizos de la cara.

—No, seguro que no. Viajaré con los soldados del sultán. Nadie se atreverá a atacar nuestra caravana.

—¿Cuándo te harás a la mar? ¿Es esta nuestra despedida?

Él respiró hondo.

—Sí. Y estaría afligido si no supiera que mi regreso supondrá nuestra unión. Cuando vuelva a Zanzíbar solicitaré el consentimiento de tu padre.

Sin pensar demasiado en ello, Juliane contestó:

—Hay algo que deseo pedirte: si hoy hemos de decirnos adiós, me gustaría que esta fuese nuestra noche de bodas. Quiero ser tuya. Que ningún otro hombre me pueda tocar. Mi... —Tragó saliva, pues le resultaba delicado decir lo que deseaba más que ninguna otra cosa—. Mi virginidad será mi regalo de despedida.

Él vaciló, la miraba en silencio. Juliane temió haber cometido un error sin querer. Un leve escalofrío le recorrió el cuerpo, sobre el que parecía no tener ningún control.

Finalmente Omar sonrió. Se estiró y cogió el pañuelo de seda blanco con el que se abanicaba de cuando en cuando y que antes había tirado de cualquier manera al diván.

—Tu sangre será la prenda más preciada de nuestro amor —musitó. Y acto seguido le separó las piernas y se tendió sobre ella.

4

Jueves, 23 de agosto

—¡Ah, eso huele estupendamente! —exclamó, encantada, Juliane, y, haciendo caso omiso a los consejos de su amiga, fue directa al puesto que había montado un indio bajo un mangle en el mismo puerto. El intenso aroma procedente de un curry se extendía por el paseo marítimo, atrayendo a transeúntes hambrientos.

Un grupo de suboficiales que lucían el uniforme blanco de la Armada imperial también se había reunido en torno al cocinero. Viktoria identificó su graduación por el distintivo azul de los hombros y el galón dorado de la gorra azul. Los jóvenes reían, hacían el tonto y a todas luces disfrutaban de estar en tierra. Probaron la oferta culinaria e hicieron comentarios soeces al respecto, probablemente no hubiesen reparado aún en las dos damas que tenían detrás.

De pronto, Viktoria se acordó de su hermano menor, y sorprendentemente la invadió la nostalgia. ¿Cuántas veces había bailado con cadetes como él, suboficiales y oficiales de cubierta en ciernes? Entre ellos había muchachos agradables, alguno que otro, sin duda, capaz de conquistar su corazón. Pero ella había rechazado a cualquier galanteador serio, ya que no quería poner en peligro sus planes de futuro. Para luego dejarse besar en Zanzíbar precisamente por un comerciante indiferente que amaba a su bella querida negra...

¿Cómo podía haber sido tan necia? ¿Por qué no se había defendido, le había pegado una bofetada? ¡Y el beso ni siquiera le había desagradado!

La risa argentina de Juliane interrumpió los revueltos pensamientos de Viktoria, que miró a su amiga, para entonces rodeada y adorada por los jóvenes. Todos hablaban a la vez, rivalizando por ganarse el favor de la belleza rubia, y era evidente que Juliane disfrutaba siendo el centro de atención. Sus mejillas se habían teñido de rojo. Sonreía con fruición, como si hubiese probado la miel con la que los caballeros indudablemente acababan de untarle la boca con forma de corazón.

En la Antigüedad el néctar de las abejas se consideraba un manjar de los dioses y en el antiguo Egipto el valor de la miel se medía en asnos vivos. Se lo había contado el doctor Seiboldt cuando atravesaban el canal de Suez. Antonia se hallaba presente en esa clase impartida a bordo del *Sachsen*, y esa fue la primera vez que a Viktoria le llamó la atención el gran poder de atracción que Max Seiboldt ejercía en su secretaria. ¡Ay, ojalá no se hubiese armado ese escándalo!

Todos sus intentos de averiguar algo del paradero de Antonia habían sido en vano. Daba la impresión de que todas las personas a las que conocía se habían conjurado contra Viktoria. Roger Lessing no la quería ayudar, y más tarde Friedrich van Horn había esgrimido los mismos argumentos. En la puerta del palacio ni siquiera habían aceptado el billete que había escrito para el príncipe Omar: la despacharon aduciendo que había salido de viaje.

Con los ojos velados de tristeza, Viktoria miró a Juliane, que irradiaba encanto y coqueteaba con los aspirantes a oficial prusianos.

Dado que no quería privar del espectáculo a su amiga, continuó andando hasta los viejos cañones, que, situados ante el palacio del sultán, servían para hacer alarde del poder del soberano.

Tres piezas impresionantes, centenarias, que en su día pertenecieron a los portugueses y habían sido conquistadas por los árabes. Viktoria reconoció las puertas cinceladas en las armas portuguesas, que recordaban un tanto al castillo del sello de la ciudad de Hamburgo. Aunque el fuerte sol de la tarde había calentado el hierro como si de la plancha de un hogar se tratase, deslizó el dedo índice por él con cuidado.

¿De verdad era nostalgia lo que sentía? ¿O solo estaba triste porque su amiga se hallaba en peligro y ella no podía ayudarla? Para ser sincera, probablemente debiese admitir que, sobre todo, estaba confusa. La aturdían los sentimientos que había desencadenado en ella el beso de Roger Lessing. Menos mal que se había marchado a su plantación y, por ello, ya no se veían casi a diario, como antes, en casa de los Van Horn. Había vuelto a su propiedad, con su amante...

—Adiós.

Viktoria levantó la vista cuando le llegó la voz de Juliane.

Su amiga se despedía alegremente de los aspirantes a oficial mientras mordisqueaba de manera encantadora una dorada *samosa*. Era de suponer que habría comprado la especiada empanada triangular en el puesto.

—¿Desde cuándo comes en público? —preguntó, asombrada, Viktoria.

—Ya sé que no se hace —replicó Juliane con la boca llena—, pero a estas alturas carece de importancia, porque estoy haciendo un montón de cosas que no se hacen. ¿Quieres probarla?

—Gracias, no —dijo Viktoria—. Pero me alegro, claro, de que tengas tan buen apetito.

—Por lo general no es así. Desde hace unos días siempre tengo calor y frío al mismo tiempo y estoy mareada —contó Juliane a la vez que se apoyaba cómodamente en uno de los cañones—. Me figuro que será el clima. Hoy me he visto obligada a saltarme todas las comidas, por eso pensé que un tentempié me vendría bien. Y además está muy bueno. ¿Estás segura de que no lo quieres probar?

A punto estuvo de decir de mala gana Viktoria que no acostumbraba a comer en la calle, delante de la gente. Pero incluso a ella le sonó tremendamente melindroso, como si fuera el vivo retrato de su madre. O una institutriz vieja que llorara la dicha perdida. Lo uno era tan espantoso como lo otro.

Abochornada, miró a los soldados de la Armada, que seguían junto al puesto callejero, al parecer matando el tiempo, y de vez en cuando miraban hacia ellas, más bien hacia Juliane. Era evidente que esperaban que surgiera la oportunidad de volver a entablar conversación con ella.

—¿Cómo te has librado de los muchachos?

Juliane soltó una risita.

—Les he dicho que estoy prometida.

—Ah. No sé si será una idea muy...

Una banda de música interrumpió a Viktoria.

Las puertas de palacio se habían abierto y la banda salía: soldados del sultán en un colorido caos de imaginativos uniformes. Los miembros de la banda tocaban diversos tambores, instrumentos de viento y liras. Mientras avanzaban por la plaza que se abría delante en filas más o menos armoniosas, esta se llenó.

Se paraban sobre todo mujeres con niños, que reían, gesticulaban animadamente y debían de comentar a voz en grito la calidad del desfile semanal. Luise van Horn había llevado a Viktoria a uno de esos conciertos en una ocasión y le había contado que a los himnos de Zanzíbar a menudo seguían canciones alemanas, británicas y americanas. Sin embargo, debido a los ritmos árabes, a los que no estaban habituados los oídos occidentales, las melodías no resultaban fácilmente reconocibles.

Viktoria se esforzó por identificar el origen de la pieza que interpretaban en ese momento a un volumen tal que seguro que la oían hasta los vapores fondeados en la rada. Por desgracia hubo de desistir.

—Esta música me parece atroz —gritó Juliane para hacerse oír—. Nunca me acostumbraré a ella.

Risueña, Viktoria se encogió de hombros.

Juliane sacó un pañuelito de la limosnera y se limpió los dedos, grasientos de la *samosa* que ya se había terminado.

—No hace mucho el sultán nos invitó a mi padre y a mí a un recital. Dos hileras de sillas para la alta sociedad de Zanzíbar en los jardines del palacio. Hacía calor, y el ruido era ensordecedor. Sin el príncipe Omar a mi lado probablemente hubiese muerto de aburrimiento.

Oír el nombre del encantador joven disgustó a Viktoria. Si confiaba en que Juliane había coqueteado con los oficiales en ciernes de la Armada imperial porque ya no le interesaba la magia de Arabia, ya solo la dulzura que percibió en la voz de su amiga la desengañó. Tenía que decirle que Omar estaba casado...

—¿Sabes por qué el nuevo palacio del sultán se llama Casa de las maravillas? —preguntó Juliane.

La banda siguió su camino, tras ella los niños negros, morenos y amarillos bailando y cantando, seguidos con parsimonia por sus parlanchinas madres. Con la retirada de los tambores también disminuyó el ruido, aunque en el caos de transeúntes, carros, burros y vacas reinaba el jaleo habitual.

Viktoria miró los numerosos pilares de hierro que sostenían los balcones del palacio de tres plantas.

—¿Porque es el edificio más alto de la Ciudad de piedra? —probó.

—No. Eso sería demasiado sencillo. Se llama así porque es la primera casa de Zanzíbar que tuvo electricidad, y dispone incluso de un ascensor. Por dentro se parece un tanto a una residencia europea. Mucha madera y cristal y demás. Cuando viva aquí, te invitaré y te enseñaré el palacio.

Viktoria, que aún contemplaba la elegante belleza de Beit al-Ajaib, volvió la cabeza.

—¿Cómo que cuando vivas aquí? Me refiero a que ya lo haces.

—Hasta ahora no soy más que una invitada en los aposentos de las mujeres. —Juliane hizo una pequeña pausa efectista. Los azules ojos brillaban bajo la ancha ala de la pamela como el mar con el sol—. Sin embargo, eso cambiará cuando me case.

—¿Cómo?

—Naturalmente, serás mi dama de honor. Puede que para entonces haya vuelto Antonia. Así tendré dos damas de honor. —Dirigió una sonrisa radiante a Viktoria, buscando su beneplácito.

Si la partida de Antonia había afectado sobremanera a Viktoria, la noticia de Juliane no la sorprendió menos. Lo uno no le preocupaba menos que lo otro. ¡Juliane una de las muchas mujeres de un príncipe omaní! Casarse con un hombre al que no se amaba era una idea terrible, pero ser una de las numerosas esposas y concubinas del hombre amado a Viktoria le resultaba mucho más dramático. ¿Cómo podía permitir semejante unión Heinrich von Braun?

—¿Qué... qué dice tu padre... al respecto?

—Mi padre todavía no lo sabe —admitió Juliane.

Absorta, Viktoria recorrió con la mirada los inclinados troncos de los cocoteros, cuyos colores, a medida que se hallaban más cerca del mar, empezaban a cambiar bajo el cielo rosado del inminente ocaso, despidiendo reflejos azules, verdes y lila, como un gran tapiz de muaré. El hecho de que desviara la mirada fue interpretado por Viktoria como una confesión: la novia no contaba necesariamente con obtener el consentimiento de su padre.

Al cabo de un rato Juliane añadió, porfiada:

—Todavía no nos ha dado su bendición porque mi prometido aún no ha podido ir a pedirle mi mano. Omar tuvo que viajar al continente debido a asuntos de urgencia. El levantamiento... tiene que intervenir... —Su voz se perdió, como si sus palabras volaran por el mar al pensar en su amado.

Solícita, Viktoria apoyó la mano en el brazo de su amiga.

—Quizá sea buena idea, de ese modo logres distanciarte.

—¿Distanciarme? ¿Para qué? Quiero estar cerca de Omar. Igual que él quiere estarlo de mí.

Viktoria miró fijamente a los ojos a su amiga cuando le preguntó:

—Ya, pero ¿también quieres ser una de tantas esposas?

Un rojo púrpura que ni siquiera la sombra de la pamela pudo ocultar tiñó las mejillas de Juliane, que se zafó de la mano de Viktoria.

—¿A qué viene esa pregunta? Naturalmente que no, y Omar tampoco exigirá eso de mí. Él...

—¡Ya está casado!

El rostro de Juliane reflejó asombro y espanto.

Viktoria tragó saliva, se debatía entre la certeza de que acababa de echar por tierra todas las esperanzas de Juliane y la compasión que le inspiraba su amiga. Levantó la mano para reafirmar su afecto, pero no la tocó: los rasgos de Juliane habían adquirido una dureza que la asustó. Su mano permaneció un instante en el aire, como desvalida.

—Solo lo dices porque tienes envidia —espetó Juliane.

Por lo menos no se ha desmayado, pensó Viktoria. Había leído en alguna parte que suponía un alivio dar rienda suelta a la ira. Los pontífices del movimiento por la reforma de la vida lo afirmaban. A ella le daba lo mismo, mientras la rabia lograra reconfortar a Juliane.

—Estás celosa y envidias mi felicidad —chilló su amiga.

Los transeúntes las miraban: a todas luces no era lo mismo que las africanas conversaran a voz en grito separadas por cientos de metros que dos europeas discutieran en público. Viktoria notó que la incomodaban las miradas curiosas de las mujeres que pasaban por allí con sus vistosos *kangas*. Hasta los niños pequeños, con los que cargaban sus madres envueltos en telas, parecían mirarlas enfadados. Dos indias enfundadas en sendos saris vistosos y tan enjoyadas que por fuerza debían de quebrarse con el peso de tanta alhaja dorada, que resplandecía con el sol poniente, se detuvieron cerca de ellas gesticulando, hablando, soltando risitas y escrutándolas abiertamente.

Para entonces, por suerte los oficiales en ciernes habían abandonado su puesto de observación junto al tenderete de comida callejera, habían capitulado al ver la firmeza de Juliane y se habían dispersado. De lejos llegaban los sonidos de música de marcha europea y árabe, que parecían acercarse: era evidente que la banda del sultán regresaba al palacio tras recorrer la ciudad.

—Ven —pidió Viktoria—, demos un paseo. Así podremos hablar y...

—¡No quiero hablar contigo! —bramó Juliane—. Nunca más. Eres una víbora maliciosa, Viktoria Wesermann. Me figuro que con Antonia te comportaste con la misma desvergüenza que conmigo y por eso se marchó. Le arruinas la dicha a todo el mundo.

—Te lo ruego, escúchame: el príncipe Omar está casado. Es la verdad. Y con varias mujeres. Y también tiene queridas en Mascate. En su cultura es así, para los árabes esta vida es normal, y lo sabes. ¡Pero no está hecha para ti! —Viktoria habló tan precipitadamente y deprisa que le entró un ataque de hipo. Se llevó los pulgares a la boca para reprimirlo.

Juliane la miró de arriba abajo.

—Me he llevado una gran decepción contigo. Y no te quiero volver a ver. ¡Nunca! No eres más que una mentirosa infame.

Viktoria se preguntó un instante qué le afectaba más: los insultos o la amenaza de perder también a Juliane.

—Eres una solterona amargada y envidiosa. ¡Fuera de mi vista!

Juliane se volvió bruscamente y se alejó sin dignarse mirar a Viktoria. Echó a andar hacia el palacio, sin reparar en que la banda militar acababa de llegar. Fue directa a ella atolondradamente y chocó contra un tambor, al que estuvo a punto de caérsele el instrumento.

Mientras Viktoria seguía con la mirada a su amiga, una lágrima le corrió por la mejilla.

5

Martes, 28 de agosto

Un fuerte aguacero tropical repiqueteaba contra las ventanas, caía ruidosamente en los tejados y corría por los muros de las casas. El mar se derramaba como una alfombra gris perla sobre la playa mojada, repleta de inmundicia; el aire era sofocante, y olía a humedad, peces muertos y madera enmohecida. Por las calles serpenteaban torrentes impetuosos que, al unirse con los excrementos de los burros y el legado de los perros callejeros, se convertían en ríos de agua sucia. A pesar del mal tiempo, delante del dispensario luterano se había formado una cola, sobre todo madres negras que llevaban a sus hijos en brazos envueltos en una tela. El llanto de los pequeños y las voces de las mujeres eran acallados por la lluvia.

Los postigos de la ventana, que Max Seiboldt acababa de abrir, pero que no había afianzado, se bamboleaban con el viento, golpeando ya el marco de la ventana, ya la pared. En el laboratorio hacía un calor desagradable, y notó que arrancaba a sudar. A decir verdad tendría que haber abierto la ventana y echado los postigos, pero las cenicientas nubes oscurecían el cielo de tal modo que Hans Wegener apenas veía las letras de la Remington. La tecla de mayúsculas había desaparecido por completo de su campo visual, según decía. Debido a la tormenta la luz eléctrica se había ido, y Max Seiboldt se sentía incapaz de procurarse otra fuente de iluminación. Por extraño que pudiera parecer, a su asistente no se le ocurrió encender velas o una lámpara de aceite. Sin duda, escribir a máquina, una tarea a la que no estaba acostumbrado, lo superaba.

Max observaba con cierta admiración a las mujeres y los niños, que aguantaban la lluvia con paciencia. Quienes habían seguido el llamamiento a ponerse la vacuna antivariólica no eran tantos como probablemente esperase la dirección del hospital, pero al menos era un comienzo. Ya solo el hecho de que el grupo no se dispersara dadas las circunstancias podía considerarse un éxito. A fin de cuentas no era fácil hacer comprender a la población local que con la vacuna se introducían en la piel los agentes patógenos responsables de la enfermedad, los mismos que evitarían que se contrajera dicha enfermedad. En el reino de Omán y también en la India estos métodos se conocían desde hacía más tiempo que en Europa, razón por la cual los árabes se comportaban con más naturalidad con ellos que los africanos. Esa vacuna constituía un triunfo de la investigación. Con suerte, se le pasó a Max por la cabeza, algún día podremos decir lo mismo del cólera.

Se volvió hacia su asistente.

—¿Y bien, Wegener? ¿Le falta mucho aún? ¿Cuánto más voy a tener que esperar para dictarle el informe?

El aludido levantó la cabeza, la cara roja como un tomate.

—Lo siento, doctor, ahora se ha enredado la cinta. De verdad que no sé cómo lograba manejar tan bien este chisme la señorita Geisenfelder.

—¡No vuelva a pronunciar ese nombre en mi presencia! Esa mujer es una desertora.

Resoplando de ira, Max le dio la espalda a su asistente: no quería que el joven viera la consternación que se reflejaba en su rostro. Ni el espanto que le había producido la precipitada partida de Antonia Geisenfelder. No había sido ni medianamente consciente de lo mucho que lo ayudaba con su trabajo y del profundo vacío que había dejado su ausencia.

Naturalmente, había estado convencido de su valía desde el principio, por eso precisamente la había contratado. Pero no contaba con que la fuera a echar de menos. No solo por su energía y su inteligencia; su buen talante, su bello rostro, con esos ojos alegres, su cálida voz: sin ella el laboratorio parecía vacío y lúgubre.

—Haga el favor de ocuparse de que tengamos alguna luz aquí —bufó el médico.

Miraba ensimismado el agua que corría por el cristal de la ventana. Sabía por experiencia que la tormenta no duraría mucho y el sol secaría los charcos a una velocidad vertiginosa. Ese era el breve lapso de tiempo durante el que las africanas hacían la colada en las charcas. Por desgracia, devolver la pulcritud a su pequeño mundo no era tan fácil.

—Todavía no he averiguado dónde guardaba las velas la señorita Geisenfelder —se lamentó Wegener—, y me da que la lámpara de aceite está rota. Lo siento, no sé cómo funciona. La señorita Geisenfelder se encargaba siempre de estas cosas.

Airado, Max Seiboldt se preguntó por qué diantres habría llevado a esa expedición precisamente a un dandi incapaz como Hans Wegener. Ciertamente no eran los certificados y diplomas del joven los que lo habían convencido, sino los donativos de su padre: rico propietario de una cervecería que de esa manera confiaba en que su segundogénito recibiera las órdenes científicas mayores. Además estaba Antonia, nominalmente su secretaria, pero más bien su asistente. No veía por qué no debía aceptar el arreglo con el padre de Wegener.

—En el ejército le habrían pegado un tiro por deserción —espetó.

—Y ese peligro corre —repuso Wegener.

Max giró la cabeza.

—¿Acaso cree que no sé lo que está pasando en Tanganica? Dicen que solo en Pangani han pasado por las armas a ocho mil hombres, y en Kilwa el jefe de distrito resultó herido de muerte. No sé si el hecho de que la fragata *Leipzig* se encuentre delante de Bagamoyo habrá tenido un efecto intimidatorio, pero la situación es todo menos favorable. Confiemos en que la señorita... —Casi se atragantó con su nombre, y prosiguió tras vencer un ataque de tos—: En que se encuentre en un barco camino de Europa.

—Sin duda sigue en el continente. Su amiga, la señorita Wesermann, está convencida de ello. Está haciendo indagaciones por todas partes, pidiendo que alguien la ayude a buscar a la señorita Geisenfelder.

Con dedos temblorosos, Max empezó a palparse el bolsillo en busca de su pitillera de plata. La insistencia con la que Wegener hablaba de Antonia lo inquietaba profundamente. Había pocos temas que quisiera evitar tanto como ese. Si al menos diese con algo que fumar para calmar sus desquiciados nervios... Sus ojos recorrieron deprisa la estancia. Finalmente encontró lo que buscaba junto al microscopio.

—Ya le dije a la señorita Wesermann que no era posible ir en busca de su amiga —masculló mientras se encendía un cigarrillo—. Ni siquiera sabemos dónde está. Ningún hombre en sus cabales irá a Tanganica a hacer de detective. Sería un suicidio.

Wegener asintió entristecido.

—Por desgracia me falta el valor para hacer algo así.

Max lo miró con severidad a través del humo. ¿Sentía su asistente un afecto mayor de lo debido por Antonia Geisenfelder? ¿Qué había nacido entre ambos durante el viaje? Por edad encajaban perfectamente.

¡Bobadas! Sin duda estaba siendo víctima de un error, una ilusión de los sentidos que posiblemente se debiera al trasnoche. Antonia no era una joven irreflexiva que primero quería entregarse a su jefe y después se quedaba con el subordinado. ¿O acaso era verdad que el trabajo conjunto confundía los sentimientos? ¿Acaso Antonia los amaba a los dos, a Wegener y a él?

Me estoy volviendo loco, pensó Seiboldt.

¿Por qué no podía haber seguido todo como estaba? ¿Por qué esa mentecata lo había arruinado todo con su partida? La investigación avanzaba bien, y su día a día había empezado a discurrir por senderos sumamente gratos: Antonia era su secretaria, y Anna, su mujer, volvía a estar a su lado. Podría haber sido perfecto...

La cuestión era sin cuál de las dos mujeres se las podía arreglar mejor, pero no quería pensar en ello, superaba su imaginación.

Apagó el cigarro a medias en el cenicero que había junto al microscopio.

—Si no se maneja con la máquina de escribir, tendrá que escribir a mano, Wegener, pero que sea legible, se lo ruego. No quiero que los caballeros del Instituto de Higiene se encuentren ante un enigma cuando reciban mi informe... Y, como ya le he dicho: ni una palabra más de... —carraspeó— la señorita Geisenfelder. No quiero volver a oír a hablar de ella.

6

Viernes, 31 de agosto

Docenas de voces femeninas resonaban en el edificio. Una soprano de timbre argentino cantaba el estribillo de *Joy of the World*, y Viktoria se preguntó por qué las alumnas de St. Mary's entonaban una canción de Navidad en agosto. Se lo preguntaría a Elizabeth Kidogo, decidió mientras recorría ensimismada las hileras de bancos, en los que la clase realizaba un examen de historia: «La propagación de la Iglesia anglicana en Inglaterra», era el tema. Un tema de lo más adecuado, pensó, con salmos como música de fondo.

La alegría que solía sentir cuando vigilaba la clase o enseñaba, ese día se negaba a manifestarse. En rigor llevaba días abatida. Verse separada de sus amigas la afectaba enormemente. Ya no era solo la preocupación que sentía por Antonia, sino también la profunda tristeza que le producía la desavenencia con Juliane. En un principio le quiso dar tiempo para que se lamiera las heridas, confiando en que daría señales de vida, pero al cabo de unos días no pudo aguantar el silencio y le escribió una carta. Que hasta la fecha no había tenido respuesta.

Poco a poco llegó a la convicción de que no volvería a ver a Antonia ni a Juliane. Su amistad, que tanta seguridad le proporcionó cuando comenzó su andadura en Zanzíbar, se había roto.

Y ahora estaba sola. Justo como esperaba estar cuando salió de Hamburgo.

La campana se dejó oír desde la torre de la nueva iglesia, acallando los cantos de la escuela, recorriendo las *shambas* hasta llegar al mar, mezclándose con el ruido de pies, las risas, las conversaciones, el tableteo de pizarras y el crujido de papel que siguieron nada más escucharse el primer toque. Hasta ese momento ese sonido tan típico de una escuela siempre le había resultado divertido, pero ese día el jovial ruido le minó la moral.

Un paseo en silencio por la playa estaría bien, pensó. A solas con la brisa del mar, el murmullo de las olas y el crepitar de los cocoteros. O quizá debería sumarse a la excursión, prevista desde hacía tanto tiempo, a la plantación de Lessing con Luise y Friedrich van Horn.

Mejor olvidarse del beso si quería volver a recuperar la paz. Le costaba, pero a fin de cuentas los Van Horn eran las únicas personas cercanas que le quedaban en Zanzíbar. Debía contentarse con sus anfitriones y los amigos de estos.

—Señorita Wesermann... —una voz aguardentosa, aterciopelada, interrumpió el hilo de sus pensamientos— me gustaría hablar un momento con usted, se lo ruego.

Como si fuese un títere insensible, Viktoria había ido por los bancos recogiendo maquinalmente pizarras, papeles sueltos, cuadernos y libros mientras las niñas salían corriendo, charlando en grupos. Aunque había observado que la población negra se adaptaba al clima moviéndose por regla general relativamente despacio, las alumnas corrían tan deprisa en el recreo como sus coetáneas en el lejano y frío norte. La mayoría de las veces de manera bastante atolondrada y dejándose sus cosas, que ahora Viktoria sostenía en brazos cuando se volvió hacia Anna von Rosch, que esperaba en la puerta a oír su respuesta.

—¿Qué puedo hacer por usted? —preguntó amablemente Viktoria, aunque no se alegraba mucho de verla.

Sorprendentemente, la baronesa parecía apocada. Hacía girar

el abanico con nerviosismo en la mano, la seda de su falda amarillo maíz crujió levemente al acercarse.

Con la despiadada luz que entraba en la habitación, Viktoria reparó en las ojeras que rodeaban los bonitos ojos de la mujer y en las arrugas de la boca, que se habían vuelto más profundas desde la última vez que la vio.

—Tal vez no sea oportuno —empezó Anna von Rosch—, pero me gustaría hablar abiertamente con usted. Es usted la única persona de Zanzíbar en la que confío en esta cuestión. Por eso me gustaría pedirle consejo.

Viktoria la miró con cara de asombro, pero no dijo nada. Con el material de la clase en brazos, sin moverse de donde estaba, en medio del aula, pensaba febrilmente si pedir a su visitante que tomara asiento en uno de los bancos, demasiado pequeños e incómodos.

—Por descontado, no somos amigas... —dijo la baronesa abriendo y cerrando el abanico—, pero ello no debería ser impedimento para que hablemos con franqueza, dadas las circunstancias. Me... ehhh... Como puede ver no me resulta fácil... —Respiró hondo y continuó—: Desearía hablar con usted del doctor Seiboldt.

—Ah —repuso Viktoria, titubeante.

Qué ironía del destino que fuese la baronesa la que quería mantener una conversación que Viktoria tendría que haber sostenido hacía tiempo en beneficio de Antonia. Sin embargo, era demasiado tarde para intervenir en favor de su amiga, y ya no sentía curiosidad por conocer los detalles de la relación que existía entre Anna von Rosch y Max Seiboldt. No quería saber nada más al respecto. Para ganar tiempo y no enfadar a la benefactora de la escuela, se acercó al pupitre y dejó las pizarras, los libros, los cuadernos y los papeles.

—El motivo de esta pretensión es que estoy muy preocupada por el doctor Seiboldt. Me da la impresión de que ya no es dueño de sí mismo.

Viktoria se mordió el labio inferior. Y ahora ¿qué decía?

¿Que era la última persona del mundo que podía ayudarlo? Quizá fuera ridículo, pero en cierto modo se sentía traicionada por él. ¿Acaso no era culpa suya en último término la partida de Antonia?

Al darse cuenta de que la baronesa esperaba una reacción por su parte y su silencio empezaba a ser embarazoso, repuso despacio:

—No sé cómo podría serle de ayuda. Mi relación con el doctor Seiboldt se ha enfriado. En el barco coincidíamos a menudo, pero aquí, en Zanzíbar, apenas nos hemos visto.

—Eso ya lo sé, señorita Wesermann. —También Anna von Rosch vaciló de pronto, después echó una ojeada a su alrededor, sin saber qué hacer—. ¿Me permite que me siente? —preguntó al tiempo que señalaba un sitio en primera fila.

Viktoria sonrió a su pesar.

—El banco no es que se diga cómodo para un adulto, pero sin duda cumple su finalidad.

—Bien. —Anna se sentó, procurando moverse con la mayor elegancia posible, lo cual le resultó un tanto complicado, ya fuera debido a su estatura, al corsé o quizá también a su edad. Viktoria constató asombrada que era la primera vez que la pulida apariencia de la baronesa presentaba fisuras—. Max Seiboldt se halla extenuado —contó sin ambages tras disponer cuidadosamente el vuelo, las cintas y los pliegues de sus ropas y coger el abanico, que había dejado en la mesa—. Está cambiado, y temo seriamente por su salud. Nunca antes lo había visto así.

A fin de cuentas tampoco lo conoce usted tanto, pensó Viktoria. Y en voz alta, mientras se apoyaba en el pupitre, dijo:

—Lo siento mucho, pero a pesar de todo no sé lo que yo...

—El motivo de sus... males... sí, podría decirse así. Males. El motivo, en mi opinión, es Antonia Geisenfelder. Que es amiga suya, ¿no es así?

—Sí, desde luego. Sí. Pero no tengo contacto con ella desde que abandonó Zanzíbar. Se encuentra en el continente, ni siquiera sé dónde. Por ello no le puedo decir nada a este respecto.

Por la ventana abierta entraba un aire que se colaba entre las plumas de avestruz del sombrero de Anna. Las exquisitas plumas bailoteaban.

—¿Me permite que le cuente una historia? —inquirió—. Se trata de una historia bastante vieja y, en el lugar en que nos encontramos, un secreto. Sin embargo, me gustaría ser sincera con usted.

—Naturalmente. Y desde luego le puedo asegurar que nada de lo que hablemos saldrá de esta habitación.

Viktoria no estaba segura de si tenía intención de respetar esa frase un tanto hecha. Temía emplear cada palabra que pudiera serle de utilidad para dar con su amiga Antonia. Solo si esta volvía a Zanzíbar se reconciliaría ella con Juliane. Todo iría bien... Viktoria se dominó para escuchar la historia de Anna. Sin mucho entusiasmo en un principio, pero su interés fue en aumento.

—Max Seiboldt aún era un joven científico cuando decidió impulsar su labor de investigación contrayendo un matrimonio conveniente. Mi padre, que era un alto funcionario en la corte del rey Luis II de Baviera, lo protegió y, como es lógico, él pidió mi mano. Por aquel entonces yo no estaba segura de si quería mi dote o a mí, pero me puse con gusto al servicio de la higiene y las enfermedades infecciosas. A fin de cuentas es bueno para una mujer que su esposo tenga por delante una gran carrera. Por eso no me importó la diferencia de clase. Además, Max Seiboldt es un hombre atractivo.

Viktoria se pasó la lengua por los secos labios. Le costaba entender lo que acababa de oír: que Max Seiboldt y Anna von Rosch estuviesen casados desde hacía tiempo resultaba sumamente increíble. ¿Acaso no estaba casada la baronesa con el comandante de una fragata imperial? ¿Una mujer con varios maridos? ¿Una bígama que esperaba pasar inadvertida en África? ¡Inconcebible!

—Por desgracia no tardé mucho en descubrir que el amor de mi esposo pertenecía exclusivamente a la ciencia —continuó Anna—. No se interesaba de verdad por mí, o se le daba bien ocultarme sus sentimientos. Sea como fuere, no me sentía amada y me aburría. Sin duda la cosa habría sido distinta de haber tenido hijos, pero esa suerte nos fue negada. De manera que vivimos durante años un matrimonio que no merecía recibir ese nombre.

Viktoria pensó de mala gana en sus padres, que parecían haber dado con un arreglo que satisfacía a ambos, pero que poco tenía que ver con el amor y la atención. Recordó a Hartwig Stahnke, y con el recuerdo la asaltó la visión de una vida a su lado que en su día le cortó la respiración. Quizás Anna von Rosch sintiera otra cosa cuando contrajo matrimonio con Max Seiboldt, pero sus palabras daban a entender que no se había mostrado dispuesta a supeditar sus esperanzas a los deseos de su esposo.

De pronto, Viktoria se sintió unida a esa mujer que, en cierto modo, había tomado las riendas de su destino. Se percató de que seguía de pie, lo cual antes le había conferido cierta superioridad.

—Ya no está usted casada, ¿no es así? —preguntó con tino Viktoria mientras enderezaba su silla y se sentaba.

—Calma, calma. Todavía no hemos llegado a esa parte. El final de un matrimonio no es algo que se concluya deprisa. Antes hay ofensas, tristeza, insensibilidad. Hoy en día me sigue doliendo, pero hubo un tiempo en que llegué a odiar a Max... No, a él no, a él nunca. Más bien a la ciencia, la investigación, la medicina. Me era absolutamente indiferente el hecho de que pudiera salvar vidas. Al fin y al cabo había arruinado mi futuro a su lado. —Hizo una pausa durante la que probablemente pasó revista al pasado.

Viktoria imaginó a Anna y a Max Seiboldt de joven pareja. Una mujer bella, elegante, y un investigador inteligente, atractivo a su manera. Seguro que eran el centro de atención en acontecimientos sociales, ella diplomática, él un tanto distraído. Sin embargo, conocía lo bastante a Max Seiboldt para imaginar lo poco que debía de importarle a él su papel.

—Salía mucho de viaje —recordó Anna al cabo de un rato—. Yo le suplicaba que me permitiera acompañarlo. No solo porque para entonces ya era un bacteriólogo conocido, sino porque quería estar con él y confiaba en reencontrarme con él en otro mundo. Confiaba en poder forjar con él una comunión sin la cual nuestra vida en común me parecía que carecía de sentido. Pero él rechazó todos mis esfuerzos. Max me dejó sola. Y yo me sentía como si estuviese en una cárcel.

Viktoria se retorcía las manos cuando soltó:

—En Hamburgo yo me hallaba en una situación similar, aprisionada por las tradiciones y los deseos de mi familia, pero logré evitar un matrimonio forzado. Por eso estoy exiliada aquí.

—No lo sabía...

—No. Claro que no. ¿Cómo lo iba a saber?

—Yo solo pensaba en mí —confesó Anna von Rosch—. Pero al hacerlo cometí el error de subestimar las consecuencias de una separación cuando le pedí el divorcio a Max. Estaba convencida de que podría empezar una vida nueva si me deshacía de ese esposo molesto. A decir verdad, ni siquiera quería empezar de cero, sino volver al punto en el que me encontraba antes de que nos casáramos. Fue una equivocación. Y mientras él se labraba una carrera brillante, yo, al ser una mujer divorciada, me vi marginada por la sociedad. Los caballeros con los que aún podía considerar unas posibles nupcias no respondían a mis deseos...

—Pero se...

—El capitán Von Rosch es mi hermano.

Viktoria la miró sin dar crédito. Fue como si el suelo se tambaleara bajo sus pies.

La baronesa rio con suavidad.

—Ideamos este pequeño complot cuando me enteré de que Max Seiboldt realizaría una expedición a África Oriental y mi hermano estaría destacado aquí. Como su esposa se encontraba de parto y no se planteaba viajar ni por asomo, ocupé su lugar. Nos pareció buena idea. Yo quería volver a ver a Max a toda costa y convencerlo de que, al igual que él, también puedo ser de utilidad. ¡Menuda combinación! El científico y la benefactora. En el imperio nos besarían los pies. Sin embargo, no contaba con que viajase con una mujer.

—Su secretaria —puntualizó Viktoria.

La risa de Anna se tornó amarga.

—Su amor, a mi juicio. No nos engañemos: he hecho todo lo posible por reconquistarlo, y a punto estuve de conseguirlo. Pero desde que lo dejó la señorita Geisenfelder no muestra el menor interés por mi persona. Su jugada fue brillante, porque desde que desapareció no hace más que pensar en ella. Me temo que ello le haga perder la razón.

¿Había obrado por amor la baronesa? ¿O movida por la vanidad y la ambición social? Viktoria se debatía entre la compasión y el horror. Las últimas afirmaciones de Anna en particular hicieron que no pronunciase las palabras de consuelo que pensaba decirle.

Viktoria apoyó las manos mecánicamente en la mesa y repitió, esta vez con más solemnidad:

—¿Qué puedo hacer por usted?

—Sin duda sería oportuno que la señorita Geisenfelder volviese y acabara con esto, ¿no le parece?

—Daría cualquier cosa por saber a Antonia de vuelta en Zanzíbar, pero, como ya le he dicho... —Lo dejó ahí, en un silencio elocuente.

Al mismo tiempo se preguntó si, de saber cuál era el paradero de Antonia, le diría la verdad a Anna von Rosch.

Esta profirió un hondo suspiro. Se abanicaba con brío.

—Sospechaba que haría oídos sordos de mi franqueza. No, disculpe, no quería disgustarla. A fin de cuentas no puede hacer nada por mi sino. —La baronesa dejó el abanico y se sacó del bolsito un pañuelo con encaje que se llevó a los ojos.

Viktoria estaba furiosa. Con Anna von Rosch y, sobre todo, con Antonia, que había huido de sus sentimientos. Y con Juliane, que no quería ver la verdad. Además, ¿por qué me importunan todos con sus problemas? Bastante tengo yo con arreglar mi propia vida.

—De veras desconozco la dirección de la señorita Geisenfelder —afirmó con resolución, y se levantó, apoyándose en la mesa. Las piernas le temblaban de nerviosismo e ira reprimida—. Y aunque supiera cuál es su paradero, sería inútil: se encuentra en algún lugar de Tanganica, y que yo sepa allí hay una revuelta.

—Es terrible. Mi hermano me envió un cable desde el *Leipzig* informándome de que la costa se encuentra bloqueada por los barcos imperiales...

—Así pues, mi amiga no podría abandonar el lugar en el que se encuentra para venir a Zanzíbar aunque quisiera —constató con serenidad Viktoria, si bien por dentro la preocupación empezaba a inflamarse como una fogata. El dato que le acababa de facilitar Anna no la había tranquilizado precisamente. ¡Ojalá pudiese hacer algo!

Estamos en un atolladero, pensó Viktoria: Antonia en Tanganica y yo en Zanzíbar. Cada una encerrada a su manera...

El crujido de la madera cuando la baronesa se levantó del banco la sacó de sus sombrías reflexiones.

Anna dio un paso hacia Viktoria, pero después se detuvo de golpe.

—Si se le ocurriera alguna forma de serme de ayuda, le estaría muy agradecida —aseguró. De pronto su voz ya no era cálida y aguardentosa, sino fría y bronca.

—Si supiera cómo poder ayudar, lo haría —le aseguró Viktoria, encogiéndose de hombros y sin precisar a qué persona en concreto iba dirigida su preocupación—. Puede estar segura de que, en otras circunstancias, no me quedaría cruzada de brazos.

Y era verdad.

7

Sábado, 1 de septiembre

Un rostro blanco se inclinó sobre ella. El de una mujer desconocida, curtido, ya no joven, consumido por el trabajo, pero gratamente benévolo, a pesar de los fatigados ojos y las profundas arrugas de la boca. Llevaba una cofia blanca, pero distinta de la de una monja; algo faltaba en el hábito... Juliane estaba completamente segura de que faltaba algo, pero no recordaba de qué prenda podía tratarse.

Le habría gustado decirle a la mujer —sin duda muy amable— que estaba muerta de frío. Los dientes le castañeteaban, y era como si todos los huesos de su cuerpo le tiritasen. Sin embargo, la lengua no le obedeció. Resollaba. O al menos creía oír un resuello.

Pero quizá sí lo hubiese dicho: le echaron por encima una pesada manta que olía a incienso; ahora tendría que volver a hablar para decirle a la mujer que no soportaba ese olor, le provocaba migrañas. Pero ¿cómo iba a articular las palabras?

Juliane padecía fuertes dolores de cabeza. Constantemente. Ya ni siquiera se acordaba de si había vivido alguna vez sin esa viva opresión que sentía en la frente y las sienes. Estaba mareada, tal vez vomitase de un momento a otro.

Tenía que decirle a la mujer que no aguantaba el olor de la

resina quemada. Igual que acababa de decirle que temblaba de frío.

Sí, lo haría. Una buena idea. Solo tenía que concentrarse y recordar cómo se hacía para hablar.

De nuevo un rostro sobre ella. No, varios rostros, y a decir verdad no eran rostros, sino máscaras ricamente bordadas y velos negros que hacían que los rasgos resultaran irreconocibles tras ellos. Unos ojos oscuros la miraban desde ese rebozo. Unos bellos ojos oscuros. Y sin embargo, tenía miedo. Siempre lo había tenido de las máscaras. Cogida de la mano de su madre, se había topado con caretas y fantasmas en carnaval, y las artísticas y grotescas caras le dieron un susto de muerte.

De su madre había una mascarilla. Recordaba perfectamente lo que sucedió cuando llegó aquel hombre extraño a sacar el vaciado.

Su tía afirmaba que no era cristiano mandar hacer una mascarilla. Chilló e insultó al padre de Juliane hasta que este la echó de casa.

Heinrich von Braun lloraba.

Juliane vio las lágrimas en sus mejillas: perlas que se le enredaban en la barba. Nunca antes había visto llorar a su padre. ¿Lo hacía porque tampoco él quería que el desconocido de la levita descuidada con el cuello rígido y torcido tocara el amado rostro? Sea como fuere, ella no quería que ese extraño extendiera una gruesa capa de grasa en la fría piel de su madre. Era repugnante. A decir verdad, no debería haberlo visto, pero se deslizó de tapadillo en el tocador y se escondió detrás de las pesadas antepuertas de terciopelo...

Qué curioso. ¿Cómo es que ya no había cortinas en las ventanas? Tan solo postigos con aberturas. Y eso que la habitación estaba muy bien, casi como en su casa. No era su habitación, eso seguro. Pero se encontraba en una cama con sábanas blancas, cubierta por muchas mantas, algunas de lana.

¿Por qué le ponían tantas mantas? Tenía mucho calor. Sudaba por todos los poros. Transpirar no estaba bien...

¡Su padre estaba ahí! A su lado. Por fin había sacado tiempo para ella. Trabajaba demasiado y la descuidaba. Y no debería hacerlo; al fin y al cabo le había prometido hacer tantas cosas como pudiese con ella. Solo con ella. Pero... ¿qué quería decir «tantas cosas como pudiese»? ¿Se podía eso medir en horas? ¿Lloraba porque no podía dedicarse más a ella?

Volvió a ver en sus mejillas perlas que se quedaban pegadas a su barba. ¿Acaso lloraba porque ella no se comportaba como era debido y sudaba como un labriego? ¿Sabía de los collares de perlas que le había dado Omar como regalo de despedida?

Y eso que en modo alguno eran una recompensa por su inmoralidad, por el dolor y los placeres demasiado breves que vinieron a continuación. Más bien constituían uno de los deberes del hombre, como le explicó el príncipe.

«En mi lengua el regalo de tornaboda se denomina *sadaq* —dijo Omar mientras doblaba con sumo cuidado el pañuelo de seda con el que antes le había secado la humedad entre las piernas—. Es un requisito del enlace, impuesto por Alá. Y yo te regalaré perlas porque para nosotros son símbolo de la virginidad y ahuyentan la melancolía. No deseo que nuestra despedida te entristezca.»

Entonces sacó como por arte de magia una bolsita e hizo que sobre su cuerpo desnudo llovieran docenas de brillantes perlas ebúrneas, grandes y pequeñas. Las joyas rodaron como gotas por su piel. Estaban frías, como si fuesen lágrimas que cayeran a su vientre desde los pechos. O la espuma de una cascada que resplandecía como un arcoíris a la luz del sol.

Ojalá no tuviera tanto frío y pudiera disfrutar de la imagen del arcoíris. Aunque las mantas ya no olían a incienso, no daban mucho calor. Probablemente fuese invierno, y por eso tenía tanto frío. Las temperaturas bajas le sentaban tan mal a la cabeza como un clima caliente. Fuera como fuese, siempre tenía migrañas. Hasta en la nieve.

¡Omar había llegado! Había recorrido el largo camino que lo separaba de Wurtemberg para ir en su busca. Su príncipe de cuento la raptaba en un trineo adornado con perlas de Oriente para llevarla a Omán, un país lejano bajo el sol del desierto. ¿Había una dicha mayor?

Decepcionada, Juliane constató que no estaban solos. Pero entonces vio a la otra persona que ocupaba el trineo y un amor infinito inundó su corazón.

Empezó a nevar, y con la deslumbrante luz blanca casi no distinguía nada. Sin embargo, veía con claridad a la familiar figura que tenía delante.

A oídos de Juliane llegaron las primeras notas de la marcha fúnebre de la sonata para piano n.º 2 de Frédéric Chopin. Habían tocado esa pieza en el entierro de su madre.

¡Qué tontería! Si su madre no había muerto.

Alargó el brazo para tocarla...

8

Ali, el sirviente de Roger Lessing, hacía pacientemente un juguete con una hoja de plátano. Primero la dobló como si fuese una hoja de papel, luego la alisó y la plegó de nuevo de manera distinta. A todas luces estaba concentrado en la tarea, aunque sus ojos no paraban de mirar a sus espectadores, como si quisiera asegurarse su atención; no obstante, no habría sido necesario.

No solo el pequeño Max observaba fascinado cómo Ali daba forma a un barco con las blandas fibras de color verde mate. También Viktoria, asombrada y absorta como un niño, contemplaba al criado.

Su hermano sabía hacer pequeñas obras de arte como esas con papel, y ella siempre había admirado su destreza. Dado que las manualidades no eran lo suyo, esa habilidad le parecía mágica. Cuando Ali hizo que el barco de hoja de banano surcara olas imaginarias por el aire, el niño lanzó gritos de júbilo y sacudió las piernas encantado; y Viktoria aplaudió entusiasmada.

—Y cuando se pierda el interés por el juguete, las hojas de plátano se pueden utilizar en la cocina —masculló el señor de la casa mientras se retrepaba en el sillón de mimbre, que formaba parte del cómodo mobiliario de ese mismo material de la veranda. Lessing estiró las piernas y se caló más el panamá en la frente—. Confío en que no haya *matoke* para cenar.

—¿Qué es eso? —quiso saber Viktoria, sin perder de vista a Ali.

El sirviente dejó el barquito entre los vasos, en los que antes había servido limonada endulzada con caña de azúcar de una jarra y, como por arte de magia, sacó una segunda hoja de banano de su larga camisa blanca con amplias aberturas laterales y comenzó a hacer otra cosa.

—A las gentes de aquí les gusta mucho —repuso Luise mientras le daba el barquito al niño, que sostenía en el regazo y extendió los tiernos y regordetes bracitos hacia él—. Y la verdad es que está bastante bueno, cuando uno se acostumbra a su inusitado sabor. Se envuelven bananas, que en África se llaman *platan*, en las hojas y se estofan. No se pueden comer crudas, porque saben a harina. Cuando están cocidas, se hacen puré como si fuesen patatas y se comen con carne y pescado.

—Puede estar segura de que en mi casa no comerá esa papilla —rezongó Lessing tras el sombrero.

—Eso no es para un hombre —coincidió, divertido, Friedrich van Horn, y expulsó el humo del inevitable cigarrillo—. Al menos no para uno que no va en taparrabos y armado con una lanza por la selva en busca de colmillos de elefante.

Lessing, que se balanceaba en su asiento, se puso recto como una vela. A continuación se echó el sombrero atrás y miró con severidad a Viktoria, como si fuese culpa suya que su amigo hubiese hecho un comentario cínico.

—Le he dicho a mi cocinero que, salvo batatas, se mantenga alejado de la cocina africana. Prefiero los currys indios. Y espero que usted también.

—Ah... sí... sí... —aseguró ella con aire vacilante.

Su titubeo no se debía tanto al hecho de que le habría gustado probar el plato africano y no se atrevía a admitirlo ante él: no sería ningún problema pedírselo a Elizabeth Kidogo. En St. Mary's prácticamente solo se preparaban comidas locales, y aunque hasta la fecha no había participado en ninguna, seguro que entre ellas se encontraba el *matoke*.

A Viktoria le desconcertaba mucho más la al aparecer creciente mala disposición de los amigos de Lessing a aceptar su relación. En cuanto se hablaba de África, Friedrich o Luise van Horn hacían observaciones con doble sentido que podían tomarse por pullas. Sin duda, Lessing notaba esa animadversión. ¿Por eso no había aparecido la bella Zouzan desde que Viktoria pusiera el pie en la plantación?

Ella pensaba que pasar el fin de semana en la *shamba* de Lessing la ayudaría a volver a encontrar la paz interior. En efecto, estaba hecha picadillo. No era solo que esos días estuviera haciendo mucho calor; por la noche la temperatura apenas bajaba. Y eso que Luise decía que septiembre era el mes de más sol y al mismo tiempo el más fresco del año. Pero la ropa se le pegaba al cuerpo, de nada servía que ya no llevase corsé y además se vistiera de manera adecuada al clima tropical.

Roger Lessing había enviado a sus invitados un coche que era más cómodo que el carro tirado por el burro en el que solía ir Luise. Por desgracia el cochero era de lo más arrojado: guiaba el landó de Lessing por las callejas de la Ciudad de piedra a una velocidad tal que Viktoria se vio obligada en más de una ocasión a taparse los ojos, horrorizada.

No pudo disfrutar mucho de las sombras de las avenidas ribeteadas de apretados baobabs de las afueras de la ciudad, ni tampoco del camino festoneado de frondosos tamariscos que conducía hasta la propiedad de Lessing. Los tamariscos estaban repletos de tomentosas flores de color rosa claro que recordaron a Viktoria a los arbustos perennes de su país tras una nevada reciente. Desgraciadamente solo los pudo ver de pasada, mientras se sentía como en un tiovivo, el estómago igual de revuelto que una vez que, a escondidas de su madre, fue a la catedral de Hamburgo.

La entrada se abría a una cala a la que el sol de media tarde arrancaba destellos de un violeta subido, delimitada por un acantilado. En el punto más alto se alzaba la casa de caliza coralina blanca, que no parecía muy espaciosa, el refugio de Lessing. Alrededor de la villa florecían arbustos de todos los colores, y tras ella, hacia el interior, se extendían hileras que no parecían tener fin de cocoteros, claveros y canelos, así como de pimenteros y vainillas.

Aunque al llegar Viktoria habría preferido dar un paseo primero, el solícito Ali llevó a los visitantes directamente a la veranda, donde los estaba esperando el señor de la casa un tanto deshecho, a todas luces no de muy buen humor. Viktoria le concedió que probablemente intentase ocultar su mal talante a sus amigos, si bien no lo logró del todo. La conversación languidecía, y ella agradeció sobremanera el artístico número de Ali.

—Pronto Max será bastante mayor para que le pueda dar de comer bananas cocidas —dijo Luise—. Será un nutritivo *hapahapa* para mi negrito, ¿no es así? —Hizo un ruidito gutural y el niño lanzó un grito de alegría.

Lessing soltó una especie de gruñido que quizá fuese de consentimiento, o quizá de antipatía contra la madre adoptiva y el niño.

El silencio se hizo entre el señor de la casa y sus invitados. El murmullo de las olas que rompían contra las rocas bajo la casa se mezclaba con los gorgoritos del pequeño.

Con la segunda hoja de banano Ali hizo un gorrito, que puso en la cabeza de Max. Luise estaba radiante, como si estuviese viendo el casco de un miembro del cuerpo de guardia.

Lessing se levantó. Dio unas palmadas y dijo algo en swahili que sonó entrecortado y chapurreado, pero que surtió efecto, pues Ali hizo una profunda reverencia ante su señor y abandonó la veranda. Al pasar le dedicó al niño una sonrisa de oreja a oreja.

—Seguro que le gustaría dar un paseo —dijo Lessing, dirigiéndose a Viktoria.

Y sin esperar a que esta respondiera, añadió, mirando a Luise:

—Me figuro que no querrás acompañarnos.

Friedrich hizo un gesto negativo con la mano, manchándose de ceniza los pantalones.

—Id vosotros. Nosotros ya conocemos la belleza de este sitio... Pero haga el favor de ponerlo por las nubes, señorita Wesermann, la *shamba* es el orgullo de Roger. Si no está de vuelta para la cena, enviaré a un grupo en su busca.

—Pero pronto anochecerá —objetó Viktoria.

Habría preferido ir a dar una vuelta sola. Ciertamente no le apetecía mucho pasear por la aromática plantación con un hombre malhumorado. Sin que hubiera sido preciso decirlo explícitamente, todo apuntaba a que quería hablar con ella a solas, y, si la expresión de su cara no la engañaba, no de algo agradable. No era un buen punto de partida para caminar apaciblemente mientras se ponía el sol.

Roger le cogió la mano y la levantó del sillón.

—Venga, vamos... —pidió, y la llevó consigo a su pesar.

Desconcertada, Viktoria se dio cuenta de que después no le soltaba la mano.

Bajó con ella por un sendero en declive. El camino, estrecho, arenoso, dividía plantíos realmente espléndidos. Viktoria no recordaba haber visto nunca en el jardín botánico semejante plétora de buganvillas, adelfas, hibiscos y maravillas en flor. Con la clara luz del sol poniente, que parecía haber limpiado el aire viciado del día, las flores presentaban todos los matices de rojo posibles: púrpura, rubí, violado, bermellón y lila. En medio de tan subidos colores se distinguía el blanco jazmín, cuyo perfume intenso y dulzón se imponía al del resto de las flores.

Alrededor revoloteaban mariposas, ejemplares negros con bonitos puntos blancos en las alas o dorados, casi anaranjados, con dibujos negros, más bellos que en cualquier ilustración, constató Viktoria, embelesada.

Sobre este paraíso, el azul claro de la bóveda celeste poco a poco iba perdiendo intensidad, si bien parecía tanto más místico. En el horizonte el firmamento se fundía con la argéntea cinta de seda del océano. De la parte baja de la propiedad llegaban sonidos en swahili, una suerte de suave cantinela. No era el griterío que Viktoria conocía de la Ciudad de piedra, y ni siquiera era comparable a las cálidas notas que entonaban los trabajadores de la Mbweni Point Shamba.

La magia de ese sitio la conmovió de tal modo que permitió de buena gana seguir cogida de la mano de su propietario. Muda de asombro, con una profunda sensación de calma y satisfacción en el corazón, caminaba a su ritmo.

—¿Por qué entregó ese niño a los Van Horn? —inquirió Lessing al cabo, rompiendo el silencio. Su voz sonaba forzada, como si le costase no hablarle con aspereza, como si apenas pudiera controlar la ira que sentía hacia ella.

Fue como si Viktoria despertara de un sueño. Enfadada por poner fin a su armonía, quiso zafarse de su mano, pero él se lo impidió con firmeza.

Irritada, protestó:

—Yo no he entregado al pequeño Max a nadie. No fue cosa mía. Antonia lo dejó en buenas manos, eso es todo... Y si me hubiera ayudado a encontrar a mi amiga, el niño estaría desde hace tiempo con su madrina.

—¡Ahora no le puede quitar el niño a Luise! Se ha metido de lleno en su nuevo papel. Nunca la había visto tan feliz.

—Pues entonces todo está en orden. ¿Por qué se sulfura?

Lessing suspiró, aún alterado por el tema. Aceleró el paso, de pronto a ella le costaba seguirlo.

—Si cargan con un negrito, no podrán volver a Hamburgo. Y los Van Horn lo sabían, hasta... hasta... —Se detuvo y se plantó ante ella como un amenazador telón de fondo. De súbito le soltó la mano—. Dígame, señorita sabelotodo, ¿no cree que ya habrían rescatado hace tiempo a un niño esclavo si quisieran un hijo adoptivo con ese color de piel?

—¿Qué tiene usted de un tiempo a esta parte contra los negros? —espetó ella—. Antes o después usted mismo tendrá un hijo con la piel de ese col...

—Pues no. ¡No! Desde luego que no.

—Pero usted... —repuso Viktoria espontáneamente, pero supo parar antes de decir algo que no convenía a una dama.

—Se lo ruego, no me rompa la cabeza —resopló él.

Viktoria estuvo a punto de largarle la áspera respuesta que

tenía preparada, pero se la calló. De repente, Roger Lessing parecía extrañamente confuso, como un niño que hubiera hecho algo y no quisiera llorar por la humillación de haber sido descubierto, aunque se le saltaran las lágrimas.

¿Se habrían peleado él y su querida? ¿Por eso se mantenía oculta la tal Zouzan? ¿O la había echado? A Viktoria le costaba imaginar que el hombre con el que estaba paseando por el jardín cogida de la mano fuese tan grosero, pero tampoco se podía explicar por qué le daba vueltas a tales asuntos. Su vida privada no le incumbía. Debería darle igual la mujer que le fuera a dar un heredero. Sin embargo, por extraño que pudiera parecer, no era así.

Disimuló su repentino apocamiento.

—Está claro que Friedrich y Luise van Horn no volverán a Hamburgo. Al menos no creo que tengan intención de dejar Zanzíbar —afirmó al cabo, despacio—. Llevan demasiado tiempo en África para ser bien recibidos en los círculos de comerciantes. Vivir aquí los ha cambiado mucho.

—Nos cambia a todos.

—Sí. Sí, en eso tiene razón. —Viktoria soltó una risa falta de alegría y, a modo de capitulación, levantó los brazos, aunque no tenía muy claro ante quién o qué se doblegaba—. En Hamburgo no me habría atrevido jamás a pasear cogida de la mano de un hombre por su jardín.

Se ruborizó de pronto. ¿Por qué ya no podía mirarlo y evitaba su atenta mirada? La casualidad hizo que descubriera una pareja de mariposas que se deslizaba junta por el aire, dejándose llevar. Sus alas se tocaban, como si quisieran regalarse caricias.

—Creo que es hora de tomar un refresco —afirmó de súbito Roger Lessing, con una voz sorprendentemente amable.

Ella se encogió de hombros, debatiéndose entre sus sentimientos y el opresor corsé de las convenciones, del que no se había desembarazado.

—Volvamos con los Van Horn. Sin duda nos estarán esper...

—No, no. —Lessing se rio, y ella no supo si es que le divertía algo o si le estaba gastando una broma—. Caminemos un poco más. Venga... ande. Me gustaría enseñarle algo.

Para dar énfasis a sus palabras, volvió a cogerle la mano... y ella se dejó hacer.

La vegetación cambiaba a cada paso. Tan densos y oscuros como los laureles alemanes eran los claveros de un verde amarillento que festoneaban el camino, que se iba ensanchando. La cantinela de los morenos era como un himno, y mientras los braceros de Lessing cogían los estrellados botones de las copas de los árboles y los depositaban en cestas que llevaban colgadas de correas alrededor del desnudo y musculoso torso. El canto de las cigarras parecía música de acompañamiento.

—Zanzíbar es el mayor exportador de clavo del mundo entero —contaba el propietario de la plantación entretanto—. Las *shambas* de mayor tamaño se hallan en manos árabes, por eso los árabes también controlan el comercio de especias, seguidos de los indios. Mi propiedad solo es un pálido retrato.

—No lo creo...

—*Jambo, bwana* —saludaron los trabajadores a coro a su patrón.

—*Habari* —contestó este.

—*Suri sana, bwana* —replicaron ellos, y tras mirar de reojo a Viktoria añadieron—: *Jambo, bibi bwana.*

—*Jambo* —respondió ella alegremente.

Su acompañante la soltó para meter la mano en una cesta que estaba prácticamente llena hasta el borde de botones. Ni la mitad de grandes que la mitad de su dedo meñique y todavía verdes, empezaban a teñirse de rojo vivo en algunos puntos.

—Después de desrabarlos, los clavos de olor se secan al sol. Después tienen el aspecto que probablemente haya visto usted en la cocina. Pero incluso ahora desprenden ese aroma inconfundible... ¡Huela esto!

Ella inclinó la cabeza sobre la mano derecha de él y aspiró el dulce, intenso perfume. Le hizo cosquillas y le causó hormigueo en la nariz. Acto seguido tuvo que estornudar.

Riendo, Lessing dejó caer las bayas en la cesta y le ofreció su pañuelo.

—Nunca había paseado con una mujer por los plantíos —afirmó en voz queda, y parecía extrañamente sorprendido.

Viktoria estuvo a punto de decir que seguro que ya había estado allí con Luise van Horn, pero se ahorró el absurdo comentario. Sospechaba que carecía de importancia que hubiese recorrido su propiedad con la esposa de un amigo. Por lo visto nunca había estado allí con otra mujer blanca joven. Y se supone que debería alegrarse, pero entonces un diablillo malicioso le susurró al oído: es devoto de su venus negra.

La delicada llama de la dicha se apagó. Viktoria dio media vuelta y decidió enfilar ostensiblemente el camino de vuelta, pero antes de que pudiera dar un paso...

—Deberíamos volver —dijo resuelta—. Los Van Horn se preguntarán dónde estamos.

Él exhaló un suspiro.

—Lo cierto es que quería que le bajaran un coco de un cocotero. Su agua puede ser tan agradable como el champán. Pero si así lo desea, pasaremos sin ello.

Echaron a andar por el camino, en silencio. Sin cogerse ya de la mano.

El vespertino cielo se tiñó de naranja vivo, rosa y gris perla. Las sombras en el sendero que subía hasta la villa se volvieron más alargadas; de pronto a Viktoria el follaje le parecía más espeso. Cigarras y grillos competían por dar las notas más altas, se oían crujidos por todas partes, como si docenas de animales despertaran con el ocaso.

A lo lejos distinguió coloristas farolillos, que bañaban la veranda en una luz roja, azul, verde y amarilla. Además, durante su ausencia, Ali u otro sirviente había colocado fanales en el jardín, que les mostraron el camino a la casa en una oscuridad que caía deprisa.

De repente Roger Lessing se detuvo.

—En realidad esta noche tenía previsto dar una vuelta en mi

barco a la luz de la luna. Pero temía que Luise no se quisiera separar del niño para hacer la excursión.

Viktoria titubeó: sin duda tenía razón. Y Friedrich van Horn seguro que no dejaría en casa a Luise. Sin embargo, no quiso mostrarse de acuerdo con él en el acto, ya que en su cabeza se formó una imagen magnífica que inundó su corazón de añoranza: un mar como de plata fundida en el que la blanca vela del dhow relucía como la cima cubierta de nieve en un paisaje montañoso, iluminado por la resplandeciente bóveda de estrellas e inmersos en un silencio absoluto, con tan solo el golpeteo de las olas contra el casco. Sería mágico, un sueño hecho realidad...

Claro que sería imposible que se hiciera a la mar con un hombre soltero en medio de la oscuridad. ¿Eran esos planes el motivo de la antipatía que le inspiraba el niño? El regalo de Luise probablemente echara por tierra el placer de pasar la velada juntos.

Le tocó con timidez el brazo.

—Estoy segura de que también lo pasaremos bien en tierra.

Cuando Viktoria y Roger salieron a la veranda se encontraron con una apacible estampa familiar: Friedrich había encontrado una baraja y jugaba con Luise al bridge, la variante moderna del whist, mientras el pequeño Max dormía plácidamente en una hamaca afianzada entre las adelfas, tapado y protegido de los mosquitos por una fina tela de algodón.

La siguiente mano la jugaron, casi forzosamente, los cuatro, y así continuaron hasta que Ali sirvió el primer plato: una ensalada de aspecto extraño aderezada con una salsa de mahonesa. Para celebrar el día, Roger la hizo acompañar de una cerveza importada de Alemania para Friedrich y él y vino de palma para las damas.

Viktoria contempló de mala gana la verdura pastosa, picada en rodajas finas y con un color amarillo fangoso claro no muy apetecible. Aunque hizo un esfuerzo por mor de la educación, los demás se percataron de su titubeo y estallaron en sonoras carcajadas.

—Pruébelo —la instó Luise—. Los palmitos tienen un sabor parecido al de los espárragos y son toda una exquisitez.

—Es el cogollo de la palmera —añadió, risueño, Roger Lessing, mientras pinchaba ensalada con el tenedor—. No es muy habitual ni siquiera en Zanzíbar, ya que, al extraer el cogollo, si no han sido cortadas, las palmeras mueren.

Viktoria probó un trozo con aire vacilante. Sin embargo, nada más hacerlo supo que prefería con mucho las palmeras vivas al corazón comestible, pero se conformó con el plato. De segundo había un especiado curry de cordero con sabroso mango, que fue mucho más de su agrado. A continuación, Ali sirvió helado de canela, y Viktoria lamentó no haber renunciado al primero y al segundo en favor del postre.

—¿Le has enseñado los canelos? —quiso saber Friedrich van Horn.

—No, solo llegamos hasta los claveros.

El rostro de Friedrich se vio envuelto en una nube de humo cuando exclamó:

—Pues se ha perdido algo bueno, señorita Wesermann. Es un espectáculo ver cómo retira un muchacho la fina corteza del canelo y cómo se secan las tiras al sol hasta que se abarquillan. Así es como se obtiene la canela en rama.

—Ya lo verá la próxima vez —aseveró Luise.

Lessing la miró con severidad.

—¿Piensa volver?

—Algún día... —Por algún motivo inexplicable temió prometer nada, y eso que a decir verdad le habría gustado añadir un por qué no, pero la fórmula le pareció demasiado banal para que la respuesta fuese correcta.

Después de comer los dos hombres sacaron un aristón mientras Luise acostaba al pequeño Max en uno de los cuartos de invitados. Ali tuvo que prometerle que echaría un vistazo al niño, y por un instante Viktoria compartió la opinión de Roger con respecto a la excesiva solicitud de Luise, que en sus círculos de Hamburgo probablemente se consideraría malsana. Sin embargo, el sombrío pensamiento se desvaneció enseguida.

Sus amigos la distrajeron proponiéndole que escogiera la música, tarea esta bastante colosal, en vista de los numerosos discos que tenía el señor de la casa.

Además de «La guardia del Rin», que en la forma que fuese —como edición impresa o en formato de disco para aparatos de música mecánicos— difícilmente faltaba en un hogar alemán, y algunas canciones marineras, Lessing poseía una considerable colección de valses y música ligera.

Desconcertada, Viktoria levantó la vista de los discos, cuyas perforaciones parecían arbitrarias.

—¿Les gustaría bailar esta noche?

—¿Por qué no? —repuso Luise desde la puerta—. A fin de cuentas no tenemos muchas ocasiones de hacerlo.

—No creía que... —Viktoria dejó la frase a medias, pues no quería ser descortés. No, sin duda Luise no era una mujer que diera la impresión de echar de menos un café con orquesta de baile como el Alsterpavillon. Pero al parecer la campechana fachada ocultaba más de un sueño sin cumplir. Por ese motivo propuso espontáneamente que eligiera Luise.

Por su parte veía las iniciativas del anfitrión de la casa y sus amigos con sentimientos encontrados. Ciertamente la cálida noche tropical constituía un bello telón de fondo para una velada de baile, probablemente a la mayoría de las hijas de buena familia a las que conocía le entusiasmara la idea. Sin embargo, el número de parejas disponibles le daba quebraderos de cabeza. Como es natural, Luise querría bailar con su esposo, pero ella no quería pasarse las horas siguientes en brazos de Roger Lessing bajo ninguna circunstancia. Por primera vez admitió con sinceridad que si lo hacía podía perderse.

Buscó febrilmente formas de librarse de su cercanía sin ponerlo en evidencia abiertamente. Si afirmaba que no sabía bailar, todos los presentes sabrían que mentía: la hija de Gustava Wesermann sin duda se habría tenido que emplear más a fondo en las clases para aprender a bailar perfectamente el vals que en los vocablos franceses, eso lo sabían todos.

Al final la velada fue mucho menos complicada de lo que se temía Viktoria. Lo cierto es que tendría que haber sabido que Luise no escogería ninguna canción que hiciese aflorar sentimientos románticos.

Polca, galope y vals escocés se fueron alternando en una sucesión aparentemente interminable, que hizo que la sangre corriera deprisa por las venas de Viktoria, el recogido del pelo se le soltara, sus pulmones amenazaran con estallar a causa de las altas temperaturas y sus pies se vieran afectados. Dado que Luise bailó más con Roger Lessing que con Friedrich, Viktoria quedó a merced de la torpeza del comerciante de mayor edad. Con todo, supo que ni siquiera después de que sus tacones se dejaran sentir en sus pies por enésima vez habría querido cambiarse por nadie en el mundo. No recordaba cuándo había sido la última vez que se había sentido tan ligera y exuberante. En brazos de Friedrich no tenía que temer sentir deseo o perder el control: podía ser ella misma y sentirse completamente viva. El hecho de que de vez en cuando Roger le lanzara una mirada atenta mientras bailaba con Luise en cierto modo completaba su dicha, aunque la expresión de sus ojos con la luz cada vez más tenue de las casi extinguidas velas parecía insondable.

El reloj de pie de la sala de estar de Lessing anunció que faltaba un cuarto de hora para la medianoche cuando una Luise completamente agotada decidió que había llegado el momento de irse a la cama.

Roger, que volvía a hacer girar la manivela del aristón, fingió enfadarse, si bien acto seguido le dio dos tiernos besos a su amiga en las mejillas y envió al matrimonio al cuarto de invitados que había hecho disponer para ellos.

Justo cuando Viktoria iba a seguir a los Van Horn, el altavoz metálico dejó escapar las sugerentes notas de la popular opereta «Rosas rojas traigo, bella dama». Los sonidos, que conocía cualquier muchacha de su generación, envolvieron la veranda y se mezclaron con las cigarras, los tambores y los arrullos del nocturno jardín tropical, así como con la melodía de las olas que rompían contra las rocas a los pies de la villa. La brisa se deslizaba entre las hojas del hibisco, en alguna parte se oía el leve tableteo de las palmas.

Roger le cogió la mano.

—¿Me concede este vals, señorita? —En lugar de esperar su respuesta, la atrajo hacia él.

Y Viktoria no opuso resistencia. Al fin y al cabo sabía que era inútil, porque no quería otra cosa. Por eso dejó que la estrechara entre sus brazos con más firmeza de lo que habría sido decoroso de haberlo hecho en una sala de baile o en el salón de su madre.

Sentía el calor de su cuerpo, su cercanía le hacía bien.

Rosas rojas traigo, bella dama,
su significado a gritos se proclama.
Si decir no puedo lo que mi corazón siente,
estas rosas rojas son algo elocuente...

Viktoria no sabía cómo se llamaba el tenor cuya voz resonaba en la noche tropical. Y tampoco revestía importancia, pues las palabras la llevaban como en volandas. Flotaba al ritmo de la música... y en brazos de Roger. La falda se le ahuecaba alrededor de las piernas, era como si sus pies ya no tocaran el suelo.

Bajó los ojos y se abandonó a la música, sus sentimientos, la proximidad de él, el cálido aliento en su cuello... antes de que los labios de Roger tocaran su encendida piel.

—Nada deseo más que acostarme contigo... —musitó—, cuando llegue el momento...

Sus palabras se perdieron en la música, y Viktoria se preguntó si no la habrían engañado sus sentidos. Levantó la mirada y vio el brillo, el fulgor de sus azules ojos, tan profundos como el océano.

En otra ocasión —y probablemente con cualquier otro hombre— habría contestado a su osadía con un bofetón. Y, en efecto, retiró la mano de su hombro, pero solo para llevarla a los labios de él.

—Chsss —susurró—. Haré como que no lo he oído.

Él le besó los dedos.

—Estoy enamorado de ti, Viktoria, y a nada temo más que a este sentimiento.

Sus palabras la sedujeron más de lo que habría podido hacerlo su boca o sus manos. El corazón tamborileaba agitadamente contra su pecho, su cuerpo se pegaba al de él.

Un sinfín de repeticiones de imágenes conocidas se fue imponiendo en lo más íntimo de su ser a las escenas de sus encuentros previos. Viktoria se mecía con el vals y pensaba en la tarde que la sorprendió en la cama. Ahora le causaba sorpresa, pero ¿acaso intuía ya entonces que él sería el hombre al que quería entregarse? Más adelante la escuchó, no se rio de sus ambiciones. Y la besó. Y al recordar el roce de su boca, fue como si descargas eléctricas le recorrieran la espalda...

En alguna parte de la casa matraquearon los postigos de una ventana.

Le costó un esfuerzo supremo desasirse de sus brazos y de su profunda mirada.

—Debería irme —decidió—, de lo contrario mañana no podré presentarme ante los Van Horn con la conciencia tranquila.

Risueño, Roger la soltó.

—Sí, la verdad es que yo también creo que no deberíamos darles demasiados motivos para que hablen. Creo que Luise presta atención a cualquier ruido que escucha en la casa y no está pendiente sino de mis debilidades.

Viktoria sonrió a su vez.

—Buenas noches.

Dado que su habitación se hallaba encima de la veranda, Viktoria escuchó los pasos de Roger cuando metió dentro de la casa el aristón y los discos. Oyó un leve tintineo de cristal y el inimitable *pop* de una botella al abrirse. A todas luces Roger se permitía tomar otra cerveza antes de irse a la cama. La melancolía se apoderó de ella, y el pesar, por no estar sentada en uno de los cómodos sillones de mimbre, contemplando con él el cielo estrellado y hablando de todo lo que quedaba por decir. ¿Y si se volvía a vestir e iba con él?

En ese momento oyó voces. Tan quedas que en un principio supuso que se trataba de ruidos de animales que correteaban por el jardín, pero aunque no entendía nada, no tardó en distinguir el timbre de una mujer.

¡Zouzan!

¿Cómo había podido olvidar a la amante de Roger Lessing?

Había estado a punto de entregarse a él mientras... mientras... le faltaban las palabras.

El malestar le atenazó la garganta. Antes de que fuera consciente de que estaba llorando, notó la humedad en las mejillas.

Se tapó la cabeza con la almohada para no oír más, pero ni siquiera así logró zafarse del eco de las voces.

9

Domingo, 2 de septiembre

Desde su época de escolar en el monasterio benedictino de Schäftlarn, nadie se había atrevido nunca a aporrear con tanta vehemencia la puerta de Max Seiboldt para despertarlo. Por si no fuera poco, los violentos golpes continuaron, de manera que fue incapaz de pasar por alto el incordio. Durante un rato permaneció tumbado, esperando a que cesara el tamborileo. En realidad también estaba demasiado cansado para levantar la dolorida cabeza de la almohada.

Apenas había dormido esa noche, igual que la mayor parte de las noches de las semanas anteriores. Le daba la impresión de que acababa de adormilarse, pero quizás hubiese descansado por lo menos unas horas; el tenue gris del alba ya se había colado en su habitación, por los resquicios de los postigos de las ventanas entraba una luz suave. El sol todavía no había salido, de manera que a lo sumo serían poco más de las seis de la mañana.

El día anterior, por la noche, el cónsul Michahelles recibió un cable que asustó a sus empleados e invitados: los insurrectos habían prendido fuego a Bagamoyo. Por el momento no se sabía más, había que esperar a recibir noticias nuevas. Por primera vez desde hacía muchos años, Max rezó esa noche para que Antonia hubiese hallado refugio en alguna parte, pero no en el infierno en llamas que podía costarle la vida, y tampoco en Pangani y en otros lugares donde ningún alemán estaba ya a salvo. Solo en Dar es-Salam, «remanso de paz», reinaba la calma, pero la ciudad ya había sido abandonada por el sultán de Zanzíbar, así que probablemente no revistiera interés alguno para los insurrectos.

Cuando intuyó que a esas alturas los insistentes porrazos ya habrían despertado a los demás moradores de la casa, Max apartó la mosquitera y se sentó en el borde de la cama. Confiaba en calmar de esa forma los absurdos latidos irregulares de su corazón. De un tiempo a esa parte le sucedía cada vez con más frecuencia, y sin duda en ese momento se debía al enfado que le producía el trastorno.

Sin embargo, el que así perturbaba la paz no le dio mucho tiempo, pues los golpes siguieron. Resoplando de ira, fue hacia la puerta, vestido únicamente con la camisa de noche, y abrió.

—¿Cómo diantres se atreve...? ¡Hermana Edeltraut! —Perplejo, clavó la vista en la enfermera del dispensario luterano.

—Gracias a Dios que por fin he conseguido despertarlo —dijo sin aliento, al parecer igual de agotada de su actividad que él de no haber dormido. Se secó el sudor de la frente con el dorso de la mano—. Vístase deprisa, se lo ruego, y venga conmigo.

Max iba a preguntarle cómo se le ocurría hablarle con ese tono tan imperioso, pero se le escapó sin querer lo que pensaba hacía escasos instantes:

—¿Acaso ha perdido el juicio, armar semejante ruido? ¿Cómo se le ocurre despertarme? ¿Está el laboratorio en llamas?

—No...

El médico experimentó un desagradable ardor en el pecho cuando respiró hondo.

—En ese caso haga el favor de dejarme tranquilo —espetó, dispuesto a volver a la cama—. Si no ha muerto nadie, no hay razón para obligarme a salir a la calle a esta hora, sea cual fuere lo que le impulsa a hacerlo. ¡Vuelva después de desayunar!

—La señorita doña Juliane von Braun ha muerto.

—¿Cómo dice? —Esta vez su voz sonó menos airada.

Para su sorpresa, empezó a tiritar, aunque seguro que había más de veinte grados. Aunque había aprendido a tratar con la muerte dejando a un lado las emociones, aunque se tratase de conocidos, esa muchacha era amiga de Antonia, y su fallecimiento no hacía sino confirmar extrañamente la preocupación que sentía por Antonia.

Naturalmente, la religiosa no entró en la habitación, sino que se quedó en el pasillo, ante la puerta. Parecía trasnochada, como si tampoco hubiese pegado ojo desde hacía días. Pensó en invitarla a que tomara asiento, pero sabía que la mujer no entraría en el cuarto de un hombre soltero.

Tras ella apareció un sirviente indio medio dormido, restregándose los ojos. Seiboldt lo despachó con un movimiento de la mano.

—¿Qué ha sucedido? —preguntó con mucha calma.

—La señorita Von Braun ha fallecido esta noche de paludismo... —repuso la hermana Edeltraut retorciéndose las manos—. Pero no lo habría molestado a usted por eso, doctor, a fin de cuentas ya no puede hacer nada. El enfermo es el padre...

Max enarcó las cejas, asombrado: se acordaba de un caballero fuerte, alegre, con el que había sostenido inteligentes conversaciones durante la travesía. En su memoria, Heinrich von Braun en modo alguno parecía enfermizo. Posiblemente se hubiese inficionado, y a partir de un estadio concreto la medicina no podía hacer nada contra la mayor parte de las enfermedades infecciosas. Pero eso ya lo sabría la experimentada monja.

—El señor Von Braun está fuera de juicio. —La mujer negó con la cabeza, como si no lograra entender lo que estaba pasando—. No quiere aceptar que su hija no sigue con vida. Está sentado junto a su cama y se niega a admitir la verdad; incluso ha echado al pastor. Pero a la pobrecita hay que darle sepultura. Con este clima nunca se actúa lo bastante deprisa. Si hablara usted con él, doctor, sin duda entraría en razón. Se conocen de la travesía, me lo contó la señorita Geisenfelder. El señor Von Braun lo escuchará a usted, seguro. Por favor, vístase. La pobre muchacha fue trasladada de los aposentos de las mujeres del sultán al Grand Hotel para que su padre pudiera velarla. Se lo ruego, acompáñeme.

Él exhaló un suspiro, deseando que el aire fuese el humo de un cigarrillo. El destino no les había dado hijos a Anna y a él, pero pese a ello era capaz de entender la negativa de Heinrich von Braun. Max escuchó de mala gana su corazón: si tuviese una hija, ¿acaso no se aferraría también a sus restos mortales? Que él supiera, el viticultor había enviudado hacía tan solo un año. Si Anna muriese...

Sin embargo, a quien vio no fue a la seductora baronesa, sino a una persona que llamaba la atención por su viva inteligencia y, por lo demás, era más bien sencilla. Se complementaban con una complicidad que con frecuencia era muda, con una armonía ajena a la mayoría de los matrimonios. Antonia Geisenfelder era como su otro yo, la mujer que completaba sus pensamientos. Era muy joven, y a su manera preciosa. ¿Por qué la había dejado marchar? Lo cegaban sus recuerdos de Anna von Rosch, que, como todos los recuerdos, eran más luminosos que la realidad.

Entonces ¿cómo se sentiría si se enterase de que Antonia había muerto? ¿De que durante los disturbios había resultado herida, violada, tal vez incluso asesinada por bandas de merodeadores?

Si hasta ese momento se había sentido ofendido porque ella lo había abandonado, ahora cada vez era mayor el pánico que sentía por su vida, un miedo que ni siquiera era comparable con la preocupación que le privaba del sueño. Y es que ese miedo le servía de acicate.

—Enseguida voy —prometió a la religiosa—. Espéreme abajo, se lo ruego. Me vestiré y meteré un par de cosas en una bolsa.

La hermana Edeltraut lo miró como si hubiese perdido la razón.

—Pero no necesita equipaje para ir a la habitación del hotel, doctor.

—Lo sé, hermana. Claro que lo sé. Después saldré de viaje. Alguien me llevará al continente, y una vez allí, con un poco de suerte, me las arreglaré para llegar a las ciudades. Con los tiempos que corren, organizar una caravana así únicamente es cuestión de fijar un precio, ¿sabe usted? —afirmó con seguridad, y añadió para sí: Y de contar con la ayuda de Dios.

10

Miércoles, 5 de septiembre

El aire azotaba las cruces y las lápidas, que con el clima tropical ya estaban un tanto descoloridas, inclinaba la hierba, hacía crujir las hojas de los cocoteros y agitaba las copas de los mangles. Las amarilis se doblegaban con la brisa, las cintas negras, blancas y rojas con las que el consulado imperial daba el último adiós aleteaban como las banderas en los barcos de Su Majestad, cuyos colores representaban. Una repentina ráfaga arremolinó la capa superior de tierra, más ahuecada, y por un instante nubló la vista, como si la tumba se hallase bajo una mosquitera.

En el pequeño cementerio alemán, que se encontraba oculto tras un denso follaje al sur de la Ciudad de piedra, reinaba el silencio. El pastor y la mayoría de la comitiva se habían marchado, el crujido de sus pasos en los caminos de arena se había apagado. En las higueras silvestres bajo las que habían enterrado a Juliane se arrullaban los vinagos, y pequeños ojiblancos gorjeaban dando saltitos en busca de insectos. Debido al calor, el entierro se había celebrado por la mañana temprano, de manera que la naturaleza aún estaba rebosante de vida.

Viktoria se secó las lágrimas de las mejillas, que no cesaban desde que se enteró de lo sucedido. El domingo, a su regreso de la plantación de Roger con los Van Horn, se había encontrado un billete del doctor Seiboldt.

La nota le pareció algo confusa, ya que la letra del médico era prácticamente ilegible: debía ir al continente sin pérdida de tiempo a resolver un asunto importante, razón por la cual no podía asistir al funeral. Sin embargo, atribuyó escasa importancia a esas palabras en atención a la estremecedora noticia del fallecimiento de Juliane.

No solo le costaba asimilar la pérdida de su amiga, además Viktoria se sentía culpable. Naturalmente, no de la fiebre de la que había sucumbido Juliane, pero sí de haber destruido su dicha, que quizás acelerara el final. En lugar de callar la situación familiar del príncipe Omar, había obligado a aceptar la verdad a Juliane sin esperar a ver si se llegaba a celebrar el compromiso; a fin de cuentas algo habría tenido que decir al respecto Heinrich von Braun.

¿Acaso no decían que las personas infelices eran más propensas a enfermar? En ese caso debería caer muerta aquí mismo, pensó afligida.

La brisa que se levantó agitó las cintas negras de su vestido de luto, de seda, obra de un hábil sastre indio. El viento empujaba las nubes por el cielo azul cobalto, que se deshilachaban y daban lugar a nuevas formas a través de las cuales brillaban los largos penachos dorados del sol.

Pronto empezaría a llover. Un chaparrón tropical. El cielo llora porque ha perdido a su ángel más bello, pensó Viktoria. Poco después cayeron las primeras, pesadas gotas.

—Señorita Wesermann... si me permite un momento... —Una mano tocó su brazo.

Al volverse vio a Heinrich von Braun, que seguía allí, a su lado, en la reciente tumba. A excepción de ellos dos el cementerio parecía estar desierto. No era de extrañar, la mayoría de los asistentes había corrido a ponerse al abrigo de la lluvia. Si se quedaban allí mucho tiempo, no tardarían en acabar empapados. Hasta los pájaros se habían ido.

—Me gustaría hacerle un regalo de despedida. —Aunque el padre de Juliane se esforzaba por guardar la compostura, era evidente lo mucho que estaba sufriendo. El peso del luto le hundía literalmente los hombros, de la noche a la mañana su cabello parecía haberse vuelto blanco como la nieve. Miraba a Viktoria con los ojos empañados mientras buscaba algo en el bolsillo de la americana negra—. Quizá no sea el momento adecuado, pero me iré de Zanzíbar en el primer barco que zarpe a Adén, y no sé si habrá otra ocasión de vernos.

Viktoria asintió en silencio. La fuerte lluvia se mezclaba con las lágrimas de sus mejillas, de forma que ya no había manera de saber cuál de las dos cosas se quitaba con la mano, en vano. Se dio por vencida y lo miró con los ojos humedecidos.

Estaba claro que Heinrich von Braun había encontrado lo que buscaba; apretado en un puño, se lo puso a Viktoria en la mano.

—Juliane querría que tuviera usted este recuerdo. He cambiado la fotografía... —Tosió, apocado, para disimular la emoción que lo embargaba.

El medallón de Juliane. Viktoria no tuvo que abrirlo para saber que ahora encerraba la imagen de su difunta amiga. Clavó la vista en la joya que tenía en la mano, que brillaba con el agua que habían derramado las compuertas del cielo. La memoria de Juliane le atenazaba la garganta. Temiéndose una llorera, únicamente asintió.

—¿Sabía usted que mi hija y el príncipe Omar Ben Salim habían intimado?

La pregunta la devolvió a la realidad con una dureza casi brutal. Debía responder al padre de Juliane, pero confiaba en que bastase con una palabra y él no preguntara más.

—Sí —musitó.

—Eso pensaba. Las amigas hablan de esas cosas, ¿no es así?

Asombrada, enarcó las cejas.

—Llevo días sin abrir la correspondencia, porque no quería separarme de mi hija ni un minuto. Por eso hasta ayer... —Tuvo un nuevo ataque de tos que acabó en un carraspeo y después continuó—: Ayer revisé el correo y me encontré una carta del príncipe en la que me pedía la mano de Juliane.

Viktoria no pudo evitar formular la pregunta que tanto le remordía la conciencia.

—¿Habría aprobado el enlace?

Suspiró, y Viktoria pensó que no la había entendido, puesto que no decía nada. Tardó un tanto en responder, la mirada puesta en la tumba, en la que se estaban formando estrechos regueros de agua y charquitos.

—No lo sé. De verdad que no lo sé. Y ya no tiene importancia, ¿no es así? Sobre todo ahora, que tampoco el príncipe Omar Ben Salim vive.

—¿Cómo? —Viktoria se preguntó, asustada, si, afligido por la muerte de Juliane, Omar se habría clavado en el pecho la daga guarnecida de piedras preciosas.

—¿Es que no se ha enterado? —Heinrich von Braun la miró con cara de asombro—. En el palacio del sultán ondea la bandera negra, porque los insurgentes de Pangani no vieron en el príncipe Omar a un traductor y representante neutral de todos los intereses, sino a un traidor. Dicen que lo ajusticiaron.

Horrorizada, se llevó a la boca la mano que encerraba el medallón de Juliane.

—¡Dios mío!

—Es una tragedia —afirmó—. Sobre todo porque corre el rumor de que el sultán Jalifa lleva a cabo un doble juego: firma tratados con la Compañía Alemana del África Oriental y al mismo tiempo proporciona armas a los insurrectos. Pero ¡¿qué nos importa a nosotros la política?!

Se hallaban el uno junto al otro, en silencio, envueltos como por un velo de humedad, y dejaron que sus pensamientos vagaran por el cementerio y el mar.

La tormenta cesó con la misma rapidez con la que empezara, el cielo se despejó. La capa de nubes grises se abrió y dejó a la vista las primeras manchas azules. De pronto las aves volvían a arrullar y a gorjear. De las hojas y las palmas caían las últimas gotas, que se secaban con el calor del sol.

—Debería ir a casa a cambiarse de ropa —aconsejó Heinrich von Braun.

Una sonrisa triste asomó a los labios de Viktoria.

—Usted también. Pero me gustaría quedarme aquí un poco más para despedirme de Juliane, si me lo permite. —Estaba casi empapada, pero quería conversar con su amiga muerta.

—Adiós, señorita Wesermann. —Al irse le puso un instante la mano en el hombro, un gesto paternal que ella supo apreciar—. Espero de todo corazón que encuentre la felicidad en Zanzíbar. *Adieu*.

Acto seguido dio media vuelta y se marchó. Un hombre destrozado.

11

Las palabras de Heinrich von Braun resonaban en Viktoria como las últimas notas de un instrumento, que quedaban suspendidas en la sala de conciertos cuando la pieza ya había concluido.

Estaba inmóvil junto a la tumba de Juliane, pensando en cuando llegaron, en tres jóvenes rebosantes de esperanza que se hallaban en cubierta confiando en vivir la aventura de su vida. Probablemente en todos los barcos de vapor que traían pasajeros de Europa una vez al mes llegaran personas que sentían lo mismo que Juliane, Antonia y ella entonces. ¿De verdad habían pasado solo ocho semanas? Ahora Juliane había muerto, Antonia había sido víctima de sus sueños y, en cuanto a ella, quizás hubiera sido mejor huir de sus sentimientos. Pero ¿adónde...?

Viktoria decidió no pensar en su destino. Debía aprender de los negros y aceptar el mañana como llegase. Aún le quedaban diez meses de estancia en Zanzíbar para volver a Hamburgo. Diez meses en los que quería explorar el archipiélago; ya no le faltaba el valor necesario para hacerlo. Le parecía directamente ridículo el miedo que tenía cuando llegó, hasta de dar un paseo por las calles de la Ciudad de piedra. Y eso que ya solo en ellas había mucho que descubrir.

Durante mucho tiempo pasó por alto, por ejemplo, los magníficos artículos, inofensivos y vistosos, que ofrecían los bazares indios, un auténtico paraíso hasta para una defensora del movimiento feminista: sedas de todas las calidades y estampados; bordados de Arabia y Asia; tallas de marfil y ébano, en su mayor parte bonitos elefantes que se suponían daban suerte a quien los comprara y se vendían en todos los tamaños; exquisitas joyas de plata y vasijas de latón. ¡Ay, cómo se habrían divertido Juliane y ella yendo de compras!

Viktoria abrió la mano y dejó que la cadena de oro le resbalara por los dedos. Después bajó la cabeza y se puso el medallón.

—Veneraré tu imagen —dijo en voz alta—, lo juro.

Los ojiblancos fueron sus testigos. Con su vivacidad, desbordante de alegría, y su despreocupación le recordaban dolorosamente a Juliane.

—No quería molestarte, pero me gustaría hallar alivio a mi sufrimiento. Enfermaré de pulmonía si sigo esperándote aquí.

Solo había una persona a la que creía capaz de ser lo bastante irrespetuosa para interrumpir la despedida de su amiga. Aunque no hubiese reconocido su voz, habría sabido que solo Roger Lessing podía ser el responsable de esa importunidad. Viktoria se volvió despacio.

Sin decir nada, le lanzó una mirada severa. Tenía un aspecto conmovedor, con el cabello mojado y un traje que parecía un trapo chorreando. A todas luces se había mantenido en segundo plano mientras caía el chaparrón y ella hablaba con Heinrich von Braun, la estaba esperando. Se había expuesto a una situación en extremo desagradable para hablar con ella. Y aunque Viktoria quería mantener el corazón cerrado a cal y canto, este se abrió para él.

Negó con la cabeza como para deshacerse del calor y el amor que inundaba su cuerpo.

—Soy un idiota, Viktoria —soltó él, como si temiera que fuese a despacharlo o a salir corriendo—. No tendría que haberte dejado marchar el domingo sin hablar contigo, pero como

no te separabas de Luise y el niño, no me dist   ó
de explicarte...   e

—Ya —se limitó a responder.

Las horas previas a su vuelta a la Ciudad de piedr

tormento. Si bien Zouzan no hizo acto de presencia, V

se la podía quitar de la cabeza. Por eso evitó en todo r

verse a solas con el señor de la casa. Aunque sabía que a

extrañaba sobremanera su apego, por suerte fue lo bastant

para no decir nada y le siguió el juego.

—Me llenó de desconsuelo que tampoco quisieras verme

días pasados, pero, dadas las circunstancias, te entiendo. Sient

mucho que tengas que pasar por esto.

—Ya. —Viktoria se volvió y echó a andar. Ya era hora de que

siguiera su camino. Aunque no tenía nada claro adónde le lleva-

ría, y menos en presencia de Roger Lessing, prometió para sí a

Juliane que volvería en cuanto pudiera.

—Viktoria, por favor. —Corrió para ponerse a su lado—.

Tengo que hablar contigo.

—Lo estás haciendo.

Al parecer la respuesta le desbarató los argumentos. Altane-

ro, se metió las manos en los bolsillos del pantalón y enderezó la

espalda. Aunque el sol volvía a estar en el cielo, de pronto le dio

la impresión de que tenía frío.

Finalmente dijo, con la voz forzada:

—Cuando te encontré aquella vez en la cama, y ni gritaste ni

te desmayaste, ni inventaste una patraña, me sucedió algo. No

quería reconocerlo, pero ya en ese instante supe que eras la mu-

jer perfecta para mí. Solo que no podía creer que de verdad exis-

tiera una mujer así...

¿Acaso no estabas ocupado en otra parte desde el principio?,

se sintió tentada de soltarle, pero se ahorró el mordaz comenta-

rio, porque no quería empezar una discusión en el cementerio.

—Zouzan —apuntó él—. Mi...

—Lo sé —repuso ella sin más, y al mismo tiempo deseó que

no le contara nada de su concubina negra. En realidad no quería

nada de lo que por lo visto él ardía en deseos de contar. Sin
embargo, continuó caminando junto a él.

—Zouzan —repitió al cabo de un rato— me dijo a la cara que
eras la mujer indicada para mí. A veces las africanas tienen un
sexto sentido. Me...

—¿Necesitas las dotes clarividentes de tu amante para saber
lo que quieres?

El golpe fue certero; él enmudeció.

Había ido demasiado lejos. Viktoria lo supo nada más formular la amarga pregunta. Había sobrepasado irremisiblemente
un límite, y si ahora él la dejaba plantada allí, se iba y no volvía a
verla, no se lo podría tomar a mal.

En efecto, tras un breve titubeo, Lessing apretó bruscamente el paso.

A Viktoria se le encogió el corazón. Las lágrimas, que acababa de enjugarse, se le saltaron de nuevo. Intentó no sentir el dolor, un dolor que era distinto del que le causaba la pérdida de
Juliane, pero no menos definitivo.

Debería alegrarse por ello. A fin de cuentas no quería compartir su vida con Roger Lessing. Hamburgués, comerciante.
Nada más lejos de su intención que estar con un hombre así. Y
de todos modos el matrimonio no entraba en consideración: no
podía casarse. En Alemania le esperaban el seminario de maestras, seis años de formación, la norma del celibato...

Sin embargo, de repente vio una cosa tan clara y patente como
si las palabras estuviesen escritas en el cielo: tampoco quería renunciar a él.

Tal vez al menos pudiera disfrutar un poco, saborear las
mieles del amor hasta que regresara a su casa. En beneficio de
ambos. En África Oriental las cosas eran distintas. ¿Por qué no
podía tener un amante una joven dama distinguida? Tampoco es
que buscara a un tipo musculoso de piel oscura, lo cual sería un
escándalo, sin lugar a dudas.

¡Qué pensamientos tan frívolos para hallarse en un cementerio! Viktoria se puso roja de vergüenza y recordó a Juliane,

a la que —debía admitirlo abiertamente— condenó y envidió por su romance.

De repente Roger se paró, se volvió y avanzó un tanto hacia ella.

—¿Tan comprometedor es que Zouzan me haya abierto los ojos?

Ella se encogió de hombros y calló por miedo de decir algo que no debía.

—Por si te importa: Zouzan abandonará la *shamba*. Se irá con un capataz que trabaja para mí, un buen hombre. Lo cierto es que le prometí que algún día la llevaría de vuelta con su pueblo, pero ahora mismo es inviable. Por eso hemos hallado otra solución: un buen esposo, una parcela que les daré, unos cocoteros. Podrán llevar una vida decente.

Un hombre prudente, se le pasó a Viktoria por la cabeza. Y sin querer le inspiró admiración su dinamismo: desde que ella se fuera, no había perdido el tiempo. E incluso se estaba arriesgando a que lo rechazara.

El cementerio alemán se hallaba en un cerro, y Viktoria contempló ensimismada los tejados rojos y blancos, los minaretes y las agujas de iglesias que se alzaban más abajo. Las dos torres de la iglesia anglicana se erguían vigorosas en el cielo como símbolo de dignidad cristiana. Luise le había contado que la iglesia había sido levantada exactamente donde veinte años antes estaba el mercado de esclavos. Semejante atrocidad había sido prohibida hacía tiempo, pero, pese a todo, seguía siendo omnipresente, ya fuese por los esclavos liberados o rescatados o por los traficantes de personas, que seguían perpetrando abusos. Dadas las circunstancias, ¿no podía incluso entender que Roger había querido salvarle la vida a una mujer bella y orgullosa y después quedó a su merced?

—¿Te importaría decir algo? —inquirió él, rompiendo el hilo de sus pensamientos—. Estoy poniendo mi corazón a tus pies. Te amo. Santo cielo, Viktoria, ¿qué más quieres que haga para que te cases conmigo? —La miró aturdido, dado que era evidente que se le habían escapado unas palabras que quizá no pretendiera pronunciar.

Viktoria sonrió.

—Nada. No tienes que hacer nada. No me puedo casar contigo: una maestra debe estar soltera.

—No en la escuela de una misión —objetó él al tiempo que se acercaba más.

Sí, pensó, al frente de St. Mary's se encontraba un matrimonio, y posiblemente fuera ese el caso en otros centros de África. Nunca lo había preguntado, porque no revestía importancia, ya que pretendía abandonar Zanzíbar en el plazo de diez meses para empezar una vida completamente nueva en Hamburgo...

—Probablemente no te pueda ofrecer todo aquello a lo que estás acostumbrada en casa —añadió vacilante en voz baja, algo bronca—, pero te quiero más que a nada en el mundo, Viktoria, y sería el hombre más dichoso si... si pudieras concebir ser mi esposa. ¿Querrías... casarte conmigo?

La ocasión en que fue de excursión a las ruinas de Mbweni con Juliane y Omar Ben Salim, el príncipe citó un proverbio árabe con su inimitable, florida forma de hablar. Y al mirar los brillantes ojos azules de Roger, que siempre le recordaban un poco al mar, con sus abismos insondables, le vino a la cabeza de súbito. El sobrino del sultán dijo: «Elige un compañero de viaje y solo después el camino.» ¿Era esa la solución?

Extendió el brazo hacia Roger y asintió.

—Mis padres me tomarán por loca —musitó en su hombro. Reía y lloraba a la vez—. Un comerciante... ¡yo! Y para esto he tenido que venir a Zanzíbar.

Él besó con ternura las lágrimas de sus mejillas.

—Naturalmente. ¿Adónde si no?

EPÍLOGO

Camina una legua
para visitar a un enfermo;
camina dos leguas
para poner paz;
pero camina tres leguas
para ver a un amigo.

Proverbio árabe

Zanzíbar,
martes, 30 de octubre

Aunque el número de la revista ilustrada era de agosto, para Viktoria constituía una novedad, pues había llegado a Zanzíbar hacía tan solo una semana, en barco desde Europa. Por suerte, los principales artículos se ocupaban de la moda invernal, de manera que se enteró de lo que llevaba la dama elegante al norte del Ecuador y lo que no: se recomendaban vestidos de sarga y cheviot, así como de *charmelaine*. Pero para Viktoria esos materiales gruesos ya no entraban en consideración.

Antes, aplicadas modistas y sastras se ocupaban de su guardarropa, pero en Zanzíbar tenía que averiguar por sí misma qué estaba en boga. En particular a la hora de encargar su vestido de novia. Festones, flecos, volantes, cuellos de guipur... ¿Cómo podía explicar incluso al indio más diestro con la aguja lo que quería decir con eso? Ni ella misma lo sabía.

Al menos gracias a la lectura supo que para los vestidos de noche se hallaban *en mode* los hilos metálicos.

Quizá debería aceptar la propuesta de su madre, que quería llevarle el vestido y el velo de Hamburgo, cuando acudiera a la boda. Viktoria había invertido ocho marcos por palabra en un telegrama para anunciar a sus padres su compromiso. No sospechaba que con el siguiente cable recibiría la confirmación de asistencia de Albert y Gustava Wesermann.

En una carta posterior se enteró de que posiblemente también pudiera viajar su hermano, si conseguía formar parte de la dotación de una fragata que se dirigiera a África Oriental. Eso no era muy difícil, informaba Gustava, pues en el imperio se decía que para el bloqueo marítimo de Tanganica hacían falta más barcos de los que ya se encontraban allí. Sin duda, Viktoria se alegraría de tener de padrino a Alexander.

Y así era, pero también deseaba tener a otra persona a su lado. Cuando fijó con Roger la fecha del enlace, ella insistió en el 13 de diciembre, jueves. Dicha fecha no solo convenía a los planes de viaje de sus padres. No había calculado con exactitud, con el calendario en la mano, si ese jueves respetaba los turnos de trabajo, pero ese día de la semana siempre le recordaría a los encuentros con Juliane y Antonia.

Del doctor Seiboldt no se sabía nada desde que se había ido. Hans Wegener se había pasado semanas recorriendo la Ciudad de piedra, desesperado, como un perrillo faldero que se hubiese perdido. Intentaba recabar información de Tanganica, pero ni siquiera el cónsul Michahelles pudo averiguar nada del científico. Al final, Wegener reservó un camarote en el primer barco que partió hacia el norte.

—Entretanto no estuve ocioso —dijo a Viktoria una semana antes, cuando fue a despedirse—. He repasado las investigaciones del doctor Seiboldt y lo he vuelto a revisar todo. En mi opinión, ha confirmado la vía de transmisión del cólera: por lo visto la bacteria se transmite a través del agua contaminada. Presentaré los apuntes en su nombre, y confío en que ello sirva para honrar la memoria de mi jefe.

—Habla usted como si temiera que no fuese a regresar jamás —objetó ella. Al mismo tiempo se le ocurrió que, dadas las circunstancias, probablemente tampoco volvieran a saber nada de Antonia.

Al pensar en ello, incluso en ese momento, días después, un escalofrío le recorría la espalda.

Lanzando un suspiro, Viktoria pasó la siguiente página de la revista. Se debatía entre la felicidad que sentía al lado de Roger y las preocupaciones que la acuciaban.

No temía únicamente por su amiga, también tenía miedo de que se produjera un cambio dramático de la situación en África Oriental. La balanza amenazaba con desequilibrarse, pero por el momento no se sabía hacia qué lado. Los disturbios parecían incontrolables, no estaba claro qué papel desempeñaba en ello el sultán. Las rutas comerciales a Tanganica se habían interrumpido, e incluso los grandes comerciantes, como O'Swald, escribían airados telegramas a la central de la Compañía Alemana del África Oriental y al gobierno de Berlín para quejarse de las pérdidas económicas que les causaba la situación en el continente. Al comerciar con especias, Roger tenía menos problemas, pero Viktoria sabía que de un tiempo a esa parte Friedrich van Horn tenía dificultades financieras. En cuanto llegaran sus padres, le pediría a su padre que le concediese un crédito a su anfitrión o algo por el estilo...

—*Bibi bwana* —ante ella se presentó un sirviente, que hizo una reverencia—, una dama desea hablar con usted.

Viktoria alzó la cabeza. ¿Se había quedado dormida un momento mientras leía? Más le valía que se enfrascara en sus libros que en una revista femenina. Esos temas siempre la habían cansado.

A la hora de la siesta se había retirado a uno de los cómodos sillones de la azotea de los Van Horn, a la sombra del techo de palma. Luise había ido a ver a Friedrich a la factoría. Desde que el dinero escaseaba, la teneduría de libros parecía exigirle más que nunca. Viktoria no contaba con que volviesen antes de que se pusiera el sol. Y menos aún con tener una visita; de lo contrario no se habría puesto cómoda, en bata. Su aspecto no era el adecuado, y la taza de té especiado que tenía delante, en la mesa, no lo mejoraba mucho: no se lo había bebido, y con el calor la leche se había cortado.

—Sea quien sea la dama, hágala pasar al salón —indicó al criado—. Que espere allí hasta que me vista...

—Desde luego que no hará eso —protestó una voz de mujer en segundo plano—. No he corrido todos estos peligros para volver a Zanzíbar y que me hagas esperar en una sala.

A Viktoria se le cayó de las manos la revista, que a su vez le dio a la taza e hizo que fuera a parar también al suelo. El ruido que hizo la porcelana al romperse se unió al grito que profirió Viktoria.

Antonia había adelgazado, tenía las mejillas hundidas y los ojos con cercos oscuros. Pero a pesar de las fatigas que había vivido rezumaba vida, y curiosamente le recordó a Juliane. Como de costumbre, su amiga no iba vestida como las autoras de la revista de moda ahora empapada de té consideraban deseable, y que al menos eso no hubiera cambiado ejerció un efecto en cierto modo tranquilizador en Viktoria. Por lo demás, creyó que el corazón se le pararía cuando abrazó con vehemencia a Antonia.

Se pusieron a hablar a la vez, como las árabes cuando se encontraban con algún conocido por casualidad. Al final ni Antonia ni Viktoria entendían lo que decía la otra. Había muchas preguntas que responder, un sinfín de historias que contar. Se cogieron de las manos, se miraron a los ojos, y ninguna de las dos acababa de hacerse a la idea de que su reencuentro no era un sueño.

—Max... el doctor Seiboldt me encontró —contó Antonia al cabo, un tanto sin aliento y con las mejillas enrojecidas, después de que Viktoria la instara a tomar por fin asiento y solo entonces relatara cómo había regresado a Zanzíbar—. A decir verdad, no le resultó tan difícil dar conmigo. Primero viajó a Dar es-Salam, me figuro que no solo por mi causa, sino porque allí es donde reinaba una mayor tranquilidad. Sea como fuere, en el hospital luterano, donde, como es natural, no me conocía nadie, lo remitieron a la misión francesa de Bagamoyo, pues sabían que allí trabajaban enfermeras. Solo está a unos setenta kilómetros de distancia, pero tardó más de una semana en recorrer ese trayecto, y llegó agotado. Y el camino no estuvo exento de peligro, ya que tuvo que confiar en porteadores que habrían podido cambiar de bando en cualquier momento. Y luego el caos de Bagamoyo... —Antonia se llevó las manos a la cara—. ¡Era horrible! Por suerte allí los misioneros gozan del respeto de la población local. Aunque la botica del puerto se vio obligada a cerrar, nadie ha tocado el monasterio ni a sus moradores... —Se interrumpió cuando algo la deslumbró.

Rebosante de compasión, Viktoria se había echado hacia delante, y al hacerlo el medallón se le salió del escote de la bata. Suspendido delante del pecho, se movió a un lado y a otro y atrapó un rayo de sol.

—El talismán de Juliane —constató Antonia en voz baja. Y alzó la mano y lo tocó—. Max... el doctor Seiboldt me contó lo sucedido. Lo siento tanto, Viktoria. Es terrible. Y yo no estaba aquí. Quizás hubiera podido ayudar.

Otra persona más con remordimientos, pensó amargamente Viktoria, y al mismo tiempo agradecía poder compartir los reproches que se hacía con alguien que la entendiese.

—Eso no hay forma de saberlo, y creo que la hermana Edeltraut te suplió bien. Al doctor Seiboldt le enseñaron un frasquito de medicina que estaba casi intacto en la habitación de Juliane... ¡prácticamente no tomaba nada de quinina!

Antonia palideció.

—¿Recuerdas que durante la travesía Juliane siempre padecía migrañas? Le dije que la quinina podía desencadenar los dolores de cabeza... —No dijo más, incapaz de verbalizar los perturbadores pensamientos que se le estaban pasando por la cabeza.

—Querida, querida Antonia —Viktoria puso la mano en la de su amiga—, no te hagas reproches. Nadie está completamente a salvo de las enfermedades tropicales, y tú lo sabes mejor que nadie. Pero te entiendo bien. A mí me pesa mucho la discusión que mantuve con Juliane poco antes de que enfermara. Nos separamos enfadadas y no nos volvimos a ver.

Era evidente que Antonia pugnaba por encontrar las palabras adecuadas.

—No somos inmunes a esas desavenencias... y, desde luego, tienes razón: las fiebres palúdicas son traidoras. Pero podemos intentar luchar contra tales enfermedades infecciosas. Por eso haré todo cuanto esté en mi mano para poder seguir investigando. El recuerdo de Juliane me acompañará, quizá también la culpa que siento.

Ensimismada, Viktoria rodeó el medallón con la mano. Uno de los sirvientes de la casa le había dicho no hacía mucho que en algunas tribus africanas es una práctica habitual contemplar el cielo para distinguir imágenes en las nubes: la trompa de un elefante, el rostro de una persona. Ese día las algodonosas nubes eran demasiado inconsistentes para representar nada, pero con un poco de imaginación se veía la cabeza de una joven con rizos rubios. Quizá Juliane hubiese hallado no solo la paz allí arriba, tras las nubes, sino también la ansiada dicha con Omar.

—Max —dijo Antonia, y acto seguido se corrigió, para creciente regocijo de Viktoria—, el doctor Seiboldt dice que lo próximo que quiere hacer es investigar la malaria. Cuando terminen los disturbios, tiene pensado organizar una caravana a los grandes lagos. Hasta entonces intentará recaudar fondos en Alemania para esa expedición.

—Y ¿piensas acompañarlo? —Viktoria no sabía muy bien por qué hacía esa pregunta, pues conocía la respuesta.

—No quiero pasar un solo día más de mi vida sin él —replicó con gravedad su amiga—. Nos hemos sincerado, y ahora sé cuál es la relación que lo une a la señora Von Rosch...

—Se ha marchado —informó Viktoria—. Se fue el mes pasado. Durante un tiempo corrieron rumores sobre ella y el doctor Seiboldt, pero ya han cesado. A nadie le importan ya esos chismorreos. —Omitió la conversación que había sostenido con Anna von Rosch. Quizás algún día hablara de ello con Antonia, si surgía la oportunidad. Ese día esos detalles le parecían innecesarios, y a todas luces Antonia ya estaba enterada.

—Bueno, la gente siempre tiene algo nuevo de lo que hablar, ¿no es así? —Antonia guiñó un ojo, complacida—. Nada más poner el pie en la playa de la Ciudad de piedra me enteré de que el comerciante Lessing se ha llevado a uno de los mejores partidos de la isla, después de dar calabazas a todas las hijas distinguidas del lugar. ¡Menuda sorpresa!

Las dos se miraron y prorrumpieron en liberadoras carcajadas. Se trataba de esa forma de saber lo que pensaba y sentía la otra persona, que solo se cimienta en un profundo amor y una sólida amistad. Unos lazos más fuertes que la muerte...

—Sí, lo sé —rio Viktoria—. Al parecer tuve que recorrer medio mundo para dar con un comerciante que es todo menos aburrido. Sea como fuere, tardaré en utilizar el pasaje de vuelta. Sin duda algún día iré a Hamburgo, pero ahora mi hogar está aquí, en Zanzíbar.

Los ojos de Antonia reflejaron un leve escepticismo.

—Te deseo de corazón todo lo mejor, pero ¿qué será ahora de tus planes de futuro? Soñabas con proporcionar una formación escolar superior a las niñas. ¿De verdad piensas renunciar a ello?

Aún sonriendo, Viktoria negó con la cabeza.

—Ni mi matrimonio ni mi futuro esposo impedirán que viva como siempre he deseado vivir. No es preciso que esté soltera para ser maestra en la escuela de una misión. Es un trabajo maravilloso, el mejor que podría encontrar en Zanzíbar.

—Además de un gran avance —apuntó Antonia.

Las amigas dejaron vagar la mirada por el mar de casas de la Ciudad de piedra, por minaretes y campanarios y por el tapiz del océano Índico, de un azul turquesa bajo el radiante sol. Las campanas de la catedral anglicana dieron la hora, y apenas se apagó su sonido se oyó la llamada del muecín. Era por la tarde en Zanzíbar.

NOTAS DE LA AUTORA

Si en Zanzíbar se silba,
en los grandes lagos
se baila.

Proverbio swahili

Apunte sobre la novela

Zanzíbar es un destino de ensueño. El archipiélago, situado en el océano Índico y con una extensión de 3.067 km², siempre fue un lugar añorado; tanto para los primeros europeos, los portugueses, como también para los árabes y, finalmente, para los alemanes, cuya relación histórica con esta isla es muy especial. Asimismo, durante muchos siglos para los africanos negros la máxima fue que quien llegaba a Zanzíbar siendo un hombre libre se había abierto camino; y al que debía seguir siendo esclavo probablemente le fuese mejor que en cualquier otra parte.

En el siglo VIII los mercaderes árabes descubrieron las islas y convirtieron sobre todo Unguja, como llamaban los nativos a la isla principal, en un floreciente emporio. Posteriormente, los árabes dieron nombre a este paraíso: *bar zandji*, costa del hombre negro. Cuando arribó a Zanzíbar a principios de 1499, al gran navegante portugués Vasco da Gama le impresionaron vivamente su riqueza y su belleza. Hasta finales del siglo XVII África Oriental permaneció en manos portuguesas, para pasar después a ser posesión del sultán de Omán. En 1840, el sultán Sayyid Said trasladó la capital de Mascate a Zanzíbar, y en sus disposiciones sucesorias dividió el reino entre sus hijos, de manera que a partir de ese momento existían dos sultanatos: el sultanato de Omán, en el este de Arabia, y el de Zanzíbar, en África Oriental.

En el plazo de pocos años los nuevos señores erigieron en la denominada Ciudad de piedra magníficos palacios e impresionantes viviendas. Durante ese mismo periodo se enriquecieron mediante el comercio de esclavos, marfil, clavo de olor y otras especias. En el siglo XIX, Zanzíbar era el mayor exportador del mundo de clavo. Su estratégico emplazamiento acabó atrayendo también a comerciantes de América, Francia, Inglaterra y Bremen y Hamburgo.

Incluso hasta entrado el siglo XX existían cuevas en la costa septentrional que servían de refugio para el tráfico de personas. Prácticamente toda la trata de negros de África Oriental se llevaba a cabo a través de Zanzíbar; cada año eran raptadas de 6.000 a 10.000 personas. Este comercio siguió siendo próspero mucho después de que en 1873 los británicos obligaran al sultán Bargash Ben Said, que ostentaba el poder por aquel entonces, a poner fin al comercio de esclavos.

En el siglo XIX, los investigadores empezaron a explorar África. Casi todas las caravanas famosas partieron de Zanzíbar, incluidas las expediciones del misionero escocés David Livingstone, conocidas incluso hoy en día. Por esa misma época las potencias europeas pusieron los ojos en África. En un primer momento el Imperio británico y Francia se repartieron gran parte del continente; por aquel entonces, al canciller del Imperio alemán Otto von Bismarck no le entusiasmaba mucho la idea del colonialismo. Por ese motivo los intereses de la Compañía Alemana del África Oriental (DOAG), fundada por comerciantes y aventureros, eran puramente económicos, aunque fueron unidos al sometimiento de los actuales estados de Tanzania, Burundi y Ruanda. Sin embargo, la rebelión que estalló el 16 de agosto de 1888 obligó al joven emperador Guillermo II a enviar tropas a Tanganica, y, con ello, a la toma de posesión de facto de todo el territorio de la DOAG, que fue ratificada en octubre de 1890: esa fue la fecha de nacimiento de la colonia alemana de África Oriental.

Me he permitido condensar un tanto los acontecimientos relacionados con los disturbios que estallaron en la costa de Tanganica. En realidad, la sangrienta revuelta se produjo cuando se enarboló la bandera de la Compañía Alemana del África Oriental en Pangani, y antes o después las demás ciudades acabaron siendo arrolladas por los desórdenes.

Tal y como se narra en la novela, los intereses comerciales de todos los implicados se vieron gravemente afectados. Dado que una organización comercial como la DOAG no era capaz de defenderse debidamente, a finales de octubre de 1888 el Consejo de Gobierno del imperio solicitó «sofocar el levantamiento con mano dura». Cuatro semanas después, Guillermo II anunció su conformidad, y a principios de diciembre, con el beneplácito de Inglaterra, entró en vigor el bloqueo internacional de África Oriental. A finales de enero de 1889, la Dieta Imperial decidió llevar a cabo una intervención en la que «el fin humanitario de combatir el comercio de esclavos» se sumó a la «protección de los intereses alemanes en África Oriental». Se autorizó el empleo de dos millones de marcos del Reich y pertrechos de guerra, así como el destacamento de oficiales y tropas. Equipado de este modo, el experimentado explorador de África Hermann von Wissmann, ascendido a capitán poco antes, llegó a Dar es-Salam en 1889, desde donde, con ayuda de tropas mercenarias negras, consiguió apresar al cabecilla de la revuelta, poner fin a la rebelión y apoderarse de todas las poblaciones costeras de Tanganica antes de mayo de 1890.

Dicho sea de paso: cuando el imperio se hizo cargo de la administración del denominado protectorado de África Oriental, Otto von Bismarck, que tan vacilante se mostrara en cuestiones coloniales, ya no era canciller.

Bagamoyo no solo es una antiquísima metrópolis costera, sino que hacia finales del siglo XIX también era la mayor ciudad de la región. La misión francesa que se menciona existió en realidad, tanto en Zanzíbar como, sobre todo, en Bagamoyo. Por respeto a los hermanos de la orden del Espíritu Santo, ningún bando atacó el edificio principal. Bagamoyo fue la primera capital de la colonia alemana de África Oriental, si bien su gobierno no tardó en establecerse en la meridional, hasta ese momento adormecida, Dar es-Salam: su puerto natural resultó ser más práctico para los buques mercantes, que en Bagamoyo debían permanecer fondeados debido a las aguas poco profundas de la costa.

Zanzíbar en sí no fue nunca colonia alemana, si bien probablemente este hecho fuese discutible. El «Tratado de las colonias y la isla de Heligoland entre Alemania e Inglaterra», firmado el 1 de julio de 1890 y conocido coloquialmente como Tratado de Heligoland-Zanzíbar, reguló las reivindicaciones territoriales y las relaciones entre los Imperios británico y alemán en África tomando como base la Conferencia de Berlín, celebrada en 1885. Con la firma de este acuerdo, el sultanato de Zanzíbar se convirtió en protectorado británico, y el káiser Guillermo II obtuvo la isla de Heligoland, en el mar del Norte, que de todas formas prefería.

Tras la declaración de independencia en diciembre de 1963 y una sangrienta revolución, en 1964 Zanzíbar y Tanganica pasaron a formar el estado de Tanzania, que en su día se adscribió a un «socialismo africano» y mantuvo una estrecha relación con la República Democrática Alemana. Hoy en día Tanzania se rige más bien por modelos basados en la economía de mercado, aunque se sigue considerando uno de los estados menos corruptos de África Oriental, según fuentes fidedignas. Con todo, Zanzíbar es una de las regiones más pobres del mundo.

En el año 2000, la Ciudad de piedra fue declarada Patrimonio de la Humanidad por la Unesco, si bien los esfuerzos que realiza la fundación del Aga Jan por sanear y conservar los edificios importantes son anteriores. Y lo cierto es que no ha sido posible poner coto a la decadencia en todos los lugares. El dispensario luterano, por ejemplo, que se menciona en la novela, se vino abajo en 1959. Además se llevaron a cabo modificaciones como el cegado de la laguna, de manera que el puente que unía la Ciudad de piedra con las chozas de la población negra ya no existe. Por ello la imagen que se ofrece en la actualidad al turista ya no se corresponde por completo con la estampa con la que se encontraron mis protagonistas a su llegada en el año 1888.

Me gustaría señalar expresamente que mi novela no tiene por objeto valorar los acontecimientos históricos, ni tampoco refleja mi opinión personal al respecto. La historia está escrita desde el punto de vista de los personajes alemanes, razón por la cual quizá no contemple todos los detalles políticos, pero a fin de cuentas esto es una novela, no un libro de divulgación. En mi relato confié —hube de hacerlo— sobre todo en narraciones de testigos oculares del siglo XIX relevantes para mi contexto.

Entre los numerosos libros que leí para documentar mi novela cabría resaltar los siguientes:

Reichard, Paul, *Deutsch-Ostafrika. Das Land und seine Bewohner*, Leipzig, 1891.

Schneppen, Heinz, *Sansibar und die Deutschen*, Münster, 2006.

Ruete, Emily, *Leben im Sultanpalast, Memorien aus dem 19. Jahhundert*, Frankfurt/Main, 1989.

Ingrams, W. H., *Zanzibar. Its History and its People*, Londres, 2007.

En mi labor, asimismo, me resultaron de gran ayuda las numerosas cartas e informes publicados en la página web *www. jaduland.de*, en particular las vivas descripciones del año 1885 de Lonny Rohlfs, esposa de Gerhard Rohlfs, africanista y cónsul imperial en Zanzíbar, cuya biografía además he leído con sumo gusto.

Nota personal

Quizá, querido lector, se pregunte por qué he escrito una novela que se desarrolla en Zanzíbar. Y esta es una pregunta a la que me gustaría responder.

Zanzíbar también es mi lugar de ensueño personal, por eso esta novela debería entenderse como una declaración de amor. Sin embargo, no es una declaración de amor solo al archipiélago del océano Índico, sino también a mi marido.

Nos conocimos en Múnich hace doce años, y en una de nuestras primeras citas, dando un paseo, acabamos delante de una agencia de viajes en cuyo escaparate se ofrecía infinidad de paquetes vacacionales. El que por aquel entonces era mi galán me preguntó adónde me llevaría el viaje de mis sueños, pregunta que a mi vez le formulé a él. Los dos respondimos simultáneamente: ¡Zanzíbar! Ese fue el comienzo. La certeza de tener cosas en común, de compartir las mismas ideas, esperanzas y sueños. A mi juicio la base de una buena relación. Ahí fue donde me enamoré de él.

Sin embargo, soñar con Zanzíbar en mi caso tiene sus motivos. Hasta ese momento el continente negro desempeñaba un papel relativamente importante, aunque discreto, en mi vida. El territorio y sus gentes siempre ejercieron en mí un gran poder de fascinación.

Tal vez se deba a las historias sobre cacerías y transporte de caza mayor que mi madre me contaba de su abuelo Ernst Erhard Michaelis, uno de los primeros veterinarios del zoológico hamburgués Hagenbeck.

Posiblemente también tuviese algo que ver la temprana amistad de mi padre, el compositor Michael Jary, con representantes de los primeros gobiernos africanos libres; en nuestra casa salían y entraban miembros de los consulados. Así, por ejemplo, gracias a una casualidad absurda la pieza *Wie wollen niemals auseinandergehn* se convirtió en el primer himno nacional de Liberia.

Cuando tenía veintitantos años, habría emigrado con gusto a África Oriental, pero por desgracia allí no necesitaban a una joven redactora, razón por la cual me quedé en Alemania. Después, aficionada como era a los libros antiguos, desarrollé una pasión por el coleccionismo de historias de la época colonial.

A partir de todas estas piezas de puzle nació la novela que usted tiene en sus manos. He procurado preservar la mayor autenticidad posible, y reflejar la vida y los puntos de vista tal y como podrían serlo en el verano de 1888 en Zanzíbar y África Oriental. El argumento es pura ficción, aunque los personajes puedan responder a modelos reales. Por ejemplo, el doctor Max Seiboldt es una mezcla del bacteriólogo Robert Koch y Max von Pettenkofer, entre los cuales, en efecto, se produjo en su día una amarga disputa sobre la vía de transmisión del cólera. Viktoria Wesermann y Antonia Geisenfelder personifican a todas las mujeres valerosas que a finales del siglo XIX lucharon por cosas que hoy en día damos por sentadas. Mujeres que por aquel entonces se mostraron dispuestas incluso a sacrificar su dicha personal en pro de la implantación de distintas reformas.

Sin embargo, este libro es y siempre será una novela de amor que pretende trasladarlo a otra época y acercarle la magia de otro mundo. Si lo lograra, me alegraría mucho.

Agradecimientos

En la gestación de *El ensueño de Zanzíbar* desempeñó un papel muy especial Petra Hermanns, mi agente, sin la cual esta historia ni siquiera existiría. A ella va dirigido mi más profundo agradecimiento. Asimismo, me gustaría darle las gracias a Barbara Heinzius, mi lectora, a la que también debo gran parte de este logro, sobre todo, o precisamente, por su infinita paciencia conmigo. Otro tanto para mi atenta lectora externa, Marion Voigt. Los relatos del profesor Hans-Georg y de Brigitte Dietz me acercaron considerablemente Zanzíbar, y por ello me gustaría expresar mi gratitud, como también agradezco las rápidas respuestas de la congregación de los Misioneros del Espíritu Santo, en Dormagen. Durante la labor de documentación me depararon un especial placer las visitas al Museo Marítimo Internacional y al museo de especias Spicy's Gewürzmuseum, ambos en el barrio de almacenes hamburgués de Speicherstadt, donde me dispensaron una cordial acogida. Gracias también al personal del hotel Grand Elysée, de Hamburgo, donde se realizaron las fotos para esta novela. Y, claro está, sin el apoyo de mi marido, Bernd Gabriel, y de mi hija, Jessica, no habría escrito ni una sola línea.

Por último, me gustaría expresar mi más sincero agradecimiento a Su Excelencia el señor don Mohamad Javad Hassan, de Mascate, en Omán. Gracias a su amable ayuda pude formarme una idea inestimable de cómo discurría la vida en la antigua Zanzíbar. *Shukran!* (Gracias.) *Jazak Allahu jair* (Dios se lo pague).

I would also like to express my gratitude to His Excellency Mr. Mohamad Javad Hassan from Muscat in Oman. It is due to his help that I received rewarding insights into old Zanzibar.

Shukran! Jazak Allahu jair.

MICAELA JARY
Berlín, julio de 2011